BENVENUTO CELLINI ARTISTE-ÉCRIVAIN :

L'HOMME À L'ŒUVRE

Du même auteur :

La scrittura degli elementi (Bari, Edizioni dal Sud, 1988),

L'opera e il metodo. Da Baudelaire a Valéry (Lecce, Milella, 1991),

Cartes sans territoires (Paris, Euromedia, 1996).

Angela BIANCOFIORE

BENVENUTO CELLINI ARTISTE-ÉCRIVAIN :

L'HOMME À L'ŒUVRE

Éditions L'Harmattan
5-7, rue de l'École-Polytechnique
75005 Paris

L'Harmattan Inc.
55, rue Saint-Jacques
Montréal (Qc) – CANADA H2Y 1K9

Collection ***Espaces Littéraires***
dirigée par Maguy Albet

Déjà parus

Anne HENRY, *Céline, écrivain,* 1994.
Catherine MASSON, *L'autobiographie et ses aspects théâtraux, chez Michel Leiris*. 1995.
Valère STARASELSKI, *Aragon, la liaison délibérée*, 1995.
Claude FINTZ, *Expérience esthétique et spirituelle chez Henri Michaux*, 1996.
Jacques TAURAND, *Michel Manoll ou l'envol de la lumière,* 1997.
Annick LOUIS, *Jorge Luis Borges, Oeuvres et manœuvres*, 1997.
Valère STARASELSKI, *Aragon l'inclassable, essai littéraire,* 1997.
Silvia DISEGNI, *Jules Vallès. Du journalisme au roman autobiographique,* 1997.
François MAROTIN, *Les années de formation de Jules Vallès (1845-1867). Histoire d'une génération*, 1997.
Bou'Azza BEN'ACHIR, *Edmond Amran El Maleh, cheminement d'une écriture,* 1997.
Alain TASSEL, *La création romanesque dans l'œuvre de Joseph Kessel*, 1997.
Marcel CORDIER, *Dans le secret des dix, l'Académie Goncourt intime,* 1997.
Nedim GÜRSEL, *Le mouvement perpétuel d'Aragon. De la révolte dadaïste au «Monde réel»*, 1997.
Jean-François ROGER, *Une lecture de Gaston Criel. Le grenier des comtesses,* 1997.
Mireille SACOTTE, *Alexis Leger/St-John Perse*, 1997.
Angela Biancofiore, *Benvenuto Cellini artiste-écrivain : l'homme à l'oeuvre,* 1998.

ISBN : 2-7384-6207-3

A la mémoire
de Claude Gandelman

qui m'a initiée
à la lecture des images
et au regard dans le texte

Avant-propos

> Qu'est-ce qu'une œuvre d'art sinon l'esprit de l'artiste pénétrant la matière séparée ? Qu'est-ce que l'œuvre de la nature sinon l'esprit de la nature intrinsèque à la matière elle-même [...] Hésiteras-tu donc à admettre de précises raisons dans la nature ? De même que l'art humain, qui œuvre du dehors, produit selon des raisons contingentes, l'art naturel qui exprime et engendre des formes substantielles au sein de la matière, œuvre au moyen de raisons essentielles et éternelles (Marsile Ficin)

A quelques pas de la place de la Seigneurie à Florence le héros grec sculpté par Cellini, *Persée*, montre encore la tête de Méduse. Son visage est serein, plein d'équilibre, son geste contenu, son corps immobile : harmonie des contraires, puisqu'il vient d'accomplir un geste sanglant, il triomphe sur le corps acéphale de la gorgone qui se tord sous ses pieds. Cependant, la Méduse qui est là pour représenter le Mal, offre aux regards un visage où la souffrance s'exprime comme un gémissement intérieur, les yeux baissés, ses traits harmonieux renvoient à une beauté classique.

Une alliance de beau et de monstrueux, d'harmonie et d'excès, d'immobilité et de mouvement : le groupe statuaire du *Persée* traduit les contradictions qui appartiennent non seulement à un auteur, mais à une époque entière. Une pensée qui ne trouve pas sa formulation en un système et qui oscille entre ses contradictions, un art animé par une tension continue entre imitation et invention : l'homme de la fin de la Renaissance recherche le sens d'un monde qui se transforme sous ses yeux, alors que beaucoup de certitudes s'écroulent. Les limites de la terre et de l'univers sont remises en question, la découverte de l'Amérique et les théories astronomiques de Copernic ont produit une révolution dans la pensée et dans l'imaginaire collectif ; la philosophie, avec Ficin, se tourne vers la magie. L'explosion de l'intérêt pour la magie est lui aussi un signe de la difficulté de formuler une conception unitaire du monde.

Cellini, par son œuvre plastique et littéraire, appartient de plein droit à cette atmosphère : à travers son écriture, il témoigne d'une vision de l'être humain et de l'univers influencée par les conceptions du néoplatonisme qui pénétraient le débat culturel du milieu artistique florentin. L'artiste ne connaissait pas les textes philosophiques, mais il vivait et créait dans un monde où ces idées circulaient, il fréquentait d'autres artistes et hommes de lettres, à Rome, à Florence, à Paris. Son autobiographie, la *Vita*, mais aussi ses *Traités de l'orfèvrerie et de la sculpture* ainsi que ses *Discours,* révèlent une conception du monde et de l'homme qui n'est pas sans rapport avec le débat philosophique de son époque.

L'univers de Cellini est parsemé de signes, tout signifie, tout est animé et participe de la vie du cosmos et l'homme est à l'écoute de la voix de l'univers ; le récit de ses premiers pas dans le monde est jalonné d'images ayant une valeur allégorique : la salamandre, le scorpion, le feu... Les signes sont réinterprétés à la lumière de l'ensemble de son existence d'homme, et surtout de créateur, comme si l'écriture autobiographique avait la fonction, entre autres, d'établir un ordre dans la suite des "révélations" et de lui donner une forme intelligible. L'auteur opère un "montage" de son existence, il veut lui donner un sens ; le héros-narrateur donne souvent l'impression d'être en quête de ce sens caché, on dirait que l'univers où il vit devient à ses yeux de plus en plus incompréhensible et il essaie de s'orienter dans ce monde comme dans un labyrinthe.

C'est une époque marquée par la maladie et la violence, l'artiste vit et crée dans ce monde menaçant, où il faut être à la fois courtisan et guerrier, sculpteur et orfèvre, assassin et bienfaiteur. Dans l'écriture on reconnaît les traces de la peur, de l'horreur, face à un monde habité par le Mal : quel est le rapport entre la maladie, la folie, la violence et l'ordre divin ? L'artiste fait l'expérience de la nécromancie pour s'en détourner aussitôt, il traverse le délire, il dit la vision et l'hallucination qu'il connaît lors de son emprisonnement au château Saint-Ange. L'écriture est liée à la peur de l'inconnu, de la mort, de la maladie, de l'oubli, la peur qui surgit face à l'apparence de l'horrible, plus redoutable encore car plus inconsistante que l'horrible. Au centre de cet univers l'auteur place une sorte de *surhomme artistique*, un héros qui est en mesure de lutter contre un destin déjà inscrit dans le mouvement des étoiles. Ce n'est pas un hasard si le thème de la fortune est omniprésent : à tout moment la vie peut basculer dans la non-vie, mais le héros ne se rend pas, puisqu'il veut être lui seul le maître de son existence. Savoir interpréter à tout moment les signes de la nature et du monde humain permet de survivre dans cet univers menaçant.

A travers la *Vita*, l'artiste dévoile le sens de l'œuvre d'art, qu'il faut savoir "lire" à travers la surface des formes ; l'œuvre contient son secret, qu'il faut déceler. Mais l'auteur nous parle également du *faire*, de la lutte contre l'inertie de la matière que l'artiste doit "pénétrer" et transformer. Chaque acte de création devient une victoire sur le chaos de l'informe : le métal doit fondre et couler dans le moule, le marbre doit se plier à la main de l'artiste qui y découvre une forme possible, l'or doit recevoir le ciseau du maître. Le récit de la fusion du *Persée* revêt le ton épique d'une guerre contre la résistance de la matière et le déchaînement des éléments ; en même temps, c'est le récit d'une nouvelle création, un monde re-créé dans l'atelier.

Cellini, sur les traces de Léonard, met en évidence la déité qui appartient à l'artiste puisqu'il est en mesure de créer, à l'instar de Dieu qui "sculpta le premier homme avec l'argile". Par ailleurs, une nouvelle conception de l'œuvre est en train de s'imposer : l'œuvre d'art est désormais "sacralisée" car elle se détache de son référent immédiat, tel que la représentation d'un épisode biblique ou d'un mythe. Le Maniérisme a produit, entre autres, cette autonomie nouvelle de l'œuvre d'art, qui fait partie de notre temps.

Le parcours artistique de Cellini est exemplaire : la *Vita* offre l'autoportrait d'un *artiste* appartenant à une *époque de transition*, un auteur qui accomplit une sorte de *rite de passage*, de l'apprentissage à l'autonomie, du joug des corporations à la loi absolue du génie, de la création artisanale à la conception du “colosse”, le *Persée*. Nous explorerons le territoire diversifié dans lequel l'artiste a la possibilité de créer, à savoir l'*atelier*, l'une des institutions par excellence dans la pratique artistique de l'époque ; le récit de la *Vita* permet d'en saisir les transformations progressives à travers la Renaissance à son apogée et le premier Maniérisme.

Entre Renaissance et Baroque : c'est dans ce passage que se situe l'une des plus significatives autobiographies d'artiste, puisqu'elle met en relief la question des possibilités de la création artistique, dans un monde qui se transforme rapidement, au sein d'une Italie – et d'une Europe – ravagée par la guerre et la peste, où les autorités suprêmes semblent avoir perdu toute crédibilité, surtout après les horreurs du Sac de Rome (1527), épisode central dans la narration cellinienne.

La profonde actualité de la *Vita* se manifeste dans le rapport du protagoniste à la création qui se trouve liée aux forces irrationnelles. *Le génie côtoie la folie...* le destin d'un Pontormo ou d'un Parmigianino en témoigne tragiquement : pourtant, la force de transgression du premier Maniérisme sera rapidement “étouffée” par le Maniérisme académique à la Vasari. Néanmoins, le risque de sombrer dans le délire demeure présent dans la *Vita* et son auteur est loin de pouvoir résoudre toutes les contradictions ; d'ailleurs, il est significatif de remarquer que la dernière page s'interrompt brusquement sur l'image d'un deuil et que l'auteur ne publia pas son ouvrage. Sous le ton parfois burlesque de l'autobiographie cellinienne, se cache une question brûlante qui est celle de l'*excentricité dangereuse du génie* : *la religion de l'art fonde, d'une certaine manière, son éthique et son esthétique.* Dans cette perspective particulière, nous voudrions situer notre lecture tout en essayant de mettre en relation la parole de l'écrivain avec le geste de l'artiste.

Le succès de la *Vita* de Benvenuto Cellini, survenu quelques années après sa publication (1728), est associé à un véritable “cas littéraire”. La plupart des premiers interprètes de cet ouvrage singulier (Cocchi, Baretti, Bacci...) étaient persuadés que l'auteur “écrivait comme il pensait ” : s'agirait-il alors d'une forme miraculeuse d'*écriture spontanée* ? L'une des préoccupations de notre travail est de démontrer précisément le contraire, puisqu'il s'agit d'une écriture profondément traversée de références littéraires parmi lesquelles figurent Dante, Pétrarque, Boccace, Villani, Pulci, Grazzini, Machiavel et d'autres auteurs.

Notre analyse prend comme point de départ le manuscrit de la *Vita*, *partiellement autographe* et annoté par Benedetto Varchi, que nous avons pu consulter à la Biblioteca Laurenziana de Florence. Ce type de lecture permet, d'une part, de faire connaître des passages supprimés par l'auteur, d'autre part, de relever aussi les ratures des censeurs dont l'identité reste encore hypothétique, et surtout, ce qui est capital, d'établir le rapport réel qu'entretenait Cellini avec la *langue de son époque*. Cette démarche nous paraît fondamentale pour situer l'ouvrage dans le panorama linguistique de la Renaissance et pour ne pas commettre des anachronismes dans le jugement critique.

De manière analogue, nous avons analysé cet ouvrage par rapport à un *genre littéraire défini* : il ne s'agit pas de considérer la *Vita* dans le simple contexte des autobiographies littéraires, étude qui en partie a été déjà réalisée. Le contexte précis où se place la *Vita* est celui des autobiographies et des biographies d'artistes, genre qui connaît un certain épanouissement à l'époque de Cellini. En effet, lorsqu'il écrit la *Vita*, il veut rédiger une *autobiographie d'artiste* illustrée par ses *œuvres* – et par ses *gestes* – genre qui avait été inauguré par Ghiberti un siècle auparavant, avec les *Commentarii*. Les *Vite* de Vasari constituent également une référence pour Cellini : chez les deux auteurs on retrouve le même goût de l'anecdote illustrant le *caractère singulier du génie artistique* (qui atteint son apogée avec le mythe de la personnalité à travers les deux biographies du *divin* Michel-Ange écrites par Vasari et par Condivi). Cependant, la prose de Vasari reste au seuil de la littérarité, alors que Cellini, lui, fait "œuvre littéraire" : nous allons donc examiner les raisons qui fondent cette *littérarité* de la *Vita* et les choix bien précis de son auteur, lui-même capable de rédiger, par ailleurs, des ouvrages non-littéraires, comme les *Traités de l'Orfèvrerie et de la Sculpture.*

L'artiste polymorphe qu'est Cellini, en faisant son autoportrait, met souvent l'accent sur le *caractère exceptionnel de sa vie d'artiste* : le processus de remémoration s'allie constamment avec un double phénomène de *réorganisation* et de *transfiguration* du vécu. Cellini a parfaitement conscience d'être à la fois dans le récit et en dehors de celui-ci, il est *protagoniste* et *narrateur* : c'est aussi dans ce dédoublement que se joue la *littérarité* de l'ouvrage.

La *Vita*, œuvre peut-être trop moderne pour son temps, est elle-même un produit de l'atelier, car son auteur – affirme-t-il – dictait ses mémoires pendant qu'il travaillait : ainsi l'écriture alimente la création et la création donne un sens à l'écriture, le *dire* et le *faire* se lient intimement dans l'autoportrait d'un *homme à l'œuvre*.

Remerciements

Nous voudrions remercier ici tous ceux qui ont contribué à la réalisation de cet ouvrage par leurs conseils et leurs encouragements, en particulier Jean Lacroix, Myriam Carminati, Franc Ducros et Riccardo Pineri du Département d'Italien de l'Université Paul Valéry (Montpellier III) ainsi que l'équipe de Recherches sur le poétique. Nous remercions pour leur précieuse collaboration la Directrice de la Biblioteca Laurenziana de Florence, Franca Arduini, et la Directrice de la Biblioteca Nazionale Centrale de Florence, Carla Bonanni, la Soprintendenza per i Beni artistici e storici de Florence et Pistoie et la Direction de la Réunion des Musées Nationaux de Paris ; les restaurateurs Giovanni Morigi, qui travaille sur le *Persée* de Cellini, Agnese Parronchi et Sergio Begliardi ; les photographes Paolo Tosi et Liberto Perugi.

Avertissement

Nous citons dans notre étude l'édition de la *Vita* établie par Ettore Camesasca (Milano, Rizzoli, 1968, 1985). Les chiffres romains indiquent les deux parties, et les chiffres arabes renvoient aux chapitres. Pour la traduction française, nous citons tantôt celle de Maurice Beaufreton (Paris, Julliard, 1965, II vol.), tantôt celle de Nadine Blamoutier, sous la direction d'André Chastel (Paris, Scala, 1986, 1992) ; quand ne figure pas le nom du traducteur nous nous référons à cette dernière édition. Lorsque la traduction ne correspond pas à l'original, c'est nous qui traduisons.

Chapitre I

Le manuscrit de la *Vita*

Le 28 janvier 1546 Cellini déclarait dans une lettre à Benedetto Varchi qu'il dictait mal et qu'il écrivait plus mal encore ; malgré ces affirmations, quelques années plus tard, en 1558, il entreprendra la rédaction de son autobiographie, de sa propre main, mais surtout en la dictant à un jeune apprenti, Michele, fils de Michele di Goro Vestri qu'il embaucha comme secrétaire selon un document du 29 juillet 1557[1]. La lettre de l'artiste flo-

1. Voici le document qui atteste les rapports de travail entre Cellini et son "scripteur" : "A dì 29 luglio 1557, io Benvenuto Cellini sono convenuto d'accordo con Michele di Goro Vestri della Pieve a Groppine, di dargli per sua provvisione un mezzo scudo d'oro il mese, e le spese in casa mia, e la tornata di casa ; e lui mi ha a tenere le mie poche scritture che alla giornata occorreranno, e parte cercare di guadagnare per la città e fuora secondo le occasioni, come ha fatto per il passato. E così siamo restati d'accordo, e vogliamo che il mese cominci il dì primo d'Agosto prossimo avvenire 1557 ; e di tanto si farà creditore detto Michele ogni mese di detto mezzo scudo d'oro. E così ancora che qualche buono partito venissi alle mane a detto Michele, che per questo non resti che non lo pigli. Io Benvenuto sopradetto son contento, in caso che le mie poche faccende non si straccurino" ("*Aujourd'hui, 29 juillet 1557, moi, Benvenuto Cellini, j'ai convenu avec Michele di Goro Vestri de Pieve a Groppine, de lui donner comme traitement un demi-écu d'or par mois, et*

rentin répond à une enquête de Varchi sur la supériorité de la sculpture ou de la peinture, mais elle révèle en même temps le rapport difficile à l'acte d'écrire :

> Virtuosissimo e gentilissimo magnifico messer Benedetto Varchi molto mio onorando, molto meglio saprei dir la ragione di tanta valorosa arte [la scultura] a bocca che a scriverle, sì per essere io male dittatore e peggio scrittore. E pur, quale io sono, eccomi.
>
> *Mon très vertueux et très noble messire Benedetto Varchi, que j'honore infiniment, je saurais vous dire beaucoup mieux la raison d'un art de si grande valeur [la sculpture] par ma bouche que par écrit, car je dicte mal et j'écris plus mal encore. Pourtant, tel que je suis, me voici*[2].

Nous allons éclairer certains aspects de la rédaction de la *Vita* de la part de ce "mauvais" scripteur. Afin de mettre à nu le processus complexe de l'écriture cellinienne l'analyse du manuscrit se révèle un point de départ fondamental. Comme la plus grande partie de la *Vita* a été dictée par Cellini à Michele di Goro, un jeune apprenti de Groppina, on pourrait parler d'écriture "déléguée" où le ton de l'oralité se mêle à la relecture d'un auteur qui, dans l'art aussi bien que dans l'écriture littéraire, soigne jusqu'au moindre détail[3].

---

l'hébergement ; lui, de son côté, il doit rédiger les écritures dont j'aurais besoin quotidiennement, et il doit chercher à avoir des travaux en ville et à l'extérieur selon les occasions, comme il l'a fait par le passé. Ainsi nous sommes restés d'accord, et nous voulons que le mois commence le premier jour d'août prochain 1557 ; le dit Michele sera créditeur du dit demi-écu d'or. Et ainsi, si jamais au dit Michele il se présente quelques bonnes occasions, qu'il ne manque pas d'en profiter. Moi Benvenuto susnommé je suis content si mes affaires ne sont pas négligées") (Biblioteca Riccardiana) (in Cellini, *Vita*, a cura di B. Bianchi, Firenze, Le Monnier, 1852, p. 594).

2. Benvenuto Cellini, *Lettere*, in *Opere*, a cura di Giuseppe Guido Ferrero, Torino, UTET, 1971, pp. 980-981.

3. Cellini parle du fils de Michele di Goro qui s'appelait Michele lui aussi. Il appartenait à la famille Vestri de la Pieve a Groppine. Tassi cite à son sujet un "*Ricordo*" tiré des *Filze di Giustificazioni* de 1556 à 1558 du "Regio Uffizio delle Revisioni e dei Sindacati" de Florence : "Copia di Partite di M. Benvenuto di

En consultant le manuscrit de la *Vita* à la Biblioteca Medicea-Laurenziana de Florence (Cod. Med. Pal. 234[2]), nous avons constaté la présence de nombreuses corrections de la part de Cellini (trente additions et corrections) et quatorze corrections qui pourraient être attribuées à Benedetto Varchi auquel Cellini dans un premier temps avait demandé de relire son autobiographie et d'y apporter, le cas échéant, des modifications. Heureusement l'intervention de Benedetto Varchi n'a nullement modifié le "style" proprement cellinien et elle s'est limitée, en général, à suggérer le changement de quelques expressions ou prépositions.

Le volumineux manuscrit se présente dans l'ensemble en bon état de conservation, l'écriture est régulière et bien lisible, malgré quelques taches dues à l'inévitable dégradation du papier. Cellini a écrit de sa propre main une partie des fol. 1a-10a, le fol. 11a et les fol. 464b-520. Le jeune apprenti a écrit sous la dictée du maître les parties des dix premiers folios qui, visiblement, ne sont pas de la main de Cellini, et les fol. 11b-460b. Par contre l'écriture des fol. 461a-464a est d'une main non identifiée.

Le manuscrit original n'est pas divisé en chapitres comme dans les éditions de la *Vita* aujourd'hui communément acceptées. L'édition de Carpani (Milano, Silvestri, 1805) est pour la première fois organisée en chapitres selon la division de la traduction de Goethe (Tübingen, 1803, divisée en 4 livres). L'édition de Tassi (Firenze, Piatti, 1829) comporte deux livres et différents chapitres, tandis que la première édition de la *Vita*, par Cocchi (sous le pseudonyme de Seb. Artopolita, Cologne, mais en réalité imprimée à Naples, Pietro Martello, 1728) n'est pas subdivisée en chapitres. Dans la première page du manuscrit on peut lire le titre originaire de la *Vita* que Benvenuto dicta à Michele di Goro :

Giovanni Cellini scultore, levate dai Libri del Castello di Firenze per me Michele di Michele di Goro Vestri dalla Pieve a Groppine di Valdarno di Sopra, finite di levare questo dì 13 di Dicembre 1556" ("*Copies de parties de M. Benvenuto fils de Giovanni Cellini sculpteur, tirées des Livres du Château de Florence par moi Michele fils de Michele de Goro Vestri de la Pieve a Groppine di Valdarno di Sopra, terminées de copier ce jour 13 décembre 1556*") (Cellini, *Vita*, a cura di F. Tassi, Firenze, Piatti, p. LXVII).

Al nome d'Dio vivo e i'mortale
Vita di Benvenuto Cellini
oreficie et scultore schritta
di sua mano propria

Au nom de Dieu vivant et immortel
Vie de Benvenuto Cellini
orfèvre et sculpteur écrite
de sa propre main

Cellini biffa ces mots et les remplaça par ce nouveau titre :

La Vita
di
Benvenuto di M^{O} Giovanni Cellini Fiorentino
scritta (per lui medesimo) in Firenze

La Vie
de
Benvenuto fils de Maître Giovanni Cellini
Florentin
écrite (par lui-même) à Florence

La mention "par lui-même" ("per lui medesimo") est ajoutée ultérieurement en haut avec une encre plus noire, par une troisième main. Bacci avance l'hypothèse ici de l'intervention de Varchi (cf. Cellini, *Vita*, a cura di Bacci, Firenze, Sansoni, 1901, 1961, *Introduzione*, p. XXIII et p. 3).

La première rature concerne donc le titre et nous révèle les intentions de l'auteur. Le "nom de Dieu" a disparu (mais il est présent dans le sonnet introductif) ainsi que l'indication de la profession de Cellini ("orfèvre et sculpteur", "oreficie et scultore") et le mensonge est corrigé : l'expression "écrite de sa propre main" ("scritta di sua mano propria") est remplacée par "écrite par lui-même"("scritta per lui medesimo").

Cellini reste l'auteur incontestable de son autobiographie, mais il ne veut plus souligner le fait de l'avoir écrite de sa propre main. De plus, deux éléments nouveaux apparaissent dans le titre corrigé : d'abord la "fiorentinità" de Cellini, qui est doublement désignée, par "fiorentino" et par la précision "in Firenze" ; ensuite le deuxième élément nouveau qui est mis en relief, c'est sa filiation ("de Maître Giovanni Cellini"). La référence est ici évidente puisque Benvenuto dans les premiers chapitres (I-IV) parle de ses ancêtres, de leurs vertus et de leurs métiers pour situer sa propre naissance, presque fatalement nécessaire, au sein d'une si noble famille.

Le sonnet qui ouvre le premier chapitre est autographe (fol. VIII b, voir figure 2) ainsi que la prose qui suit. Au premier chapitre on a pu observer une correction de la main de Benedetto Varchi (fol. 3a, voir figure 3) :

> mi glorio d'avere lo ascendente mio da uomini virtuosi (*Vita* I, 2, p. 84)[4].
>
> je tire gloire d'avoir pour ascendance des gens de valeur (notre traduction).

Varchi souligne *lo ascendente mio* ("mon ascendance") et corrige au dessous : *la genealogia mia* ("ma généalogie"). Voilà un exemple qui illustre le type d'intervention assez discrète de la part d'un ami et d'un poète très proche de Cellini. Il y a aussi à ce propos l'hypothèse de Bacci qui voudrait attribuer, non sans réserves, cette correction à la main de Cavalcanti (cf. Bacci, *op. cit.*, p. 6).

Le folio 5b (voir figure 4) présente également des corrections intéressantes dont une de la main de Cellini :

> Mio padre, che ancora egli era in casa, corse a cotai grida, e stupefatto non sapeva trovare rimedio, che quel velenoso animale non mi < facessi male anzi ammazzassi > uccidessi (I, 4, p. 88).
>
> *Mon père se trouvait encore à la maison et accourut à nos cris. Il était pétrifié et ne savait comment empêcher cet animal venimeux de me < faire mal voire me tuer > donner la mort* (cf. aussi *Vie, op. cit.,*, p. 15, la variante ne figure pas dans cette édition)

La variante supérieure "uccidessi" répond au critère de la *brevitas*, qui a dicté nombre de corrections de la main de Cellini : en effet, la phrase

4. Pour l'édition de la *Vita* de Benvenuto Cellini nous citons l'édition de E. Camesasca, Milano, BUR, Rizzoli, 1985. Pour la traduction en français nous nous référons tantôt à l'édition Scala (Paris, 1986, 1992), par Nadine Blamoutier, sous la direction d'André Chastel, tantôt à la l'édition Julliard (Paris, 1965, 2 vol.) par Maurice Beaufreton.

acquiert ainsi une structure plus essentielle, le maximum d'effet (sur le lecteur) est obtenu avec le minimum de moyens.

Dans la même page, on peut remarquer une correction de Varchi qui suggère "*augurio*" ("présage" dans la traduction) dans la marge de droite, à côté du terme "*aurio*" utilisé par l'auteur. Il s'agit de l'épisode dans lequel Cellini enfant capture un scorpion :

> Di poi che lui fu sicuro del gran male, lo prese per buono *aurio* (fol. 5b et cf. *Vita*, I, 4, p. 88)
>
> *Quand il me vit sauvé de ce danger, il y trouva un heureux* présage (p. 15, nous soulignons)

Benedetto Varchi a probablement suggéré une variante du mot, plus conforme à l'orthographe de l'italien écrit, tandis que Cellini a utilisé une variante plus proche de l'oralité. Varchi avait apporté la même correction dans le fol. 2a :

> Così innel dar principio alla città, parendo a Iulio Cesare, questo, bellissimo nome e posto a caso, e perché i fiori apportano buono *haurio*, questo nome di Fiorenze pose nome alla ditta città (fol. 2a et cf. aussi I, 2, p. 83).
>
> *Quand César fonda la ville, ce nom lui parut superbe et approprié et il le lui donna, car les fleurs sont de bon* augure (p. 12, nous soulignons).

Dans le manuscrit le "h" est raturé et on remarque l'ajout "gu" audessus du mot "haurio" ("augure"). Est-ce toujours Varchi l'auteur de ces remarques? C'est, du moins, l'hypothèse de Bacci, dans son édition de la *Vita* (cf. *op. cit.*, p. 6).

Une autre page révélatrice des choix stylistiques de Cellini est le fol. 6a (voir figure 5) qui présente une rature importante (13 lignes barrées) et une addition autographe dans la marge de droite. Voici comment le texte se présente dans le manuscrit original :

> Cominciò mio padre a 'nsegnarmi sonare di flauto e cantare di musica ; < et si mise in bottega in un suo palco Francesco dell'Aiolle

> il quali era gran sonatore di organo et bonissimo musico e compositore il detto Aiolle m'insegniava cantare e comporre et parendo al padre et al maestro che io fussi molto atto a tal cosa si promettevano gran cosa di me. Io faceva questa cosa peggio volentieri che imaginar si possa al mondo. Solo facevo volentieri il disegniare e 'l fare di terra, e simil cosa et quivi havevo molta comodità perché mio padre era stato bonissimo disegniatore et grandissimo valente huomo di molti bellissimi exercitii. Il detto fece in quei tempi innanze > organi con canne di legnio maravigliosi, gravi cenboli, i migliori e più belli che allora si vedessino, viole, liuti, arpe bellissime ed eccellentissime (I, 5, p. 89) (fol. 6a)
>
> *Mon père commença à m'apprendre la flûte et le chant. < et il fit installer dans une soupente de son atelier Francesco dell'Aiolle qui était un grand joueur d'orgue et un très bon musicien et compositeur le dit Aiolle m'apprenait à chanter et à composer et comme mon père et mon maître avaient l'impression que j'étais très apte à telle chose, ils formaient de grands desseins pour moi. On ne peut imaginer comment je faisais à contrecœur une telle chose. Ce n'est qu'au dessin et au modelage que je m'appliquais volontiers, et à d'autres choses semblables ; pour cela j'avais un grand avantage car mon père avait été un très bon dessinateur et un vaillant et très grand homme en plusieurs disciplines. Le susnommé fit auparavant > des orgues merveilleuses avec des tuyaux de bois, les clavecins les meilleurs et les plus beaux de son temps, des violes, des luths, des harpes excellentes et très belles* (notre traduction).

A la place des lignes barrées nous lisons la variante en marge, à droite :

> Con tutto che l'età mia fussi tenerissima, dove i piccoli banbini sogliono pigliar piacere d'un zufolino e di simili trastulli, io ne avevo dispiacere inistimabile, ma solo per ubbidire sonavo e cantavo. Mio padre faceva in quei tempi (fol. 6a)
>
> *J'étais à l'âge très tendre où les bambins s'amusent d'ordinaire avec un sifflet et des jouets de ce genre, et j'en éprouvais un extrême déplaisir ; ce n'est que par obéissance que j'apprenais flûte et chant. A cette époque mon père fabriquait* (p. 16).

Voici un exemple de correction de la part de Cellini qui montre sa capacité de composer un chapitre selon un principe rigoureux de cohérence interne. L'auteur ne veut pas encore raconter sa propre passion pour le dessin et "il far di terra", le modelage, puisque le chapitre est thématiquement centré sur la figure du père. En effet, il le décrit en tant qu'homme vertueux : il connaît la musique, il construit des instruments musicaux, il est artisan et artiste, ses œuvres plastiques parlent un langage proche de l'allégorie, et de surcroît il connaît le latin (cf. *Vita*, I,5)

La référence au célèbre musicien Francesco Aiolle – dont parle Vasari et plus longuement Baldinucci[5] – disparaît : de cette manière l'accent est déplacé entièrement sur la figure du père. Encore une fois chez Cellini c'est le critère de la *brevitas*, de la concision, qui l'emporte afin d'exprimer les idées dans le chapitre avec ordre, cohérence et, par conséquent, efficacité. Cellini ne parle de sa passion pour le dessin qu'ultérieurement :

> Dicendomi queste parole, io lo pregavo che mi lasciassi disegniare tante ore del giorno, e tutto il resto io mi metterei a sonare, solo per contentarlo (*Vita*, I, 7, p. 93).
>
> *Quand mon père me rapporta tous ces propos, je le priais de me laisser dessiner quelques heures par jour ; je consacrerais le reste de mon temps à la musique, uniquement pour lui faire plaisir* (notre traduction).

En examinant le manuscrit, on peut également observer quelle est la fonction des ajouts de la part de l'auteur. Ainsi le folio 7a (voir figure 6) nous offre un exemple intéressant :

> Ivi a poco tempo gli fu restituito il suo luogo del piffero. *Se bene alcune di queste cose furno innanzi ch'io nascessi, ricordandomi d'esse, non l'ho volute lasciare indietro.* In quel tempo quelli sonatori si erano tutti onoratissimi artigiani, e v'era alcuni di loro che

5. Cf. Baldinucci, *Decennale*, I, secolo IV, p. 204, Firenze, 1681 ; du musicien, né en 1492, Vasari raconte que Andrea del Sarto en fit le portrait dans l'*Adoration des Mages* (lunettes du cloître de l'Annunziata à Florence, cf. Bacci, *op. cit.*, p. 11).

> facevano l'arte maggiori di seta e lana : qual fu causa che mio padre non sdegniò a fare questa tal professione (I, 5, p. 90)[6].
>
> *Peu de temps après, on lui restitua son emploi de fifre.* Quelques-uns de ces événements sont antérieurs à ma naissance, mais je les connais et n'ai pas voulu les taire. *A cette époque, ces musiciens étaient tous artisans très estimés, quelques-uns appartenaient même aux corporations majeures de la soie et de la laine. C'est pourquoi mon père ne dédaigna pas ce métier (p. 17).*

Voilà un exemple d'un commentaire de Cellini à propos de sa propre écriture narrative. L'auteur intervient souvent au cours de la narration des faits pour prévenir le lecteur de ses intentions, soit pour en finir avec un épisode qui a occupé trop de place dans le chapitre, soit pour annoncer qu'il en reparlera en temps et lieu appropriés. En ajoutant le commentaire méta-narratif, l'auteur se justifie face au lecteur, et par là même, anticipe des objections possibles. Cela nous révèle le *caractère dialogique de son écriture*, car Cellini écrit pour quelqu'un, il imagine un interlocuteur réel, un ou plusieurs lecteurs illustres ou inconnus, amis ou ennemis. Il s'agit, dans ce cas précis, de devoir évoquer des choses antérieures à sa naissance, dont il se souvient bien et qui s'avèrent utiles dans l'économie de la narration.

Dans le cadre du récit autobiographique l'écrivain veut souligner la pertinence d'épisodes qui précèdent chronologiquement la vie narrée : mais comment parlerait-il de son art, de sa vie, sans parler de l'art et de la vie de son père, ainsi que de son langage prophétique et allégorique ? Dans d'autres passages Cellini a voulu éliminer de la narration un épisode entier : à titre d'exemple on pourrait citer (*Vita* I, 15) une anecdote concernant Cellini et ses camarades musiciens qui ne méprisaient pas l'art de la farce. Dans le manuscrit (fol. 21a, voir figure 7) l'écriture est encore lisible, car les lignes sont simplement barrées : il faut supposer que l'auteur a voulu éliminer le passage au cours de la rédaction de la *Vita* car l'épisode reste inachevé. Quelles sont les raisons d'un tel rejet? En effet, dans l'histoire, un personnage fait son apparition ; il appartient à une famille de tendance anti-médicéenne, les Strozzi, et de plus, la joyeuse compagnie rencontre "un fastidiosello de' Benci" "un donzello della signoria ed un comandatore" : ce

6. Les mots en italique sont ajoutés en marge à droite.

rejet de la part de l'auteur est-il dû à des raisons d'ordre politique ou bien seulement à des exigences de la narration? Voici le passage concerné :

> Ripreso la pratica con quel Francesco di Filippo, con tutto che io fussi molto dedito a qualche piacere, causa de quel maledetto sonare, mai lasciavo certe ore del giorno o della notte, quale io davo alli studii. < Erano in Firenze quel Girolamino fratello di Pierino pifero, et uno altro che si domandava Giovanni di Daniello pifero, et uno altro domandato Giovan Francesco Porri, et io. Noi facevamo un conserto di quattro cornetti, il più unito e meglio che si sentisse mai a quel tempo : et io facevo perché veramente il ben sonare e la soavità della musica, ed anche il desiderio di compiacere al povero vecchio padre, che con questa gli mantenni la vita in corpo, che parecchi anni prima mi arebbe lasciato. Beato a quello che ci poteva avere o sentire. Una sera infra le altre essendo insieme noi quattro, andammo a fare certe serenate a Filippo Strozzi ; di poi fuggitici d'accordo andammo nella via Larga, et quivi sonammo ancora, dove ci si accostò un certo fastidiosello de' Benci, che con un donzello della signoria ed un comandatore > Feci in questo tempo un chiavacuore d'argento, il quale in quei tempi era chiamato così (fol. 21a, et cf. I, 15, p. 112).
>
> *Je fréquentais à nouveau Francesco Lippi et, tout en me divertissant beaucoup pour oublier la maudite flûte, je consacrais toujours à son étude quelques heures du jour ou de la nuit. < A Florence étaient ce Girolamino, frère de Pierino le fifre, et un autre qui s'appelait Giovanni fils de Daniello le fifre, et un autre qui s'appelait Giovan Francesco Porri, et moi-même. Nous faisions un concert de quatre cornets, le plus harmonisé et le meilleur qu'on aurait pu entendre en ce temps-là : et moi, je le faisais car le fait de bien jouer et la suavité de la musique, et même le désir de plaire à ce pauvre père âgé, puisque avec la musique je le fis vivre plus longtemps, car il m'aurait laissé déjà plusieurs années auparavant. Heureux celui qui pouvait nous avoir ou nous entendre. Un soir que nous étions tous les quatre, nous allâmes donner certaines sérénades à Filippo Strozzi, ensuite nous partîmes d'un commun accord et allâmes dans la via Larga ; ici nous jouâmes encore, là un des Benci, s'approcha de nous, un type plutôt agaçant, qui avec un demoiseau de la Seigneurie et un commandeur > Je réalisai en cette période un*

chiavacuore *en argent : une ceinture qui à cette époque-là était nommée ainsi* (notre traduction).

Le copiste a probablement barré le passage suivant la volonté de l'auteur, ou bien Cellini lui-même aurait pu le faire de sa propre main. En tout cas, aucun manuscrit (à part l'original) ne porte le passage en question. Il est vraisemblable que les différentes raisons évoquées aient poussé l'auteur à omettre cet épisode qui déborde effectivement la thématique du chapitre.

Par ailleurs, dans le *Trattato dell'oreficeria*, l'auteur lui-même nous énonce ses préoccupations à l'égard de Cosme de Médicis qu'il a peur de blesser par certaines affirmations. Le processus de l'écriture est loin d'être facile, et l'évocation des faits doit tenir compte de la situation de disgrâce dans laquelle se trouve Cellini par rapport à la cour médicéenne. Lisons le passage révélateur :

> Passato che fua due giorni, io viddi turbato il mio signore sanza mai avergline dato causa nessuna ; e, se bene io gli ho domandato molte volte licenzia, egli non me l'ha data, né manco m'ha comandato nulla : per la qual cosa io non ho potuto servire né lui né altri, né manco ho saputo mai la causa di questo mio gran male. Se non che, standomi così disperato, ho reputato che questo mio male venissi dagli influssi celesti che ci perdominano, però io mi messi a scrivere tutta la mia vita e l'origine mio e tutte le cose che io avevo fatte al mondo : e così scrissi tutti gli anni che io avevo servito questo mio glorioso signore duca Cosimo. Ma, considerato poi quanto e' principi grandi hanno per male che un loro servo dolendosi dica la verità delle sue ragioni, io rimediai a questo ; e tutti gli anni che io avevo servito il mio signore il duca Cosimo, quegli, con gran passione, e non senza lacrime, *io gli stracciai e gitta'gli al fuoco con salda intenzione di non mai più scrivergli* (in *Opere*, chap. XII, p. 680, nous soulignons).
>
> *Passés deux jours, je vis mon seigneur troublé sans jamais lui en avoir donné aucun motif ; et, malgré le fait de lui avoir demandé plusieurs fois la permission, il ne me l'a pas donnée, ni m'a commandé quoi que ce soit ; c'est pourquoi je n'ai pu servir ni lui ni d'autres, et d'ailleurs je n'ai jamais su la cause de cette grande disgrâce. Mais, en proie au désespoir, j'ai cru que ce gran mal venait*

> *des influences célestes qui nous dominent, je commençai donc à écrire toute ma vie et mon origine ainsi que tous ce que j'avais fait en ce monde : et ainsi je parlai de toutes les années pendant lesquelles j'avais servi ce glorieux seigneur, le duc Cosme. Cependant, ayant considéré combien les grands princes ne peuvent souffrir qu'un de leurs serviteurs se plaigne en disant la vérité sur ses raisons, j'y trouvai un remède ; et toutes les années pendant lesquelles j'avais servi mon seigneur le duc Cosme, celles-ci, avec grande passion et non sans larmes, je les déchirai et les jetai au feu avec la ferme intention de ne plus jamais les écrire* (notre traduction).

On découvre ainsi les raisons déclarées qui ont poussé l'auteur à écrire son autobiographie et le caractère dramatique des choix et des omissions qui auraient pu aggraver sa position vis-à-vis de la cour. Ce courtisan maladroit, trop passionnel et sincère pour l'être jusqu'au bout, n'hésite pas à parler d'ennemis directs des Médicis en les éclairant d'une lumière sinistre. C'est le cas du banquier Bindo Altoviti, personnage puissant du monde financier de l'époque, et collectionneur d'œuvres d'art.

Dans le manuscrit il est cité, entre autres, à la fin du chapitre 78 de la deuxième partie (fol. 479 b, voir figure 8) dans un récit raturé par Cellini :

> < Bindo di Antonio Altoviti, il quale per essersi fatto ribello egli non mi voleva più dare la mia provvisione dei 15 scudi d'oro in oro il mese, come lui mi era ubbrigato ; e sebbene il duca aveva dato ordine che e' mi fussi reso il mio capitale, il qual'era mille dugento scudi d'oro in oro, et mi rimetteva in nel mio capitale libero, perché li detti danari erano in mano del detto Bindo a vita mia, et il duca aveva dato commissione che e' mi fussino resi dandomi cento scudi il mese insino che io fussi finito di essere pagato, questo si era molto mio grande utile. Ma conosciuto che quei 15 scudi mi davano aiuto grandissimo et ancora temevo della mia mala fortuna che io avevo con el duca che mi faceva pensare che le pessime invidie mi potrieno tanto offendere, che io talvolta arei potuto perdere l'uno e l'altro assegnamento ; il quale si era, che dipoi la morte del detto Bindo la bontà dei sua dua figliuoli mi avevano fatto intendere, che mi darebbono la mia solita provvisione di 15 scudi et che mi pagherebbono di tutto 'l tempo che era passato, il quale montava più di trecento scudi d'oro. Considerato l'uno e l'altro caso e vedutomi senza figliuoli, io

> mi risolsi che e' fussi 'l mio meglio il pigliar la mia provvisione e li detti 300 scudi. >
>
> < *Bindo fils d'Antonio Altoviti, qui s'était rebellé, ne voulait plus me donner mes intérêts de 15 écus d'or en or à chaque mois, comme il y était obligé ; et bien que le duc eût ordonné qu'on me rende mon capital, qui consistait en mille deux cents écus d'or en or, et en me les remettant en mon capital libre, car la dite somme était dans les mains de Bindo pour la durée de ma vie, et le duc avait donné la consigne qu'on me les rende dans la mesure de cent écus par mois jusqu'au remboursement de toute la somme. Cela m'était très utile. Etant donné que ces 15 écus m'aidaient énormément et que je craignais aussi ma mauvaise fortune dans mes relations avec le duc, puisque je pensais aux envies redoutables qui auraient pu me nuire gravement, j'aurais pu perdre et l'une et l'autre attribution ; quant à cette dernière, les accords étaient qu'après la mort du dit Bindo, ses deux fils dans leur bonté m'avaient laissé entendre qu'ils me donneraient les intérêts habituels de 15 écus et qu'ils me payeraient, sur toute la période qui s'était écoulée, une somme de plus de trois cents écus d'or. Ayant considéré les deux modalités et comme je n'avais pas d'héritiers, je pensai qu'il valait mieux pour moi prendre mes intérêts et la dite somme de 300 écus* > (notre traduction).

Cellini voulut éliminer ce récit car il s'aperçut qu'il avait anticipé la mort de Bindo Altoviti : en fait ce dernier mourut en 1556, l'auteur aurait dû narrer auparavant d'autres faits le concernant[7]. S'agit-il d'une simple erreur chronologique, ou bien d'un détail trop personnel révélant l'intense activité financière de Cellini, ou encore d'une limitation des références à un redoutable ennemi des Médicis? Les trois raisons sont ici associées pour expliquer l'importante rature dans le manuscrit, rature qui rend compte des hésitations, des perplexités, des repentirs qui ont accompagné la rédaction de cette *Vita* assez singulière dans son genre.

On peut observer des ratures et des ajouts d'une main non identifiée dans des passages "critiques" qui se rapportent au Duc. Dans son édition critique, Bacci les attribue au deuxième copiste qui suivrait ainsi les désirs

7. Cf. Note de Bianchi cité in Cellini, *Vita*, a cura di M. Lepore, Milano, Anonima ed. Viola, 1942, pp. 493-494.

de l'auteur (cf. Bacci, *op. cit.*, p. 328). Nous avons examiné une page particulièrement significative à cet égard :

> Però non conoscendo io che questo Signiore aveva < più modo di mercatante che di duca, > liberalissimamente procedevo con sua Eccellenzia come duca < e non come mercatante >. Fecigli le suppliche, alle quale sua Eccellenzia liberalissimamente rispose (fol. 444a, cf. II, 53, p. 522).
>
> *Je ne pensais pas qu'il avait < une âme de marchand plutôt que de duc > et je traitai avec lui comme je l'eusse fait avec un duc, < non avec un marchand >. J'établis ma requête ; il y répondit généreusement* (p. 302).

L'addition dans la marge de droite, à côté de la première rature apporte une correction avec la phrase suivante : (il avait) "un gran désir de faire de grandes œuvres" ("gran desiderio di fare grandissime imprese"), atténuant ainsi le caractère marchand d'un indigne protecteur. L'intervention du "correcteur" est ici très importante car elle rend les mots raturés presque illisibles (voir figure 9), la page elle-même se présente comme coupée par deux traits d'encre brune.

D'autres corrections, qu'on pourrait attribuer à Varchi, sont beaucoup moins significatives : il suggérerait "pusillanimité" ("pusillanimità") au lieu de "pusillità d'animo", sans même raturer "d'animo", "d'âme", qui devient superflu (cf. fol. 188b). On retrouve sa signature en bas d'un sonnet de lui que Cellini avait cité dans la *Vita* : "In la creduta e non vera morte di Benvenuto Cellini" ("Sur la mort de Benvenuto Cellini qu'on croyait vraie mais qui ne l'était pas") (fol. 219a, I, 84, p. 294). On peut repérer une autre correction de la main de Varchi (fol. 240a) :

> Essendomi risoluto, come io dissi poco fa, di andarmene alla volta di Francia, sì per aver veduto che il papa non mi haveva in quel concetto di prima, ché per via delle male lingue m'era stato intorbidato < cotesta > *la mia* gran servitù (fol. 240a nous soulignons, et cf. I, 94, p. 319).
>
> *[Comme je viens de le dire] j'avais donc décidé de partir pour la France : il était visible que le pape avait changé d'attitude envers*

moi à la suite des calomnies qui avaient annulé le poids de < ces > services que j'avais *rendus* (p. 167).

A la dernière ligne du passage cité, Varchi a probablement biffé le mot "cotesta" ("cette") et il a ajouté en haut "la mia" ("ma") et pour cause, puisque cet adjectif démonstratif indique en italien ce qui est proche ou relatif à l'interlocuteur : voilà encore un autre exemple de conseil donné par un "ami" et homme de lettre qui ne veut nullement modifier le style inimitable de l'écrivain-orfèvre.

A part quelques taches d'encre, l'écriture est très régulière (aussi bien celle de Cellini que celle du scripteur). Vers la fin de la *Vita*, on peut très bien déterminer le début des pages autographes puisque le folio 464b (voir figure 10) présente dans la moitié inférieure de la page une écriture précise, serrée et presque "gravée" sur le papier, trace incontestable de la main de Cellini.

La dernière page, le fol. 520a, contient uniquement une phrase tout en haut de la page : "Dappoi me ne andai a Pisa" ("après je m'en allai à Pise") ; cela pourrait laisser supposer que la page, et par conséquent, la *Vita*, sont restées inachevées. Mais chez l'artiste-écrivain cela pourrait s'expliquer : c'est les *Trattati* qui retenaient son attention et son énergie d'écrivain. Dans cet héritage hautement "technique", Cellini croyait laisser le meilleur de lui-même, sans soupçonner que sa *Vita* ferait de lui l'orfèvre le plus célèbre du monde.

Les premières éditions imprimées de la Vita

Le manuscrit de Cellini dut attendre presque deux siècles avant d'être édité. Il existe plusieurs éditions partielles ou intégrales de la *Vita* dont la première trace remonte à 1728. Il s'agit de l'œuvre posthume de Baldinucci qui utilisa un manuscrit de la *Vita* pour écrire la vie de Primatice :

1. *Notizie de' Professori del disegno da Cimabue in qua, secolo III e IV, dal 1400 al 1550*, divisé en *Decennali*, par Filippo Baldinucci florentin de l'Accademia della Crusca, Firenze, Tartini & Franchi, 1728. Il rapporte de nombreux passages de la *Vita* à partir de "Avendo fra le mani le suddette opere, cioè il Giove d'Argento"... ("Ayant entre les mains les œuvres susdites, à savoir le Jupiter en argent") jusqu'à : "A questo il Re disse : chi ha

voluto disfavorir quest'uomo, gli ha fatto un gran favore" ("A cela le Roi dit : qui a voulu desservir cet homme, lui a rendu un grand service", pp. 268-277). Baldinucci cite le manuscrit original (p. 267), mais ne précise pas de quel texte il tire sa citation. Il est difficile de l'établir, puisque les passages qu'il utilise s'éloignent partiellement du manuscrit original.

La première édition complète de la *Vita* fut publiée en 1728 par Antonio Cocchi, médecin et écrivain célèbre (1695-1798). Voici le titre exacte de l'ouvrage :

> Vita di Benvenuto Cellini orefice e scultore fiorentino da lui medesimo scritta, nella quale molte curiose particolarità si toccano appartenenti alle arti ed all'Istoria del suo tempo, tratta da un ottimo manoscritto, e dedicata all'eccellenza di Mylord Riccardo Boyle etc. In Colonia, per Pietro Martello, s. a.
>
> *Vie de Benvenuto Cellini orfèvre et sculpteur florentin écrite par lui-même, dans laquelle sont évoqués plusieurs détails curieux appartenant aux arts et à l'histoire de son temps, tirée d'un excellent manuscrit et dédiée à son Excellence Mylord Riccardo Boyle etc. A Cologne, Ed. Pietro Martello, sans date* (mais en réalité 1728).

Cette édition ne porte pas le nom de l'éditeur du texte cellinien, mais nous avons la preuve qu'il s'agit bien de lui, car il a inséré par la suite son *Introduction* à la *Vita* dans ses *Discorsi toscani* (Firenze, Barducci, 1762, in-4°, II partie, chapitre 183). L'édition de Cologne – qui en réalité fut imprimée à Naples – fut réalisée grâce au musicien Gaetano Bernestadt ou Berenestadt et elle fut contrefaite à Florence en 1792 par Bartolini (cf. Melzi, *Dizionario di opere anonime e pseudonime*, Milano, 1859 et O. Bacci, *Introduzione*, in *Vita* di Benvenuto Cellini, *op. cit.*, p. XXXIII).

Cocchi insiste sur l'utilité morale de la *Vita* et affirme avoir suivi fidèlement le manuscrit, sauf pour certains passages qui lui paraissaient d'une compréhension difficile :

> Ho osservato esattamente (eccetto che in alcuni pochi periodi sul principio, che malamente intendere si potevano) la struttura del discorso, qual io l'ho trovata nel M.S., benché in alcuni luoghi qualche poco diversa dall'uso stabilito.

> *J'ai observé exactement (sauf dans quelques périodes au début, qui pouvaient être difficilement comprises) la structure du discours telle que je l'ai trouvée dans le manuscrit, bien que dans certains passages elle fût différente de l'usage établi.*

Selon Orazio Bacci le texte de Cocchi ne dérive pas du manuscrit qu'il indique par B, c'est-à-dire le *Laurenziano palatino CCXXXIV,* de la Bibliothèque Mediceo-Laurenziana comme le crut Bandini (cf. Bandini supplém. t. 3° col 476) ; plus vraisemblablement il est en relation avec le manuscrit que Bacci indique par C, à savoir un manuscrit Laurenziano Antinori 229 (ancienne côte 140 A.V.) du XVIIIe siècle (cf. Bacci, *Introduzione*, in *op. cit*., p. XXIX), ou bien avec d'autres manuscrits se rapprochant de celui-ci.

A propos de l'édition de Cocchi, Gamba affirme que parmi les exemplaires de la *Vita* il en existe un qui a été étudié par Alfieri :

> Uno ricco di postille autografe di V. Alfieri venne dall'egregio pittore cav. Fabre regalato alla Biblioteca di Montpellier l'anno 1828 – Vend. Pinelli 16 (*Serie dei testi di lingua*, Venezia, 1839).

> *Un [exemplaire] plein d'annotations autographes de V. Alfieri fut donné par l'illustre peintre chevalier Fabre à la Bibliothèque de Montpellier en l'an 1828 – Vend. Pinelli 16*[8].

Tassi parle également de l'exemplaire commenté par Alfieri (*Prefazione*, in Tassi, *op. cit*., p. LXV), il n'en cite que quelques notes rédigées par Alfieri "pour son étude personnelle" ("per proprio studio"). L'édition apparaît annotée de la page 1 à la page 5 (cf. Bacci, *op. cit*., pp. XXXIV-XXXV).

---

8. Nous regrettons de ne pas avoir pu consulter l'exemplaire annoté par Alfieri ; bien que ces notes ne concernent que les cinq premières pages de la *Vita*, il s'agit toujours d'un autre auteur d'autobiographie qui a en quelque sorte accueilli l'héritage cellinien. L'exemplaire en question aurait dû se trouver auprès de la Bibliothèque municipale de Montpellier, mais il est ici introuvable, bien que, d'après nos recherches, il soit signalé dans les anciennes côtes du "Fonds Alfieri" (côte 6100). Le Directeur de la Bibliothèque, à ce jour, n'est pas en mesure de répondre de ce précieux témoignage. Heureusement les annotations d'Alfieri ont été transcrites par Tassi (*op. cit.,* p. 1).

Le manuscrit que Bacci indique par D est le *magliabecchiano* (XVII, V, 29) de la Bibliothèque Nationale de Florence ; alors que le manuscrit E correspond au manuscrit de l'Académie des Beaux Arts de Florence (côte : segn. 101) qui date probablement du XIXe siècle. Il s'agit d'une copie qui corrige et modernise le texte sans une véritable logique. Voici le schéma génétique auquel est parvenu Bacci :

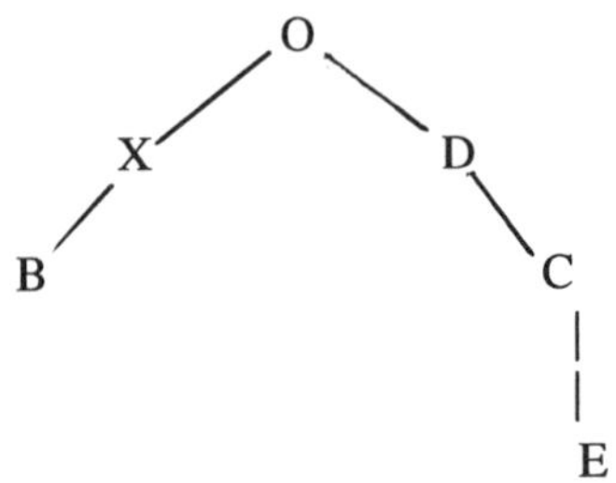

Le premier qui donna une édition critique de la *Vita* fondée sur le manuscrit original fut Tassi en 1829 (*op. cit.*, avec des documents inédits). Dans sa préface il parle du précieux manuscrit que Baldinucci aurait vu chez les héritiers de Andrea Cavalcanti et dont il publia un certain nombre de paragraphes dans la *Vie* de Primatice.

Tassi parle aussi de la découverte et de l'acquisition de l'original (manuscrit ayant appartenu à Lorenzo Cavalcanti et successivement à Francesco Redi) de la part de Monsieur Louis de Poirot en 1810.

Un document officiel atteste finalement la réception du manuscrit de la part du Bibliothécaire de la Laurenziana de Florence le 9 mars 1825, selon la volonté testamentaire de Monsieur Poirot.

Tel fut l'itinéraire qui amena le manuscrit de l'autobiographie cellinienne – comme par prédestination – à la Biblioteca Laurenziana, au cœur même de Florence, dans ce lieu prestigieux qui, avec son architecture et sa décoration, garde tout l'héritage artistique de cette "Ecole florentine" que Cellini aimait bien appeler l'"Ecole du monde".

Chapitre II

Le genre littéraire : mémoires, souvenirs, autobiographies

Autobiographies et biographies d'artistes : les conventions du genre

Lorsque Cellini commence à dicter la *Vita*, il sait parfaitement à quel genre littéraire son ouvrage appartient : il s'agit d'un cas particulier du récit autobiographique, à savoir l'*autobiographie d'artiste*.

Si la critique romantique a fait de Cellini un écrivain "spontané", la critique positiviste a rétabli le juste rôle que le genre littéraire a joué dans la conception de cet ouvrage singulier[1]. Il faudrait chercher les modèles du genre dans le vaste panorama des biographies et des autobiographies d'artistes du XVe et XVIe siècles, sans pour autant nier les aspects tout à fait

1. Voir à ce sujet l'étude de Bruno Maier, *Svolgimento storico della critica celliniana : I. Dal Cinquecento a tutto l'Ottocento* et *II. Gli studi celliniani nel Novecento*, Trieste, "Annali triestini", Editrice Università di Trieste, 1950, vol. XX, pp. 1-32 et 1951, vol. XXI, pp. 1-44. Pour la définition du genre autobiographique et pour l'étude du rapport auteur/lecteur, nous renvoyons à l'œuvre de Philippe Lejeune, *Le pacte autobiographique*, Paris, Seuil, 1975.

spécifiques de la *Vita* de Cellini, et qui la situent décidément au-delà de ses hypothétiques modèles.

On ne peut plus accepter aujourd'hui l'image, accréditée par Baretti et Bacci, d'un Cellini illettré dont la prodigieuse écriture spontanée constituerait un exemple de prose "parlée" à la Renaissance.

Cellini avait une profonde conscience du style et du genre littéraire de son entreprise : à travers la comparaison avec d'autres textes contemporains ou antérieurs par rapport à Cellini, on arrive à identifier les aspects les plus "conventionnels" de la *Vita*. A cause de la transfiguration de la réalité remémorée et des choix stylistiques de l'auteur, la *Vita* se situe bien au-dessus des mémoires ou "ricordanze" de l'époque, car elle s'impose dans le panorama littéraire par son caractère inimitable.

La conscience du genre

La conscience du genre littéraire apparaît très nettement chez Cellini, puisqu'il tient à souligner la distinction entre autobiographie et *cronica* : les faits historiques ne l'intéressent pas, c'est sa vie qui est au centre de la narration. A chaque fois que le fait historique surgit sur la scène de l'écriture, l'auteur indique clairement les limites précises de la matière de la narration, rejetant le rôle de l'historien ou du "chroniqueur" :

> Quel cardinale Orsino ditto mi voleva fare impiccare o ammazzare in ogni modo : alla qual cosa il Papa arditamente mi difese. Le gran parole che occorson fra loro, se bene io le so, *non facendo profession di scrivere istorie*, non mi occorre dirle : solo attenderò al fatto mio (I, 38, p. 179, nous soulignons).
>
> *Le susnommé cardinal Orsino voulait me faire pendre ou tuer par n'importe quel moyen : mais le Pape me défendit courageusement. Bien que je connaisse l'importance des mots qu'ils échangèrent, je n'ai pas besoin de les rapporter, puisque je ne suis pas historien : je m'en tiens à mes affaires* (notre traduction).

Le "pacte autobiographique" – pour reprendre la formule de Philippe Lejeune – que Benvenuto établit avec son "piacevolissimo lettore" ("très aimable lecteur") (II, 83, p. 581) précise qu'il ne s'agit pas de "cronache", mais que l'auteur s'engage à raconter tout ce qui concerne sa vie, et il faudrait ajouter pour la précision, sa vie "professionnelle" :

> E perché io non mi voglio curare di scrivere in questa mia Vita cose che s'appartengono a quelli che scrivono le *cronache*, però ho lasciato indietro la venuta dello Inperadore...(II, cap. 43, p. 501, nous soulignons).
>
> *Puisque je ne veux pas rapporter dans ma Vie des faits relevant de la chronique historique, j'ai passé sous silence la venue de l'Empereur...* (notre traduction).

Les événements historiques n'apparaissent que vaguement esquissés sur la toile qui décore la scène – presque théâtrale – dominée par la figure du protagoniste en action. Mais le texte historique a son importance, l'auteur y puise des renseignements qu'il insère ensuite dans son récit autobiographique : la *Cronica* de Giovanni Villani est l'une des sources de la *Vita*, c'est l'auteur lui-même qui l'affirme au deuxième chapitre :

> Troviamo scritto innelle croniche fatte dai nostri Fiorentini molto antichi e uomini di fede, secondo che scrive Giovanni Villani, sì come si vede la città di Fiorenze fatta a imitazione della bella città di Roma, e si vede alcuni vestigi del Colosseo e delle Terme (I, 2, p. 82).
>
> *Dans les chroniques laissées par nos ancêtres florentins, hommes dignes de foi, comme le rapporte Giovanni Villani, il est écrit que Florence fut bâtie à l'imitation de notre belle ville de Rome. On y trouve des vestiges d'un Colisée et de Thermes* (notre traduction).

En effet, l'auteur avait lu la *Cronica* de Villani quand il était prisonnier au Château Saint-Ange (I, 107). Cellini s'appuie donc sur l'autorité d'un historien pour fonder la véridicité des faits qu'il commence à narrer : là aussi l'écrivain précise son rapport au lecteur, il lui demande un acte de confiance et il assure que tout ce qui sera dit n'est rien d'autre que la vérité. C'est une autre manière de confirmer les modalités d'un "pacte autobiographique" au tout début de la *Vita* pour conquérir la fidélité d'un lecteur qui devra le suivre jusqu'au bout de sa narration, pas toujours véridique, pleine d'omissions, d'erreurs chronologiques, d'éloges démesurés, de transfigurations et de véritables visions.

La citation érudite tirée de la *Cronica* de Villani (I, 38) est un signe du vaste patrimoine culturel de l'auteur, véritable homme de la Renaissance aux intérêts multiples, artiste, écrivain, musicien, lecteur passionné... Cette citation fait toujours partie d'un contexte florentin : Giovanni Villani, né à Florence en 1276, décida de témoigner du rayonnement de sa patrie quand il se trouvait à Rome en 1300 ; il fit l'éloge de la civilisation mercantile de la Commune tout en reconstituant les origines romaines de Florence. C'est un historien "humaniste" avant la lettre en quelque sorte, puisque ses écrits révèlent une sensibilité très proche de l'esprit du Quattrocento. C'est un historien de l'âge de la transition, oscillant entre Moyen Age et Humanisme, entre la condamnation et l'exaltation de la civilisation du "fiorino" et de l'expansion économique de Florence.

Le témoignage de Benvenuto a – lui aussi – une valeur historique remarquable : même s'il ne s'agit que de l'autobiographie d'"un povero artista", les historiens ont de plus en plus tendance à croire aux faits narrés, puisque les recherches effectuées auprès des Archives de Florence donnent raison à l'orfèvre. Un grand spécialiste de Cellini, Pietro Calamandrei, s'exprime en ces termes :

> En recueillant, depuis quelques années, des documents inédits sur les affaires judiciaires complexes de Benvenuto Cellini, d'où non seulement émerge le type de querelleur le plus arrogant, à la main la plus leste, qui ait jamais jouté dans les tribunaux, mais où on découvre aussi, presque par transparence, que derrière les pages de la Vita il y a plus de vérité qu'on ne le croit communément, j'ai eu l'occasion d'examiner une série de documents qui — appartenant au domaine artistique — ne trouveraient pas leur place dans un livre destiné à reconstruire des contrats et des querelles (*op. cit.*, p. 165).

Il s'agit donc d'une autobiographie ayant valeur historique, non seulement parce que la plupart des faits racontés trouve confirmation dans les registres et dans les archives publiques, mais surtout parce que nous y retrouvons certains aspects du milieu artistique et littéraire florentin et romain, la sombre atmosphère du Sac de Rome, en somme les traces de ces *déchirures de l'histoire* — la Réforme, la Contre-réforme, le Sac, la peste

— telles qu'elles se présentent dans le cadre d'une problématique de la création.

Le genre autobiographique ne peut pas coïncider avec les “souvenirs”, les mémoires ou “ricordanze” des artistes du temps, qui n'atteignent pas le niveau du récit autobiographique et le plus souvent n'ont pas un caractère véritablement littéraire. Il suffit de lire les “ricordanze” de Léonard, ou le *Diario* de Pontormo ou bien les *Ricordi* de Michel-Ange, ou encore ceux de Vasari pour s'en convaincre.

Les *Ricordi* de Michel-Ange ont plutôt un caractère d'écriture comptable, tandis que ses lettres — quoique très significatives — n'ont pas la valeur d'un récit autobiographique (cf. Michelangelo, *Ricordi*, a cura di P. Barocchi et L. Bardeschi Ciulich, Firenze, Sansoni, 1970). Voici à titre d'exemple un extrait des *Souvenirs* de Michel-Ange :

> Sia noto chome io Michelagniolo schultor fiorentino, trovandomi a Charrara per marmi per mie opere nel mille cinque cento sedici, ebi chommessione da papa Leone di fare cavare marmi per la facciata di San Lorenzo di Firenze sechondo uno disegnio io gli aveo facto di decta opera.
> Di poi a dì octo o più vero dì del mese di giennaio in decto tempo ebbi da papa Leone ducati mille larg(h)i per el sopra decto chonto per le mani di Iachopo Salviati, e chontòmegli in Charrara uno suo servidore decto Bentivoglio (XCVIII, 10 marzo 1520, *ibidem*, p. 101).

> *Je rends notoire le fait que moi, Michel-Ange, sculpteur florentin, me trouvant à Carrare en mille cinq cent seize pour les marbres destinés à mes œuvres, je fus chargé par le pape Léon de choisir les marbres pour la façade de Saint Laurent à Florence suivant un dessin que j'avais fait de la dite œuvre.*
> *Ensuite autour du huit janvier en cette période je reçus de la part du pape Léon, par l'intermédiaire de Iacopo Salviati, mille ducats largement suffisants pour la dite dépense, et un de ses serviteurs nommé Bentivoglio me les compta à Carrare (XCVIII, le 10 mars 1520).*

Une autre écriture du quotidien, mais qui n'appartient pas au genre “ricordi” est le *Journal* de Pontormo (*Diario di Jacopo da Pontormo fatto nel tempo che dipingeva il coro di San Lorenzo*, la première édition a été publiée par Frederick Mortimer Clapp, in *Pontormo*, New Haven, 1916, trad. fr. *Le journal de Jacopo da Pontormo*, par Jean-Claude Lebensztejn, Paris, Aldines, 1992). Son *Diario* d'une lucidité sans égale, témoigne, sur le mode de l'enregistrement quotidien et fragmentaire, de la crise de l'artiste et de ses obsessions les plus profondes. On pourrait lire tout ce qui n'est pas écrit dans le texte, tout le non-dit, le silence effrayant qui se cache derrière ses annotations, la solitude et l'isolement de l'auteur, mais il est difficile d'attribuer à ces notes un caractère littéraire. La modernité de cette écriture du "document humain" a fait penser à la fonction révolutionnaire et troublante d'un texte d'Artaud : *Pour en finir avec le jugement de dieu*, dont la diffusion fut interdite par le directeur de la Radio en 1948. L'écriture de la maladie, côtoyant la mort, fait peur par son pouvoir déstabilisant : Pontormo — tout comme Cellini — s'inscrit dans la continuité d'une écriture du moi qui appartient à notre modernité.

Une vie d'artiste

Dans le sonnet qui précède le récit autobiographique Cellini déclare le but ultime de l'écriture (voir figure 2) :

> Questa mia vita travagliata io scrivo
> per ringraziar lo Dio della natura,
> che mi diè l'alma e poi ne ha 'uto cura,
> alte diverse imprese ho fatte e vivo.
>
> *Je vais conter ici ma vie et ses tourments*
> *Pour rendre grâce au Dieu maître de la nature*
> *Qui m'a donné une âme et puis en a pris soin,*
> *Tant j'ai réalisé d'exploits de mon vivant*

Ecrire pour remercier Dieu, voilà donc la devise de l'auteur, une forme de dévouement qui n'occulte pas l'exaltation de sa propre personnalité dans les vers qui suivent :

> Quel mio crudel Destin, d'offes'ha privo
> vita, or, gloria e virtù più che misura,
> grazia, valor, beltà, cotal figura
> che molti io passo, e chi mi passa arrivo.

> *Mon Destin si cruel oublie enfin ses coups*
> *Devant ma vie de gloire et prouesses sans nombre*
> *Grâce, valeur, beauté forment un tel ensemble*
> *Que j'en dépasse beaucoup et rejoins qui me passe*

Dieu est encore remercié à la fin du premier chapitre puisque l'auteur a pu échapper à des "innistimabili mali" : le récit du survivant a une fonction essentiellement didactique car tous les hommes vertueux ont le devoir d'écrire leur vie en tant qu'*exemplum* :

> Tutti gli uomini d'ogni sorte, che hanno fatto qualche cosa che sia virtuosa, o sì veramente che le virtù somigli, doverieno, essendo veritieri e da bene, di lor propria mano descrivere la loro vita (I,1 p. 81).

> *Tous ceux qui ont fait dans leur vie quelque chose de vertueux, ou qui ressemble à la vertu, devraient avec sincérité et honnêteté, décrire de leur propre main leur vie* (notre traduction).

L'intention didactique affichée par l'auteur n'est pas sans rappeler le début de la *Vie d'Agricola* de Tacite où il est affirmé qu'il faut écrire "ad prodendam virtutis memoriam" ("pour que le souvenir de la vertu serve d'exemple", chap. I).

Un *topos* classique qu'on retrouve également chez Raffaello da Montelupo, dans la première page de son "fragment autobiographique" :

> sentendo i casi prosperi e aversi e pericoli della morte esermi avenuti in questo itenpo, coloro che leggeranno, se mai ne sarà alcuno, potrà darli non poco aiuto quando o in simili o altri si ritroverà (Raffaello, *Frammento autobiografico*, in Guglielminetti, *La Vita di Benvenuto Cellini*, Torino, Giappichelli, 1974, p. 103).

> *la connaissance des événements heureux et malheureux, des dangers de mort qui me sont arrivés en ce temps, pourra aider considérablement ceux qui liront, s'il y en a, lorsqu'ils se trouveront dans des cas semblables ou différents.*

D'une dizaine d'années postérieure au commencement de la *Vita*, la première page du fragment de cet élève de Michel-Ange faisant partie de l'entourage de Cellini, révèle plus d'un caractère commun avec l'autobiographie de l'orfèvre florentin. Dieu est évoqué dès les premières lignes :

> Mi sono messo nel animo di schrivere con la gratia del onipotente Dio, fatore e datore del tuto, tuto quello che mi é achaduto nella mia vita dalli anni che io mi ricordo aver conosciuto il bene dal male, i quali sichondo me cominciano alli 10 anni, perinsino alli sessanta quatro, che al presente mi trovo (*ibidem*).
>
> *L'idée m'est venue à l'esprit d'écrire avec la grâce de Dieu tout-puissant, qui a créé et nous a donné toute chose, tout ce qui m'est arrivé au cours de ma vie à partir des années où je me souviens avoir distingué le bien du mal, qui commencent à mon avis autour de 10 ans, jusqu'à mon âge actuel de soixante-quatre ans.*

Comme Cellini, Raffaello da Montelupo déclare avoir traversé des moments très difficiles (la peste, le Sac de Rome où il combattait à côté de Benvenuto) ; une sorte de justification d'ordre didactique atténue la vanité démesurée de celui qui ose parler de soi. Ainsi nous lisons :

> parendo che forse io abbia fatto questo per un non soché di gloria mondana il che non voglio negare qualche poco (*ibidem*).
>
> *apparaissant que peut-être j'ai fait ceci pour une certaine gloire mondaine, ce que je ne veux pas nier tout à fait.*

Cellini lui aussi exprime des réserves sur la vanité de l'autobiographie, mais il y trouve un remède, quoique purement illusoire :

> Io avevo cominciato a scrivere di mia mano questa mia Vita, come si può vedere in certe carte rappiccate, ma considerando che io perdevo troppo tempo e parendomi una smisurata vanità, mi capitò inanzi un figliuolo di Michele di Goro dalla Pieve a Groppine, fanciullino di anni XIII incirca ed era ammalatuccio (p. 80).
>
> *J'avais commencé à écrire ma Vie de ma propre main, comme on peut le voir sur quelques pages recollées. Mais je vis que je perdais*

> *trop de temps ; de plus, l'entreprise me parut d'une vanité démesurée. C'est alors que me tomba du ciel un fils de Michele di Goro, de Pieve a Groppine, jeune garçon chétif de treize ans environ (p. 9).*

Puisque l'acte d'écrire est délégué, le péché de vanité disparaît comme par magie : voici l'un des nombreux passages de la *Vita* où nous retrouvons un protagoniste affichant une désinvolture surprenante face au problème du bien et du mal (il est prêt à se pardonner bien d'autres péchés tels que meurtre, torture, sodomie, etc.). Mais au deuxième chapitre déjà, la vanité n'est plus un problème car pour l'orfèvre "gli è necessità vivere innel modo che uno truova come gli altri vivono, però in questo modo ci si interviene un poco di boriosità di mondo" (I, 2, p. 82) *(il faut bien vivre à la manière des autres, et là intervient un peu d'ambition bien humaine, p. 11).* Probablement Cellini pensait au *Memoriale* de Baccio Bandinelli, son adversaire sur le plan artistique à la cour de Cosme de Médicis. Bandinelli, lui aussi, rédige les mémoires de sa vie, qui constituent en quelque sorte son autoportrait idéal. Il donne beaucoup d'importance à l'attribution du titre de "Cavaliere di S. Iacopo" de la part de l'empereur Charles V qui confirme ainsi ses nobles origines :

> Desiderando io adunque e avendo intenso il desiderio di rendere qualche splendore alla mia casa, presa l'occasione della venuta di Carlo V in Italia, l'anno che in Bologna fu coronato da Clemente VII e fu restituito lo stato di Milano a Francescho Sforza, richiesi lo Imperadore che mi volesse fare cav.re di S.o Iacopo, avendogli attestato il papa, quale in tale occasione, come suo cortigiano, aveva accompagniato, che io ero nato di antichissimo e nobilissimo sangue de' Bandinelli di Siena, e che papa Allessandro 3°, quale combatté con Federigo Barbarossa, era stato della mia casa (*Memoriale* (*Memoria* VII), in *Scritti d'arte del Cinquecento*, a cura di Paola Barocchi, Torino, Einaudi, 1979, vol.VI, pp. 1371-1372).

> *Comme j'avais le désir, un désir intense, de faire rayonner en quelque manière le nom de ma famille, je saisis l'occasion de la venue de Charles Quint en Italie, l'année où il fut couronné par Clément VII à Bologne et où l'état de Milan fut rendu à Francesco Sforza, pour demander à l'Empereur de m'attribuer le titre de Chevalier de Saint Jacques, car le pape, que j'avais accompagné en tant qu'homme de sa cour, lui avait assuré que la lignée dont je*

> *descendais, les Bandinelli de Sienne, était très noble et très ancienne, et que le pape Alexandre III, qui combattit contre Frédéric Barberousse, avait appartenu à ma lignée (Mémoire VII).*

Cellini connaît le désir de parvenir à la noblesse de son rival Bandinelli et donne une image opposée de son propre statut social. L'orfèvre avait été en effet apprenti auprès de son père, Michelagniolo Brandini, dont il parle au chap. 7 de la première partie de la *Vita* :

> Il mio buon padre [...] mi mise a bottega col padre del cavalieri Bandinello, il quale si domandava Michelagniolo, orefice da Pinzi di Monte, ed era molto valente in tale arte : *non aveva lume di nissuna casata*, ma era figliuolo d'un carbonaio (I, 7, p. 93) (nous soulignons)

> *Mon pauvre père [...] me plaça dans l'atelier du père du chevalier Bandinelli qui répondait au prénom de Michelangelo et était originaire de Pinzi di Monte. C'était un orfèvre très capable. Il n'était pas de famille connue, mais fils d'un charbonnier (p. 19).*

Et dans le *Traité de l'orfèvrerie* Cellini ne rate pas l'occasion de dénoncer la vanité de Bandinelli, tout en l'appelant par le diminutif “Baccino” :

> Baccino [...] da per sé si cercò del casato de' Bandinelli. E perché egli non aveva né casata, né arme, si prese quel segno ch'ei si portava del cavalieri, per arme (*Trattato dell'oreficeria*, in *Opere*, *op. cit.*, p. 596)

> *Baccino [...] revendiqua lui-même son appartenance à la famille des Bandinelli. Et puisqu'il n'avait ni lignée ni armoiries, il choisit comme armoiries ce signe du chevalier qu'il portait.*

Le même souci de fonder l'appartenance à la noblesse justifie la présence d'un autre élément dans les biographies et autobiographies d'artistes : la description de l'“arme”, les armoiries, image ayant un haut pouvoir symbolique. Par conséquent on peut connaître l'écusson de Brunelleschi, en lisant la *Vita di Filippo di Ser Brunellesco* attribuée à Antonio Manetti (in *Prosatori volgari del Quattrocento,* a cura di Claudio Varese, Riccardi

Ricciardi ed., Milano-Napoli, 1955, p. 548). Quant à Bandinelli, en deux occasions il décrit son propre écusson dans le *Memoriale*, de manière fort détaillée (*Memoria VI, op. cit.*, p. 1368). Cellini n'échappe pas à la règle du genre et, après avoir décrit son écusson, il raconte comment il l'a transformé ; paradoxalement, ici le signe de la noblesse devient lui-même une création de l'art :

> Appresso feci intagliare in detta lapida l'arme nostra de' Cellini, *la quale io l'alterai* da quel che l'è propria ; perché si vede in Ravenna, che è città antichissima, *i nostri Cellini onoratissimi gentiluomini*, e' quali hanno arme un leone rampante di color d'oro in campo azzurro, con un giglio rosso posto nella zampa dritta, e sopra il rastrello con tre piccoli gigli d'oro. *Questa è la nostra vera arme de' Cellini*. Mio padre me la mostrò, la quale era una zampa sola con tutto il restante delle ditte cose ; ma a me piacerebbe che si osservassi qualla dei Cellini di Ravenna sopra detta (I, 50, p. 209, nous soulignons).

> *Je fis ensuite graver sur la dalle les armes des Cellini légèrement modifiées, car, à Ravenne, ville très ancienne, il existe une branche de la famille Cellini, formée de gentilshommes fort estimables, qui ont pour armes un lion couleur d'or, rampant sur champ azur, un lis rouge dans la patte droite et en haut un lambel avec trois petits lis d'or. C'est cela, le vrai blason des Cellini. Mon père m'en montra un qui ne comportait que la seule patte du lion, le reste étant inchangé ; mais moi, j'aimerais mieux conserver celui des Cellini de Ravenne (pp. 92-93).*

L'occasion qui permet à l'auteur de parler de son écu est la sépulture de son frère Cecchino ; par conséquent il associe une mort valeureuse au symbole de la noblesse. En effet, dans la *Vita* la noblesse des origines est toujours liée à la *virtus*, le courage et la valeur dans le combat puisque nous lisons que Luca Cellini tua Francesco Vicorati “e con l'arme in mano lo vinse e ammazzò” (I, 2, p. 84) (“les armes à la main, l'emporta par sa vaillance et tua l'adversaire”, p. 13).

Du reste, le nom italien désignant le héraut est *arme* (“armes”) qui fait tout de suite penser aux outils de combat (en français le mot “écu” ou “armes” se situe dans la même sphère sémantique).

Cependant, il ne suffit pas de repérer les différents éléments indiquant l'appartenance à un genre littéraire codifié, il faudrait aller au-delà pour déceler les profondes motivations qui ont poussé les biographes, les historiens de l'art, les artistes eux-mêmes à "anoblir" l'image du créateur.

Au XVIe siècle l'artiste se détache progressivement du milieu artisanal protégé par les corporations et il assume de plus en plus le rôle du créateur, homme de génie qui, par son œuvre, est assimilé à Dieu. Michel-Ange est appelé toujours par Cellini "divinissimo", et dans la *Vita*, il se vante de posséder lui-même un pouvoir presque surnaturel quand il parle de son travail artistique.

Cellini *signe* son *Persée*, Michel-Ange *signe* la *Pietà*, l'artiste, par conséquent, est une personnalité irremplaçable et unique dans son acte créateur, qui laisse son héritage à sa patrie, Florence, la "Nazion nostra", et au-delà, à l'humanité tout entière[2]. Son importance augmente de plus en plus, dans le cadre de ses rapports avec les humanistes dans la Florence de Laurent le Magnifique ; ses ouvrages parlent autant que les textes littéraires et philosophiques. Léonard lui-même n'attribue-t-il pas à la peinture la plus haute fonction dans le panorama des disciplines du savoir ? La peinture serait selon lui le lieu par excellence de la spéculation philosophique.

Par conséquent, l'artiste exprime avec force l'exigence d'être reconnu socialement. Le fait de s'attribuer une origine noble, de vanter un blason, participe de ce processus d'émancipation dont nous allons examiner toutes les implications positives mais aussi dramatiques pour l'auteur de la *Vita*.

Les origines nobles de l'artiste

Se construire une généalogie noble et presque "mythique" était dans l'air du temps. On pourrait rappeler à ce propos le cas du pape Pie II au XVe siècle, qui se disait descendant d'Enée, puisque dans la famille

---

2. Donatello signe la statue de *Judith*, comme le rapporte Vasari : "e sì di questa opera si soddisfece, che volle (il che non aveva fatto nelle altre) porvi il nome suo, come si vede in quelle parole *Donatelli opus*" (Vasari, *Vite*, II, p. 406) ("*Cette œuvre le satisfit à tel point qu'il voulut la signer, ce qu'il n'avait jamais fait, on peut y voir ces mots* Donatelli opus", *Vies, op. cit.*, t. III, p. 245).

Piccolomini il y avait beaucoup d'"Enea" et de "Silvio"[3] ; Paul II, de la famille des "Barbo" de Venise faisait dériver ses origines des Aenobarbi, famille romaine d'empereurs. Les Massimi désignaient Fabius Maximus comme leur ancêtre et la famille des Plato de Milan affirmaient descendre du philosophe Platon (cf. Burckhardt, *La civiltà del Rinascimento in Italia*, trad. D. Valbusa, Firenze, 1962, pp. 137 et 433).

Michel-Ange ne fut pas exempt de cette mode et il accepta la descendance des Canossa proclamée par Condivi (*Vita di Michelagnolo Buonarroti raccolta per Ascanio Condivi*, Roma, 1553). Dans son oraison funèbre pour la cérémonie de l'enterrement de Michel-Ange, Varchi aussi évoque les nobles origines de l'artiste "divin" *(Orazione funerale di Benedetto Varchi, fatta e recitata da lui pubblicamente nelle esequie di Michelagnolo Buonarroti in Firenze...*, Firenze, 1564, p. 11). Par contre, dans sa biographie de l'artiste, Vasari exprime un doute à ce sujet (cf. Vasari, *Le Vite de' più eccellenti pittori, scultori e architettori*, 1568, Firenze, Sansoni, 1906, 1973, VII, p. 136 ; *Vies..., op. cit.* trad. par A. Chastel et Claude Mignot, IX, p. 186).

Chez Cellini la reconstruction d'une généalogie répond plutôt à une convention du genre et n'a pas le même poids que chez son adversaire puisque notre orfèvre est convaincu que la vertu ennoblit l'homme. S'appuyant sur la *Cronica* de Giovanni Villani, Cellini évoque le personnage de Fiorino da Cellino, issu de la transfiguration fantastique d'une donnée historique, et qui serait à l'origine de sa lignée. En réalité Villani parle d'un capitaine romain qui est évoqué également par Machiavelli dans les *Istorie Fiorentine* (II, 2) : "Capitano Fiorino, nobile cittadino di Roma della schiera de' Fracchi" (I, 34, "*Capitaine Fiorino, noble citoyen de Rome de la troupe des Fracchi")* Cependant Benvenuto modifie le nom de la ville de naissance de ce personnage qui provenait de Celleno (Viterbe). Nous lisons dans le texte de la *Vita* :

> Aveva Iulio Cesare un suo primo e valoroso capitano, il quali si domandava Fiorino da Cellino, che è un castello il quali è presso a Monte Fiasconi a dua miglia (I, 2, pp. 82-83).

---

3. Cf. à ce sujet l'intéressante étude sur les écrits de Pie II de Jean Lacroix, *I Commentarii di Pio II fra storia e diaristica,* in *Pio II e la cultura del suo tempo*, a cura di Luisa Rotondi Secchi Tarugi, Istituto di Studi umanistici F. Petrarca / Mentis itinerarium, Milano, Guerini e Associati, 1991.

> *Le premier lieutenant de Jules César était un vaillant guerrier appelé Fiorinus, originaire de Cellino, bourg situé à deux milles de Monte Fiasconi* (p. 12).

En désignant "Fiorino da Cellino" comme le véritable ancêtre de sa famille, Cellini répond à une double exigence : non seulement il donne le sceau de la noblesse et de la *virtus* à sa lignée, mais il arrive aussi à souder intimement l'origine du patronyme avec l'origine du toponyme "Fiorenze"[4]. En effet l'auteur précise par la suite :

> Avendo questo Fiorino fatti i sua alloggiamenti sotto Fiesole, dove è ora Fiorenze, per esser vicino al fiume d'Arno per comodità dello esercito, tutti quelli soldati e altri, che avevano a fare del ditto capitano, dicievano : "Andiamo a Fiorenze", sì perché il ditto capitano aveva nome Fiorino, e perché innel luogo era abbundantissima quantità di fiori (I, 2, p. 83).

> *Il établit son camp au-dessous de Fiesole, à l'emplacement actuel de Florence. La proximité de l'Arno était commode pour l'armée ; tous les soldats et ceux qui avaient affaire à Fiorinus disaient : "Allons à Florence" ; sans doute à cause de son nom, ou parce que l'endroit du camp regorgeait de fleurs (p. 12).*

La *Vita* s'ouvre donc sur le *topos* de la généalogie noble de l'artiste, un début dans les "règles du genre". Cependant, Cellini ajoute un caractère

4. Il n'est pas sans intérêt de citer à ce propos les *Vies des hommes illustres du XV*[e] *siècle* par Vespasiano da Bisticci, car l'auteur établit, comme le fera Cellini, le lien entre histoire florentine et histoire de Rome : "E se i singulari uomini ha auti la città di Firenze fussino istati mandati alla memoria delle lettere, come non sono, sarebbono l'opere loro assai simili a quelle degli antichi Romani. Di questi uomini singulari ho trovato la casa vostra degli Strozzi non essere inferiore a ignuna delle altre, per i singulari uomini ha avuti, e massime nel governo della repubblica" ("*Si les hommes exceptionnels que la ville de Florence a eus avaient été transmis à la mémoire des lettres, mais il ne le sont pas, leurs œuvres seraient très proches de celles des anciens Romains. Parmi ces hommes exceptionnels j'ai trouvé que votre famille des Strozzi n'était inférieure à aucune des autres, grâce aux hommes exceptionnels qu'elle a eus, et surtout pour ce qui est du gouvernement de la république*") (in *Prosatori volgari del Quattrocento, op. cit.*, p. 195).

nouveau, puisqu'il affirme qu'il a contribué personnellement à ennoblir sa lignée par ses œuvres artistiques. La problématique de l'émancipation de l'artiste à la Renaissance atteint ici son apogée, puisque la création artistique est placée au-dessus du titre aristocratique et sur le même plan que la *virtus*. Toujours au chapitre 2 de la première partie on peut lire à ce propos :

> io mi glorio d'avere lo ascendente mio da uomini virtuosi. Ora quanto io m'abbia acquistato qualche onore alla casa mia, li quali a questo nostro vivere di oggi per le cause che si sanno, e per l'arte mia, quali non è materia da gran cose, al suo luogo io le dirò ; gloriandomi molto più *essendo nato umile e aver dato qualche onorato prencipio alla casa mia,* che se io fussi nato di gran ligniaggio, e colle mendacie qualità io l'avessi macchiata o stinta (I, 2, p. 84, nous soulignons).

> *Je tire gloire d'avoir une ascendance de gens de cette valeur. Le moment venu, je dirai combien j'ai fait honneur à ma famille respectable, compte tenu des façons de notre époque et d'un métier qui ne permet guère de grandes réalisations. Je suis beaucoup plus fier d'*avoir fondé une famille respectable en étant d'origine humble *que d'être issu de haut lignage et de l'avoir souillée ou ternie par ma faute (p. 13).*

En effet, Benvenuto n'était que fils d'ébéniste, comme le souligne Bacci, mais l'auteur présente son père comme architecte et, de plus, comme joueur officiel de fifre de la Seigneurie (nous aurons l'occasion de revenir sur le rôle capital joué par la figure charismatique du père dans la *Vita*). En réalité, Cellini accède officiellement à la noblesse en 1554, mais il n'en parle pas dans son autobiographie. Par contre, on en trouve une trace dans ses *Ricordi* :

> A dì 12 dicembre 1554
> Ricordo, come questo dì 12 dicembre 1554, a ore 19 in circa, venner due comandatori del Palazzo, li quali mi portorno la nuova siccome io ero stato veduto di Collegio, e ammesso alla Nobiltà fiorentina...(Cellini, *Documenti,* in *Vita,* a cura di B. Bianchi, Firenze, Le Monnier, 1852, p. 592).

> *Le 12 décembre 1554.*
> *Je me souviens qu'aujourd'hui 12 décembre 1554, à 19 heures environ, deux commandeurs du Palais vinrent et m'annoncèrent la nouvelle que j'avais été élu au sein du Collège, et admis dans la Noblesse florentine...*

A quoi bon ajouter à l'image du démiurge, créateur du *Persée*, le détail d'un titre de noblesse ? Pour Cellini, en substance, seul l'art et la vertu ont le pouvoir d'ennoblir l'homme.

Traité/autobiographie : l'homme par ses œuvres

En tant que lecteurs de la *Vita* nous pouvons remarquer le souci constant de l'auteur de ne pas aller au-delà du sujet qu'il entend traiter. De nombreuses citations pourraient illustrer la fréquence de ces "rappels" reconduisant le scripteur sur la ligne principale de la narration. Souci de pertinence, de cohérence, pour ne pas s'écarter de l'essentiel : mais qu'est-ce que l'*essentiel* pour Cellini "narrateur" ?

Celui qui parle de sa vie et de sa personnalité est surtout préoccupé de raconter sa vie d'artiste, le processus qui a permis à l'orfèvre de devenir sculpteur et de représenter l'Idée à travers la matière. Cellini a commencé à écrire au moment du déclin de sa carrière artistique lorsque les commandes publiques étaient de plus en plus rares et que le Dire avait pris la place du Faire :

> Solo per giovare al mondo e per essere lasciato da quello scioperato, veduto che m'è impedito il *fare*, essendo desideroso di render grazie a Dio in qualche modo dell'essere io nato uomo, da poi che m'è impedito il fare, così io mi son messo a *dire* (*Dell'oreficeria*, ch. XII, p. 680).

> *Seulement pour être utile au monde et pour avoir été abandonné désœuvré, étant donné qu'on m'empêche de* faire, *désirant remercier Dieu, de quelque manière, pour être né homme, puisqu'on m'empêche de faire, je me suis mis à* dire (De l'orfèvrerie, nous soulignons).

Qu'est-ce que l'auteur veut nous *dire* ? Il veut avant tout raconter sa vie à travers ses œuvres : ce n'est pas l'existence au sens large qui intéresse Cellini mais bien sa vie de créateur ; par conséquent, tout est reconductible à la problématique de la création. Sous cet aspect particulier, il est possible de faire des rapprochements avec les *Commentarii* de Lorenzo Ghiberti qui, d'une certaine manière, se raconte en faisant la description de ses œuvres ; c'est en ces termes qu'il vient à évoquer la porte qu'il a exécutée pour l'église de Saint Jean-Baptiste à Florence :

> In detta porta sono quadri ventotto : su' venti sono le istorie del testamento nuovo et da più quattro evangelisti et quattro dottori con gran quantità di teste humane intorno a detta opera è condotta con grande amore diligentemente con cornici e foglie d'edera et gli stipidi con grandissimo adornamento di foglie di molte ragioni (*Commentario* II, in Guglielminetti, *La Vita di Benvenuto Cellini, op. cit.*, p. 85).

> *En la dite porte il y a vingt-huit tableaux : il y en a vingt qui représentent les histoires du nouveau testament et de plus quatre évangélistes et quatre docteurs avec une grande quantité de têtes humaines autour de la dite œuvre elle est réalisée avec beaucoup d'amour et grand soin avec des cadres et des feuilles de lierre ; les montants sont très richement ornés de feuilles de toutes sortes.*

La description des œuvres de Ghiberti est minutieuse, l'auteur lui-même s'aperçoit qu'à la longue cela pourrait ennuyer le lecteur ; il avait la même formation que Cellini car il avait commencé comme orfèvre et ensuite il avait travaillé comme peintre et sculpteur. Il constituait donc pour Cellini une sorte de modèle ; artiste du Quattrocento, il avait quitté Florence dans sa jeunesse tout comme le protagoniste de la *Vita*.

Les rapports tendus avec les concurrents constituent un autre point de contact entre la *Vita* et les *Commentarii* ; l'exécution du modèle et la compétition restent l'un des moments cruciaux dans la vie de l'artiste. Les *Commentarii* témoignent surtout du succès de l'auteur, succès universellement reconnu. Lorsque l'auteur parle du concours pour l'exécution des portes du temple de Saint Jean-Baptiste, il n'hésite pas à nommer un à un tous ses concurrents :

> Furono e combattitori questi : Filippo di Ser Brunellesco, Symone da Colle, Nicholò d'Areço, Jacopo della Quercia da Siena, Francesco di Valdombrina, Nicholò Lamberti ; fumo sei a ffare detta pruova la quale pruova era dimostratione di gran parte dell'arte statuaria. Mi fu conceduta la palma della parte della uictọria da tutti i periti et da tutti quelli si prouorono mecho. Universalmente mi fu conceduta la gloria sança alcuna exceptione (*Commentario* II, 19, *op. cit.* p. 85).

> *Les concurrents furent les suivants : Filippo fils de Ser Brunellesco, Simone originaire de Colle, Niccolò d'Arezzo, Jacopo della Quercia, originaire de Sienne, Francesco originaire de Valdombrina, Niccolò Lamberti ; nous étions six à faire cette épreuvre qui consistait en une demonstration de l'art statuaire. La palme de la victoire me fut attribuée par tous les experts et par tous mes concurrents. Universellement on m'attribua cette gloire sans aucune exception.*

Aucun étonnement, donc, lorsqu'on lit l'éloge de soi que fait Benvenuto : l'exaltation de ses œuvres faisait partie du genre littéraire, elle servait entre autres à attirer l'attention de nouveaux commanditaires. Cellini est donc très proche de Ghiberti, même sur le plan artistique car il lui emprunte sa technique du bas-relief tombée en désuétude au XVe siècle (le piédestal du *Persée* en est un exemple typique). De plus, tout comme pour Cellini, la création artistique chez Ghiberti est fondée sur le principe d'imitation de la nature, l'un des piliers de l'esthétique du Quattrocento[5] :

> Feci ancora d'ottone la sepoltura di messere Leonardo Dati generale de' frati Predicatori : fu huomo doctissimo il quale *trassi del naturale* ; la sepultura è di poco rilievo, à uno epitaphio a piedi (*Commentario* II, 20, *ibidem*, p. 86, nous soulignons).

> *Je réalisai en cuivre le tombeau de messire Leonardo Dati, général des frères Prêcheurs : ce fut un homme très cultivé dont je fis le portrait d'après nature ; la sépulture a peu de relief, en bas de celle-ci il y a une épitaphe* (Commentaire II, 20).

5. Sur la notion d'imitation à la Renaissance, cf. Panowsky, *Idea, Ein Beitrag zur Begriffsgeschichte der alteren Kunsttheorie,* Leipzig-Berlin, G.B. Teubner, 1924 ; *Idea. Contribution à l'histoire du concept de l'ancienne théorie de l'art,* trad. par H. Joly, Paris, Gallimard, 1983.

Et plus loin l'auteur s'exprime encore plus clairement :

> Cominciai detto lauorio in quadri i quali erano di grandeza d'uno bracio et terzo, le quali istorie molto copiose di figure erano istorie del testamento uecchio : nelle quali mi ingegnai con ogni misura osseruare in esse *cercare imitare la natura quanto a me fosse possibile,* et con tutti i liniamenti che in essa potessi produrre et con egregij conponimenti et douitiosi con moltissime figure (*ibidem*, II, 22, p. 88, nous soulignons).

> *Je commençai à travailler les tableaux qui avaient la dimension d'une brasse et un tiers, les sujets représentés pleins de figures étaient tirés de l'Ancien Testament : je m'efforçai d'imiter la nature autant que je pus, et avec tous les traits que je pouvais produire, avec de belles et riches compositions pleines d'innombrables figures.*

Si *maestro* Ghiberti imite la nature, son disciple idéal, Cellini, travaille dans le même esprit ; ses dessins préparatoires, ainsi que ses sculptures et ses médailles, sont toujours élaborés à partir d'un modèle : l'imitation du vrai est le point de départ de l'exécution de l'œuvre. Les exemples qu'on pourrait évoquer à ce propos sont multiples : entre autres, le portrait de Cosme de Médicis, le *Persée*, la *Lunette* de Fontainebleau, la médaille de Bembo. La fidélité de Cellini aux principes énoncés dans les *Commentarii* en fait un artiste d'une époque de transition, fils d'une longue tradition artistique qui s'est développée à Florence dans les *botteghe*, pourtant projeté vers le futur, puisqu'il traverse la Crise de la Renaissance et annonce désormais le Maniérisme.

Ghiberti et Cellini : du traité à l'œuvre littéraire

Dans son ouvrage consacré à la littérature artistique, Julius Von Schlosser a aperçu le rapport entre la *Vita* de Cellini et les *Commentarii* de Ghiberti car il est le premier artiste-écrivain qui ne se borne pas à raconter des événements, mais fonde son récit sur la *vie intérieure de l'œuvre* (cf. *La littérature artistique*, 1924, trad. par Jacques Chavy, Paris, Flammarion, 1984, p. 136). Malgré les nombreux points communs il faudrait également souligner la grande différence existant entre les *Commentarii* et la *Vita*, qui réside dans les modalités de l'écriture. A vrai dire, *Ghiberti ne fait pas œuvre littéraire*, les *Commentarii* sont effectivement à mi-chemin entre le *traité* et la *biographie d'artiste*, tandis que Cellini fait un choix très spécifique du genre ; il sait qu'une autobiographie n'est pas assimilable à un traité et par conséquent il renvoie le non-dit au domaine du traité, en opérant une sorte de sélection dans la matière de la narration : "Messomi intorno con grandissima diligenzia a fare le tinte, le quali al suo luogo insegnerò come le si fanno" (*Vita*, I, 92, p. 311, *"Je me mis avec le plus grand soin à préparer mes teintes, selon une technique que j'enseignerai ailleurs"*, p. 162).

Il s'agit d'expliquer les procédés pour teindre un diamant, ce qu'il ne manquera pas de faire dans le chapitre du *Traité de l'orfèvrerie*. Cela montre une fois de plus l'exacte conscience du genre littéraire que manifeste l'auteur de la *Vita*. Cependant, il ne suffit pas d'avoir une "conscience du genre" pour faire œuvre littéraire. Il suffit de comparer les longues et monotones descriptions des ouvrages de Ghiberti avec la présentation que fait Cellini de ses travaux, toujours au moment culminant du récit. Même l'exécution d'une monnaie devient un événement prodigieux, un fait extraordinaire :

> Attendevo con gran sollecitudine a finire l'opera mia e servire la zecca, ché di nuovo mi commisse il Papa una moneta di valore di dua carlini, innella quale era il ritratto della testa di sua Santità, e da rovescio un Cristo in sul mare, il quale porgeva la mana a san Pietro, con lettere intorno che dicevano "Quare dubitasti ?" Piacque questa moneta tanto oltramodo, che un certo segretario del Papa, uomo di grandissima virtù, domandato il Sanga, disse : "Vostra Santità si può gloriare d'avere una sorta di monete, *la quale non si vede negli antichi con tutte le lor pompe"*(*ibidem*, I, 46, p. 202, nous soulignons).

> *Je consacrai tous mes soins à finir le fermail et à servir la Monnaie. Le pape m'avait encore commandé une pièce de deux carlins avec son portrait et, au revers, le Christ sur la mer, tendant la main à saint Pierre, avec tout autour une inscription : "Quare dubitasti ?" [Pourquoi as-tu douté ?]. Cette monnaie eut un tel succès qu'un secrétaire du pape, Sanga, homme de grand mérite, lui dit : "Votre*

> *Sainteté peut se glorifier d'avoir un type de monnaie* que l'Antiquité, dans tout son faste, n'a pas connu" (pp. 87-88).

L'œuvre n'est jamais chez Cellini le simple produit de la technique de l'art, voire un luxe pour le commanditaire, mais elle a toujours une signification, dans une intention ouvertement didactique. Le beau et le bien sont indissolublement liés dans la conception esthétique cellinienne : la médaille, la monnaie, la sculpture ou le dessin "parlent", et sont souvent accompagnés d'inscriptions qui insistent sur le sens de l'ouvrage. Ainsi, l'auteur décrit avec force détails la monnaie qui représente l'allégorie de la paix :

> Io me ne andai a casa mia, mettendomi a finire la medaglia, che di già avevo cominciata, della testa di papa Clemente, la quale io facevo con un rovescio figurato una Pace. Questa era una femminetta vestita con panni sottilissimi, soccinta, con una faccellina in mano, che ardeva un monte di arme legate insieme a guisa di un trofeo ; e ivi era figurato una parete di un tempio, inel quale era figurato il Furore con molte catene legato, e all'intorno si era un motto di lettere, il quale diceva "Clauduntur belli portae" (*ibidem*, I, 70, p. 256).

> *Rentré chez moi, j'entrepris de terminer la médaille à l'effigie du pape Clément que j'avais commencée. Au revers, je figurai la Paix sous forme d'une jeune femme, court vêtue de tissu léger, tenant une petite torche avec laquelle elle met le feu à un monceau d'armes liées ensemble en forme de trophée. On voyait aussi le mur d'un temple dans lequel se tenait un homme enchaîné représentant la Fureur. Autour on lisait : "Clauduntur belli portae" [Les portes de la guerre se ferment]* (pp. 123-124).

La description de l'œuvre, loin de n'être qu'un *topos* chez Cellini, est située dans une phase culminante de la narration, elle ne fait pas partie d'une énumération monotone comme chez Ghiberti, puisque parler de l'œuvre c'est présenter les motivations et les fins de la création artistique : il s'agit d'un moment privilégié de la narration dans lequel la vie de l'homme rejoint la vie du créateur, au point de convergence entre éthique et esthétique.

L'évolution du genre : les vies d'artistes

Les *Commentarii* de Ghiberti se fondaient sur une idée destinée à avoir du succès auprès des générations successives : à savoir, l'histoire de l'art conçue comme le récit des biographies d'artistes. Vasari donnera désormais en 1550, et ensuite avec la deuxième édition de 1558, le modèle du genre avec les *Vite*.

L'importance de la parution des *Vite* dans la conception de l'autobiographie de Cellini n'est pas à sous-estimer : Vasari a fourni un modèle de biographie fondé sur l'anecdote, qui confère toujours un "caractère" particulier à l'artiste, comme s'il était prédestiné à l'acte créateur.

Parmi les anecdotes célèbres il en est une qui était particulièrement répandue et faisait presque partie d'une légende autour du "divin" Michel-Ange : il s'agit du coup de poing que Torrigiani asséna au visage du célèbre artiste. On peut lire l'anecdote chez Vasari et chez Condivi dans leurs biographies de Michel-Ange. Dans la *Vita,* Cellini ramène l'épisode à son histoire personnelle :

> In questo tempo venne a Firenze uno iscultore che si domandava Piero Torrigiani, il qual veniva di Inghilterra, dove egli era stato di molti anni ; e perché egli era molto amico di quel mio maestro, ogni dì veniva da lui ; e veduto mia disegni e mia lavori, disse : Io son venuto a Firenze per levar più giovani che io posso : ché, avendo a fare una grande opera al mio Re, voglio per mio aiuto, de' mia Fiorentini ; perché il tuo modo di lavorare e i tua disegni son *più da scultore che da orefice*, avendo da fare grande opere di bronzo, in un medesimo tempo io ti farò valente e ricco (I, 12, pp. 103-104, nous soulignons).

> *Il arriva alors à Florence un sculpteur, Piero Torrigiano qui venait d'Angleterre où il avait passé de nombreuses années. Grand ami de mon maître, il venait tous les jours lui rendre visite. Il vit mes dessins et mes travaux et me dit : "Je suis à Florence pour emmener avec moi le plus de jeunes gens possible car j'ai à faire pour mon roi [Henri VIII d'Angleterre] une œuvre importante et veux me faire aider par mes chers Florentins. Ta manière de travailler et tes dessins sont* plus d'un sculpteur que d'un orfèvre. *Je dois exécuter de grands ouvrages de bronze, tu acquerras avec moi habileté, savoir-faire et richesse" (pp. 25-26).*

Dans le même chapitre, Cellini évoque une autre anecdote très populaire à l'époque concernant le "cartone" de Michel-Ange, ébauche d'une fresque qui aurait dû être exécutée au Palais de la Seigneurie : il s'agit d'un véritable morceau de bravoure du narrateur, puisqu'il associe dans le même épisode deux *topoi* de la littérature artistique de son époque. Ainsi s'effectue la liaison :

> In questo proposito cadde in sul ragionar di Michelagniolo Buonarroti : ché ne fu causa un disegno che io avevo fatto, ritratto da un cartone dal divinissimo Michelagniolo (I, 12, p. 104).
>
> *La conversation tomba un jour sur Michel-Ange Buonarroti, à propos d'un de mes dessins ; il était tiré d'un carton du divin Maître (p. 26).*

Au chapitre suivant Cellini narre les détails de l'épisode à travers la voix de Torrigiani lui-même :

> Ora torniamo a Piero Torrigiani, che con quel mio disegno in mano disse così : "Questo Buonaarroti e io andavamo a 'mparare da fanciulletti inella chiesa del Carmine, dalla cappella di Masaccio [la cappella Brancacci] ; e perché il Buonaarroti aveva per usanza di ucellare tutti quelli che disegnavano, un giorno in fra gli altri dandomi noia il detto, mi venne assai più stizza che 'l solito, e stretto la mana gli *detti* sì grande il pugno sul naso, che io mi senti' *fiaccare* sotto il pugno quell'osso e tenerume del naso, come se fusse stato un cialdone ; e così segniato da me ne resterà insin che vive" (I, 13, p. 106, nous soulignons).
>
> *Revenons à Piero Torrigiano ; mon dessin à la main, il me dit : "Quand nous étions enfants, Buonarroti et moi allions étudier au Carmine, dans la chapelle de Masaccio* [la chapelle Brancacci]. *Il avait la manie de se moquer de tous ceux qui dessinaient. Un jour où il m'ennuyait, j'en fus plus irrité que d'habitude et, de mon poing fermé, je lui* donnai *un si grand coup sur la figure que je sentis les os et le cartilage de son nez* craquer *comme une oublie. Il en portera la marque jusqu'à la fin de ses jours" (p. 27).*

Par rapport aux descriptions de Vasari et de Condivi, on peut remarquer la particularité du style cellinien ; l'abondance de détails confère un caractère très concret à la narration qui revêt ainsi un ton réaliste et presque grotesque : "Mi senti' fiaccare sotto il pugno quell'osso e tenerume del naso, come se fusse stato un cialdone"("je sentis les os et le cartilage de son nez craquer comme une oublie"). De cette manière Cellini sort du schéma "biographique" et "autobiographique" pour accéder à un autre type de narration qui s'apparente en quelque sorte à la nouvelle, genre très développé en milieu florentin, depuis Boccace et Sacchetti jusqu'à son contemporain Grazzini, conteur de "farces". De plus, il n'est pas sans importance de relever les modalités de présentation du personnage de Torrigiani qui annoncent d'une certain façon l'épisode. Voici à ce sujet le portrait qu'en donne Cellini, esquissé en quelques phrases :

> Era questo uomo di bellissima forma, aldacissimo ; e aveva più aria di gran soldato che di scultore, massimo a' sua mirabili gesti e alla sua sonora voce, con uno agrottar di ciglia atto a spaventar ogni uomo da qual cosa ; e ogni giorno ragionava delle sue bravurie con quelle bestie degli Inghilesi (I, 12, p. 104).
>
> *Sa belle prestance, son allure audacieuse, ses attitudes étonnantes, sa voix sonore, ses froncements de sourcils propres à épouvanter les plus braves, lui donnaient plus l'air d'un brave soldat que d'un sculpteur. Chaque jour, il racontait ses hauts faits avec ces animaux d'Anglais (p. 26).*

Un portrait vivant, qui possède l'"ardito moto del vivo" ("le mouvement hardi du vivant") comme l'écrit l'artiste à propos de son buste de Cosme de Médicis. Le même art de l'observation du détail significatif qui guide son art, suggère ici une description si réaliste et vigoureuse de Torrigiani, qui devient personnage réel, palpable et visible, évoqué en chair et os par son "agrottar di ciglia" (" froncements de sourcils"), par sa voix sonore et ses gestes admirables ("a' sua mirabili gesti e alla sua sonora voce", "ses attitudes étonnantes, sa voix sonore"). Un personnage chez qui on retrouve déjà l'association "arme-arte", l'art étant ici associé à une apparence soldatesque ("aveva più aria di gran soldato che di scultore", "il avait plus l'air d'un brave soldat que d'un sculpteur"). La caricature épique qu'en fait Cellini sert également à "éliminer" un rival dans le domaine de la sculpture ; sa provenance n'est pas sans intérêt, bien que florentin de naissance, il vit dans ces régions nordiques habités par "quelle bestie degli Inghilesi" ("ces animaux d'Anglais") : le Nord "barbare" s'oppose ici à l'art de la "proportion divine" élaboré dans le milieu florentin.

Cependant, Cellini va bien au-delà de la simple citation d'un *topos*, puisque l'épisode lui permet d'exprimer son jugement esthétique sur Michel-Ange qu'il désigne comme son véritable maître. Le célèbre carton pour la fresque de la *Bataille de Cascina*, avec celui de Léonard pour la fresque de la bataille d'Anghiari, est considéré comme fondamental pour le développement de l'art mondial :

> sì come ho detto, quello del gran Lionardo era bellissimo e mirabile. Stetteno questi dua cartoni, uno innel palazzo de' Medici, e uno alla sala del Papa. Inmentre che gli stetteno in pié, furno la *scuola del mondo* (I, 12, p. 105, nous soulignons).

> *Le carton du grand Léonard était, je l'ai dit, d'une étonnante beauté ; il était au palais Médicis, l'autre dans la salle du Pape. Tant qu'il restèrent entiers, ils furent* l'école du monde *(p. 26).*

Cellini donne également une description passionnée de ce carton qui a été perdu en le situant au sommet de la production artistique de Michel-Ange :

> Michelagniolo Buonaarroti innel suo dimostrava una quantità di fanterie che per essere di state s'erano missi a bagniare in Arno ; e in questo istante dimostra ch'e' si dia a l'arme, e quelle fanterie ignude corrono a l'arme, e con tanti bei gesti, che mai né delli antichi né d'altri moderni *non si vidde opera che arrivassi a così alto segno* ; [...]Se bene il divino Michelagniolo fece la gran cappella di papa Iulio da poi, non arrivò mai a questo segno alla metà ; la sua virtù non aggiunse mai da poi alla forza di quei primi studii (*ibidem*).

> *Sur le carton de Michel-Ange, on voyait une troupe de fantassins qui, dans la chaleur de l'été, se baignaient dans l'Arno l'alarme est juste donnée ; nus ils courent à leurs armes avec de si belles attitudes que jamais, dans l'Antiquité comme dans les temps modernes, on ne vit œuvre d'un tel niveau ; [...] Le divin Michel-Ange a fait ensuite la grande chapelle du pape Jules, sans atteindre la moitié de*

la valeur de ce carton ; son génie ne retrouva plus jamais la vigueur de ses premières études (p. 26)[6].

On peut remarquer comme ce chapitre traverse plusieurs genres littéraires et plusieurs types de discours : la *nouvelle*, par la construction savante du rythme narratif ainsi que par la présentation des personnages et les effets stylistiques obtenus avec une grande économie de moyens ; la *biographie*, puisqu'il cite un épisode de la vie de Michel-Ange puisé dans le patrimoine "classique" des anecdotes autour des artistes, qui pénétrait déjà l'imagination populaire ; de plus, Cellini nous révèle ici un aspect de la vie et de la personnalité de Torrigiani ; l'*autobiographie*, car tous ces épisodes ne font que se souder ensemble dans la narration de la *Vita* ; ils sont significatifs à l'intérieur du récit global de sa vie artistique, puisque l'auteur nomme ouvertement son "père" spirituel, Michel-Ange ; la *critique d'art*, car on peut lire un jugement esthétique sur Michel-Ange et sur son carton ; le *traité artistique*, puisqu'il décrit ce qui était réellement représenté sur le carton de Michel-Ange.

---

6. Michel-Ange fit sentir à Léonard à diverses reprises son aversion pour lui. Romain Rolland nous en parle dans son ouvrage sur l'artiste "divin" : "Aussi, quand le gonfalonier Soderini mit en présence les deux hommes dans une œuvre commune : la décoration de la salle du Conseil, au palais de la Seigneurie, une telle rivalité les enfiévra. En mai 1504, Léonard commença le carton de la *Bataille d'Anghiari*. En août 1504, Michel-Ange reçut la commande du carton pour la *Bataille de Cascine*. Florence se divisa en deux camps passionnés pour l'un ou pour l'autre rival. Le temps a tout égalisé : les deux œuvres ont disparu. Le carton de Michel-Ange, terminé en mars 1505, fut détruit, semble-t-il, vers 1512, lors du bouleversement provoqué à Florence par le retour des Médicis ; et même les fragments encore conservés en 1575 chez les Strozzi à Mantoue, se sont perdus. Pour la fresque de Léonard, Léonard suffit à la détruire : il s'avisa de vouloir perfectionner la technique de la fresque ; il s'abandonna, une fois de plus, à son démon d'invention ; et une fois de plus tout fut perdu. Il essaya un enduit à l'huile qui ne tint pas ; et la peinture qu'il abandonna de découragement en 1506, dès, 1550 n'existait plus" (R. Rolland, *Michel-Ange*, présentation d'André Chastel, Paris, Albin Michel et Club des Libraires, 1958, p. 16). Selon les témoignages, la fresque de Léonard montre avec lucidité analytique la bataille, tandis qu'à l'opposé, celle de Michel-Ange est bien au delà du récit des événements historiques : les hommes qu'il représente nus au bain, rappellent les nobles formes à la manière antique.

On pourrait affirmer, d'après ces analyses, que la *Vita se situe au carrefour des genres*, car l'auteur y opère une sorte de fusion des genres littéraires et des genres du discours ; toutefois, il ne perd jamais de vue son objectif, à savoir, *donner un portrait de lui-même en tant que créateur.*

Cellini et les Vite *de Vasari*

Cellini se sentait exclu des *Vite* de Vasari, qu'il considérait comme un ennemi sur le plan de la concurrence artistique. En effet il ne ménage pas sa verve et son ironie chaque fois qu'il l'évoque dans la *Vita.* Il accuse Vasari de l'avoir dénoncé au duc Alexandre de Médicis comme s'il était un traître :

> Questo cattivo uffizio l'aveva fatto Giorgetto Vasellario aretino, dipintore, forse per remunerazione di tanti benefizii fatti a lui : ché avendolo trattenuto in Roma e datogli le spese, e lui messomi a soqquadro la casa : perché gli aveva una sua lebbrolina secca, la quale gli aveva usato le mane a grattar sempre, e dormendo con un buon garzone che io avevo, che si domandava Manno, pensando di grattar sé, gli aveva scorticato una gamba al detto Manno con certe sue sporche manine, le quale non si tagliava mai l'ugna. Il ditto Manno prese da me licenza, e lui lo voleva ammazzare a ogni modo : io gli messi d'accordo ; di poi acconciai il detto Giorgio col cardinal de' Medici, e sempre lo aiutai (I, 86, pp. 298-299).
>
> *Le vilain rôle c'est le peintre arétin Giorgetto Vasellario [...] qui l'avait joué, sans doute en remerciement de tous mes bienfaits quand je l'avais hébergé et entretenu à Rome, où il avait mis ma maison sens dessus dessous. Il était atteint d'une petite lèpre sèche qui lui avait donné l'habitude de se gratter sans arrêt. Comme il dormait dans le même lit que mon brave apprenti Manno, en croyant se gratter lui-même il lui avait écorché une jambe avec ses sales pattes dont il ne taillait jamais les ongles. Manno me prévint qu'il quittait mon service et qu'il voulait à tout prix assommer l'autre. Je les réconciliai, trouvai du travail pour Giorgio auprès du cardinal de Médicis et ne cessai de lui venir en aide (p. 152)*

Le portrait cellinien de Vasari est d'un réalisme étonnant : les détails évoqués par l'auteur fixent à jamais une image grotesque de lui, saisie presque en mouvement – c'est un autre portrait qui garde l'"ardito moto del vivo" ("le mouvement hardi du vivant"), comme le dit Cellini. L'autre image de Vasari, l'artiste de cour, est à l'opposé du personnage décrit dans la *Vita*. En effet, il avait une fonction importante dans l'attribution des travaux artistiques pour le compte de la Seigneurie (cf. Roland Le Mollé, *Vasari. L'homme des Médicis,* Paris, Grasset, 1995) ; très lié à Borghini, directeur de l'Accademia del Disegno, Vasari incarnait ainsi l'art "officiel", tout à fait à l'opposé de Cellini qui, bien que membre lui-même de l'Académie du Dessin, se sentait plutôt en marge des Académies et des Institutions, une sorte de "cortegiano" raté, par trop de passion, d'amour-propre et de sincérité.

La verve ironique de l'auteur contre Vasari a conduit Baldinucci à penser que le peintre arétin ne connaissait pas la *Vita*, puisqu'il fait un portrait globalement positif de l'orfèvre florentin (cf. Baldinucci, *Notizie di professori del disegno, secolo III et IV*, Firenze, Franchi, 1728, p. 267), malgré les instigations de Borghini qui s'opposait à l'insertion de la notice concernant "quel porco di Benvenuto". En définitive, l'auteur des *Vite* renvoie le lecteur à l'autobiographie de l'artiste, tout en gardant un ton neutre qui contraste avec le ton sarcastique des évocations celliniennes de Vasari dans la *Vita* :

> Benvenuto Cellini, cittadino fiorentino (per cominciarmi dai più vecchi e più onorati), oggi scultore, quando attese all'orefice in sua giovanezza non ebbe pari, né aveva forse in molti anni in quella professione e in fare bellissime figure in tondo e bassorilievo e tutte altre opere di quel mestiero [...]
> Ora, se bene potrei molto più allargarmi nell'opere di Benvenuto, il quale è stato in tutte le sue cose animoso, fiero, vivace, prontissimo e terribilissimo, e persona che ha saputo pur troppo dire il fatto suo con i principi, non meno che le mani e l'ingegno adoperare nelle cose dell'arti, non ne dirò qui altro, atteso che egli stesso ha scritto la vita e l'opere sue, ed un trattato dell'oreficeria e del fondere e gettar di metallo, con altre cose attenenti a tali arti, e della scultura con molto più eloquenza ed ordine che io qui per avventura non saprei fare : e però quanto a lui, basti questo breve sommario delle sue più rare opere principali (*Degli accademici del disegno, Vite*, VII, pp. 621-623).

> *Le Florentin Benvenuto Cellini (pour commencer avec les plus vieux et honorés), aujourd'hui sculpteur, se consacra dans sa jeunesse à l'orfèvrerie où il fut sans égal et le resta peut-être les nombreuses années où il exerça ce métier. Il exécuta de superbes figures en ronde bosse ou en bas-relief et tous les autres objets relevant de cette profession [...] Je pourrais m'étendre bien davantage sur la production de Benvenuto, qui s'est toujours montré courageux, énergique, vif et d'une ardeur terrible ; il n'a pas plus craint de dire leur fait aux princes que d'employer à fond ses mains et son esprit dans l'exercice de son art. Je n'en dirai pourtant plus rien ici, car il a écrit lui-même sa vie et ce qu'il a fait, ainsi que deux traités : l'un sur l'orfèvrerie, la fonte et le jet des métaux avec détails attenants, l'autre sur la sculpture ; il a montré plus d'éloquence et de méthode que je ne saurais peut-être le faire. Ce court sommaire de ses meilleurs ouvrages est donc suffisant (Vies..., op. cit., X, pp. 218-220).*

Il faudrait reconnaître le rôle joué par le *Vite* de Vasari dans le cadre du développement du genre : les *Vite* ont créé une sorte de *mythe de la personnalité* singulière de l'artiste, l'image du génie, qui atteint son apogée avec la *Vita* de Michel-Ange. D'une certaine manière, le halo mythique qui entourait ce dernier a révolutionné l'image de l'artiste à la Renaissance : ce n'est plus la *bottega* qui fait l'œuvre, mais c'est dorénavant l'artiste qui imprime son sceau indélébile sur le produit presque "sacré" de son acte créateur. L'artiste, avec Michel-Ange, est un nouveau démiurge.

La conscience du genre est par conséquent fort étroitement liée à la conscience artistique chez Cellini : la possibilité de son autobiographie est en relation avec le vaste panorama des artistes-écrivains de l'époque parmi lesquels Vasari occupe une place de toute première importance. On pourrait remarquer également que dans les *Discorsi sopra l'arte*, Cellini cite de nombreux auteurs qu'il a pu connaître à travers les *Vite* de Vasari et, en général, les traités artistiques de la Renaissance.

Bandinelli, l'œuvre-testament

Une œuvre qui n'est pas sans rapport avec les *Vite* est le *Memoriale* de Bandinelli, qui lui aussi, détestait Vasari. La date du début de sa rédaction – 1552 – deux ans après la parution des *Vite*, révèle les intentions de l'auteur qui voulait remédier à l'exclusion de l'œuvre de Vasari. Il ne sera cité – et sans trop d'éloges – que dans la deuxième édition des *Vite*, en 1568 (*Vite* VI, pp. 133-197). Quant à Vasari, il ne se limite pas à porter un jugement sur l'artiste, mais il exprime son opinion sur le "cortigiano" manqué qu'il a été (*Vita di Baccio Bandinelli*, *Vite*, VI, p. 195, *Vies... op. cit.,* VIII, pp. 54-55). Par son *Memoriale*, cet ennemi de Vasari essaie de donner une image de soi et de sa création artistique : il offre l'image de l'artiste polyvalent, homme de lettres, dessinateur et sculpteur. Un grand relief est donné à l'aspect littéraire, comme si l'artiste figuratif réclamait son droit de création dans un domaine plus "noble", la littérature, toujours dans un effort d'émancipation du rôle de l'artiste. En s'adressant à ses fils, il demande une révision de ses épîtres adressées aux princes de l'époque ; lui aussi, de même que Cellini et Vasari, ne se sentait pas véritablement un homme de lettres, et il n'était pas sûr de son style (cf. *Memoria* VIII). L'horizon de la narration chez Bandinelli est plutôt restreint car il s'adresse à ses successeurs, sur le mode du testament, alors que Cellini essaie de conquérir son "piacevolissimo lettore", qui est son contemporain, mais qui pourrait aussi transcender son temps.

De plus, avec Bandinelli, on se trouve d'emblée dans l'atmosphère de la cour : on dirait que l'artiste vit pour être reconnu par les puissants. La prose plutôt maladroite et monotone du *Memoriale* (la fréquence des énumérations brise le rythme de la narration), ainsi que son manque d'envergure, le situent en dehors des œuvres littéraires. En effet, le *Mémoriale* est significatif en tant que document historique qui donne une idée des aspirations de l'artiste et des rapports qu'il entretenait avec ses commanditaires et avec ses rivaux. Sa valeur de document historique a été reconnue par l'un des plus grands spécialistes du genre "littérature artistique", Julius von Schlosser, puisque cet ouvrage, dans le cadre d'une "histoire interne du 'maniérisme' [...] pose le nouveau type du "virtuose", homme du monde d'une habileté universelle, ayant de grandes prétentions théoriques et littéraires" (*La littérature artistique*, *op. cit.*, p. 369). En réalité, par son autobiographie, Bandinelli témoigne d'une crise des instruments littéraires car il utilise le modèle de la "ricordanza" mercantile des XIVe et XVe siècles ; de même que les marchands de cette époque-là, il limite son auditoire à ses héritiers et il parle tout aussi bien de ses ancêtres. Il évoque à plusieurs reprises le titre de noblesse reçu par Charles V : cette aspiration à un changement de statut social (de bourgeois à noble) appartenait à la plupart des bourgeois de l'époque, enrichis mais incapables de se penser en tant que "classe sociale" à part entière, puisque fatalement attirés vers la noblesse (cf. Braudel, *Civilisations et empires de la Méditerranée à l'âge de Philippe II,* Paris, A. Colin, 1949 et cf. aussi Guglielminetti, *Memoria e scrittura. L'autobiografia da Dante a Cellini*, Torino, Einaudi, 1977, p. 302). Il est évident alors que Bandinelli n'a pas besoin de décrire ses œuvres comme l'a fait auparavant Ghiberti, et comme le fera Cellini (du moins partiellement dans la *Vita* et de manière plus étendue dans les *Trattati*). Il laisse de ce fait à la postérité et surtout aux puissants le soin de les décrire et de les louer (Bandinelli, *Memoria* VII, *op. cit.*, pp. 1370-1371). Ce n'est plus l'œuvre en soi qui est importante ici, mais c'est surtout la reconnaissance de la part des commanditaires et des mécènes de l'époque. L'image de l'artiste est celle qui se constitue auprès de la cour : le rapport avec le mécène se fait de plus en plus "personnel", ce qui explique le désarroi de Cellini à la fin de sa carrière artistique lorsqu'il se sent condamné à l'inactivité par le Duc Cosme de Médicis.

Bandinelli, artiste "total", attribue un rôle fondamental à son penchant littéraire, même si celui-ci ne lui a pas permis de réaliser une véritable œuvre autobiographique. L'autoportrait de l'artiste en "homme de lettres" complète l'image de son statut social : à côté de la noblesse de sang, la noblesse d'âme.

Son autoportrait moral est aux antipodes de celui de Cellini puisqu'il affirme "non essendo io dedito a Cerere, Bacco e Venere" ("ne m'adonnant pas à Cérès, Bacchus et Vénus"). Le contraste est d'autant plus frappant que, lorsqu'on lit l'autobiographie cellinienne, on a l'impression que l'exercice de l'art est étroitement lié aux forces du mal (l'expérience de la nécromancie, quoique non exempte d'ironie, est un petit clin d'œil au déchaînement des forces démoniaques, cf. *Vita*, I, 64), mais il est lié aussi à une existence de bohémien frôlant la débauche (la période romaine d'avant le Sac est largement illustrée par Cellini, cf. *Vita*, I, 19-33).

Le *Memoriale* constitue un genre d'écriture à cheval entre deux époques : l'ère des marchands et celle des courtisans. L'oscillation entre deux modèles d'autoportraits, celui du marchand et celui de l'écrivain, détermine une incertitude dans le style de la narration, mais en même temps, elle témoigne d'une époque de transition.

Raffaello Sinibaldi da Montelupo : fragment d'autoportrait

Le fragment autobiographique de Raffaello Sinibaldi da Montelupo date de 1566, mais il n'a été publié que trois siècles plus tard, sans susciter beaucoup de réactions dans le panorama de la critique. Bruno Maier a consacré une étude à la comparaison des deux types d'écriture autobiographique en montrant les points de contact ainsi que les différences entre Cellini et Raffaello Sinibaldi[7].

Le récit de la vie de Raffaello couvre les années de l'enfance et de la jeunesse jusqu'au Sac de Rome (1527) lorsqu'il était bombardier à côté de Cellini. Mais quelle est la particularité de cette écriture ? Tout d'abord il faudrait souligner un point commun au fragment autobiographique de Raffaello Sinibaldi et à la *Vita* de Cellini, à savoir le rapport difficile avec le père : l'art s'affirme chez Raffaello Sinibaldi, par contraste, en opposition par rapport à la figure paternelle. Ce qui frappe, c'est la modestie absolue du narrateur dans le récit des événements et sa confiance en le premier âge de l'homme, moment révélateur de sa vie future, ce qui n'est pas sans rappeler les *Confessiones* d'Augustin, mais aussi la *Vita Nova* de Dante.

L'autre point de contact avec la *Vita* cellinienne est le récit du Sac de Rome, mais celui qui fut le compagnon de Cellini au château Saint-Ange ne donne pas la même image de lui-même : Sinibaldi est le simple témoin de cet événement terrible. Il n'arrive pas à se dédoubler en auteur et protagoniste du récit. On pourrait remarquer le fait que ce fragment autobiographique n'est pas tout à fait conforme aux modèles littéraires de l'époque, parmi lesquels les *Vite* de Vasari, qui souvent utilise l'anecdote révélatrice d'une carrière artistique. Sinibaldi offre un modèle de récit autobiographique fondé sur la capacité de remémoration, comportant une sélection et réorganisation des événements, comme l'affirme Guglielminetti (cf. *Memoria e scrittura, op. cit.*, p. 308) : ce qui manque chez lui, mais ne fait pas défaut chez Cellini, c'est le processus de *transfiguration* du vécu, sans lequel l'autobiographie n'atteint pas le seuil de la littérarité.

---

7. Cf. Bruno Maier, *Il frammento autobiografico di Raffaello da Montelupo e la "Vita" di Benvenuto Cellini, in Problemi ed esperienze di critica letteraria*, Siena, Maia, Quaderni di Ausonia, 1950, pp. 41-50.

Les "Racconti" de Cellini

En 1828, Bartolomeo Gamba décida de publier à Venise les *Récits* celliniens à l'occasion des noces du Comte Giovanni Cittadella et de la comtesse Laura Maldura. C'est en ces termes qu'il s'adresse aux lecteurs :

> Ai leggitori
> Anch'io mi compiaccio [...] di procacciar spezialmente la lettura di alquanti spiritosi *Racconti*, che stanno sparsi nel manoscritto, e che in niuna stampa si trovano. Anche le smargiassate di Benvenuto sono a leggersi dilettosissime, e quelle sue originali trivialità contentano meglio di qualche narrazione scritta in punta di forchetta dai sopracciò della italiana favella[8].

> *Aux lecteurs*
> *Moi aussi je me réjouis [...] de vous procurer spécialement la lecture de certains* Récits *spirituels, qui se trouvent disséminés dans le manuscrit, et qui n'apparaissent dans aucune édition. De plus, les fanfaronnades de Benvenuto sont très amusantes à lire, ses trivialités originales donnent plus de plaisir que certaines narrations écrites avec affectation par les commandeurs de la langue italienne.*

Le manuscrit en question est celui des *Traités*, ms. Marciano 5134 ; Gamba affirme publier les récits qu'il a retrouvés dans ce manuscrit et qui n'étaient pas encore publiés. Après une comparaison attentive avec le texte de la *Vita* et celui des *Traités* on peut remarquer que les récits celliniens se situent à mi-chemin entre les deux genres : parfois ils contiennent plus de détails que la *Vita*, mais moins d'informations que les *Traités*.

En effet, ces textes nous renseignent sur le processus d'écriture de l'autobiographie et des *Traités*, car ces récits représentent un moment de la

---

8. *Ai leggitori,* in Cellini, *Racconti ora per la prima volta pubblicati,* Venezia dalla tipografia Alvisopoli, in occasione delle nobilissime nozze del conte Giovanni Cittadella con la contessa Laura Maldura, a cura di Bartolomeo Gamba, 1828, p. IV. Gamba est parmi les grands spécialistes de la nouvelle en Italie au XIXe siècle : il a publié, entre autres, *Delle novelle italiane in prosa, bibliografia,* Venezia, tipografia Alvisopoli, 1833. Il a travaillé en outre sur la poésie en vénitien : *Collezione delle migliori poesie scritte in dialetto veneziano,* Istituto per la collaborazione culturale Venezia-Roma, Fondazione Cini, 1953.

gestation des deux ouvrages et en même temps ils témoignent d'un choix décisif du genre littéraire. Si Cellini a pu écrire et réélaborer certains épisodes de sa vie sous la forme de *Récits*, cela pourrait faire penser à l'énorme succès, en milieu florentin, de ce genre littéraire, à partir de Sacchetti, en passant par Boccace, jusqu'à Lasca. Il faudrait ici rappeler que Sacchetti et Boccace constituaient une source pour Vasari qui les cite dans ses *Vite* lorsqu'il parle de Buffalmacco (*Vita di Buffalmacco*, I, in *Vite*, *op. cit.*, p. 499).

Boccace en tant qu'auteur du *Decameron* est une référence pour Cellini, on pourrait retrouver son influence à plusieurs reprises dans la *Vita* et dans les *Trattati*. Nous pourrions également citer un autre auteur de nouvelles, Grazzini, contemporain de Cellini, puisque le premier des *Récits* celliniens pourrait faire penser à certaines pages des *Soupers* :

> Racconto I
> Narra come Piero di Nino, orefice fiorentino, si morì di paura (p. 13).
>
> *Récit I*
> *Narre comment Piero di Nino, orfèvre florentin, mourut de peur.*

On le retrouve inséré dans le *Traité de l'Orfèvrerie* (pp. 598-599) sans modifications stylistiques. Ce qui est intéressant de remarquer ici, c'est la grande ressemblance avec les nouvelles de Grazzini, et notamment la sixième nouvelle du deuxième *Souper* (II *Cena*, novella VI). Il est toujours question d'une farce cruelle – une *beffa* – qui amène la victime presque à la mort.

De même, Piero di Nino, l'orfèvre dont nous parle Cellini dans son traité, fut victime d'une farce orchestrée par le fils d'un des officiers auteurs d'une loi interdisant les ceintures travaillées en filigrane, loi qui avait ruiné financièrement l'orfèvre. Celui-ci, déjà très âgé, avait eu le tort de maudire à haute voix le nom de l'officier qui avait proposé la loi et son fils, pour se venger, s'était déguisé en diable pour lui faire peur. Voici le passage concerné :

> Avvenne che questo povero uomo un sabato sera aveva lavorato insino passato la mezza notte per finire certi di quei sua lavori, i quali andavano innel contado di Bologna. Avvenne che quel detto

giovinaccio pensò di fargli un poco di paura da ridere. Egli appostò che questo povero vecchio se n'andasse a casa, sì come lui fece, che solo solo, serrato che lui ebbe la sua bottega, avendo un certo lumicino in mano e messosi un lembo del suo mantello in capo, così pian piano prese la via di casa sua, la quale era in via Mozza. E quando egli arrivò al canto di Mercato Vecchio, quel detto giovane, che lo aspettava, subito vedendoselo presso, ei si messe addosso e in capo certi panni con certi lumi di zolfo e altre sue diavolerie tanto spaventose che, sopragiunto inaspettatamente il povero vecchio e affisato il brutto mostro, gli venne tanto spavento che lui subito si venne manco : di modo che, a quel giovane parendogli di avere mal fatto, prese il povero vecchio, e il meglio che lui potette lo condusse alla sua casa e lo consegnò a certi sua nipoti [...]. La paura fu tale e tanta che ivi a poco tempo il detto vecchio si morì ; e si disse che quella fu la propia causa ; e io più volte tal cosa sentii contare al detto Piero (*Dell'oreficeria*, pp. 598-599, nous soulignons).

*Il arriva que ce pauvre homme un samedi soir avait travaillé jusqu'après minuit pour terminer certains de ses travaux, qui allaient dans la province de Bologne. Il arriva que ce vaurien pensa lui faire un peu peur pour s'amuser. Il attendit que ce pauvre vieux rentrât, comme il le fit : tout seul, après avoir fermé son atelier, une petite lampe à la main et un pan de son manteau sur sa tête, tout doucement il s'achemina vers sa maison, située rue Mozza. Lorsqu'il arriva au coin du Vieux Marché, ce dit jeune homme, qui l'attendait, en le voyant s'approcher, se couvrit le corps et la tête avec des tissus, des lumières de soufre et d'autres diableries tellement épouvantables que, survenu à l'improviste le pauvre vieux, ayant vu le mauvais monstre, fut effrayé à tel point qu'il s'évanouit : ainsi, puisque le jeune homme crut avoir mal fait, il prit le pauvre vieux comme il le put et l'emmena chez lui ; il le confia à certains de ses neveux [...] La peur fut telle que peu après le dit vieux mourut ; et l'on dit qu'elle en fut la cause ; j'entendis moi-même plusieurs fois le dit Piero me conter cette histoire (*De l'orfèvrerie*).*

Ce récit contient les mêmes ingrédients que l'on retrouve chez Grazzini : la *farce*, le *diable*, la *peur*, la *vengeance*, le *rire*, la *mort* – ou le *danger de mort*. On peut citer à titre d'exemple la nouvelle de Guasparri, qui, lui aussi, fut sur le point de mourir ("fu per spiritare"). La victime ici est un *battiloro*, il travaillait l'or, comme Piero di Nino, et sa spécialité était de le réduire en feuilles très fines. Voici la terrible scène de la farce telle que nous la raconte Grazzini :

> Era allora di settembre e buissimo, per buona sorte, come in gola. Di là da mezzo il ponte alla Carraia in su le prime pile erano venuti i due compagni per ordine di Zoroastro e dello Scheggia, come avete inteso ; i quali avevano una mezza picca per uno, in cima della quale era un po' di legno atraversato, che veniva a far croce, alla quale due lenzuoli lunghissimi e bianchi con certa increspatura stavano accomodati. E in su la vetta della croce era una mascheraccia contraffatta, la più spaventosa cosa del mondo, la quale scambio di occhi aveva due lucerne di fuoco lavorato, e così una per la bocca, che ardevon tutte, e gittavano una fiamma verdiccia molto orribile a vedere ; e mostrava certi dentacci radi e lunghi, con un naso stiacciato, mento aguzzo, e con una capeglieraccia nera e arruffata, che arebbe messo paura, non che a Cuio e al Bevilacqua, ma a Rodomonte e al conte Orlando [...] quando, su per lo ponte camminando, a Guasparri, volgendo gli occhi, venne veduto quella cosa contrafatta e spaventosa alzarse pian piano, onde fu da tanta e così fatta paura sopragiunto, che tutte le forze gli mancarono a un tratto, salvo che egli gridò fortemente : – Cristo, aiutami ! [...] e così stordito e pauroso fuor d'ogni guisa umana, si credeva senza fallo avere dinanzi agli occhi il trentamila paia di diavoli.

> *On était au mois de septembre et il faisait très sombre, par chance, comme dans le trou de la gorge. Du milieu du pont de la Carraia jusqu'aux premiers piliers étaient venus les deux conpagnons, sur l'ordre de Zoroastro et de Scheggia, comme vous l'avez entendu ; ces derniers avaient la moitié d'une pique chacun, au bout de laquelle il y avait une planche de bois en travers, en guise de croix, où l'on avait posé deux draps très longs et blancs plissés d'une certaine façon. Au sommet de la croix il y avait un grand masque contrefait, la chose la plus épouvantable au monde, qui avait à la place des yeux le feu de deux lampes, et une autre pour la bouche, et toutes ces lampes étaient allumées, elles jetaient une flamme verdâtre très horrible à voir ; ce masque présentait certaines mauvaises dents rares et longues, avec un nez écrasé, un menton pointu, et une chevelure laide, noire et ébouriffée, qui aurait effrayé, non seulement Cuio et Bevilacqua, mais aussi Rodomonte et le comte Orlando [...] lorsque Guasparri, en marchant sur le pont,*

> *après avoir tourné les yeux, eut vu cette chose contrefaite et épouvantable qui se dressait lentement, il fut pris d'une telle peur, que les forces lui manquèrent tout d'un coup, toutefois il put crier fortement : – Christ, aide-moi ! [...] Ainsi tout étourdi et apeuré, de façon inhumaine, il croyait fermement avoir devant ses yeux trente mille paires de diables* (Antonfrancesco Grazzini detto Il Lasca, *Le Cene*, a cura di Riccardo Bruscagli, Roma, Salerno editrice, 1976, II, 6, pp. 261-262).

Rappelons que la tradition florentine de la nouvelle est à la base de la conception des *Cene* de Grazzini qui fait revivre de façon différente l'héritage de Boccace et Sacchetti et qui se situe dans le panorama des *Novellieri* du XVIe siècle ; ce panorama s'enrichit surtout après 1540 : quatre nouvelles de Molza, six nouvelles de Cademosto (1544) et de Brevio (1545), la nouvelle de Guidiccioni (1547) ; les *Ragionamenti* de Firenzuola – qui circulaient déjà sous forme de manuscrit depuis 1525, mais publiés en 1548 – marquent le démarrage d'une production très importante de nouvelles parmi lesquelles on peut citer les recueils de Bandello (1554) et Giraldi Cintio (1565). Désormais l'influence de Boccace trouve confirmation dans un genre précis, et se renouvelle à travers plusieurs choix stylistiques au point que certains critiques ont pu parler de *renovatio* "boccacciana" (cf. Riccardo Bruscagli, *Introduzione*, in Grazzini, *Le cene, op. cit.*, p. XII).

Cellini est donc forcément influencé lui aussi par le succès que le genre littéraire de la nouvelle connaît à partir des années qui précèdent immédiatement la rédaction de la *Vita*. Certes, nous ne savons pas à quel point Cellini connaissait l'œuvre de Grazzini ; ce qui est certain, en revanche, c'est qu'il déclarait ouvertement son hostilité à son égard, puisque ce dernier avait publiquement pris position en faveur de la peinture (contre la sculpture) lors du débat suscité par Benedetto Varchi[9].

---

9. On peut lire les rimes très ironiques que Cellini, *Il Boschereccio*, adressa à Grazzini *Il Lasca* : "Ubbrigati gli siate tutti voi, / a chi scartabellare i libri piace, / e più al Lasca, che la pugna ha presa. / Or con un catafalco halla difesa / el crudel Lasca allo sculpir rapace, / per difender san Luca, il carro e' buoi" ("*Soyez-lui reconnaissants, / vous qui aimez feuilleter les livres, / et surtout à Lasca, qui s'est engagé dans le combat. / Maintenant avec un catafalque il a défendu sa cause / ce cruel Lasca ennemi de la sculpture, / pour défendre saint Luc, le char et les bœufs*") (Cellini, *Rime*, in *Opere*, pp. 842-843).

Certains *topoi*, typiquement florentins, comme la présence de diables et l'élément scatologique, marquent certaines pages de la *Vita*, notamment l'épisode du prêtre nécromancien (I, 64-65).

Le cinquième récit, édité par Gamba, présente des variantes d'un certain intérêt puisqu'il est plus riche en détails par rapport au même épisode narré dans la *Vita* (I, 41), mais il contient moins de renseignements techniques par rapport aux *Traités* (*Dell'Oreficeria*, XII, pp. 667-671) :

> Racconto V
> Descrive une medaglia coniata per Federigo Ginori Fiorentino la quale, vedutasi poi dal re di Francia Francesco I, fu cagione della chiamata e soggiorno di Benvenuto in Parigi per quattr'anni continui (pp. 33-36).
>
> *Récit V*
> *Où l'on décrit une médaille frappée pour le Florentin Federigo Ginori, qui fut ensuite vue par le roi de France François Ier, ce qui fut à l'origine de l'invitation et du séjour de Benvenuto à Paris pendant quatre années consécutives*[10].

De cette manière, Cellini ne retient que ce qui est pertinent dans le cadre de son autobiographie et dans celui des *Traités*. Nous avons déjà la preuve de ce travail concernant le genre tout au long de la *Vita*, lorsque l'auteur omet certains détails techniques en renvoyant le lecteur à "un autre lieu". Une fois de plus, les *Racconti* apportent la confirmation d'une conscience stylistique chez Cellini qui *sélectionne rigoureusement la matière de la narration.*

Gamba introduit, dans la série des *Racconti*, le récit du commentaire du célèbre vers de Dante (*Vita* II, 27) qui ne se trouvait pas dans le manuscrit des *Traités*, mais qui avait été publié dans la *Préface* de l'éditeur du *Traité de l'Orfèvrerie*[11].

---

10. Dans le *Traité de l'Orfèvrerie* on lit le passage de "Egli è di necessità che quei pezzi che si congiungono delle stiene" ("*Il est nécessaire que ces pièces qu'on fixe par le dos*") jusqu'à "dove il detto stucco possa entrare" ("*où le dit stuc puisse rentrer*") (*op. cit.*, pp. 669-670).

11. Voici la note de Gamba : "Questo racconto sta nella *Prefazione* fatta dall'editore del *Trattato dell'Oreficeria* ec Fir 1731, in 4° a c. XIX. L'ho qui inserito quantunque nel Codice non si trovi, tale essendo da non istarsene mal accompagnato

Racconto VIII
Curiosa interpretazione data da Benvenuto al verso di Dante Pape Satan, pape Satan aleppe (pp. 45-47).

Récit VIII
Curieuse interprétation donnée par Benvenuto du vers de Dante "Pape Satan, pape Satan aleppe"

On remarque seulement une variante peu significative à la fin du récit :

Di modo che io dico e credo che questi comentatori gli facciano dir cose, le quali egli non abbia, non che pensate, ma sognate (*Ibid.*, p. 47, nous soulignons)

Aussi je me permets de soutenir que ces commentateurs lui font dire des choses auxquelles non seulement il n'a même jamais pensé, mais qu'il n'a jamais rêvées.

Le même passage se présente ainsi dans la *Vita* :

di modo che io dico e credo che questi comentatori gli fanno dir cose le quale lui non pensò mai (II, 27, p. 468, nous soulignons).

je me permets de soutenir que ses commentateurs lui font dire des choses auxquelles il n'a jamais pensé (p. 268).

En réalité, Cellini n'avait pas l'intention de publier un recueil de récits ; pourtant, le recueil de Gamba met en évidence plusieurs aspects de l'écriture cellinienne : l'énorme influence déterminée par le renouvellement du *genre florentin de la nouvelle* ; l'hésitation et, finalement, le *choix entre*

cogli antecedenti, né leggendosi nella *Vita* di Benvenuto" ("*Ce récit se trouve dans la Préface de l'éditeur du* Traité de l'Orfèvrerie *ec Fir 1731, in 4° a c. XIX. Je l'ai inséré ici bien qu'il ne soit pas dans le Manuscrit, car il accompagne bien les précédents et il ne se trouve pas dans la* Vita *de Benvenuto")*. Nous signalons, en revanche, que ce récit fait partie de la *Vita*. Gamba aurait probablement consulté une édition qui l'avait omis.

les genres qui a conduit Cellini à sélectionner la matière de la narration (plus technique pour les *Traités*, spécifiquement autobiographique pour la *Vita*) ; la construction de l'autobiographie comme une *suite de récits* dans le cadre d'une structure narrative fortement unitaire. Mario Pomilio a consacré une étude qui analyse la *Vita* comme une série d'épisodes pour laquelle l'auteur aurait sacrifié jusqu'à l'ordre chronologique des événements : à titre d'exemple, la mort d'Alexandre de Médicis, advenue en 1537, précède l'arrivée de Charles Quint à Naples, en 1535, de retour de Tunis et son séjour à Rome en 1536[12]. Cependant, ce qui ne peut pas faire basculer la *Vita* en une suite de récits juxtaposés est justement la motivation profonde de l'écriture cellinienne, à savoir la *narration d'une expérience artistique au sein de laquelle seul l'Art compte*, comme l'affirme De Sanctis :

> Artiste génial et consciencieux, l'Art est son Dieu, sa moralité, sa loi, son droit...Très puissant dans la création et dans sa vie intérieure, ce chevalier errant dicta lui-même sa vie et fit son portrait avec toutes ces belles qualités, très certain d'ériger à lui-même un monument de gloire (*Storia della letteratura italiana*, Napoli, 1870, Torino, Einaudi, 1958, II, p. 659).

C'est donc la religion de l'Art qui unifie la narration, en soudant les épisodes d'une autobiographie fortement orientée par la création.

---

12. Cf. Mario Pomilio, *Gusto episodico e coscienza letteraria nella "Vita" di Benvenuto Cellini*, "Convivium", 1951, pp. 667-725. L'auteur soutient qu'à partir de l'épisode de la mort du frère jusqu'à l'emprisonnement de Cellini (I, 47-100), la *Vita* est constituée par une dizaine de longs récits, chacun avec son noyau thématique, sa signification littéraire : la mort de son frère (I, 47-50) ; le vol à l'atelier (I, 52-54) ; le calice du pape (I, 56-58, 60-62), le nécromancien, l'agression de Ser Benedetto, le voyage à Naples et la rencontre avec Angelica (I, 64-69) ; le voyage à Florence et à Venise (I, 76-79), les souvenirs des rencontres d'Alexandre et Lorenzino de Médicis (I, 80-81), la maladie (82-85), le présent à Charles Quint (I, 90-91).

Chapitre III

La langue de Cellini

Cellini et la "norme" linguistique

Doit-on croire Baretti lorsqu'il définit la langue de Cellini "puro e pretto parlare della plebe fiorentina" ("pur et authentique parler de la plèbe florentine") ? Plusieurs critiques ont suivi la thèse du "style spontané", qui est une contradiction dans les termes, jusqu'à ce que Vossler ait apporté d'utiles précisions quant aux éléments les plus familiers et populaires de la langue[1]. La "popularité" de la langue cellinienne est devenue de plus en plus un "mythe" de la critique, justement à une époque où se posait en Italie la question de la langue et de la littérature nationale et populaire.

En effet, les anomalies syntaxiques qu'on retrouve dans la *Vita* ont été attribuées à différentes raisons : d'une part à l'écriture dictée, qui reste proche de l'oralité, d'autre part à une sorte de "transgression" des lois de la

---

1. Cf. Vossler, *Benvenuto Cellini's Stil in seiner Vita ; Versuch einer psychologischen Stilbetrachtung*, in "Beiträge für romanische Philologie" in *Festgabe Gröber*, Halle, Niemeyer, 1899, pp. 414-451 ; pour le texte de Baretti, cf. *La Frusta letteraria*, Bari, Laterza, 1932, vol. I, p. 203.

syntaxe et de la norme stylistique de l'époque. Comment s'orienter et prendre position vis-à-vis d'un si vaste problème critique qui touche plusieurs niveaux d'interprétation : le niveau linguistique, philologique, stylistique et intertextuel ? Avant de risquer toute hypothèse sur la question, il faudrait analyser la "norme" stylistique de l'époque, pour comprendre la véritable position de Cellini "écrivain". Plusieurs études ont approfondi ce sujet, comme par exemple celle de Nencioni ou bien celle de Hoppeler. D'une clarté remarquable, l'analyse de Maria Luisa Altieri Biagi reste fondamentale pour la compréhension de la question très complexe de la langue de Cellini dans la *Vita*[2].

Si la langue de Cellini n'est pas conforme à celle de la norme de l'époque, il faudrait repérer qui sont les auteurs qui dictaient cette "norme", c'est-à-dire Bembo, Castiglione, Varchi et d'autres. L'épuration de la langue effectuée par Bembo et les "bembisti" représente l'opération d'une avant-garde littéraire qui reproposait sous une forme autre les modèles du Trecento. Selon Altieri Biagi :

> Au XVIe siècle Bembo et les "bembistes" (y compris ceux qui polémiquent avec Bembo sur son propre terrain) représentent une avant-garde littéraire qui, en toute conscience, réalise une opération complexe de normalisation et de codification linguistiques : les modèles du XIVe siècle sont reproposés avec une formule stylistique très polie. Une fois que cette formule s'est imposée, à un niveau littéraire élevé, à l'échelle nationale, il est difficile pour ceux qui viennent "après" de se rendre exactement compte du "décalage" que les littéraires de profession ont réalisé au bout de quelques années par rapport à l'institution linguistique immédiatement précédente. Et lorsque je parle d'institution linguistique précédente, j'entends toujours institution linguistique-littéraire, celle qui, lors du passage du XIVe au XVe siècle, et puis au XVIe siècle, a évolué naturellement, mais n'a jamais coupé les liens avec la langue parlée, réalisant des échanges vitaux avec celle-ci, notamment à ce niveau "narratif" non

2. Cf. G. Nencioni, *Premesse all'analisi stilistica del Vasari*, in "Lingua nostra", 1954, vol. XV, fasc. 2, pp. 33-40 ; et C. Hoppeler, *Appunti sulla lingua di Benvenuto Cellini*, Trento, Stabilimento Tipografico "Tridentum", 1921. Sur la langue de Cellini cf. l'article de M. L. Altieri Biagi, *La "Vita" del Cellini. Temi, termini, sintagmi, in Benvenuto Cellini, artista e scrittore*, *op. cit.*

> sublime qu'il est juste de prendre en compte lorsqu'on parle de Cellini et en fonction de lui (*op. cit.*, p. 142, nous soulignons).

Effectivement, les auteurs cités par Cellini appartiennent presque tous aux XIVe et XVe siècles : Villani, Alberti, Savonarola, alors que les seuls qui vivent au XVIe siècle sont Léonard de Vinci (entre le XVe et le XVIe) et Daniele Barbaro (traducteur de Vitruve). Cellini connaît fort bien Dante, présent à plusieurs reprises dans la *Vita*, et Pétrarque, dont le style a sans doute influencé le sonnet inaugural ; Boccace aussi, comme on l'a vu à propos de ces récits, lui offre un modèle de style et de genre littéraires. Mais Cellini n'est pas "homme de lettres", il en est fort conscient ; il s'adresse donc à Varchi pour faire réviser son manuscrit. Il provient d'un milieu artisan qui pourtant a toujours côtoyé le milieu littéraire : dans la période romaine surtout, Cellini fréquente Luigi Alamanni, Bembo, Annibal Caro et d'autres personnalités de premier plan du monde littéraire de l'époque.

La langue qu'il utilise pour un genre non "sublime" comme l'autobiographie est à comparer avec les textes de l'époque à caractère biographique, comme le journal ou la lettre. Vasari non plus n'a pas hésité à faire réviser ses *Vite* car il était conscient lui aussi d'être un artiste plutôt qu'un écrivain. L'historien et artiste arétin s'est donc adressé à Annibal Caro, à Vincenzo Borghini et à Paolo Giovio pour pouvoir ainsi donner une forme définitive à son ouvrage[3]. L'autre écrivain-artiste que nous avons cité c'est Bandinelli qui supplie, à son tour, ses héritiers de faire réviser son manuscrit (le travail est ingrat mais, comme le dit Bandinelli, "Che non può l'amore ?", "Que ne peut l'amour ?").

Quelques exemples tirés des éditions critiques des lettres de Vasari démontrent la grande parenté avec les "bavures" linguistiques de Cellini : *drento, dalfino, strologi, strasordinario, cirimonie, doppo, sua* (pour le pluriel), *dua, mi* (mio), *la suo famiglia, fargli* (au lieu de *farle), venghino, erono, eramo*, etc. La confrontation avec la prose de Vasari est par conséquent des plus utiles – lorsqu'elle n'a pas été "nettoyée" par des éditeurs trop zélés – puisqu'il appartenait au même milieu que Cellini, le milieu florentin des artistes plus ou moins liés à la cour des Médicis. Les "infractions" de Cellini deviennent d'emblée la norme, si l'on considère

3. Cf. à ce sujet Carlo L. Ragghianti, *Introduzione*, in Vasari, *Le Vite...*, Milano-Roma, Rizzoli, 1942, pp. 10-11 et Bruno Maier, *Umanità e stile di Benvenuto Cellini scrittore,* Milano, Trevisini, 1952, p. 18.

l'écriture vasarienne (mais aussi l'écriture des *Ricordi* de Michel-Ange, dans l'édition critique). Interversions, paragoges, assimilations, aphérèses, métathèses appartiennent à la "norme" linguistique de l'époque, dans un milieu pourtant où l'usage de l'imprimerie commence à imposer ses exigences d'homologation orthographique, parallèlement à l'action normative de la langue littéraire de la prose.

Dans son essai sur Cellini *La protesta di un irregolare (*Napoli, Edizioni Scientifiche Italiane, 1988, p. 42), Vittorio Gatto fait remarquer les raisons qui ont amené Gherardo Spini à transformer radicalement les *Traités* (dans l'édition de 1568) : probablement à cette époque la diffusion de l'imprimerie renforçait l'obsession de la norme car s'imposait de plus en plus l'exigence d'un usage cohérent de l'orthographe. Par rapport au manuscrit de la *Vita*, on ne peut s'empêcher de remarquer des hésitations orthographiques, c'est-à-dire la co-présence de mots écrits de manières différentes : par ex. *addio* (126b) et tout de suite après *adio* ; *addirmi* (484b) et *a dare* (fol. 492b) ; dans la même page on peut lire *accastello* et *a castello* (48a) ; ainsi *aggara* (493a et 504b) mais *a gara* (494a). Certains usages comme la consonne simple à la place de la consonne double répondent à des habitudes graphiques, mais aussi à la prononciation florentine et toscane : *soghignando* (468b, 481b) ; *avedutomi* (470a, 477a) auquel on peut opposer *avvidi* (481a) ; *sapiate* (468a) et *efimera* (474b). L'usage du 'h' est, lui aussi, lié à des habitudes de prononciation, si l'on fait remonter le son aspiré typique du toscan à cette époque-là (voir à ce sujet les remarques de Rohlfs, *Grammatica storica della lingua italiana e dei suoi dialetti*, 1954, Torino, Einaudi, 1969, I, pp. 267-269) ; en effet, on lit dans le manuscrit : *ritrhahevo* (374a), *a harte* (418b), *hamazato* (173b), *hordine* (502b), *hetà* (47b), *hobrigo* (64b), *handai* (211b), *husò* (266b), *halto* (303a), *hoimé*, à côté de *oimé* (303b). On peut remarquer le mot *Duca* barré et réécrit *Ducha* (287a) ; *anticaglie* et *antichaglie* (44b).

On retrouve alternativement *m* et *n* devant labiale : *inpacciato* (529b), *inbasciata* (508a), à côté de *sempre* (510a), de *comperate* (485b). On peut également remarquer *con posto* (468a deux fois) ; et par une fausse intuition étymologique *contra posi* (472b), *maior domo* (478ab), *grande mente* (507a).

A chaque fois les éditeurs de la *Vita* ont dû prendre parti choisissant une orthographe plus proche de la "norme" en vigueur de nos jours ou restant fidèles au manuscrit, qui, souvenons-nous en, a été dicté en grande partie. Il est intéressant, à cet égard, de considérer la position de Bacci dans son *Introduction* à l'édition critique (*op. cit.*, p. LXII) : l'incertitude orthographique est due en partie à l'inexpérience du jeune apprenti qui écrivait sous dictée, mais ce serait une erreur de réduire la partie dictée aux formes autographes celliniennes, car l'auteur avait bien reparcouru tout le manuscrit, faisant siennes les "irrégularités" orthographiques du copiste.

Il est bien difficile le rôle de celui qui établit un texte qui remonte à une époque où les normes ne se sont pas fixées définitivement et où il existe beaucoup d'échanges entre la langue de la prose, dans certains genres, et la langue parlée. Il est, en tout cas, à *exclure la définition de "langue populaire" en parlant de Cellini car Vasari adopte la même langue quand il s'adresse par écrit au Duc de Florence, à Borghini et aux plus grandes personnalités de l'époque*. Cellini n'est pas non plus à considérer comme un transgresseur de la "norme", sa prose n'est pas "révolutionnaire", au contraire, elle se rapporte à un modèle pas encore "purifié" par l'institution littéraire de Bembo et de ses disciples. La syntaxe de Cellini correspond donc à un *modèle plus ancien*, qui permettait les anacoluthes, les répétitions de sujets ou pronoms, la coordination d'un gérondif avec un indicatif ou un impératif. D'ailleurs l'usage abnorme de la part de Cellini du gérondif n'est point le signe de l'échec de l'écrivain dans la formulation de périodes trop complexes, comme certains critiques ont pu croire (cf. Carrara, *Cellini*, Torino, Paravia, 1938), mais il correspond souvent au critère classique de l'*abbreviatio*[4].

Questions de syntaxe

Pour comprendre l'usage du gérondif dans la *Vita* de Cellini il convient que nous examinions quelques exemples où l'on peut remarquer des "irrégularités" par rapport à la syntaxe "consacrée". Cellini n'hésite pas à coordonner un gérondif et un participe passé :

> E' signori Otto mi fecion chiamare : onde io comparsi ; e *dandomi* grande riprensione e *sgridato*, sì per vedermi in cappa e quelli in mantello e cappuccio alla civile ; ancora perché li avversari mia erano stati a parlare a casa a quei Signori a tutti in disparte, e io,

4. Cf. Segre, *La sintassi del periodo nei primi prosatori italiani*, in *Lingua, stile e società*, Milano, Feltrinelli, 1963, pp. 110 et 123.

> come non pratico, a nessun di quelli Signori non avevo parlato, fidandomi della mia gran ragione che io tenevo ; e dissi che a quella grande offesa e ingiuria che Gherardo mi aveva fatta, mosso da collora grandissima, e non gli dato altro che una ceffata, non mi pareva dovere di meritare tanta gagliarda riprensione (I, 16, p. 114, nous soulignons).

> *Les Huit me convoquèrent, je comparus. Ils m'adressèrent de violents reproches* [littéralement : m'adressant une forte réprimande et grondé] *parce que je me présentais en cape, les autres étant plus pacifiquement en manteau et chaperon ; de plus, mes adversaires s'étaient rendus au domicile de chacun de ces seigneurs pour leur parler en particulier, alors que moi, sans expérience, et fort de mon bon droit, je n'avais vu aucun des Huit. Je racontai comment Gherardo m'avait blessé et injurié ; dans ma colère, je ne lui avais donné en retour qu'une gifle, ce qui ne me semblait pas mériter une si sévère réprimande* (notre traduction).

La période n'a pas une solide construction syntaxique, la proposition principale se cache dans une foule de gérondifs et participes passés ; la répétition de la conjonction "et" a été justifiée par certains critiques comme une exigence stylistique de l'auteur[5]. Parfois la répétition de la conjonction se justifie par rapport à d'autres répétitions et fait partie des effets stylistiques envisagés, comme dans le passage suivant :

> *e* in questo punto quello Invisibile, che mi aveva divertito dal volermi ammazzare, venne a me pure invisibilmente ma con voci chiare ; *e* mi scosse *e* levommi da iacere *e* disse : "Ohimé ! Benvenuto mio, *presto presto* ricorri a Dio con le tue solite orazione, *e* grida *forte forte*" (I, 120, p. 385, nous soulignons).

> et *c'est là qu'intervint cet Esprit invisible qui m'avait empêché de me tuer. Il vint à moi toujours invisible, mais il avait une voix claire.* Et *il me secoua,* et *me fit mettre debout* et *me dit : "Allez ! mon cher*

---

5. Cf. Mario Pomilio, *Gusto episodico e coscienza letteraria nella "Vita" di Benvenuto Cellini, op. cit.*, pp. 667-725 et Stanko Skerlij, *Syntaxe du participe présent et du gérondif en vieil italien,* Paris, 1926, p. 249, note 1, mais ce dernier exprime également des réserves.

> *Benvenuto ! Vite, vite adresse à Dieu tes prières accoutumées* et *crie fort de* toutes tes forces !" (notre traduction).

Le jugement critique reste souvent suspendu entre l'admiration pour les effets stylistiques et la dénonciation d'un manque de clarté dans la construction syntaxique qui risque d'égarer la ligne principale de la période. A titre d'exemple, on pourrait citer un passage tiré du premier chapitre de la *Vita* :

> Avvedutomi d'una tal cosa, ora che io cammino sopra la mia età de' cinquantotto anni finiti, e *sendo* in Fiorenza patria mia, *sovvenendomi* di molte perversità che avvengono a chi vive ; essendo con manco di esse perversità, che io sia mai stato insino a questa età, anzi mi pare di essere con maggiore mio contento d'animo e di sanità di corpo che io sia mai stato per lo addietro ; e ricordandomi di alcuni piacevoli beni e di alcuni innistimabili mali, li quali, *volgendomi* in drieto mi spaventano di maraviglia che io sia arrivato insino a questa età de' 58 anni, con la quali tanto felicemente io, mediante la grazia di Dio, *cammino* innanzi (I, 1, p. 81, nous soulignons).
>
> *Je m'en rends compte maintenant que je suis sur la fin de mes cinquante-huit ans et que, fixé dans ma ville natale de Florence, je repasse en pensée toutes les traverses de l'existence. Je n'en ai jamais rencontré moins qu'en ce moment et je ne me suis jamais senti dans une position d'esprit si heureuse ni en si bonne santé ; je ne me remémore pas les moments agréables et les affreux malheurs sans être terrifié à ces souvenirs et stupéfait d'être arrivé à l'âge de cinquante-huit ans où, grâce à Dieu, je poursuis si allègrement ma route (p. 11).*

La quantité de gérondifs qui s'accumulent en l'absence de la proposition principale fait disparaître le centre véritable de la période. Cette immense anacoluthe est constellée d'une foule de "*e*" conjonction : l'écrivain aurait-il perdu le fil du discours ? D'autres critiques ont reproché à Cellini d'avoir voulu imiter un style trop élevé, en particulier celui de Salluste (cf. Carrara, *Cellini*, *op. cit*, p. 11 et Gatto, *La protesta di un irregolare* : *Benvenuto Cellini*, *op. cit.*, pp. 44-45) ; mais la coordination du gérondif avec une proposition subordonnée n'est pas une formule étrangère à la littérature antérieure à l'époque où vécut Cellini. Boccace fournit plusieurs exemples d'une telle construction, dans certains passages du *Décaméron* notamment, que je cite accompagnés d'une traduction littérale en français, pour donner une idée de l'anomalie syntaxique :

> Ed *essendo* ogni cosa presta, e niun'altra cosa che la venuta del marchese *era* da lei *aspettata*, avvenne (*Decameron*, a cura di Branca, Firenze, 1960, II, 2, 20, pp. 140-141, nous soulignons).
>
> *Tout était à point, et la dame n'attendait que la venue du seigneur. C'est alors... (trad. par J. Bourciez, Paris, Classiques Garnier, p. 79).* [littéralement *:* Etant *chaque chose à point, et la venue du marquis* était attendue *par elle plus que n'importe quelle autre chose, il arriva...]*
>
> La donna, *udendo* questo, e *sentendosi* aver due uomini in casa, e *conosceva* che il cavaliere non si poteva nascondere...si tenne morta (*ibidem*, VII, 6,14, p. 821, nous soulignons).
>
> *Il y avait deux hommes céans. Et le palefroi, attaché dans la cour, ne permettait pas de dissimuler le chevalier ! En entendant la fille, Isabelle se crut morte (op. cit., p. 467)* [littéralement *: La femme, en* entendant *cela, et* sentant *qu'elle avait deux hommes à la maison,* et elle savait *que le chevalier ne pouvait pas se cacher...se crut morte]*

A l'époque de Cellini et à la fin du XVIe siècle encore l'influence de Boccace est considérable au niveau stylistique et lexical. Il suffit à cet égard de citer une lettre de Leonardo Salviati à Vincenzo Borghini, faisant l'éloge du grand *novelliere,* malgré la vaste opération de censure exercée sur le *Decameron* :

> Lo stile del Boccaccio mi pare, siccome a lei, il megliore e più bello di tutti gli altri che si leggano nel volgar nostro, e, tra tutte le sue opere, quel delle Novelle ho per ottimo [...]
> le voci delle Novelle, s'io non m'inganno, sono quasi tutte buone, nell'altre opere la maggior parte ; e qui si vuol giudicio nel conoscerle, e nell'usarle con decoro.
> Fuor de' vocaboli delle Novelle, tutti quelli del Boccaccio ho per buoni, che sono stati ricevuti dall'usanza o degli scrittori o del

popolo, ed oltre a questi, se alcuno ve n'abbia di bel suono, di buon significato, e che non abbia l'equivalente.

Le style de Boccace paraît à mes yeux, ainsi qu'à vos yeux, le meilleur et le plus beau parmi tous ceux qu'on lit dans notre langue, et, parmi toutes ses œuvres, je considère celui des nouvelles comme le meilleur [...] Les termes utilisés dans les Nouvelles, si je ne me trompe, sont presque tous valables, dans les autres ouvrages, la plupart le sont ; et il faut du discernement pour les connaître, et pour les utiliser convenablement.
En dehors des vocables des Nouvelles, je considère valables tous ceux que Boccace a utilisés et qui ont été accueillis dans l'usage par les écrivains ou bien par le peuple, et à côté de ceux-là, ceux qui ont un son agréable, une signification valable, et qui n'ont pas d'équivalent[6].

Cellini, suivant les modèles littéraires des XIVe et XVe siècles, est tout à fait dans la "norme" de la littérature en prose du genre *nouvelle, biographie* ou *lettre*. Ainsi il ne commet pas d'"erreur" quand il écrit (et cette fois-ci c'est le Duc en personne qui parle !) :

"Benvenuto, se tu gli *scrivi* e *faccendogli* venir voglia di tornarsene a Firenze, io lo farei de' Quarantotto" (II, 79, p. 577, nous soulignons).

6. *Lettera di Leonardo Salviati a Monsignor Vincenzio Borghini del 7 agosto 1576* in *Lettere di Luigi Alamanni, Benedetto Varchi, Vincenzio Borghini, Lionardo Salviati e d'altri autori citati dagli Accademici della Crusca per la più parte fin qui inedite,* Lucca, tipografia Franchi e Maionchi, 1853, pp. 84-85. Dans son essai *De' principi particolari delle belle lettere*, au chapitre V intitulé *Progressi della lingua italiana nel secolo decimosesto e seguenti*, Parini écrit à propos de Salviati ceci : "scrittore illustre d'assai opere di prosa e di verso. Questi fu uno de' più benemeriti promotori della nostra lingua per le molte cose che egli scrisse a vantaggio di questa, e per quelle ov'egli ebbe parte, come nella compilazione del primo Vocabolario della Crusca", ("écrivain illustre auteur de nombreux ouvrages en prose et en vers. Ce fut l'un des plus louables promoteurs de notre langue pour la grande quantité de choses qu'il écrivit en l'avantage de celle-ci, et pour celles où il participa, comme pour la compilation du premier Vocabolario della Crusca") in *Opere*, a cura di Giuseppe Petronio, Milano, Rizzoli, 1957, p. 1015.

> *Benvenuto, si tu lui* écris, *en lui* donnant [littéralement : et lui donnant] envie *de revenir à Florence, je le ferai membre des Quarante-huit*" (notre traduction).

Les exemples de coordination de mode fini et indéfini du verbe sont fréquents dans la prose de Cellini. Le passage qui évoque la visite de Vasari est très significatif à ce sujet :

> Questo cattivo uffizio l'aveva fatto Giorgetto Vasellario aretino, dipintore, forse per remunerazione di tanti benefizii fatti a lui : ché *avendolo* trattenuto in Roma e *datogli* le spese, e lui *messomi* a soqquadro la casa : perché gli *aveva* una sua lebbrolina secca, la quale gli aveva usato le mane a grattar sempre, *e dormendo* con un buon garzone che io avevo, che si domandava Manno, *pensando* di grattar sé, *gli aveva scorticato* la gamba al detto Manno con certe sue sporche manine, le quale non si tagliava mai l'ugna (I, 86, p. 298, nous soulignons).

> *Le vilain rôle c'est le peintre arétin Giorgetto Vasellario [...], qui l'avait joué, sans doute en remerciement de tous mes bienfaits quand je l'avais hébergé et entretenu à Rome, où il avait mis ma maison sens dessus dessous. Il était atteint d'une petite lèpre sèche qui lui avait donné l'habitude de se gratter sans arrêt. Comme il dormait dans le même lit que mon brave apprenti Manno, en croyant se gratter lui-même il lui avait écorché une jambe avec ses sales pattes dont il ne taillait jamais les ongles (p. 152).*

Même la prose du grand Léonard de Vinci présente des exemples de coordination d'un gérondif avec une proposition subordonnée, ce qui a conduit certains critiques peu avisés à "corriger" une syntaxe qui est tout à fait dans les normes de l'époque. Voici un passage tiré de la *Caverna* de Léonard :

> le zolfuree fiamme, essendo rinchiuse, per forza rompendo e aprendo il gran monte, fulminando per l'aria pietra, terra, insieme coll'uscita e vomitata fiamma (*Tutti gli scritti*, a cura di Augusto Marinoni, 3 vol., Milano, Biblioteca Universale Rizzoli, 1952, I, p. 181).

les flammes sulfureuses, étant renfermées, avec force cassant et ouvrant la grande montagne, crachant dans l'air pierre, terre, en même temps que la flamme sortie et vomie.

Solmi corrige le gérondif "fulminando" avec l'indicatif "fulminano", suivant la transcription de Richter. Contraire à cette démarche, Augusto Marinoni explique l'origine de cette "habitude" syntaxique en vigueur chez les écrivains de l'époque : l'imitation des écrivains de la latinité tardive et l'introduction d'une série de gérondifs dans le but d'élargir la période avaient transformé les normes du rapport temporel entre le gérondif et le verbe principal ; le gérondif, par conséquent, était considéré comme une forme indépendante et l'anacoluthe était pratiquée par l'auteur en toute concience. En effet, on pourrait remarquer chez Léonard ainsi que chez Cellini, un phénomène assez répandu que l'on désigne sous le nom de "*parahypotaxe*"[7].

Au niveau de la morphologie, on pourrait signaler la présence des pluriels en *-e* tels que : "brev*e* settiman*e*" (*Vita,* I, 9, p. 96) ; mais cela ne devrait pas surprendre puisque on lit chez Pulci *le gente*, *le mente*, ou chez Poliziano *l'ardente fiamme*, ou chez Léonard *penne debole*, *le dolente voce*, *le migliore uve, le parte.* Il s'agit souvent des pluriels des noms féminins de la troisième déclinaison latine qui gardent la terminaison du pluriel en *-e* (cf. Marinoni, *Introduzione*, in Leonardo, *op. cit.*, p. 38). Il est possible de repérer ailleurs d'autres exemples de cet usage chez Machiavelli, Guicciardini, Bandinelli, Vasari, Michel-Ange et d'autres auteurs.

---

7. "Les éditeurs qui éliminent la conjonction 'et', qui coordonne la subordonnée avec la principale, prétendent adapter Léonard aux normes syntaxiques qui prévalurent après son temps. Mais chez les écrivains des premiers siècles (et pas seulement dans notre littérature, le phénomène étant plus vaste et plus ancien), l'usage de reprendre la proposition principale avec 'et' ou bien avec si (ainsi) après une proposition subordonnée au gérondif, ou introduite par 'quand', 'si', 'puisque' et d'autres conjonctions du même type, est très large ; le phénomène est connu sous le nom de 'parahypotaxe'" (Augusto Marinoni, *ibidem,* p. 42). Sur le même sujet, cf. L. Sorrento, *Il fenomeno della paraipotassi nelle lingue neolatine*, in "Rendiconti R. Istituto Lombardo di Scienze e Lettere", 1929, p. 449 et p. 481 ; ou encore, du même auteur, *Sintassi romanza : ricerche e prospettive*, Milano, 1950, ch. II.

La conjugaison des verbes est aussi conforme à l'usage de l'époque : si Cellini écrit *dissono* ("ils dirent") et non pas *dissero*, c'est parce qu'il n'est pas conscient de l'abrogation de cet usage opérée par Bembo.

On peut remarquer encore chez Cellini la présence de l'haplologie lorsqu'il écrit "*Guarti*" ("Prend garde à toi") au lieu de "*Guàrdati*" (I, 87, p. 301), ou bien de la syncope utilisée à plusieurs reprises dans certains temps du verbe : "molto m'incresce che i danari *furno* pochi" ("Je regrette que ce fut peu d'argent") (*furno* au lieu de *furono*). Certaines formes dérivent de l'interférence avec le dialecte toscan et florentin en particulier, mais il faut par ailleurs avouer que *ce n'est pas l'élément dialectal qui marque la langue cellinienne*. En effet, comme l'affirme Nencioni (in *Francesco De Sanctis un secolo dopo*, a cura di Attilio Marinari, Bari, Laterza, 1985, vol. II, pp. 451-452), on retrouve dans la *Vita* "Un 'style clair et décidé' comme son ciseau' (De Sanctis), mais non pas – à notre grand étonnement – la présence du dialecte".

Benedetto Varchi : une approche nouvelle de la langue

Benedetto Varchi était l'une des plus grandes autorités de l'époque en ce qui concerne les questions relatives à la langue. Son dialogue *L'Ercolano* (1570) sur la théorie de la langue est fondamental pour comprendre ses positions et pour saisir la raison de son choix de non-intervention sur le manuscrit de son ami Benvenuto.

Cellini s'adresse à lui parce qu'il est conscient que sa langue n'est pas celle des "hommes de lettres" de l'époque, elle n'est pas celle de Varchi, ou d'Annibal Caro, ni celle de Bembo. Donc, on ne pourrait pas, de ce fait, accepter l'hypothèse critique d'un Cellini "écrivain spontané", au contraire, il a bien des préoccupations d'ordre linguistique et poursuit un idéal de perfection, dans l'art comme dans l'écriture littéraire. Varchi reste fidèle aux théories exposées dans son dialogue sur la langue, lorsqu'il affirme que seul l'"usage" peut donner de véritables bases à la langue parlée et écrite. Dans le chapitre intitulé *Da chi si debbano imparare a favellare le lingue, o dal volgo, o da' maestri, o dagli scrittori* nous lisons :

> [...] tutte le lingue vive, e nobili consistono (come ne mostra Quintiliano) [*Instit. orator.* libr. I, cap. 6] in quattro cose, nella ragione, nella vetustà, ovvero antichità, nell'autorità, e nella consuetudine,

> ovvero nell'uso. L'uso per farci dalla principale, e più importante, ultimo in numero, ma primo in valore, è di due maniere, o del parlare o dello scrivere.[...] come n'ammaestra Cicerone (nell'*Oratore a Bruto* : "*Usum loquenti populo concessi, scientiam mihi reservavi*"), [si deve] accomodarsi in favellando all'uso del popolo, e riserbare per se la scienza ; perciocché, oltrache il fare altramente pare un volere essere da più degli altri, si fugge eziandio l'affettazione, della quale niuna cosa è più odiosa, e da doversi maggiormente schifare. Ora per rispondere alla dimanda vostra, dico, che le lingue s'hanno a imparare a favellare dal volgo, cioè dall'uso di *coloro che le parlano* (*L'Ercolano*, ovvero *Agli alberi, Dialogo di M. Benedetto Varchi Nel quale si ragiona delle lingue ed in particolare della toscana e della fiorentina*, Firenze, Tartini e Franchi, 1730, p. 285).

> *[...] toutes les langues vivantes, et nobles consistent (comme nous le démontre Quintilien) [Instit. orator. libr. I, cap. 6] en quatre choses : la raison, l'ancienneté, c'est-à-dire l'antiquité, l'autorité et la coutume, c'est-à-dire l'usage. L'usage, pour nous référer à la chose fondamentale et la plus importante, citée en dernier, mais en première place quant à sa valeur, est de deux types, du parlé ou de l'écrit [...] comme l'enseigne Cicéron (dans l'*Orateur à Brutus : "Usum loquenti populo concessi, scientiam mihi reservavi", *en parlant [on doit] s'adapter à l'usage du peuple, et réserver pour soi la science ; c'est pourquoi, à part le fait qu'agir différemment paraît vouloir être plus fort que les autres, on évite également l'affectation, rien n'est plus odieux et plus horrible que celle-ci. Or, pour répondre à votre question, j'affirme qu'il faut apprendre à parler du peuple, à savoir de l'usage de ceux qui les parlent.*

Les hommes tels que Cellini seraient donc capables de "parler" leur langue, puisque leur compétence linguistique se fonde sur l'usage. La différence avec un homme de lettres consisterait dans la conscience profonde de cet usage. Varchi en vient à affirmer que les écrivains trop érudits seraient comme des étrangers dans leur patrie puisque la connaissance du grec et du latin les amènerait à s'éloigner de l'usage réel que le peuple fait de la langue. La langue littéraire ne devrait jamais trop s'éloigner de l'usage, car, ce faisant, elle risquerait de demeurer tout à fait étrangère à la langue parlée.

Varchi rédige *L'Ercolano* entre 1560 et 1565, parallèlement à la *Vita* de Cellini écrite entre 1558 et 1567. Cependant, il n'est pas impossible que Cellini ait eu quelques échos de ce dialogue au cours des conversations avec son ami Benedetto puisque certains passages de sa prose reflètent les idées formulées dans *L'Ercolano*. On pourrait citer à titre d'exemple la distinction qui est faite entre les verbes *cicalare* (papoter) et *favellare* (affabuler) :

> "Signori mia, egli è più d'una mezz'ora che voi non restate di domandarmi di favole e di cose, che veramente si può dire che voi cicalate, o che voi favellate : modo di dire, '*cicalare*',che non ha tuono, o '*favellare*', che non vuol dir nulla ; sì che io vi priego che voi mi diciate quello che voi volete da me, e che io senta uscire dalle bocche vostre ragionamenti e non favole e cicalerie" (I, 102, p. 339, nous soulignons).
>
> "*Messeigneurs, cela fait plus d'une demi-heure que vous n'arrêtez pas de me demander des blagues et des balivernes. On peut vraiment dire que vous papotez ou que vous affabulez ;* 'papoter' *voulant dire parler en l'air et* 'affabuler' *parler pour ne rien dire. Dites-moi, je vous en prie, ce que vous voulez de moi afin que j'entende sortir de vos bouches des paroles sensées et non des histoires et des papotages"* (notre traduction)[8].

---

8. Parmi les nombreuses annotations de Leopardi sur la langue, il y a un passage à propos de la différence entre "favellare" et "cicalare" où il se révèle être un lecteur attentif de Cellini : "Intorno all'etimologia di *favellare. L'altre due voci sono* FAVELLARE *e* CICALARE : *l'una si è dir favole ; e* CICALARE *si è il cigolare degli uccelli.* Cellini *Discorso sopra la differenza nata tra gli Scultori e Pittori circa il luogo destro stato dato alla Pittura nelle Essequie del gran Michelagnolo Bonarroti.* fine. *Opere di Benvenuto Cellini*, Mil. 1806-11. vol. 3, p. 261. Parla di *tre voci* che s'usano in lingua toscana per esprimere il *parlare*, e la prima detta dal Cellini si è *ragionare*, il che egli dice che vuol fare, e non *favellare* nè *cicalare.* (2 Agosto, dì del perdono.1822.)

("Autour de l'étymologie d'*affabuler.* Les deux autres vocables sont AFFABULER et PAPOTER : l'un signifie raconter des histoires ; et PAPOTER évoque le jacassement des oiseaux. Cellini, *Discours à propos de la controverse opposant Sculpteurs et Peintres au sujet de la place d'honneur donnée à la peinture lors des obsèques du grand Michel-Ange Buonarroti*, fin. *Oeuvres* de Benvenuto Cellini, Milan, 1806-11, vol. 3, p. 261. Il parle de *trois vocables* qu'on utilise en toscan pour exprimer l'action de *parler*, la première que Cellini cite est *raisonner*,

Ainsi Benvenuto répond aux “asprissime e paventose parole” (“mots très âpres et effrayants”) des enquêteurs du pape : il fait appel à la réflexion sur la langue et sur le sens que cette langue peut véhiculer, juste au moment où sa vie se trouve être fort compromise avec la condamnation et la peine de prison infligées par la cour de Rome.

Cellini sera conduit à procéder à la même distinction dans le *Traité de l'orfèvrerie*, mais cette fois avec bien plus de précision :

> Lo Iddio della natura ha concesso all'uomo in questo suono del modo della voce quattro differenzie, le quali sono queste. La prima si dice il *ragionare* qual vuol dire la *ragione delle cose* ; la seconda si usa per dire *parlare*, qual vuol dire *parolare*, che son quegli che dicono parole di sustanzia e belle l'un l'altro, che se bene non sono la ragione stessa delle cose, queste parole mostrano la via del ragionare ; la terza si dice *favellare*, la qual voce si è il *dire delle favole* e cose con poca sustanzia, ma sono piacevoli alcune volte, e non ingiuriose ; la quarta voce è quella che si dice *cicalare*, la qual voce usano quegli uomini che non sanno nulla, e vogliono con quella mostrare di sapere assai (*Trattato dell'oreficeria*, cap. IX, pp. 651-652, nous soulignons).

> *Dieu créateur de la nature a accordé à l'homme dans le son de la voix quatre modalités différentes : la première, c'est l'action de* raisonner *qui veut dire la raison des choses ; on utilise la deuxième pour désigner l'action de* parler, *qui signifie* “paroler”, *action de ceux qui disent des paroles ayant un contenu et dans une belle forme, les deux choses en même temps, et même si elles n'expliquent pas la raison des choses, du moins ces mots montrent la voix du raisonnement ; la troisième est appelée* affabuler, *vocable qui signifie raconter des histoires et des choses avec peu de substance, mais qui sont parfois agréables, et non injurieuses ; la quatrième est* papoter, *action qui appartient à ces hommes qui ne savent rien, et veulent démontrer ainsi de savoir beaucoup.*

---

c'est ce qu'il affirme vouloir faire, et non pas *affabuler* ni papoter (2 Août, jour du pardon, 1822)”) (*Zibaldone di pensieri*, a cura di Giuseppe Pacella, Milano, Garzanti, 1991, § 2592, p. 1388).

Il est intéressant, ici, de remarquer la récurrence du même motif, puisqu'en lisant le *Discorso sopra la differenza nata tra gli scultori e i pittori circa il luogo destro stato dato alla pittura nelle essequie del gran Michelagnolo Buonarroti*, on retrouve le même argument exposé en termes légèrement différents ; c'est concrètement ce que Cellini répond aux détracteurs de la sculpture :

> Sì come io dico di sopra, a mille loro false proposte io potrei rispondere e chiarirle ; ma perché noi abbiamo tre voci diverse l'una da l'altra ; delle quali tre io non mi voglio servire se non della prima, la quale si è il *ragionare*, ciò è dar la ragione di quello che io ho voluto dire. L'altre due voci sono *favellare* e *cicalare*: l'una si è dir favole ; e *cicalare* si è il cigolare degli uccelli, il quale non ha tuono nessuno né con nulla si accorda, se bene e' non si discorda ; questo si è un mormorio, il quale se bene non consuona, ancora non dissuona : di modo che quelle sono favole, ciò è *favellare* ; e questo *cicalare* è una armonia di sogni. E con queste due armi io so che questi difensori della pittura, cioè della bugia, lungamente si dilateranno (in *Opere*, *op. cit.*, p. 826).

> *Comme je l'ai dit plus haut, à mille de leurs faux arguments je pourrais répondre et établir le vrai. Mais nous possédons trois modes d'expression différents, et je ne veux user que du premier, c'est-à-dire le* raisonnement, *donner la raison de ce que l'on a voulu dire. Les deux autres sont* affabuler *et* papoter *: le premier consiste à raconter des histoires, l'autre s'apparente au jacassement des oiseaux, qui n'a ni mélodie, ni accord ni désaccord, comme un murmure qui ne sonne ni ne dissone, de sorte que ce n'est qu'*affabulation *; et le* papotage *n'est qu'harmonie de songes. Avec ces deux armes les défenseurs de la peinture, c'est-à-dire de ce mensonge, je le sais, se répandent en discours.*

Si l'on compare ces passages celliniens avec la formulation de Varchi qui est bien plus complète et pleine d'érudition, on s'aperçoit que c'est bien lui en fait le véritable inspirateur de Cellini, celui qui a su lui transmettre l'exacte dimension de l'usage conscient de la parole. La parole devient une arme, un instrument de défense, si elle est correctement utilisée, dans les moments les plus difficiles : contre les accusations du pape, contre ceux qui doutent de son habileté d'orfèvre, contre les défenseurs de la peinture.

Varchi expose la même question, après avoir fait la liste des verbes qui signifient *favellare*, lorsqu'il parle de la diversité et de la confusion des langues. Les verbes tels que *cicalare* ("papoter") et les autres qui commencent par la lettre c "désignent ceux qui causent, non parce qu'ils ont quelque chose à dire, mais parce qu'ils n'ont rien à faire, parlant sans savoir quoi dire, en somme disant des choses inutiles ou vaines, c'est-à-dire sans signification ni substance" (*L'Ercolano*, p. 66). On pourrait aussi bien rappeler l'intérêt pour la langue et pour l'étymologie dont fait preuve Cellini à maintes reprises dans la *Vita*. Il évoque, par exemple, l'origine du mot *grottesca* (grotesque) comme dérivant de *grotte*[9].

Cellini démontre donc un intérêt véritable pour l'origine du mot et pour son évolution au cours des siècles dans le cadre de différentes civilisations. En véritable artisan, il explore le matériel qu'il utilise, la langue, pour mieux l'ordonner à ses propres fins.

Il lui arrive de donner d'autres explications concernant des toponymes comme *Florence* (*Vita*, I, 1) et *Paris* ; on lit dans le *Traité de l'orfèvrerie* :

> Io non voglio tacere ancora, per la vaghezza di questa bell'arte, una mirabile e rarissima opera che mi fu mostra in Francia nella bellissima e ricchissima città di Parigi (il qual Parigi li Franzesi nella lor lingua costuman dire *Paris simparì*, che vuol dire "Parigi senza pari"), essendo io al servizio del re Francesco nel mille cinquecento quarantuno (in *Opere*, *op. cit.*, II, p. 611).

> *Je ne veux pas taire, à cause du charme de cet art magnifique, une œuvre très riche et merveilleuse qu'on me montra en France dans la très belle et très riche ville de Paris (les Français ont l'habitude de dire dans leur langue* Paris simparì, *qui veut dire "Paris sans pareil"), lorsque j'étais au service du roi François en mille cinq cent quarante-et-un.*

On retrouve encore dans les *Traités* des précisions sur le terme *rogia clero* que Cellini sent le devoir d'expliquer, dans une attitude rigoureusement didactique :

9. Cf. *Vita*, I, 31, pp. 154-155 ; à ce sujet cf. A. Chastel, *La grottesque. Essai sur l'"ornement sans nom"*, Paris, Le Promeneur, 1988.

> Questo smalto si è il più bello di tutti gli altri, e si domanda in fra l'arte degli orefici smalto roggio, e in Francia si domanda *rogia clero,* di modo che questo suo nome si è voce franzese, la quale vuol dire "rosso chiaro", cioè trasparente (*Dell'oreficeria*, in *Opere,* III, p.618, nous soulignons).

> *Cet émail est le plus beau parmi tous les autres, et il est nommé par la corporation des orfèvres émail "roggio" ; en France on l'appelle* rogia clero, *car en réalité ce mot appartient à la langue française, il signifie "rouge clair", c'est-à-dire transparent.*

L'auteur ne se borne pas, d'ailleurs, à donner des explications sur les mots d'origine étrangère, mais il se sent tout aussi bien capable de commenter un vers très problématique de Dante (*Inferno*, VII, 1) :

> "Sta' cheto, sta' cheto, Satanasso, levati di costì, e sta' cheto". Queste parole innella lingua franzese suonano in questo modo : "Phe phe Satan phe phe Satan alè phe". Io che benissimo avevo inparata la lingua franzese, sentendo questo motto, mi venne in memoria quel che Dante volse dire quando lui entrò con Virgilio suo maestro drento alle porte dello Inferno. Perché Dante a tempo di Giotto dipintore furno insieme in Francia e maggiormente in Parigi, dove per le ditte cause si può dire quel luogo dove si litiga essere uno Inferno : però ancora Dante intendendo bene la lingua franzese, si servì di quel motto ; e m'è parso gran cosa che mai sia stato inteso per tale : di modo che io dico e credo che questi commentatori gli fanno dir cose le quale lui non pensò mai (II, 27, p. 468).

> *"Paix, paix ! Satan ! cria-t-il, ôte-toi de là et paix !". Ce qui se dit en français : "Phe phe Satan phe phe Satan alès phe". J'avais appris le français à fond et, en entendant ces mots, il me revint en mémoire ce vers de Dante quand il franchit avec son maître Virgile les portes de l'Enfer et je compris ce qu'il a voulu dire. En effet Dante vint avec le peintre Giotto en France, surtout à Paris. Les procès font de cette salle où on les juge un véritable enfer. Dante qui savait bien le français a repris cette phrase. Il est extraordinaire que jamais personne ne l'ait interprétée ainsi. Aussi je me permets de soutenir que ces commentateurs lui font dire des choses auxquelles il n'a jamais pensé (p. 268).*

Ici l'exigence d'évoquer les "portes de l'Enfer" pour représenter l'endroit diabolique de la Justice, le tribunal, se mêle à l'ambition littéraire qui lui fait prononcer une hypothèse plutôt hasardeuse, mais pas tellement absurde par rapport à la masse de commentaires fantaisistes que ce vers de Dante a suscités.

Cellini joue, par conséquent, beaucoup avec la langue, et surtout avec le nom propre, son propre nom *Benvenuto* qui, à ses yeux, contient le sens même de sa destinée. Voici le récit de la "nomination" :

> Mio padre che era vero filosafo, stava passeggiando e disse : "Quello che Idio mi dà, sempre m'è caro" ; e scoperto i panni, coll'occhio vidde lo inaspettato figliuolo mastio. Aggiunto insieme le vecchie palme, con esse alzò gli occhi a Dio, e disse : "Signiore, io ti ringrazio con tutto 'l cuor mio : questo m'è molto caro, e *sia il Benvenuto*". Tutte quelle persone che erano quivi, lietamente lo domandavano, come e' si gli aveva a por nome. Giovanni mai rispose loro altro se none : "*E sia il Benvenuto*" ; e risoltisi, tal nome mi diede il santo Battesimo, e così mi vo vivendo con la grazia di Dio (I, 3, p. 87, nous soulignons).

> *Mon père, en vrai philosophe, se promenait et répondit : "Ce que Dieu me donne m'est toujours cher !" et, ayant écarté les langes, il vit de ses yeux le fils inattendu. Il joignit aussitôt les vieilles mains, leva les yeux au ciel et s'écria : "Seigneur, je te rends grâces de tout mon cœur ; cet enfant m'est très cher, qu'*il soit le Bienvenu *!". Chacun des assistants, tout en joie, lui demandait quel nom il se proposait de me donner, mais on n'en put jamais tirer que ces paroles :* "Qu'il soit le Bienvenu !" *On me donna donc ce nom au saint Baptême, et c'est celui que je porte avec la grâce de Dieu (Vie,* trad. Beaufreton, Paris, Julliard, 1965, p. 50*).*

La scène a une allure biblique et l'acte de la nomination revêt toute sa valeur symbolique dans l'espace du sacré : le nom concentre en lui l'avenir ; celui qui donne le nom, la figure paternelle, joue le rôle fondamental, tel un "philosophe" qui représente symboliquement la divinité sur terre et son pouvoir de "donner le nom". On voit bien à quel point Cellini est conscient de la valeur sacrée du nom et de la nomination, et il arrive à l'exprimer dans la *Vita* dans les termes d'un récit, celui de sa naissance, et non pas dans le cadre d'une digression théorique. En racontant le geste, *l'homme dans l'acte même de nommer*, l'auteur pénètre dans cet *espace du sacré* qui est évoqué à plusieurs reprises dans la *Vita*, en dépit des crimes dont elle est constellée.

Le nom propre se prête à plusieurs allusions et jeux de mots : *Benvenuto* rencontre *Benvegnato*, "camérier du Pape", qui veut lui apprendre à vivre :

> Per lo... di Dio, che io voglio che *Benvegnato* insegni vivere a Benvenuto" ; e commesse a un di quei sua capitani, forse più ardito che gli altri, ma per esser giovane aveva manco discorso (I, 33, p. 162, nous soulignons).

> *Par le... de Dieu, je veux que* Benvegnato *apprenne à vivre à Benvenuto" et il chargea un de ses capitaines, peut-être plus hardi que les autres mais trop jeune pour avoir beaucoup d'abattage, de me défier (p. 62).*

Benvenuto n'est pas toujours le "bienvenu", mais parfois pour son ennemi il est le "mal venu". Ainsi parle le Duc :

> "Tu sia il *malvenuto*". Alle quali parole io dissi : "Signor mio, cotesto non è il mio nome, perché io ho nome *Benvenuto* ; e perché io penso che l'Eccellenzia vostra motteggi meco, io non entrerò in altro" (II, 64, p. 544, nous soulignons).

> "*Sois le* malvenu !" – "*Monseigneur, répondis-je, ce n'est pas mon nom. Je m'appelle* Benvenuto. *Je pense que Votre Excellence plaisante, je ne répliquerai pas" (p. 317).*

Dans l'épisode qui est le plus proche de l'atmosphère des nouvelles de Boccace et en même temps de la gaîté sinistre des *Cene* de Grazzini, Cellini continue de jouer avec son nom. Ainsi lui répond Diego, le bel éphèbe déguisé en courtisane :

> "Con *Benvenuto vengo* ; ora andiamo" (I, 30, p. 150, nous soulignons).

> "*Avec Benvenuto j'irai* [à la lettre : "Avec Bienvenu je viens] *; partons maintenant"* (notre traduction).

Parfois l'écrivain associe sa veine grotesque à l'exercice de la déformation des noms propres, lorsqu'il veut ironiser sur tel ou tel personnage. Il en est ainsi de Annebaut :

> L'Amiraglio, che era fatto tale per il favore di madama di Tampes e non per le sue buone opere, per essere uomo di poco ingegnio e per essere il nome suo *monsigniore d'Anguebò*, se bene in nostra lingua e' vuol dire *monsignior d'Aniballe*, in quella lor lingua e' suona in modo che quei populi i più lo chiamano monsigniore Asino Bue (II, 43, p. 501, nous soulignons).
>
> *L'Amiral devait son poste à madame d'Etampes et non à des mérites qu'il ne possédait pas. Il s'appelait monseigneur d'Annebaut qui se traduirait dans notre langue monseigneur d'Annibale mais se prononce en français monseigneur Ane-bœuf, nom qu'on lui attribuait couramment* (p. 289).

Bandinelli aussi est visé par Cellini lorsqu'il joue avec son nom en le déformant :

> Veduto andar le cose tanto malamente fredde, io mi cominciai a sbigottire ; o pure da me dicevo :"I piccoli principii alcune volte hanno gran fine" ; e anche mi dava qualche poco di speranza il vedere quante migliaia di ducati il Duca aveva gittato via in certe brutte operaccie di scultura, fatte di mano di quel bestial *Buaccio* Bandinello (II, 54, p. 524, nous soulignons).
>
> *Quand je vis que les choses allaient si froidement, je commençai à perdre cœur. Je me disais pourtant : "Aux petits commencements succède parfois une grande fin". Je concevais aussi quelque peu d'espérance en voyant combien de milliers de ducats le duc avait gaspillés en faisant exécuter certains affreux ouvrages de sculpture par cet animal de* Buaccio *[littéralement "mauvais bœuf"] Bandinelli* (trad. Beaufreton, II, p. 145).

Nous ne savons pas avec certitude si Vasari a pu lire les pages de la *Vita* qui le représentent avec un ton grotesque et ironique ; de toute manière, son nom n'a pas été épargné par l'impitoyable Cellini. Ainsi, pour l'orfèvre, il n'est qu'un fils de potier, un *Giorgetto Vasellario*, dont le nom propre est lié inexorablement à la banalité du quotidien puisqu'il se rapproche du mot "vaisselle" (*vaso*, *vasellame*) (II, 86).

Cet écrivain-artisan joue avec ce matériel qu'est la langue, avec lequel il forge son œuvre, la *Vita* ; il monte et démonte les mots pour les déformer ou les juxtaposer à sa guise avec une hardiesse qu'on ne peut lui reprocher, puisque ses effets stylistiques atteignent à un grotesque puissant et à une ironie proverbiale.

Plusieurs critiques ont aperçu l'importance de l'œuvre de Cellini au sein du développement de la langue italienne. Parmi eux il serait intéressant de rappeler l'opinion de Giuseppe Parini au XVIIIe siècle, qui lui consacre une place particulière dans le cadre de son chapitre sur les *Progressi della lingua italiana nel secolo decimosesto :*

> Ma per seguire i poeti non si dimentichi Benvenuto Cellini, famoso artefice e talento oltre misura bizzarro, i cui trattati *Dell'orificeria* e *Della scultura* somministrano grande quantità di vocaboli e di forme relative alle arti, oltreché abbondano d'ottimi precetti e di regole per la pratica e per la intelligenza dell'arti stesse. La vita sua da se medesimo scritta è una delle cose più vivaci che abbia la lingua italiana, sì per le cose che descritte vi sono, sì per il modo. Costui è spezialmente mirabile nel dipingere dal vivo, con pochi tratti, i caratteri, gli affetti, le fisonomie, i moti e i vezzi delle persone (in *Opere, op. cit.*, p. 1005).

> *Cependant, pour suivre les poètes, qu'on n'oublie pas Benvenuto Cellini, célèbre artiste et talent étrange outre mesure, dont les* Traités De l'orfèvrerie *et* De la Sculpture *fournissent une grande quantité de vocables et de formes relatives aux arts, en outre ils contiennent une quantité d'excellents préceptes et de règles pour la pratique et pour la compréhension des arts mêmes. Sa vie écrite par lui-même est l'une des choses les plus vives que la langue italienne possède, et pour les choses qu'y sont décrites, et pour la façon. Celui-ci est particulièrement admirable dans la peinture d'après nature, par quelques traits, des caractères, des sentiments, des physionomies, des mouvements et des habitudes des gens.*

En accord avec Parini, nous soulignons l'importance de la *Vita* dans l'histoire de la langue italienne : ici, le caractère vivant de la langue s'allie à la représentation très vivante des hommes et des événements. Une analyse détaillée du style de la prose cellinienne excède les limites de notre travail, cependant, nous tenons à signaler certains éléments caractéristiques de la langue cellinienne, tels que la *présence massive de superlatifs*, de péjoratifs, de diminutifs qui nuancent sans cesse l'adjectivation. Certains critiques ont voulu déceler dans cet usage abnorme de l'hyperbole une sorte de *poétique de la meraviglia.* Cellini pourrait, ainsi, être défini pré-baroque, mais pas seulement pour la raison évoquée : son *attention au détail réaliste*, qui annonce le Caravage, et qu'on retrouve dans toute sa prose, fait de lui un auteur pré-baroque. Le *sentiment aigu du réel* le conduit à partir du concret pour le *transfigurer* et l'*exagérer*.

D'un point de vue lexical, Cellini introduit une masse de *néologismes* dans son œuvre : "*afforzificare*" (renforcer), *scaramucciarsi* (se disputer), *cervellinaggine* (bêtise), *cipollata* (baliverne), *scànnapagnotte* (littéralement : "égorge-pain"), *granchiescamente* (à la manière d'un crabe), *spagnolescamente* (à la manière espagnole, c'est-à-dire, avec de l'arrogance), *scorzone* (littéralement : "grosse écorce"), etc.

L'auteur fait preuve, donc, d'une grande liberté dans l'art d'écrire, une liberté plus grande que dans le domaine esthétique, dans lequel il peut trouver sa place parmi les artistes maniéristes disciples de Michel-Ange. Les métaphores hardies, qui s'inspirent souvent du bestiaire, évoquent une galerie de portraits : ainsi le lecteur se souviendra à jamais d'un trésorier en forme d'araignée, ou d'un Cellini "taureau envenimé", ou bien soufflant dangereusement comme un aspic ("come un aspido").

Dans son article sur le maniérisme de la prose cellinienne, Enrico Carrara (*Manierismo letterario in B. Cellini*, "Studi romanzi" XIX, 1928, pp. 171-200) insiste sur le goût des *istorie*, sur l'amour de l'anecdote, du détail, qui se traduit plastiquement mieux sur le plan littéraire qu'au niveau artistique. En réalité, les *histoires* ont essentiellement une valeur décorative dans l'art plastique de Benvenuto ; par contre, dans son autobiographie elles font partie d'une construction vigoureuse. Le côté maniériste de la *Vita* se révèle plutôt dans d'autres aspects, comme par exemple dans certaines constructions symétriques ordonnées suivant une orchestration presque théâtrale (les voyages, les fuites, les meurtres, les procès), ou encore dans la description minutieuse des œuvres d'art et de certaines figures décoratives.

A partir de ces considérations sur la langue de Cellini, nous pouvons affirmer qu'elle s'inscrit de plein droit dans une tradition littéraire, par sa précision, sa liberté et son pouvoir d'évocation : sa prose demeure résolument orientée vers une esthétique nouvelle, même si entre les lignes affleurent les modèles illustres du passé. Son succès, deux siècles après sa rédaction, prouve la "résistance" et la "modernité" d'un chef-d'œuvre de l'histoire littéraire.

Chapitre IV

L'atelier : théâtre du monde

L'autobiographie de Cellini a été dictée dans une *bottega*, un atelier : dicter la *Vita* c'est un plaisir pour l'orfèvre, et même une incitation à la création :

> inmentre che io lavoravo, gli dittavo la Vita mia ; e perché ne pigliavo qualche piacere, lavoravo molto più assiduo e facevo assai più opera (p. 80).
>
> *pendant que je travaillais, je lui dictais ma Vie. Comme j'y prenais plaisir, j'étais bien plus assidu et productif* (p. 9).

Le plaisir de l'écriture rejoint et stimule la création artistique : c'est l'alternance du *Dire* et du *Faire*, et l'un est complémentaire de l'autre chez Cellini. D'ailleurs, l'artiste ne manque pas de faire remarquer la raison qui l'a poussé à dire : "L'arte mia, quale è quella che m'ha mosso a questo tale iscrivere" (I, 26, p. 137 , "*[...] mon métier. C'est lui qui m'a poussé à écrire"*, p. 46). Le livre de la *Vita* est *opera*, produit de la *bottega*, de ce lieu fondamental qui aide à comprendre la signification de l'art à la Renaissance. Les modifications qui interviennent dans la définition du travail et de la vie dans l'atelier marquent des phases importantes de l'histoire de l'art, de la première Renaissance à la crise, jusqu'au Maniérisme et au Baroque.

Dans ce chapitre, nous allons reparcourir les étapes de la vie professionnelle de Benvenuto, orfèvre, dessinateur, médailleur et sculpteur, à partir de son apprentissage jusqu'à la fondation de son atelier – de ses multiples ateliers – suivant son récit autobiographique. En réalité, l'histoire de son métier coïncide, en quelque sorte, avec l'histoire de sa *Vita*, c'est la définition même de la matière de la narration que nous donne l'auteur.

Nous allons également découvrir son éthique professionnelle, dans son rapport à la création et à sa clientèle. Tout se croise dans ce lieu magique qu'est l'atelier : *art* et *science*, *or* et *pouvoir*, *principes esthétiques* et *données techniques*, sensualité et crime, histoire personnelle et histoire collective... Il s'agit là d'un véritable "théâtre du monde".

Les années d'apprentissage

En 1514 Cellini a besoin de travailler puisque son père Giovanni est licencié de son poste de fifre de la Seigneurie. Après l'élection du Pape Léon X qu'il avait prophétisée, Giovanni Cellini, fut appelé à la cour du Vatican, mais il ne voulut pas partir. Le 30 mars 1514 le père de Benvenuto est licencié à l'âge de 63 ans ; dans son récit l'auteur s'attache à faire le lien entre cet événement et le début de sa carrière d'artisan et d'artiste : l'apprenti orfèvre lutte contre un père qui veut à tout prix lui imposer l'apprentissage de la musique, considérée par Benvenuto comme un art mineur par rapport aux arts plastiques auxquels il voulait s'initier. Il existait effectivement une hiérarchie entre les arts qui situait la musique sur un plan inférieur par rapport au dessin et à la peinture[1].

De même, il existait une hiérarchie dans le cadre des arts plastiques : nous sommes à l'époque où art et artisanat se différencient, et l'artiste

1. Sur l'organisation hiérarchique des arts, cf. Paolo Pino, *Dialogo di Pittura*, (1548) Milano, Rizzoli, BUR n° 800, 1954, pp. 61-66. Cependant, Cellini tient à souligner ceci : "In quel tempo quelli sonatori si erano tutti onoratissimi artigiani, e v'era alcuni di loro che facevano l'arte maggiori di seta e lana : qual fu la causa che mio padre non si sdegniò di fare questa tal professione" (I, 5, p. 90) ("*A cette époque, ces musiciens étaient tous des artisans très estimés, quelques-uns appartenaient même aux corporations majeures de la soie et de la laine. C'est pourquoi mon père ne dédaigna pas ce métier*", p. 17).

plasticien acquiert un prestige nouveau, en tant qu'individualité créatrice. A propos d'Antonio Pollaiuolo, Vasari affirme qu'il abandonna l'orfèvrerie car "cet art n'est qu'un témoin éphémère des efforts employés" par rapport à la peinture (*Vita di Antonio e Piero Pollaioli*, in *Opere*, *op. cit.*, III, p. 290, *Vies...*, *op. cit.*, IV, pp. 244-245). Ce n'est pas tout à fait exact : Pollaiuolo continua à exécuter des travaux d'orfèvrerie jusqu'à sa mort, mais l'historien veut par là proprement exprimer sa conception hiérarchique des arts. D'ailleurs l'époque de Vasari et de Cellini connaît de grands débats autour des arts comme celui – suscité par Varchi – de la primauté de la sculpture ou de la peinture, auquel participèrent les plus grands artistes de l'époque : Vasari, Bronzino, Pontormo, Filippo di Giovanbattista detto il Tasso, Francesco da San Gallo, le Tribolo, et enfin Michel-Ange, que Varchi voulut consulter en dernier (cf. Cellini, *Discorso sopra la differenza nata tra gli scultori e pittori circa il luogo destro stato dato alla pittura nelle essequie del gran Michelagnolo Buonarroti*, in *Opere*, pp. 822-826).

Au XVe siècle, l'atelier du peintre est encombré de travaux disparates : les recettes de l'artisanat soutenaient ainsi économiquement la création artistique, pas toujours bien récompensée. Selon Vasari, Ghirlandaio disait à ses collaborateurs qu'il fallait accepter toute sorte de travaux, "même s'il ne s'agissait que de l'anse d'un panier de femme [...] si eux ne voulaient pas le faire, il le peindrait lui-même, afin que nul ne reparte mécontent de son atelier" (*Vita di Domenico Ghirlandajo*, in *Opere*, *op. cit.*, III, p. 270, *Vies...*, *op. cit.*, IV, p. 229). Désormais, au milieu du XVIe siècle, à l'époque de Cellini, l'unité des arts dans l'atelier se brise, tandis qu'au XVe siècle de nombreux ateliers gardaient un caractère polyvalent (comme celui de Verrocchio, orfèvre, sculpteur et peintre)[2]. Botticelli et Ghirlandaio commencent par travailler auprès d'un orfèvre, les influences

2. Cf. à ce sujet Nicoletta Pons, *L'unità delle arti in bottega*, in *Maestri e botteghe. Pittura a Firenze alla fine del Quattrocento*, Milano, Silvana ed., 1992, pp. 251-260. Focillon fait remarquer que Francia fut lui aussi un orfèvre : "L'orfèvrerie est l'art national, les maîtres et les apprentis sont innombrables. [...] A Bologne, le peintre Francia est d'abord, et longtemps, un orfèvre : sur ses tableaux, il fait suivre orgueilleusement sa signature du mot *aurifex*. Sous les Bentivoglio, puis sous Jules II, il administre la Monnaie de sa patrie. Emailleur, médailleur et nielleur, il sait l'art d'associer, dans un champ infiniment restreint, le grand style des figures au charme élégant des motifs" (*Benvenuto Cellini*, Presses pocket, 1992, p. 20).

réciproques entre les différents domaines artistiques se révèlent dans l'art des grands maîtres ; la ligne de contour qui caractérise les figures de Botticelli, comme l'a fait remarquer Chastel, provient en quelque sorte de la pratique de l'orfèvrerie et de la gravure, et le dessin des orfèvres, à un certain moment du XVe siècle, oriente le destin de la peinture[3].

Les artistes tels que Botticelli, Pollaiuolo, Giovanni et Raffaellino del Garbo, fournissaient les dessins pour les broderies (tapisseries), et il n'existait pas encore une nette séparation entre la partie intellectuelle du projet et son exécution, comme nous le fait remarquer Cennino Cennini dans son traité *Il libro dell'Arte. Trattato della Pittura* (Roma, Paolo Salviucci, 1821).

Cellini aussi commence par réaliser les projets dessinés par d'autres : à Rome il fait un vase pour l'évêque de Salamanque, sur projet de Giovanfrancesco Penni (I, 22, p. 126), mais la relation avec son commanditaire est troublée par les contrôles qu'exerce celui-ci et par son avarice. Ensuite, à plusieurs reprises, l'orfèvre nous fait remarquer qu'il n'a pas besoin de dessin pour l'exécution de ses œuvres. C'est Jules Romain qui le défend devant le Duc de Mantoue, en déclarant que "*Benvenuto è un uomo che non ha bisogno delli disegni d'altrui*"(I, 40, p. 82, "Benvenuto n'a pas besoin des dessins des autres", p. 75). Michel-Ange lui-même, si l'on en croit Cellini, va jusqu'à soutenir que l'orfèvre est un artiste à part entière puisqu'il n'a pas besoin de ses dessins pour concevoir une œuvre d'art (I, 41). Le modèle de Cellini est comparé à celui du divin Michel-Ange, mais

3. Cf. André Chastel, *Art et Humanisme à Florence au temps de Laurent le Magnifique. Etude sur la Renaissance et l'Humanisme platonicien*, Paris, PUF, 1961, pp. 388-389 ; du même auteur cf. également *Le grand atelier*, Paris, Gallimard, 1965 ; sur la versatilité de Pollaiuolo, cf. A. Angelini, *Considerazioni sull'attività giovanile di Antonio Pollaiuolo 'horafo' e 'maestro di disegno*, in "Prospettiva", 44, pp. 16-26, 1986. Cellini évoque la production diversifiée de Pollaiuolo en son *Traité de l'Orfèvrerie :* "Antonio del [...] Pollaiuolo, [...] fu orefice, e fu sì grande disegnatore che non tanto che tutti gli orefici si servivano dei sua bellissimi disegni, i quali erano di tanta eccellenzia che ancora molti scultori e pittori, io dico dei migliori di quelle arti, si servirno dei sua disegni e con quegli ei si feciono grandissimo onore" (*"Antonio del Pollaiuolo, fut orfèvre et dessinateur si parfait que ses très beaux dessins servirent non seulement à tous les orfèvres, mais, à cause de leur excellence, encore à quantité de sculpteurs et de peintres parmi les meilleurs, qui en tirèrent grand honneur"),* in *Opere*, p. 595.

c'est le modèle de l'orfèvre qui l'emporte. L'auteur veut ici marquer une étape importante dans sa carrière artistique, puisqu'il exécute des œuvres de sa conception. Il "fait" l'œuvre du début à la fin, du dessin au modèle en cire jusqu'à sa *réalisation* en or, en argent ou en bronze et même en marbre par la suite. En fin de carrière, c'est lui qui fournit de nombreux dessins pour les artisans orfèvres de la Seigneurie.

Quand on lit les pages de l'apprentissage du métier d'orfèvre, on sent que quelque chose à changé par rapport à la *bottega* du XVe siècle : le rapport entre les arts s'est transformé ainsi que le rapport entre maître et apprenti. Dans la première édition des *Vite* de Vasari (1550), à propos de Donatello, l'auteur exprime un regret sincère et passionné par rapport à la détérioration des anciennes modalités d'apprentissage dans les ateliers : "Jours bénis et heureux siècles, qui jouissiez de tant de vertu et d'une telle bonté, où les bons artistes étaient, pour ceux qui désiraient apprendre, tout à la fois des pères, amis, maîtres et compagnons !" *Vita di Donato*, *Opere*, *op. cit.*, II, p. 396, note 1, *Vies*..., III, pp. 256-257). Même Cellini parle de Donatello en le désignant comme "le plus grand sculpteur qui ait jamais vécu" dans son *Traité de l'orfèvrerie* et il fait remarquer que lui aussi a commencé en tant qu'orfèvre (*Opere*, p. 599).

Pour apprécier à sa juste valeur l'évolution des relations entre maîtres et apprentis, il faudrait analyser les pages que Cellini consacre à ses années d'initiation au métier. Son premier maître fut Michelangelo Brandini, père de Bandinelli son rival (I, 7), ensuite il entra dans l'atelier de Marcone (Antonio Giamberti) "senza salario" (sans salaire) :

> Giunto all'età di quindici anni, contro al volere di mio padre mi missi a bottega all'orefice con uno che si chiamò Antonio di Sandro orafo, per soprannome Marcone orafo. Questo era un bonissimo praticone, e molto uomo dabbene, altiero e libero in ogni cosa sua. Mio padre *non volse che lui mi dessi salario*, come si usa agli altri fattori, acciò che, da poi che volontaria io pigliavo a fare tale arte, io mi potessi cavar la voglia di disegniare quanto mi piaceva (I, 7, p. 94, nous soulignons).

> *A quinze ans, contre la volonté de mon père, j'entrai comme apprenti dans l'atelier d'un orfèvre, Antonio di Sandro, surnommé Marcone. Cet homme excellent avait une grande expérience du métier et était très généreux. Mon père* ne voulut pas qu'il me payât

> le salaire *des autres apprentis puisque c'était moi qui voulait faire ce métier. Il désirait aussi que je puisse dessiner quand j'en avais envie* (p. 19).

La dénomination "senza salario" n'est pas surprenante puisque c'était la coutume, au siècle précédent déjà, d'embaucher des apprentis qui n'avaient pas de salaire mais qui percevaient une récompense correspondant aux travaux exécutés ; effectivement, on lit la mention "non ha salaro" ("n'a pas de salaire") dans certaines déclarations au cadastre de Florence, comme le rapporte Gigetta Dalli Regoli dans son étude consacrée à l'art du dessin dans les ateliers florentins (cf. *Il disegno nella bottega*, in *Maestri e botteghe, op. cit.*, p. 62). Les rapports avec son maître sont très humains ("Aveva un suo unico figliuolo naturale, al quali lui molte volte comandava, per risparmiar me", *Vita* I, 7, p. 94, "Il avait un fils unique, un enfant naturel, auquel il commandait très souvent, pour m'épargner", notre traduction), et l'apprentissage du métier d'orfèvre se fait sur de solides bases de dessin. En effet, l'art du dessin constituait le point de départ pour les artistes qui œuvraient dans différents domaines. Cellini ne cessera jamais de cultiver cet art, à Florence, où il fréquente le fils de Filippino Lippi et étudie les œuvres du peintre, il dessine également à partir du célèbre carton de Michel-Ange pour la bataille de Cascina, que ses disciples s'arrachèrent (en particulier, Cellini en attribue la destruction à son rival, le sculpteur Bandinelli).

L'artiste fait des études de dessin chez les Chigi à Rome, où se trouvaient les peintures de Raphaël, et à la chapelle Sixtine, pour suivre la voie de son "maître" Michel-Ange.

Cependant, pour le jeune apprenti il est difficile d'avoir du temps libre pour dessiner, puisqu'il doit assurer le travail à l'atelier et aider son père avec son salaire. Les travaux d'orfèvre offrent bientôt à Cellini la possibilité de gagner beaucoup d'argent en peu de temps. En fait, l'auteur parle souvent et avec orgueil de ses profits. Il est intéressant de considérer que Cellini souligne à plusieurs reprises l'aide apportée à son père auquel il envoyait le fruit de ses premiers travaux d'orfèvre : "Attendendo pure all'arte dell'orefice, e con essa aiutavo il mio buon padre (I, 10, p. 99, "*Je m'adonnais à l'art de l'orfèvrerie, grâce auquel je venais en aide à mon bon père",* trad. Beaufreton, *op. cit.,* I, p. 66*).* Le portrait que Cellini nous donne de lui-même est donc celui du fils modèle, qui travaille pour soulager la vieillesse de son père (cf. *Vita* I, 9,12, 15). Une *aura* biblique entoure Benvenuto, le "fils prodigue", ainsi que la figure paternelle, qui incarne une autorité à la fois redoutée et aimée, et qui parle avec la voix de Dieu :

> E di questo sia detto assai, e nessuno non si faccia mai beffe dei pronostichi di un uomo da bene, avendolo ingiustamente ingiuriato, perché non è lui quel che parla, anzi è la voce de Idio istessa (I, 9, p. 99).
>
> *Que personne ne se moque des pronostics d'un homme de bien auquel il aura adressé des injures imméritées, car ce n'est plus cet homme qu'on entend, c'est la voix de Dieu même* (trad. Beaufreton, I, p. 65).

L'éducation – plus que le simple "apprentissage" – de Benvenuto se fonde sur l'expérience acquise dans les ateliers et sur les enseignements de son père qui transmet au jeune artiste, bien que révolté et assoiffé de liberté, une éthique de la charité, inspirée par les principes fondamentaux du christianisme.

L'initiation à la profession est associée au développement du sens moral qui dérive de la figure paternelle : comme si celle-ci pouvait garantir les principes du bien et du mal. La disparition du père, atteint de la peste, entraînera pour Cellini une période de troubles et une inexorable descente vers les chemins du mal et de la mauvaise fortune.

L'apprenti errant

L'on sait que la période de la formation de Cellini est jalonnée de continuels déplacements. Après la période d'apprentissage à l'atelier de Michelagnolo Brandini et auprès de Marcone à Florence il doit se réfugier à Sienne à la suite d'une rixe, à cause d'une condamnation à l'exil pendant six mois à dix milles de sa ville natale. A Sienne il travaille avec maestro Francesco Castoro orfèvre (I, 8). Ensuite il travaille à Bologne dans l'atelier de Graziadio, il revient à Florence mais il repart, indigné contre son père, pour Pise où il travaille avec Ulivieri della Chiostra (I, 10). Il revient à l'atelier florentin de Marcone et ensuite entre à l'atelier de Francesco Salinbene où il exécute son premier travail d'orfèvrerie, une boucle en argent pour une ceinture d'homme grâce à laquelle il obtient l'estime de l'ensemble de sa corporation : “Vedendosi questa tale opera per l’arte degli orefici, mi fu dato vanto del meglio giovane di quella arte (I, 13, p. 107, “*Quand cet ouvrage fut connu par la corporation des orfèvres, je fus considéré comme le meilleur parmi mes jeunes collègues”,* notre traduction)[4]. Il part ensuite pour Rome avec l’artiste qui travaillait le bois, Giovambattista Tasso, et commence à travailler dans l’atelier de Giovanni de’ Giorgis de Firenzuola. Les litiges avec le maître lui permettent d’affirmer toujours plus sa personnalité, il veut être libre de choisir son maître :

> Dissi ch’*io ero nato libero, e così libero mi volevo vivere*, e che di lui non si poteva dolere ; manco di me, restando aver da lui certi pochi scudi d’accordo ; e come lavorante libero volevo andare dove mi piaceva, conosciuto non far torto a persona [...] volevo *essere mio e non di altri ; e chi mi voleva mi chiedessi a me* (I, 14, p. 110, nous soulignons).

> *Je dis [...] que j’étais né libre et que libre je voulais vivre ; qu’il ne pouvait se plaindre d’Arsago, et encore moins de moi, car il me devait encore quelques écus ; qu’ouvrier libre, enfin j’entendais aller où bon me semblait, du moment que je ne faisais de tort à personne [...] j’entendais ne dépendre que de moi et non des autres, et que quiconque voulait me faire travailler n’avait qu’à s’adresser à moi* (trad. Beaufreton, I, p. 77).

Ici Cellini commence à enfreindre les règles du jeu, puisque l’apprenti de la *bottega*, par convention, était lié à son maître et n’était pas “libre”. Un apprentissage de nature tout à fait différente caractérisait les artistes du siècle précédent, tel Cennini :

4. Ce passage a été traduit, à notre avis, de manière erronée, car ici “arte” n’est pas l’“*art*” ou la “*technique*”, mais proprement la *corporation* des orfèvres, comme le confirme Camesasca (*op. cit.*). Ainsi, dans la traduction de Beaufreton nous lisons : “Les autres orfèvres, l’ayant *examiné du point de vue de l’art*, déclarèrent que son auteur était le plus habile jeune homme qui travaillât dans leur métier” (I, p. 74). La traduction de Nadine Blamoutier (sous la direction de Chastel) n’est pas très différente : “*Examiné du point de vue technique par les orfèvres*, il me valut d’être déclaré le meilleur parmi mes jeunes collègues” (p. 27).

> Cennino di Andrea Cennini, da Colle di Valdelsa nato, fui informato nella dett'arte dodici anni da Agnolo di Taddeo da Firenze mio maestro, il quale imparò la detta arte da Taddeo suo padre, il quale suo padre fu battezzato da Giotto, e fu suo discepolo anni ventiquattro (Cennino Cennini, *Trattato della pittura,* Roma, Paolo Salviucci, 1821, p. 3).
>
> *Moi, Cennino, fils d'Andrea Cennini, né à Colle di Valdelsa, fus formé aux secrets de l'art pendant douze ans par le fils de Taddeo, Agnolo de Florence, mon maître. Lui-même apprit son art de Taddeo son père. Taddeo fut baptisé par Giotto, qui le garda comme élève pendant ving-quatre ans* (*Traité de la peinture*, trad. par Victor Mottez, annoté par G. Tambroni, Paris, J. Renouard Libraire, Lille L. Lefort Imprimeur-libraire, 1858, p. 31)[5].

Au XVe siècle, en effet, l'apprenti était une émanation de son propre maître, une sorte d'alter ego de celui-ci, ses œuvres ressemblaient de plus en plus à celles de son maître, et cette imitation parfaite correspondait au besoin des *botteghe*, dont la production sur le marché devait être uniforme. Le maître conférait progressivement à l'apprenti des responsabilités de plus en plus importantes jusqu'à la complète autonomie de l'élève.

Par contre, Cellini ne peut pas rester longtemps assujetti à un maître et travaille déjà à Florence chez Giovanbattista Sogliani qui lui prête une partie de son atelier. Ainsi Cellini cesse d'être exploité comme apprenti et gagne fort convenablement sa vie (I, 15). Le violent affrontement avec les orfèvres Guasconti est le prix qu'un apprenti trop indépendant doit payer :

5. Ainsi J. Lucas-Dubreton nous parle de l'initiation de l'apprenti dans le livre de Cennini : "Le peintre Cennino Cennini, presque octogénaire et emprisonné pour dettes aux *Stinche*, occupe ses loisirs à rédiger un traité de peinture où il verse toute son expérience (1437). Dès sa prime jeunesse, l'élève doit se mettre en servitude dans la boutique d'un maître qui lui enseigne pendant un an l'art de "bien user du dessin sur les tablettes", ensuite à trier les couleurs, cuire la colle, pétrir les pâtes, préparer les panneaux, les polir – ceci pendant six ans. Six autres années, même les jours de fête, sont consacrées à connaître la diversité des couleurs : cinabre, minios, amatite, sang de dragon..., à faire des draperies d'or, à travailler à fresque et à s'assimiler une série de recettes dont Cennini est prodigue" (*La vie des artistes*, in *La vie quotidienne à Florence au temps des Médicis*, Paris, Hachette, 1958, p. 213).

son indépendance a engendré la haine de ses anciens maîtres. Cellini est, de ce fait, condamné à mort et une nouvelle vie pour lui commence, en dehors de Florence, à Rome : désormais *le profit sera pour lui inséparable de la haine et de la confrontation violente*. L'atelier de l'orfèvre côtoie toujours les banques (à Rome comme à Florence) : pour exercer cet art diabolique, puisque lié à l'or, à la richesse et au pouvoir, Cellini s'aperçoit qu'il doit maîtriser un autre art, celui de l'escrime et de la guerre.

Le départ de Florence revêt les *tons solennels d'une investiture* lorsque le père lui donne l'épée :

> Di poi mi baciò in fronte e tutti a dua gli occhi ; mi benedisse di cuore, dicendo così : "La virtù de Dio sia quella che ti aiuti" ; e portomi la spada e l'arme, con le sue mane proprie me le aiutò vestire. Di poi disse : "O figliuol mio buono, con queste in mano, o tu vivi o tu muori" (I, 18, p. 118).

> *Puis il m'embrassa sur le front et les yeux et me bénit du fond du cœur avec ces mots : "Que la force de Dieu te vienne en aide !" Il me donna l'épée et l'armure, il m'aida de ses mains à les mettre : "Mon cher garçon, ajouta-t-il, avec cette épée, il te faut vivre ou mourir"* (p. 34).

La conquête de l'autonomie : l'atelier de Cellini

A Florence, près du Mercato Nuovo, Cellini travaillait à côté du Banco de' Landi, dans l'atelier qu'un confrère lui prêtait. A Rome il n'en sera pas autrement : les ateliers des orfèvres se trouvent près des banques. L'orfèvrerie est donc d'emblée liée au pouvoir : l'objet en or, le bel objet travaillé par un maître expert accroît le prestige des puissants, enrichit les somptueuses tables des cardinaux (comme celle de l'évêque de Salamanque), devient le présent, symbole d'alliance qu'un Pape offre à un empereur (comme le fit le pape Clément pour Charles V). Cellini comprend vite que le métier d'orfèvre l'oblige à une sorte de descente aux enfers, dans les spirales du pouvoir, et il tisse autour de lui, et de son atelier, une vaste toile de relations avec des gens riches et puissants. Comme l'a dit Chastel, "*le pouvoir appelle le faste*" (*La crise de la Renaissance, 1520-1600*, Genève, Skira, 1968, p. 10).

Benvenuto fréquente les Chigi et commence à travailler pour eux. En particulier il exécute un travail pour Madonna Porzia[6] et se taille une place de premier plan parmi les artisans-artistes romains. La compétition s'engage immédiatement avec son employeur romain, Lucagnolo da Jesi, qui prétend gagner mieux que lui avec la fabrication de plats et de vaisselle de luxe. Cellini obtient une récompense beaucoup plus importante avec le bijou de Madonna Porzia : d'emblée, sur la scène de l'atelier – car il s'agit véritablement d'une scène de théâtre où le public est constitué par les apprentis et confrères, tandis que Cellini a toujours le rôle de la *primadonna* – le bon travail se trouve reconnu par une large récompense. Le profit est de plus en plus au centre des préoccupations de l'artiste qui évoque ses premiers succès dans sa profession. Voici le geste inoubliable de l'orfèvre qui fait tomber en pluie ses pièces d'or :

> io, soffocato dalle grida sue, dallo sguardo e risa de' circunstanti, guardando così un poco dentro inel mio cartoccio, veduto che era tutto oro, da una banda del banco tenendo gli occhi bassi, sanza un romore al mondo, con tutt'a dua le mane forte alzai il mio cartoccio, il quali facevo versare a modo di una tramoggia di mulino. Erano li mia danari la metà più che li sua : in modo che tutti quegli occhi, che mi s'erano affisati a dosso con qualche ischerno, subito volti a lui, dissono : "Lucagnolo, questi dinari di Benvenuto per essere oro, e per essere la metà più, fanno molto più bel vedere che li tua" (I, 21, pp. 124-125).

> *Quant à moi, abasourdi par ses cris et par les regards et les rires des assistants, je me risquai à plonger un coup d'oeil dans mon cornet : je n'y aperçus que de l'or. Je m'approchai du comptoir et, les yeux baissés, sans souffler mot, d'un geste assuré j'élevai bien haut mon cornet, à deux mains, et je le renversai à la façon d'une trémie de moulin. J'avais deux fois plus d'argent que mon rival. Ce que voyant, tous les spectateurs, qui jusque-là me fustigeaient de leurs regards dédaigneux, se tournèrent vers Lucagnolo et lui dirent : "Les écus de Benvenuto font autrement de plaisir à voir que*

6. En réalité il s'agissait de Sulpizia Petrucci, femme de Sigismondo Chigi, Porzia était sa soeur cadette (cf. Alberto Viviani, *Benvenuto Cellini orafo fiorentino*, Firenze, Associazione orafa toscana, 1963).

> *les tiens, car ils sont d'or et deux fois plus nombreux"* (trad. Beaufreton, I, p. 94).

Plus loin Cellini souligne le fait que la troisième partie de son profit allait à son employeur, qui, malgré cela, n'était pas content. Cependant, le désir de profit et l'avidité ne correspondent pas aux principes éthiques que Benvenuto a hérités de son père. Le diable intervient, dans le dialogue avec Madonna Porzia, pour souligner la fascination démoniaque de l'argent :

> "Benvenuto mio, ha' tu mai sentito dire che quando il povero dona a il ricco, il diavol se ne ride ?" Alla quale io dissi : "E però di tanti sua dispiaceri, questa volta lo voglio vedere ridere" ; e partitomi, lei disse che non voleva per questa volta fargli cotal grazia"(I, 20, p. 123).

> *"Benvenuto, mon ami, n'as-tu jamais entendu dire que le diable a sujet de rire quand il voit le pauvre donner au riche ? — Il a tant de chagrins, répondis-je, que pour cette fois je veux le voir rire". Je partis alors, tandis que Madonna Porzia déclarait que, pour cette fois, elle n'entedait point octroyer au diable une telle grâce* (trad. Beaufreton, I, p. 92).

> Il dì seguente andai a ringraziare madonna Porzia, e li dissi che sua Signoria aveva fatto il contrario di quel che la disse : che volendo io fare che 'l diavolo se ne ridessi, lei di nuovo l'aveva fatto rinnegare Idio. Piacevolmente l'uno e l'altro ridemmo, e mi dette da fare altre opere belle e buone (I, 22, p. 125).

> *Le lendemain, j'allais remercier dame Porzia ; je lui déclarai que Sa Seigneurie avait fait le contraire de ce qu'elle avait dit : je voulais que le diable rie, mais elle l'avait fait renier Dieu une fois de plus. Nous éclatâmes de rire de bon cœur et elle me donna à faire de jolies choses, du travail intéressant* (p. 39).

Le métier d'orfèvre revêt dans les pages de la *Vita* un côté satanique, comme on pourra le remarquer à propos de la séance de nécromancie à l'intérieur du Colisée. Paradoxalement, Rome, le siège de l'Eglise, se transforme en un lieu infernal, où sévit la haine et la guerre, la soif de pouvoir et la vengeance impitoyable.

Madonna Porzia, rare figure positive de femme dans l'autobiographie cellinienne, conseille à Benvenuto d'ouvrir un atelier à lui (I, 25). Le récit de la relation avec cette "gentile donna", a été interprété par Pomilio comme une réminiscence de l'amour chevaleresque à la Boccace (cf. *Gusto episodico e coscienza letteraria in Benvenuto Cellini, op. cit.*). En effet, l'émancipation professionnelle de Cellini se fait à travers une dame, qui le pousse vers son perfectionnement moral et surtout professionnel. L'affirmation de la personnalité de l'orfèvre sur la scène romaine, aux yeux de la riche clientèle, se réalise grâce à l'"intercession" de cette dame. Le récit s'inspire de schémas très répandus dans la littérature chevaleresque : il est encore difficile de croire à l'"écriture spontanée" de l'auteur, lorsqu'on décèle l'influence de tels modèles littéraires dans son œuvre, preuve de la culture livresque de l'artiste.

Avant d'ouvrir son premier atelier romain, Cellini s'est déjà constitué une vaste clientèle et a déjà embauché un apprenti ; en réalité, Rome lui offre des possibilités extraordinaires de rencontres : pour son initiation professionnelle et artistique. Il fréquente les Chigi car il étudie chez eux les peintures de Raphaël, il dessine d'après les fresques de Michel-Ange à la Chapelle Sixtine, il rencontre Rosso, Jules Romain et Gianfrancesco Penni, élèves de Raphaël, Sebastiano del Piombo, des hommes de lettres tels Annibal Caro, Antonio Allegretti et d'autres érudits qui fréquentaient la maison de Giovanni Gaddi, "chierico di Camera" :

> Avendo grandissima amicizia con un certo misser Giovanni Gaddi, il quale era cherico di Camera ; questo misser Giovanni si dilettava grandemente delle virtù, con tutto che in lui nessuna non ne fussi. Istava seco un certo misser Giovanni, greco, grandissimo litterato ; un misser Lodovico da Fano simile a quello, litterato ; messer Antonio Allegretti ; allora misser Annibal Caro giovane. Di fuora eramo misser Bastiano veniziano, eccellentissimo pittore, e io ; e quasi ogni giorno una volta ci rivedevamo col ditto misser Giovanni (I, 46, p. 201).
>
> *Une étroite amitié me liait à un clerc de la Chambre apostolique, messire Giovanni Gaddi, grand amateur de tous les talents bien que dépourvu lui-même. Il était entouré à demeure par un érudit grec, un certain messire Giovanni, par messire Ludovico da Fano, dont la culture était tout aussi étendue, par messire Antonio Allegretti et par messire Annibale Caro, tout jeune alors. L'excellent peintre vénitien*

Sebastiano et moi-même venions du dehors nous joindre à eux presque chaque jour (p. 87)[7].

Rome apparaît donc comme un véritable carrefour de cultures diverses, où convergent artistes et personnalités de différentes régions et nationalités : la formation esthétique et professionnelle de Cellini s'opère dans cet espace où il s'oriente comme dans un labyrinthe. Il apprend l'art de fabriquer des sceaux, des médailles, des émaux, des monnaies, et cela toujours dans le but de se dépasser lui-même, dans une lutte constante avec la matière :

> Lautizio, faccendo questa arte de' suggelli, non sapeva fare altro. Messomi a studiare ancora in essa arte, se bene difficilissima la trovavo, non mai stanco per fatica che quella mi dessi, di continuo attendevo a guadagniare e a imparare. [...] Ancora c'era altri maestri, che lavoravano di medaglie intagliate in acciaio, le quali sono la madre e la vera guida a coloro che vogliono sapere fare benissimo le monete. A tutte queste diverse professioni con grandissimo studio mi mettevo a impararle. Ecci ancora la bellissima arte dello smaltare, quale io non viddi mai far bene ad altri, che a un nostro fiorentino chiamato Amerigo [...] Ancor a questo esercizio molto difficilissimo rispetto al fuoco, che nelle finite gran fatiche per ultimo si interviene, e molte volte le guasta e manda in ruina, ancora a questa diversa professione con tutto il mio potere mi messi ; e se bene molto difficile io la trovavo, era tanto il piacere che io ne pigliavo, che le ditte gran difficultà mi pareva che mi fussin riposo (I, 26, pp. 138-139).

---

7. Giovanni "greco" était probablement Giano Laskaris (1445-1534), né à Constantinople, humaniste et diplomate ; d'autres hypothèses évoquent les noms de Giovanni Vergerio (un érudit istrien, non grec, comme l'affirme Davico Bonino), ou bien de Giovanni Vergizzi ou Vergicci (cf. Camesasca, note 15, in *Vita*, *op. cit.*, p. 201). Lodovico da Fano était un poète, un érudit, il écrivit *De religione antiqua*, mourut en 1541 ; Antonio Allegretti était un poète et un prosateur florentin, Annibal Caro, né à Civitanova en 1507 et mort à Frascati en 1566, était célèbre pour sa traduction de l'*Enéide* ; Bastiano Veniziano était plutôt connu sous le surnom de Sebastiano del Piombo, à cause de sa fonction auprès du Pape, disciple de Michel-Ange, il mourut à Rome en 1547.

> *[Lautizio] n'était que graveur de sceaux et ne savait faire aucun autre objet. Son art aussi, je me mis à l'apprendre, et bien que le trouvant difficile au possible, je ne me laissai jamais abattre par la fatigue, parce que je m'appliquais sans relâche à gagner et à apprendre [...] Il y avait encore à Rome d'autres maîtres qui gravaient des médailles en acier. Ils sont les modèles et les guides de tous ceux qui veulent exceller dans la fabrication des monnaies. Toutes ces diverses professions, je me mis à les apprendre avec la plus grande ardeur. Il en fut de même pour l'art merveilleux de l'émail, que je ne vis jamais bien pratiquer que par un des nôtres, un Florentin nommé Amerigo. [...] L'exécution des émaux est excessivement difficile, car, après avoir accompli un travail très minutieux, il faut en dernier lieu le soumettre à l'action du feu, qui bien souvent le gâte et le réduit à néant. Néanmoins je m'appliquai de tout mon pouvoir à cet art si différent du mien, et bien que le trouvant très difficile, j'y prenais tant de plaisir que les plus grandes difficultés mêmes me semblaient un délassement* (trad. Beaufreton, I, pp. 110-111).

Le portrait que Cellini donne de lui-même est celui d'un homme apte à pratiquer de multiples techniques de création, il dit avoir été spécialement doué par Dieu d'une nature parfaite polymorphe (I, 26, p. 139). L'atelier se présente donc comme un lieu d'expérimentation infinie, où le savoir de la tradition s'allie aux découvertes techniques : l'artiste s'engage dans une voie fertile de recherche non exempte d'erreurs, aux frontières de l'art et de la science.

L'atelier : art et science

L'un des premiers artistes à avoir affirmé le lien entre *art* et *science* est Leon Battista Alberti, selon lequel les mathématiques se situent dans le même domaine que l'art. Il a exprimé, donc, l'union de l'artiste observateur et du technicien expérimental[8]. Le modèle suprême de l'alliance entre l'art

8. Cf. Arnold Hauser, *Social history of art*, Routledge & Kegan Paul, London, 1951, I, p. 321. Sur les relations entre art et science à la Renaissance, on pourrait citer l'intéressante étude de Fritz Saxl, *Science and art in the Italian Renaissance*, in *Lectures*, I, London, The Warburg Institute, University of London, 1957, pp. 111-124.

et la science est représenté par *Léonard de Vinci*. Cellini a la chance d'étudier ses écrits sur la perspective : il représente certainement une figure fondamentale car il incarne la recherche continuelle sur la voie d'un savoir nouveau, à l'opposé de la culture livresque et stérile des érudits. L'atelier de Léonard n'est pas celui de Raphaël, Léonard incarne aussi une recherche dans la solitude, le génie est souvent découragé devant l'horreur des cadavres dans son atelier, comme en témoignent ses lettres. Seulement ses découvertes dans le domaine de l'anatomie peuvent récompenser les nuits de travail passées à explorer cette machine merveilleuse qu'est pour lui le *corps humain*. Sur la voie tracée par Léonard, Cellini montre un grand intérêt pour l'anatomie, discipline essentielle à l'apprentissage du dessin. A ce sujet, dans son *Discorso sopra l'arte del disegno*, il affirme :

> perché tutta la importanza di queste tali virtù consiste nel fare bene un uomo e una donna ignudi, a questo bisogna pensare che, volendogli poter far bene e ridursegli sicuramente a memoria, è necessario di venire al fondamento di tali ignudi, il qual fondamento si è le loro ossa : in modo che, quando tu arai recatoti a memoria una ossatura, tu non potrai mai fare una figura, o vuoi ignuda o vuoi vestita, con errori ; e questo si è un gran dire (*Opere*, p. 829).

> *Puisqu'en ces matières toute la valeur qui compte réside en la réussite du nu, masculin et féminin, il faut bien penser que pour y parvenir, et pour que cela se grave dans la mémoire, il est nécessaire de commencer par les fondations. Pour des figures nues, les fondations, ce sont leurs os. De sorte que lorsque tu auras retenu de mémoire la composition d'un squelette, tu ne pourras plus jamais faire d'erreur en exécutant des figures nues ou habillées. C'est déjà beaucoup* (Traités de l'Orfèvrerie et de la Sculpture, op. cit., p. 193).

Il faudrait ici rappeler, également, le travail réalisé par le célèbre médecin Vésale qui avait publié en 1538, et ensuite en 1543, les planches d'anatomie à Padoue illustrées par des peintres vénitiens : *médecine* et *dessin* s'allient ainsi dans les représentations graphiques du corps humain.

Le principe de l'observation de la nature reste fondamental pour comprendre la conception esthétique de Léonard : à la base de sa démarche théorique et pratique il faudrait mentionner l'apport de l'œuvre de Ficin – de manière plus ou moins indirecte – et de sa réflexion sur l'*art humain* et l'*art de la nature*. Voici quelques passages significatifs :

> Cosa è un'opera d'arte se non la mente dell'artefice che penetra la materia separata ? Che cosa è l'opera della natura se non la mente della natura intrinseca alla stessa materia[...] Esiterai tu dunque ad ammettere nella natura precise ragioni ? A quel modo che l'arte umana, che opera dal di fuori, produce secondo *ragioni contingenti*, l'arte naturale che genera ed esprime forme sostanziali dal seno della materia, opera mediante *ragioni essenziali e perenni*[9].

> *Qu'est-ce qu'une œuvre d'art sinon l'esprit de l'artiste pénétrant la matière séparée ? Qu'est-ce que l'œuvre de la nature sinon l'esprit de la nature intrinsèque à la matière elle-même [...] Hésiteras-tu donc à admettre de précises raisons dans la nature ? De même que l'art humain, qui œuvre du dehors, produit selon des* raisons contingentes, *l'art naturel qui exprime et engendre des formes substantielles au sein de la matière, œuvre au moyen de* raisons essentielles et éternelles.

Pour Léonard, la culture polymorphe des ateliers demeure très importante pour les conquêtes de la technique : les secrets de l'atelier tiennent du savoir hermétique et de l'alchimie et lui permettent de plier la force de la nature à sa propre volonté ; l'orfèvre apprend, entre autres, à fabriquer la poudre (I, 27). Il suffit de parcourir ses *Traités* pour se faire une idée de la précision et de la maîtrise de la technique, fruit d'une longue période d'observation et d'expérimentation. Cellini se vante d'être le premier à divulguer les secrets de la *bottega*, il oublie – ou il ne veut pas citer – l'œuvre de Cennino Cennini qui a écrit en 1437 le premier traité de la peinture en *volgare*, et qui – lui aussi – révèle les données techniques pour réaliser des fresques, pour traiter et teindre le papier, pour dessiner, pour fabriquer des couleurs et réaliser des peintures. Le traité de Cennini fait le lien – rappelons-le – entre le savoir des anciens et celui des modernes[10].

---

9. Ficini, *Opera*, Basileae, 1576, vol.I, fol.122-123, cit. in Garin, *Scienza e vita civile nel Rinascimento*, Bari, Laterza, 1965, 1993, p. 72 (nous soulignons).

10. Renoir, dans la lettre qu'il adresse au fils de Victor Mottez, traducteur de Cennini, tient à souligner que : "ce métier des peintres de la Renaissance italienne, il était le même aussi que celui de leurs prédécesseurs. Si les Grecs avaient laissé un traité de peinture, croyez bien qu'il serait identique à celui de Cennini" (in Cennino Cennini, *Le livre de l'art* ou *Traité de la peinture*, p. VIII).

Cellini s'attache donc à transmettre le savoir technique dans les traités, car non seulement il est créateur, il utilise ce savoir, mais il est capable de l'organiser et d'en formuler les normes ("gli detti regola"). Le goût de la "norme" et le souci d'une perfection qui se fonde sur un code précis déterminant les techniques de la création appartiennent à la culture de la Renaissance : Cellini manifeste cette exigence systématique. Non seulement il connaît le *faire*, mais il se met à *dire*, et révèle, par les *Traités*, les *secrets du faire*. Cellini ouvre ainsi – pour un public restreint de connaisseurs – le système clos des corporations qui tendait à garder les secrets techniques et transforme les règles du jeu dans l'atelier. Les pages des *Traités* et de la *Vita* témoignent d'une activité constante d'expérimentation : dans le même esprit que Léonard, Cellini a, lui aussi, comme d'autres artistes et artisans, contribué, d'une certaine manière, à l'affirmation de la méthode expérimentale dans le domaine scientifique, méthode qui trouvera sa formulation théorique avec Galilée et Képler. Le caractère expérimental de la méthode "des essais et des erreurs" situe Cellini dans la lignée des artistes du Quattro et Cinquecento, comme le fait noter Jean Lacroix dans un article consacré à l'orfèvre (*Cellini entre théorie et pratique ou les leçons celliniennes de l'expérience*, in *Hommage à Jacqueline Brunet*, Université de Franche-Comté, 1997). La *conception du savoir* change avec Léonard et dans les ateliers de la Renaissance : le savoir part de l'observation du sensible et doit retourner, sous la forme de l'œuvre, au sensible. Les artistes-alchimistes-artisans contribuent à détruire la conception d'un savoir autosuffisant, qui soit uniquement voué à la conservation et à la transmission, mais pas à l'invention. L'attitude de Léonard face à la connaissance n'est pas purement spéculative, puisque l'acte mental naît du sens et revient au sens par le travail qui consolide le résultat de la recherche. Comme le dit Garin, "le symbole et la somme de ce travail est le peintre, son oeil est la science, la science la plus subtile, qui creuse, au-delà de la surface, les forces originaires jusqu'aux racines ; pour remonter ensuite au nombre, à la raison, pour dessiner enfin une forme qui n'est plus la surface des choses, la peau des êtres, mais toute la force immanente, tout le secret du monde émergeant à nouveau dans une image qui est celle de la réalité entière" *(Scienza e vita civile nel Rinascimento*, Bari, Laterza, 1980, p. 98).

Traduire un *concept* en *œuvre* : pour Cellini l'œuvre a un sens, la matière, transformée par *l'artifex*, peut "dire", la matière parle et l'œuvre exprime une vision du monde (c'est ce qu'il affirme dans le dialogue avec François Ier dans son atelier, *Vita*, II, 22).

Sur la voie de l'expérimentation, Cellini peut arriver à se tromper, comme le fit Léonard quand il voulut essayer une nouvelle technique de la fresque pour la Bataille d'Anghiari au Palais de la Seigneurie : la peinture était irrémédiablement abîmée déjà au bout de quelques années. Cellini veut ainsi défier les "infinies raisons qui ne furent jamais dans l'expérience"[11], et il essaie de n'en faire qu'à sa tête pour la fusion du *Persée*. Des études approfondies montreront que le pourcentage d'étain dans la statue du *Persée* demeurait très bas par rapport aux règles de fusion du bronze, sans l'intervention intempestive de Cellini qui a ajouté de l'étain pendant la fusion de la statue, la fusion telle qu'elle avait été programmée par lui-même, contre l'avis des maîtres, était vouée à l'échec. Après des analyses de la composition de l'alliage de la statue, Bruno Bearzi est arrivé à cette conclusion :

> Méduse : cuivre 92, étain 6, plomb 1 ;
> Persée : cuivre 95,5, étain 2,5, plomb 1, zinc 1.
> Si l'alliage qu'on lui avait donné eût été ce dernier, il aurait dû l'écarter ou le corriger. Il n'y a pas d'allusion à cela dans ses Mémoires, ni dans ses Commentaires. En effet, le bronze du type "bombarde" fond à 970 degrés tandis que l'alliage du Persée fond à 1050. Pour le coulage, il faut arriver à une température supérieure d'au moins 150° ; par conséquent, le four doit atteindre 1500° au moins, une température très élevée pour ces temps-là (*Benvenuto Cellini e il Perseo*, in *Benvenuto Cellini artista e scrittore, op. cit.*, p. 52).

La *fascination du nouveau*, du jamais vu, de l'inouï, pousse Cellini sur les voies difficiles de l'expérimentation, et grâce à la confiance de ses commanditaires, il pourra mettre à l'essai de nouvelles techniques. C'est ainsi qu'il expérimente une nouvelle manière de teindre un diamant, en

11. "Le infinite ragioni che sono in esperienza" (*Trattato della pittura*, *Traité de la peinture*, textes traduits et présentés par André Chastel, Paris, Ed. Berger Levrault, 1987, p. 113, C.A. Bibliothèque Ambrosienne de Milan, f. 147 v). Cf. également Leonardo da Vinci, *Trattato della pittura*, in *Tutti gli scritti*, a cura di A. Marinoni, *op. cit.*, pp. 3-346.

défiant dans ce domaine les plus grands spécialistes (*Vita I*, 92). Il reçoit de cette manière les honneurs de toute la corporation des bijoutiers romains.

En France, il est pour la première fois sculpteur, et conçoit des projets de statues colossales. Le bas-relief de la lunette de Fontainebleau (Louvre) témoigne de ce *défi des proportions* qui excite la fantaisie créatrice de l'artiste. Mais l'habileté de Cellini ne se limite pas au domaine des arts plastiques : son savoir touche également au domaine scientifique, et en particulier médical. Il aura l'occasion de rencontrer plusieurs figures de médecins dans sa vie, en particulier son ami Guido Guidi, ou encore l'oncle d'un apprenti qui est chirurgien et alchimiste (I, 94). L'orfèvre florentin sait fort bien mettre son art au service de la science lorsqu'il fabrique un outil pour le chirurgien Iacomo Rastelli, pour soigner la fille de son maître (I, 46).

Cellini enrichit son autoportrait non seulement des éléments d'un savoir pratique acquis, mais aussi d'une *capacité étonnante déployée à comprendre les lois de la nature*. En définitive, l'artiste de la crise de la Renaissance essaie de se forger une conception du monde à partir de plusieurs sortes de savoir : les livres du nécromancien, les notions d'astrologie, d'anatomie et d'alchimie, les traités d'architecture, la littérature et l'histoire contribuent à la conquête difficile d'*une vision unitaire de l'univers*, dont l'unité avait été mise en cause par les découvertes scientifiques. Les différents systèmes de lois, cosmologiques, politiques, naturelles sont attaqués par le doute ; Copernic révolutionne la conception du cosmos, Machiavel celle de la politique, Montaigne celle de la nature. Battisti a évoqué le concept d'*anti-renaissance* pour définir ce qui traversa de manière souterraine le XVIe siècle, à savoir la recherche "d'une synthèse particulière, cosmologique, mystique ou magique que la Contre-Réforme condamnera ou assimilera, dans un processus d'épuration et de moralisation"[12].

12. Eugenio Battisti, *L'antirinascimento*, Milano, Garzanti, 1989, 2 vol., I, p. 38. Le terme *antirinascimento* dérive de celui de *counter-renaissance* que Theodore Spencer a utilisé à propos de Shakespeare en polémique avec la Renaissance italienne : "Au moment même où Shakespeare écrivit *Hamleth*, il était désormais en mesure de choisir entre deux interprétations opposées de la nature humaine, du monde et de l'état" (Spencer, *Hamlet and the nature of Reality*, in ELH, v, n. 4, dic. 1938, pp. 253-277, cit., in Battisti, *L'antirinascimento*, p. 48). Pour mieux désigner le terme d'"antirinascimento", Battisti précise : "La beauté aristocratique de la Florence de Brunelleschi n'est pas une norme, mais une

Rien d'étonnant si, dans la *Vita*, Cellini parle d'un ver poilu qui sort de sa bouche ou s'il participe à une séance de nécromancie au Colisée : à son époque il n'existe pas encore de distinction nette entre science et alchimie, entre astrologie et astronomie, et l'artiste dans son atelier ressemble à un véritable *démiurge*, il manie l'art du feu et de la terre, il lutte contre les éléments, comme dans la scène de la fusion du *Persée*. Dans la narration que fait Cellini de cet événement les éléments cosmiques interviennent, ainsi cette scène représente, en quelque sorte, l'*épique de la création* ; dans l'atelier, une dizaine d'ouvriers guidés par leur maître avaient reproduit l'acte créateur par excellence... *le monde est recréé dans la 'bottega'*.

Le travail à l'atelier

A l'atelier, l'artisan exécutait son œuvre du début à la fin : peintres, orfèvres ou sculpteurs connaissaient toutes les phases de la fabrication. Il s'agit d'un travail moins aliénant que le travail à la chaîne, puisque le travailleur est en relation avec le bel objet, pas avec une machine qui gouverne son rythme de travail. Dans sa lettre au fils de Victor Mottez, peintre et traducteur de Cennini, un artiste du XIXe siècle, Auguste Renoir, ne manque pas de souligner cette différence d'idéal et par conséquent, de modes de travail.

> Il semble, qu'en ces temps heureux, chacun apportait dans l'exécution de son travail, si humble fût-il, la même ambition d'atteindre la perfection. Le moindre bibelot révèle chez son auteur cette pureté de goût que nous chercherions vainement dans la production moderne.
> Il faut noter, cependant, qu'avec le sentiment religieux d'autres causes contribuaient pour une bonne part à conférer à l'artisan de jadis les qualités qui le mettent hors de pair. Telle était, par exemple, la règle de faire confectionner un objet jusqu'à son achèvement par le même ouvrier (*Lettre d'Auguste Renoir* in Cennino Cennini, *Le livre de l'art ou traité de la peinture*, E. Nobele Libraire éditeur, Paris, 1982, p. XI).

---

exception. Et le fond sur lequel elle se détache, pour utiliser un heureux néologisme, est celui, inquiétant mais général, de l''anti-renaissance'", p. 40 (cf. sur le même sujet un livre qui a inspiré Battisti : Hiram Haydn, *The counter-renaissance*, New York, 1950).

Renoir parle, à cet égard, d'une véritable décadence des métiers dérivant d'une absence d'idéal, car "la main la plus habile n'est jamais que la servante de la pensée"(*ibidem*, p. XII). Chez Cellini on retrouve le même idéal de perfection qui animait les artistes et les artisans du XVe siècle ; la satisfaction qui chez lui découle de l'admiration générale de ses créations vaut infiniment plus qu'une récompense purement matérielle.

Cellini veut concevoir ses œuvres du début à la fin ; aussi est-il extrêmement humiliant pour lui de recevoir des "ordres" dans son métier :

> Parve al detto messer Latino [Iuvenale], che aveva una gran vena di pazzo, di volere dar nuova invenzione al Papa, la qual venissi da lui stietto : ché egli disturbò tutto quello che si era ordinato ; e la mattina, quando io pensai andare per li dinari, disse con quella sua bestiale prosunzione : "A noi tocca a essere gl'*inventori*, e a voi gli *operatori*" (I, 90, p. 307, nous soulignons).

> *Messer Latino avait un grain de folie ; il se mit en fantaisie de faire adopter au Pape un projet complètement nouveau, dont il pût seul revendiquer la paternité, de sorte qu'il ne subsista rien de tous les accords qu'on avait pris. Le matin, je croyais n'avoir qu'à toucher mon argent, quand cet animal me dit avec sa stupide présomption :* "C'est à nous qu'il appartient d'inventer, et vous n'avez qu'à exécuter nos ordres" (trad. Beaufreton, I, p. 301).

Inventeur/exécutant : l'artiste n'accepte pas le rôle de simple exécutant d'un dessin d'autrui – fût-ce celui d'un autre artiste ou le projet d'un commanditaire. C'est l'une des raisons pour lesquelles nous pouvons situer Cellini parmi les artistes qui ne sont plus liés à une corporation : sa personnalité s'exprime à travers son art, dans la création d'un *objet* (c'est le cas des vases pour Iacopo Rastelli…) ou d'une *sculpture* comme le *Persée*. Le créateur acquiert une autre importance vis-à-vis des commanditaires, du public et des corporations : celles-ci ont de plus en plus de mal à défendre leurs intérêts, mais elles-mêmes sont vouées inexorablement à la disparition ou du moins à la transformation radicale de leur statut. Le nouveau créateur est plutôt proche du génie (le modèle par excellence reste Michel-Ange) et son salaire déjà marque la différence avec les simples travailleurs.

Cependant, la reconnaissance au niveau du marché contribue à la libération des artistes par rapport aux contraintes imposées par les corporations, l'artiste en Italie est nomade et se déplace en fonction des commandes. Ce nomadisme a sans doute transformé la relation avec les corporations ; l'artiste moderne s'affirme comme tel parce qu'il y a un marché qui lui demande des œuvres exceptionnelles et lui offre une forte récompense. A la cour de François Ier, Cellini se découvre *sculpteur*, on l'a déjà remarqué, car le souverain lui demande douze statues d'argent. Ensuite il endurera à Florence l'épithète de "scultor nuovo", et devra démontrer au Duc et au public qu'il connaît à fond son métier. Malgré l'insistance de Cosme et de la duchesse, qui lui demandent continuellement de travailler comme orfèvre ou comme restaurateur de bronzes étrusques, il arrive, à grand peine, à affirmer son individualité de créateur avec la fusion et l'exposition sur la place publique de son *Persée*. Comme Michel-Ange, premier artiste moderne puisqu'il refuse le principe de la *collaboration* dans la création, Benvenuto demeure étranger à la logique des corporations, et il en paye le prix, puisqu'il est *seul face à son mécène*.

Créativité et mécénat

Certaines œuvres revêtent une importance exceptionnelle car elles font l'objet de grandes commandes publiques, cependant il est difficile de se les faire attribuer. Il existe à ce sujet un document fort intéressant pour comprendre le rapport artiste-mécène : il s'agit de la lettre de Cellini du 10 juin 1562 à la Duchesse Eleonora de Tolède concernant l'exécution de la fontaine du Neptune, qui sera ensuite réalisée par Ammannati (in *Documenti annessi* publiés in *Vita*, a cura di B. Bianchi, *op. cit.*, p. 611). Cellini mentionne une visite de la Duchesse chez lui durant laquelle elle voit et apprécie le modèle du Neptune, mais le temps d'exécution lui paraît trop long. Voici une première exigence du mécène que l'artiste doit respecter, *l'œuvre doit être livrée dans les plus courts délais* car la concurrence est impitoyable :

> Nota a voi Illustrissima et Eccellentissima Signora Duchessa patrona mia sempre osservandissima.
> Avendo io inteso come l'Eccellenza Vostra Illustrissima vuol ch'io dia per scritto in quanto all'opera della Fonte la qual Vostra Eccellenza in casa mia ragionò sopra essa, e mostrò che gli piacessi quel

modello del Nettuno con essa Fonte ; appresso mi ricercò in quanto tempo io promettevo di dargli finita tal'opera, alla qual'io risposi che tal grand'opera non meritava manco tempo che di sei anni, quali sei anni parveno troppi a Vostra Eccellenza Illustrissima ; e perché io non desidero altro al mondo, né mai a altro penso che servirla di quanto la mia vita può operare, trovando io M. Sforza [Sforza Almeni, cameriere di Cosimo I], dissi a Sua Signoria che dicessi a vostra Eccellenza Illustrissima che a me bastava la vista in dua anni a dargli finita tutta quella opera, con questo che io mi potessi scerre dieci lavoranti dove io gli trovassi buoni a modo mio, quali fossino ogni settimana pagati (*ibidem*).

Note adressée à vous, très illustre et excellente Madame la Duchesse, ma souveraine à qui je dois le plus haut respect.
Puisque j'ai entendu que Votre Excellence très Illustre veut que je rédige un compte rendu de notre conversation chez moi concernant l'œuvre de la Fontaine ; votre Excellence a aimé le modèle de Neptune pour cette Fontaine ; ensuite elle m'a demandé combien de temps m'était nécessaire pour achever un tel ouvrage, je Lui répondis qu'une œuvre de cette grandeur ne méritait pas moins de six ans de travail, mais cette période de six ans parut un délai trop long pour votre Excellence très illustre ; comme je ne désire rien d'autre au monde, et ne pense à rien d'autre qu'à La servir dans les limites de ce que je peux réaliser au cours de ma vie ; rencontrant Messire Sforza [Sforza Almeni, camérier de Cosme I], *je dis à sa Seigneurie qu'il dît à votre Excellence Très Illustre que j'étais capable d'achever cet ouvrage en deux ans, si je pouvais choisir dix ouvriers à ma convenance, payés chaque semaine.*

Cellini réclame, par conséquent, des collaborateurs, qui lui permettraient de finir plus rapidement l'ouvrage, il doit les choisir lui-même et – chose capitale – il doivent être payés chaque semaine. Ici la récompense régulière des assistants est une incitation au travail et une condition indispensable pour la sérénité du maître. Cellini souligne le travail manuel des ouvriers, tandis qu'il demande "uno uomo", probablement un autre artiste, pour faire exécuter une autre partie de la fontaine.

L'artiste est donc toujours celui qui fournit le projet, c'est la main qui forge et le cerveau qui conçoit l'œuvre ; au fond, sa collaboration avec un autre artiste se réduit à un rapport de pouvoir. Et le génie ne manque pas de se présenter comme quelqu'un d'exceptionnel, puisqu'il tient à souligner que "l'opera è grandissima, ed io sono innamorato dell'arte forse più che mio pari che vivessi mai" (*ibidem, "c'est une œuvre de vastes dimensions, quant à moi, j'aime cet art plus qu'aucun autre artiste ayant jamais existé")*. C'est pourquoi tout retard est justifié car l'artiste se laisse conduire par l'"amor dell'arte". Toutefois, les problèmes ne s'arrêtent pas là pour autant. L'artiste, en dehors de l'attribution de l'exécution de la fontaine, demande une récompense pour le travail déjà réalisé et pas encore entièrement payé, le *Persée*. Il ne veut pas d'argent, mais un petit terrain, pour pouvoir nourrir ses enfants. Il s'agit d'une image inédite de Cellini qui s'oppose nettement à celle de l'artiste rebelle, de l'assassin, du sodomite et du séducteur ; le voici dans le rôle du père de famille et de l'artiste maltraité par le pouvoir :

> Quanto al premio delle fatiche mia, io non domando niente altro, salvo che la buona grazia di Vostra Eccellenza Illustrissima, e genuflesso la prego per l'amor di Dio che quella si degni di interceder grazia con il gran Duca mio signore, che certo poco di nostro resticciuolo, che Sua Eccellenzia Illustrissima determinò nella fattura del mio Perseo, e certi danari spesi di mia propria borsa, e gli mia salarii di 3 anni incirca, piacessi a Sua Eccellenzia Illustrissima non di sborsarsi detti danari, ma darmi in ricompenso di essi qualche poco di poderetto, a tal che io potessi allevargli e nutrirgli tre servitori mia figliuoli ; e da poi che Sua Eccellenzia Illustrissima si contentassi e mi facessi degno che io la servissi, e subito si facessi anno nuovo, e si cancellassi tutte le cose passate. E perché M. Antonio de' Nobili, tesauriere di Vostra Eccellenza Illustrissima, chiedendogli parecchi mesi sono gli danari che erano stati determinati da sua Eccellenza Illustrissima, il detto M. Antonio mi domandò che io gli dessi e conti diligentemente di quello ch'io pretendevo avere e di quello ch'io avevo auto, così gli detti ; e non mai più, di poi che io gli ebbi posti in Tesaureria, non mi fu risposto altro, anzi *s'è fatto sempre alla mutola. Imperò me gli raccomando acciò che Vostra Eccellenza Illustrissima desti questo silenzio sì lungo, e di me si serva,* che altro non desidero al mondo, pregando Dio che felicissima la conservi. Di casa il dì 10 di giugno 1562.
>
> Umil Servitore
> Benvenuto Cellini, Scultore (*ibidem*)

> *Quant à la récompense de mes travaux, je ne demande rien d'autre que la bonne grâce de Votre Excellence, et je m'incline à genoux devant elle, la priant pour l'amour de Dieu d'intercéder auprès du grand Duc mon Seigneur afin que je puisse être récompensé de ce qui reste de l'honoraire de mon Persée et de certains frais que j'ai avancés personnellement, de mes salaires de trois ans environ. Que son Excellence ne débourse pas les sommes évoquées plus haut, mais qu'elle me donne en échange un peu de terrain afin que je puisse élever et nourrir mes trois enfants qui sont aussi vos serviteurs ; après que Son Excellence aura été satisfait et m'aura rendu digne de la servir, qu'on oublie le passé, et que commence une année nouvelle. Après avoir demandé il y a plusieurs mois à M. Antonio de' Nobili, trésorier de Votre Excellence, le traitement établi par Son Excellence, le dit M. Antonio me demanda que je lui fournisse les comptes de ce que je prétendais avoir et de ce que j'avais reçu, ainsi je les lui fournis ; et jamais je ne reçus d'autre réponse, au contraire,* on a toujours passé les choses sous silence. C'est pourquoi, je me recommande à Votre Excellence pour que ce silence si long soit rompu, et qu'on dispose de moi, *car je ne désire rien d'autre au monde, priant Dieu qu'il vous garde très heureuse. Fait chez moi, le 10 juin 1562.*
>
> *Votre humble Serviteur*
> *Benvenuto Cellini, sculpteur*

Comme le révèle ce document, pendant les dernières années de sa vie, l'artiste essaie par tous les moyens d'obtenir une commande importante : il est en quête de ce prestige que seules certaines commandes publiques peuvent conférer, car l'œuvre, lorsqu'elle plaît au souverain, est susceptible d'être exposée sur la place publique. A vrai dire cette *fièvre de gloire* atteint l'orfèvre-sculpteur principalement dans les dernières années de sa vie. Un saut qualitatif s'est produit dans son activité créative : l'orfèvre est devenu sculpteur, l'artisan artiste, et il n'hésite pas à entreprendre des travaux en marbre (*Ganymède*, *Apollon et Hyacinthe*, le *Crucifix*), même à ses frais, en l'absence de commande (comme pour le *Crucifix* qui est aujourd'hui à l'Escorial, Madrid). Le silence du Duc qui retarde ses paiements est pour lui humiliant ; il faut bien avouer, cependant, que la demande de la récompense pour son *Persée* pouvait apparaître exorbitante. Cellini appartient à un moment critique de l'histoire de l'art, juste dans la phase de passage entre la disparition du pouvoir des corporations et l'émergence de l'artiste-individualité créatrice. On pourrait, par conséquent, considérer *son autobiographie comme le témoignage et le résultat de ce rapport difficile, de ce nouveau rapport d'ordre économique, mais aussi éthique et esthétique, que l'artiste entretient avec ses commanditaires.* Par son autobiographie, Cellini se situe dans la faille du système, au point critique qui reflète une transformation en acte : l'artiste réclame son droit à la création et il dénonce au monde entier, par son écriture, les modalités d'un travail artistique "aliéné".

L'aliénation artistique

La *Vita* de Cellini révèle plusieurs aspects d'un travail artistique "aliéné" : dans le rapport à l'ouvrage créé, dans les relations avec les mécènes, dans les relations difficiles avec les rivaux. L'artiste est "aliéné", et il est conscient de son aliénation, car c'est l'une des raisons – probablement la plus importante – qui l'ont poussé à écrire. L'artiste est dépossédé, puisqu'il travaille pour quelqu'un, il n'existe que pour quelqu'un, pour être loué par l'autre[13].

Pendant les dernières années, l'atelier de Benvenuto se déplace sur la Loggia, le modèle de la fontaine de Neptune est sur la place, on le découvre, par erreur. Après que le *Persée* a été montré, avec son succès auprès de la foule, l'artiste veut encore plaire universellement (un siècle auparavant c'était le même souhait que Ghiberti exprimait dans ses *Commentarii*), il veut créer sur la place publique, il n'existe que par son travail. Comme pour Michel-Ange, son maître vénéré, pour Cellini l'inactivité, c'est la mort. En effet, il continuait de beaucoup travailler dans les dernières années de sa vie, pourtant, dans l'écriture, il dénonce le vide, l'inactivité. Pourquoi ?

Il dénonce la brisure d'un rapport avec l'autorité publique qui le néglige. Il est le mauvais courtisan, toujours oscillant entre la louange

---

13. Un artiste comme Raphaël exprime son indignation contre les modalités de travail auquel il était soumis. Il écrit dans une lettre au peintre Francia : "voi bene ancora avrete provato altre volte che cosa voglia dire esser privo della sua libertà, e viver obligato a patroni ("*Vous aussi, vous aurez éprouvé d'autres fois ce que veut dire le fait d'être privé de sa propre liberté, et de vivre obligé envers ses patrons*"), *Tutti gli scritti*, Milano, Biblioteca Universale Rizzoli, 1956, p. 23.

démesurée et l'insulte. Ses dialogues avec les mécènes sont exemplaires : il dit le contraire de ce qu'il ressent, avec un effet ironique très fort.

Avec le *Persée*, l'artiste a créé une œuvre unique, louée par les artistes et les poètes, il croit être le seul capable d'un tel ouvrage et réagit aux paroles du Duc qui refuse de payer le prix demandé :

> "[...] la mia opera ha 'uto il maggior premio che io potessi desiderare al mondo ; e maggiormente che vostra Eccellenzia illustrissima, non tanto che la si sia chiamata contenta dell'opera mia, anzi più di ogni altro uomo quella me l'ha lodata. O che maggiore e che più onorato premio si può egli desiderare ? Io dico per certissimo che vostra Eccellenzia non mi poteva pagare di più gloriosa moneta ; né con qualsivoglia tesoro certissimo e' non si può agguagliare a questo : sì che io sono troppo pagato, e ne ringrazio vostra Eccellenzia illustrissima con tutto il cuore" [...] "Io non mi inmaginavo di avere altro premio da vostra Eccellenzia, ma io mi chiamo pagatissimo di quel primo che m'ha dato la scuola, e con questo adesso adesso mi voglio ir con Dio, senza mai più tornare a quella casa che vostra Eccellenza Illustrissima mi donò, né mai più mi voglio curare di rivedere Firenze"(II, 97, pp. 614-615).

> *"Mon ouvrage a reçu la plus belle des récompenses désirables : Votre Excellence s'en est déclarée satisfaite et l'a même loué plus que personne. Quel plus grand honneur souhaiter ? Je tiens pour certain que Votre Excellence ne pouvait me payer en plus glorieuse monnaie, aucun trésor ne peut égaler celui que j'ai reçu. Je suis bien trop payé et j'en rends grâces à Votre Excellence de tout mon cœur" [...] "Je ne pensais pas recevoir d'autre paiement de Votre Excellence, mais je me déclare royalement payé par les louanges de notre Ecole ; fort de cette récompense j'entends partir sur l'heure, sans jamais remettre les pieds dans la maison offerte par Votre Excellence, sans nul souci de revoir Florence"* (pp. 360-361).

Son discours voilé de louanges déchaîne la fureur du Duc qui confie à Bandinelli, rival de Cellini, la tâche d'estimer l'ouvrage. Au grand étonnement de Benvenuto, Bandinelli donnera un avis très favorable car il estimera son œuvre seize mille écus d'or, tandis que Cellini avait précédemment demandé au Duc dix mille écus. L'orfèvre regrette à plusieurs reprises son départ de la France car là-bas il avait à faire à un autre type de mécène.

L'image du roi libéral, François Ier, contraste fort avec celle du Duc "marchand" (*mercatante*). Pourtant, ce n'est pas le profit qui pousse l'artiste à créer, mais bien plutôt le désir d'être reconnu comme sculpteur dans la ville qui a représenté la "scuola del mondo" :

> "Oh se io avessi appetito al gran guadagnio, io mi potevo restare in Francia al servizio di quel gran re Francesco, il quale mi dava mille scudi d'oro per il mio piatto, e di più mi pagava le fatture di tutte le mie opere, di sorte che ogni anno io mi avevo avanzato più di quattro mila scudi d'oro l'anno ; e avevo lasciato in Parigi le mie fatiche di quattro anni passati" (II, 92, pp. 603-604).
>
> *"Oh si j'étais âpre au gain, je serais resté en France au service du grand roi François qui me donnait un traitement de mille écus d'or et me payait en plus la façon de mes ouvrages, si bien qu'il me restait plus de quatre mille écus d'or chaque année. Et j'ai laissé à Paris le fruit de plus de quatre ans de travail"* (p. 354).

A Florence Cellini doit conquérir le titre de *sculpteur* car il est plutôt connu comme orfèvre et ses rivaux n'hésitent pas à l'appeler "lo scultor nuovo". L'expérience acquise en France lui permet d'aborder des travaux de sculpture de grandes dimensions. Le rapport à la création a profondément changé : ce n'est plus l'artisan orfèvre qui crée le bel objet pour décorer les maisons des puissants ; ce n'est plus le médailleur qui célèbre les papes et les souverains dans des dimensions très réduites ; Cellini est désormais l'artiste qui peut rivaliser avec Michel-Ange sur la place publique, il ose la dimension du "colosse", suivant le modèle du *David* de Buonarroti qui avait lancé cette vogue du gigantesque. Mais il faut convaincre les commanditaires, il faut conquérir leur confiance. Ici s'exprime encore une fois l'aliénation de l'artiste, qui doit toujours prouver ses capacités, qui est contrôlé par ses mécènes, qui doit renouveler son savoir technique, car autrement il risque d'être écrasé par ses adversaires. En effet, comme l'a bien mis en relief Agnes Heller, "tous les cinq ou dix ans, Cellini aurait pu perdre ses commanditaires. L'ouvrier spécialisé, l'artisan, l'artiste, s'ils sont orientés vers le passé, sont simplement dépassés" (*L'uomo del Rinascimento*, Firenze, La Nuova Italia, 1977, p. 285). Pour plaire aux puissants l'artiste doit temporairement oublier son rôle de sculpteur et exécuter des travaux d'orfèvrerie, mais il essaie comme il peut d'affirmer sa personnalité de créateur. Sa réponse à la Duchesse est très significative à ce propos :

> La Duchessa mi diceva spesso che io lavorassi per lei di oreficerie : alla quale io più volte dissi che 'l mondo benissimo sapeva, e tutta la Italia, che io era buono orefice ; ma che la Italia non aveva mai veduto opere di mia mano di scultura : "E per l'arte certi scultori arrabbiati, ridendosi di me, mi chiamano lo *scultor nuovo* : ai quali io spero di mostrare d'essere *scultor vecchio*, se Idio mi darà tanta grazia che io possa mostrar finito 'l mio Perseo in quella onorata piazza di sua Eccellenzia illustrissima" (II, 65, p. 548).

> *La Duchesse me demandait souvent des travaux d'orfèvrerie. Plusieurs fois je lui fis remarquer : on sait très bien dans toute l'Italie que je suis un bon orfèvre mais on n'y a encore jamais vu de sculpture de ma main. "Dans le monde des artistes, ajoutai-je, des sculpteurs enragés se moquent de moi et m'appellent le* nouveau sculpteur. *J'espère bien leur montrer que je suis un* vieux sculpteur, *si Dieu m'accorde la grâce de pouvoir terminer mon Persée et de l'exposer sur la célèbre place de Son Excellence"* (pp. 319-320).

Le récit des années qui suivent la fusion du *Persée* rend pleinement compte de la situation de l'artiste "aliéné" : le mécène se comporte comme un marchand, il sous-estime son ouvrage, pour ne pas le payer. Il ne lui donne pas les moyens nécessaires pour bien équiper son atelier, et l'artiste doit avancer certains frais pour pouvoir mener à terme son œuvre.

Les différends avec le Duc ne découlent pas seulement des questions financières, mais aussi du fait qu'il se croit compétent en matière d'arts plastiques ; par conséquent, il cherche toujours à *imposer son point de vue*. Il est sceptique quant à la réussite de la fusion du *Persée*, qui avait été déjà modelé en cire. Mais Cellini n'admet pas une telle interférence :

> "vostra Eccellenzia illustrissima crede troppo a quei che le dicono tanto mal di me, o sì veramente lei non se ne intende". Ei non mi lasciò finire appena le parole, che disse : "Io fo professione di intendermene, e me ne intendo benissimo". Io subito risposi e dissi : "*Sì come Signiore, e non come artista :* perché se vostra Eccellenzia

illustrissima se ne intendessi inel modo che lei crede di intendersene, lei mi crederrebbe mediante la bella testa di bronzo che io l'ho fatto, così grande, ritratto di vostra Eccellenzia illustrissima che s'è mandato all'Elba ;[...] e ancora per avere gittata la Medusa, che pur si vede qui alla presenza di vostra Eccellenzia : un getto tanto difficile, dove io ho fatto quello che mai nessuno altro uomo ha fatto innanzi a me, di questa indiavolata arte" (II, 73, p. 563, nous soulignons).

"Vous devez ajouter foi à ceux qui disent tant mal de moi, ou alors c'est que vous n'y entendez vraiment rien". Il me laissa à peine finir ces mots : "Je prétends être connaisseur et je m'y entends parfaitement". "Oui, ripostai-je, vous vous y entendez comme un prince, mais non comme artiste. *Si Votre Excellence s'y connaissait comme elle se l'imagine, elle me croirait car les preuves sont là : c'est le beau buste colossal de bronze de Votre Excellence qui a été envoyé à l'île d'Elbe [...]. Il y a aussi la fonte de la Méduse, là, sous vos yeux ; cela n'a pas été simple mais personne avant moi n'a connu une telle réussite en cet art du diable"*(p. 329*)*.

Les mots de Cellini résonnent comme de véritables coups d'épée dans l'atmosphère tendue qui s'installe dans son atelier, à chaque visite du Duc. La rhétorique de l'artiste, qui sait "dire" et "faire" en même temps, constitue une arme pour lui : il est souvent, dans la *Vita*, l'*avocat de lui-même*, et sa parole s'adresse aux princes et aux papes avec le sentiment d'être l'égal de ses puissants interlocuteurs. Comme l'affirme Vittorio Gatto, dans son ouvrage au titre très significatif *La protesta d'un irregolare : B. Cellini*, la *Vita* anticipe en quelque sorte l'attitude de Marino, dans ses relations avec les souverains[14]. Cellini ne manque jamais une occasion de nous faire

14. "L'autobiographie de Cellini anticipe de fait la signification que, quelques décennies plus tard, va acquérir la correspondace de Marino, théoricien du rapport aux princes fondé sur des critères de parité et d'utilité réciproque. La vérité scandaleuse 'je sers celui qui me paie', scandée par un Cellini désabusé, dans un contexte de liberté présumée et éphémère, se relie idéalement avec la revendication de la part de Marino de son rôle d'homme de lettres qui, bien plus concrètement, a préféré aux honneurs stériles de son rang les bénéfices d'actions sans scrupules autrement rémunératifs" (Vittorio Gatto, *La protesta di un irregolare : Benvenuto Cellini*, Napoli, ESI, 1988, p. 15 et cf. G. Marino, *Lettere*, a cura di M. Guglielminetti, Torino, Einaudi, 1966, pp. XV-XVI).

remarquer son sentiment d'égalité dans ses entretiens avec Clément VII, avec François Ier qui l'appelle "mon ami" ou avec le Duc Cosme, auquel il arrive à *imposer*, par l'art de la parole, son propre point de vue d'artiste.

En effet, même dans un autre art, celui de la guerre, Cellini veut l'emporter sur son souverain, qui lui avait fourni le dessin de la fortification des portes de Florence. Le récit de ce différend révèle certains aspects intéressants du rapport que Cellini entretenait avec le Duc :

> Il Duca infuriato mi si volse e disse : "Benvenuto, del far benissimo le figure io cederò a te, ma di questa professione io voglio che tu ceda a me : sì che osserva il disegnio che io t'ho dato. A queste brave parole io risposi quanto benigniamente io sapevo al mondo e dissi : "Ancora, Signior mio, del bel modo di fare le figure io ho inparato da vostra Eccellenzia illustrissima : inperò noi l'abbiamo sempre disputata qualche poco insieme ; così di questo afforzificare la vostra città, la qual cosa importa molto più che 'l far delle figure, priego vostra Eccellenzia illustrissima che si degni di ascoltarmi, e così ragionando con vostra Eccellenzia, quella mi verrà meglio a mostrare il modo che io l'ho a servire" (II, 85, pp. 588-589).

> *il me déclara avec colère : "Benvenuto, pour réussir parfaitement des statues je m'incline devant toi mais, dans ce métier, je veux que tu t'inclines devant moi. Tu te conformes donc au dessin que je t'ai donné". A ces dures paroles je répondis aussi doucement que je pus : "Monseigneur, même pour l'exécution des statues, j'ai beaucoup appris de Votre Excellence car nous en avons toujours discuté ensemble. La fortification de notre ville est une opération plus importante que de faire des statues. Que, à son tour, Votre Excellence daigne m'écouter. Si nous en parlons, je verrai mieux la manière de vous servir"*(p. 345).

Le Duc est en proie à la fureur : c'est dans cette attitude que Cellini le présente souvent dans son autobiographie (et même dans le buste en bronze qu'il lui a consacré). L'artiste essaie de calmer cette fureur, qui se déchaîne parfois pour des raisons incompréhensibles ; c'est la fureur du pouvoir, une fureur obscure et immotivée, qui laisse la place parfois à un long silence : Benvenuto est absolument conscient du fait que son destin dépend malheureusement de ces humeurs, et démontre, par son écriture et son témoignage, la détresse de cette condition d'infériorité et de dépendance (cf. *Vita*, II, 98).

L'artiste est désorienté, il ne sait plus interpréter les silences de son Seigneur, la communication entre les deux fait défaut, les signes se brouillent et le dialogue se transforme en un affrontement et une plaidoirie permanente. Toutefois, Cellini sait ce qu'il vaut comme courtisan car il admet qu'il ne sait pas flatter. Il est désigné comme "terrible" car il ose répondre à Cosme :

> lo inbasciatore di Lucca disse al Duca : "Signiore, questo vostro Benvenuto si è un terribile uomo". Il Duca disse : "Gli è molto più terribile che voi non dite ; e buon per lui se 'e non fussi stato così terribile, perché gli arebbe aùto a quest'ora delle cose che e' non ha aùte". Queste formate parole me le ridisse il medesimo inbasciatore, quasi riprendendomi che io non dovessi fare così. Al quale io dissi che io volevo bene al mio Signiore, come suo amorevol fidel servo, e non sapevo fare lo adulatore (II, 100, p. 625).

> *L'ambassadeur de Lucques intervint : "Monseigneur, votre Benvenuto est un homme terrible". – "Beaucoup plus terrible que vous ne le dites", répondit le Duc. Il aurait mieux valu pour lui ne pas l'être autant car il aurait maintenant des choses qu'il n'a pas". C'est ce même ambassadeur qui me retransmit textuellement ces mots, comme pour me reprocher de ne pas être autrement. Je lui répondis que j'aimais beaucoup mon seigneur, en bon et fidèle serviteur, mais que je ne savais pas faire le flatteur* (p. 367).

Effectivement, à travers la *Vita* on perçoit les signes d'un changement profond : le déracinement de l'artiste-artisan du système des corporations le projette d'emblée dans un espace de liberté et de précarité. L'intérêt de l'ouvrage de Cellini consiste dans ce témoignage exceptionnel qu'il nous offre par son écriture, car il décrit la situation problématique d'*un artiste d'une époque de transition*. Arnold Hauser, dans son *Histoire sociale de l'art*, souligne cette étape essentielle dans l'organisation économique des ateliers et les transformations progressives en matière de contrat de travail (*op. cit.*, pp. 54-56). L'artiste devient beaucoup plus libre de choisir le sujet de sa peinture, comme Sebastiano del Piombo en 1524, ou le matériel de l'ouvrage, comme Michel-Ange qui, dans certains contrats arrivait jusqu'à choisir entre les techniques de réalisation, notamment entre peinture et sculpture.

Mais, en contrepartie, la précarité guette l'artiste, et rien ne le désespère plus que la menace de l'inactivité. Les guerres, les changements soudains de pouvoir, ou l'élection d'un nouveau pape, transfigurent le contexte de la création. L'artiste "moderne" jouit d'une liberté éphémère et la création, comme en témoigne Cellini, côtoie la guerre, la destruction et les luttes pour la souveraineté. Rarement les puissants avaient été représentés sous un tel jour. Il s'agit là d'un symptôme de cette perte de confiance dans l'autorité qui se manifeste dans les mots qui reviennent comme un refrain dans la bouche de Cellini : "*né legge né giustizia*" ("ni loi ni justice", *Vita*, I, 61). Il ne sont que des "*pauvres empereurs ratés*" ("poveri imperatori falliti", comme l'avoue Clément VII, après le Sac de Rome, cf. *Vita*, I, 55, p. 219) ; en effet, le coût extrêmement élevé de la paix cache un vide impressionnant de pouvoir.

Les fresquistes et les sculpteurs qui recherchent de grosses commandes rencontrent couramment des difficultés énormes car ils travaillent avec des matériaux coûteux, tel que le marbre ou le bronze ; par conséquent, le salaire mensuel et les avances que les commanditaires leur fournissent constituent une garantie pour la réalisation des ouvrages. Michel-Ange, par exemple, est obligé d'interrompre ses travaux pour le tombeau de Jules II en raison d'un manque de fonds pour payer le marbre déjà envoyé par les carriers des Alpes Apuanes. La grande insécurité politique ne permet pas aux artistes qui travaillent à des œuvres de vaste envergure de réaliser leurs projets. De plus, ces commandes passent inévitablement par des papes ou des souverains, en particulier dans la première moitié du siècle. L'élection d'un nouveau pape comporte un changement dans les programmes, le licenciement de certains artistes et un événement comme le Sac de Rome entraîne une véritable diaspora des artistes, parmi lesquels Cellini. A Venise, par contre, ces phénomènes furent circonscrits car la situation politique était plus stable, mais les commandes que Titien ou Sansovino recevaient étaient plus limitées.

Artiste et mécène sont liés par la même ambition et leur relation se fonde plus sur le prestige que sur la rentabilité ; l'image du mécénat de l'époque classique éveille une certaine nostalgie aussi bien chez le client que chez l'exécutant. La quête du prestige et l'espoir de commandes importantes poussent les artistes à faire des présents aux souverains, comme le fait Cellini (un cadeau de l'orfèvre était à l'origine destiné à Madame d'Etampes, quant à la Duchesse de Florence, il lui aurait donné son *Crucifix*, cf. *Vita*, II, 100, p. 624).

L'artiste manifeste un besoin irréfrénable de se mesurer avec des projets d'ouvrages gigantesques. En France, il abordera des dimensions nouvelles dans la sculpture par rapport à sa production précédente, qui se limitait surtout à des travaux d'orfèvrerie. A titre d'exemple, on pourrait évoquer la *Nymphe* de Fontainebleau, aujourd'hui au Louvre, et les "colosses", qui ne nous sont pas parvenus, ou du moins leurs modèles. Michel-Ange arrivera jusqu'à concevoir le projet de donner à un pic des Alpes Apuanes la forme d'un géant. L'influence des colosses de l'art hellénistique est indiscutable : la nostalgie du gigantesque trouvera son expression surtout et d'abord chez Michel-Ange, dans ses représentations picturales des *Prophètes* de la Chapelle Sixtine, mais aussi dans la sculpture, avec son *David*, qui poussera d'autres artistes à en faire autant, parmi lesquels Cellini.

Selon Battisti, la *Vita* pourrait mieux faire comprendre le rapport qu'un Michel-Ange entretenait avec ses commanditaires, bien que les personnalités des deux artistes soient très éloignées, car cette autobiographie "a pour *mérite d'avoir fait une analyse détaillée de ces relations entre artistes et clients" (La Renaissance à son apogée et le permier Maniérisme,* Albin Michel, 1977, p. 24, nous soulignons). Pour ne citer qu'un exemple du changement de la destinée d'un ouvrage, il suffit d'évoquer le célèbre *David* de Michel-Ange qui fut installé, d'un commun accord, sur la place de la Seigneurie alors que l'artiste l'avait réalisé pour la décoration de l'un des piliers de support du Dôme de Florence. Quant à Cellini, la Duchesse Eléonore de Tolède aurait voulu utiliser les statues créées pour la base du *Persée* comme de véritables sculptures autonomes, mais l'orfèvre fut à même de l'en empêcher en les fixant définitivement avec du plomb dans les niches du piédestal. Dans ce cas précis, l'"aliénation" artistique s'exprimerait par la tentative de renverser le destin de l'ouvrage, qui risque d'échapper au contrôle de son créateur. Voici la proposition de la Duchesse et la prompte réaction de l'artiste :

> "Io non voglio che queste belle figurine si vadino a perdere in quella basa giù in piazza, dove elle porteriano pericolo d'esser guaste ; anzi voglio che tu me le acconci in una mia stanza, dove le saranno tenute con quella reverenza che merita le lor rarissime virtute". A queste

> parole mi contrapposi con molte infinite ragioni ; e veduto che ella s'era resoluta che io nolle mettessi innella basa dove le sono, aspettai il giorno seguente, me ne andai in Palazzo alle 22 ore ; e trovando che 'l Duca e la Duchessa erano cavalcati, avendo già messo in ordine la mia basa, feci portare giù le dette figurine, e subito le impiombai, come l'avevano a stare. Oh quando la Duchessa lo intese, e' gli crebbe tanta stizza che se e' non fussi stato il Duca che virtuosamente m'aiutò, io l'arei fatta molto male (II, 88, p. 596).

> *"Je ne veux pas que ces belles figures aillent se perdre sur le piédestal, en bas, sur la place, où elles risquent d'être abîmées. Je veux que tu me les installes dans une de mes chambres où elles seront l'objet de l'admiration qu'elles méritent par leur exceptionnelle qualité". J'opposai à ce projet une foule d'arguments mais je vis bien qu'elle était absolument décidée à ne pas les laisser placer sur le piédestal où elles sont. J'attendis le lendemain et me rendis au palais à vingt-deux heures. Le Duc et la Duchesse étaient sortis à cheval. Mon piédestal était prêt ; je fis apporter et placer mes figurines et les scellai sur-le-champ comme elles devaient l'être. Oh là là ! Quand la Duchesse l'apprit, elle entra dans une telle fureur que, sans le Duc qui prit courageusement ma défense, l'affaire se serait très mal terminée pour moi* (p. 349).

Ce traumatisme brutal dont parle Guido Davico Bonino à propos de Cellini, intervient lors de la brisure du lien entre l'œuvre et son auteur, car ce dernier crée "quelque chose qui, avant même d'être réalisé, lui est étranger : non seulement il ne jouira pas de la propriété de l'œuvre, mais souvent il sait qu'elle vivra un destin contraire à celui pour lequel il l'a conçue. D'où, en définitive, l'aliénation de l'artiste : le sentiment d'être étranger aux créatures de sa propre fantaisie" (*Lo scrittore, il potere, la maschera*, Padova, Liviana ed., 1979, p. 46)[15].

Le rapport auteur-œuvre repose désormais sur des bases nouvelles puisque l'artiste ne bénéficie plus de l'appui de la corporation et qu'il se trouve seul en face de son mécène. De plus, le caractère "aliéné" de son tra-

---

15. Sur la question de l'aliénation artistique, nous signalons l'essai de Mario Perniola, qui met en évidence les formes de l'aliénation artistique à la Renaissance et à l'époque actuelle : *Les origines de l'aliénation artistique à la Renaissance*, in *L'aliénation artistique*, Paris, Union Générale d'Editions, 10/18, 1977, pp. 164-197.

vail découle aussi des rapports très tendus qu'il entretient avec ses concurrents. Désormais, il n'existe plus de collaboration ou de rivalité féconde entre ateliers, mais la concurrence se déplace plutôt sur le plan personnel et privé. Sansovin et Bandinelli obtiennent l'exclusivité des commandes de sculptures à Venise et à Florence, contre Michel-Ange qu'il critiquent violemment ; en contrepartie, ces rivalités poussent chaque artiste à renouveler ses techniques et son style. Cellini déclare donc la guerre à ses rivaux, au premier rang desquels on retrouve Bandinelli ; toutefois, à Florence, ne règnent plus les mêmes mœurs qu'à Rome, où il a l'occasion de tuer son adversaire Pompeo de' Capitaneis, profitant de l'amnistie qui avait suivi l'élection d'un pape.

Et si l'orfèvre décide de ne pas tuer Baccio Bandinelli et de dominer ainsi sa "fureur diabolique", c'est parce qu'il veut faire de son œuvre l'arme la plus efficace :

> Così liberatomi da quel *diabolico furore*, mi accrebbe animo e meco medesimo dicevo : "Se Iddio mi dà tanto di grazia che io finisca la mia opera, spero con quella di ammazzare tutti i mia ribaldi nimici : dove io farò molte maggiori e più gloriose le mie *vendette*, che se io mi fussi sfogato con un solo" ; e con questa buona resoluzione mi tornai a casa (II, 66, p. 550, nous soulignons).

> *Délivré de ma fureur démoniaque, je sentis mon sang-froid revenir et me dis : "Si Dieu m'accorde la grâce de le terminer, mon ouvrage mettra à bas tous mes sales ennemis. Ce sera une vengeance autrement triomphale et glorieuse que de me défouler sur un seul". Sur cette bonne résolution, je rentrai chez moi* (p. 321)

Son *Persée* lui valut la gloire, il fut célébré par les sonnets de Bronzino, et d'autres artistes et poètes exprimèrent également leur admiration. Effectivement, ce fut l'arme la plus puissante contre la calomnie et la jalousie de ses adversaires.

Le *Persée*, ce héros qui est aussi un guerrier, réunit pour la première fois, aux yeux de son créateur, l'*arme* et l'*arte*, ces deux éléments qui ont toujours été présents dans la *Vita*, et *qui recouvrent ici l'agressivité symbolique d'un mythe archaïque*.

Figures de l'aliénation

Le rapport professionnel qui lie le commanditaire à Cellini se développe dans la *Vita* selon certains schémas, comme si l'artiste répétait une scène prédéterminée dans ses grandes lignes. En réalité, il s'agit presque toujours, en premier lieu, de la *formulation de la commande* ; ensuite Cellini montre son *projet*, dessin ou modèle ; en troisième lieu il est harcelé par son commanditaire qui le *contrôle* ; et enfin, après l'achèvement de l'ouvrage, il a du mal à se faire payer. On pourrait analyser certains exemples où cette dynamique s'instaure à plusieurs reprises avec de petites variantes pour les différents "clients" de Cellini (orfèvre et sculpteur). Le rapport avec l'un de ses premiers clients, l'évêque de Salamanque, peut bien illustrer les problèmes professionnels qu'un artiste-artisan pouvait rencontrer :

> In questo mezzo io cercai, per via d'un discepolo di Raffaello da Urbino pittore, che il vescovo Salamanca mi dessi da fare un vaso grande da acqua, chiamato un'acquereccia, che per l'uso delle credenze che in sun esse si tengono per ornamento. E volendo il detto vescovo farne dua di equal grandezza, uno ne dette da fare al detto Lucagniolo, e uno ne ebbi da fare io ; e la modanatura delli detti vasi, ci dette il disegno quel ditto Gioanfrancesco pittore. Così *messi mano con maravigliosa voglia in nel detto vaso*, e fui accomodato d'una particina di bottega da uno Milanese, che si chiamava maestro Giovanpiero della Tacca (I, 22, p. 126).

> *A ce moment-là, je cherchais à obtenir, par l'intermédiaire d'un élève de Raphaël, une commande de l'évêque de Salamanque pour un grand vase, une sorte d'aiguière dont on ornait les vaisseliers. L'évêque en voulait deux de la même taille ; Lucagnolo devait en faire une et moi l'autre. C'est l'élève de Raphaël, Gianfrancesco, qui en fit le dessin, forme et décoration. Je commençai la mienne avec enthousiasme, installé dans un coin de l'atelier d'un Milanais, maître Giovanpiero della Tacca* (p. 39).

Le rapport commence toujours bien avec un grand enthousiasme de la part de l'orfèvre qui veut *créer*, pour parvenir à vaincre les difficultés techniques, et essayer d'atteindre à la perfection, aussi bien pour les petites que pour les grandes dimensions. Mais bientôt les contrôles de son client commencent avec un rythme harcelant :

> Questo vescovo era molto mirabile uomo, ricchissimo, ma difficile a contentare : mandava ogni giorno a vedere quel che io facevo ; e quella volta che il suo mandato non mi trovava, il detto Salamanca veniva in grandissimo furore, dicendo che mi voleva far torre la ditta opera, e darla ad altri a finire. Questo ne era causa il servire a quel maladetto sonare. Pure con grandissima sollecitudine mi ero messo giorno e notte, tanto che conduttola a termine di poterla mostrare al ditto vescovo, lo feci vedere : e li quali crebbe tanto desiderio di vederlo finito, che io mi pentì d'avergnene mostro. In termine di tre mesi ebbi finita la detta opera con tanti belli animaletti, fogliami e maschere, quante inmaginar si possa (I, 24, p. 130).
>
> *[L'évêque] était un homme admirable, richissime, mais difficile à contenter. Il envoyait chaque jour quelqu'un voir ce que je faisais et, si son messager ne me trouvait pas, il se mettait dans la plus violente colère et menaçait de me retirer l'ouvrage pour le faire terminer par un autre. Cette maudite musique était la cause de tout cela. Pourtant je travaillai nuit et jour à mon vase avec une si grande assiduité jusqu'au moment où il fut présentable et je le fis voir à l'évêque. J'accrus ainsi tellement son désir de le voir terminé, que je regrettai de l'avoir montré. En l'espace de trois mois j'achevai ce vase, qui était orné d'autant de petits animaux, de feuillages et de masques, qu'on puisse imaginer* (notre traduction).

Telles sont, par conséquent, les conditions de travail de Benvenuto : l'artiste crée toujours dans l'angoisse de ne pas achever l'œuvre à temps, car son client menace de la lui enlever et de la faire achever par d'autres. De plus, l'évêque en question jure à l'artiste qu'il aura de la peine à se faire payer car il a trop tardé dans la réalisation de l'ouvrage. Cellini ne peut pas s'empêcher de maudire son client espagnol et, avec lui, l 'Espagne entière (p. 131). Mais son client a encore besoin de lui car il doit faire rapidement réparer son vase qui vient de se casser. Cellini s'apprête alors à lui déclarer la guerre car il luttera de toutes ses forces pour que son travail soit justement récompensé. L'artiste doit se défendre contre les soldats espagnols envoyés par l'évêque ; en même temps que son salaire, il défend toute la classe des artistes qui se trouvent dans une condition identique à la sienne et il se présente alors comme un justicier furieux :

> Alle qual parole io monstrai loro la bocca dello scoppietto in ordine col suo fuoco, e ad alta voce gridavo : "Marrani, traditori, assassinas'egli a questo modo le case e le botteghe in una Roma ? Tanti quanti di voi, ladri, s'appresseranno a questo isportello, tanti con questo mio istioppo ne farò cader morti" (*ibidem*).
>
> *A ces mots, je leur montrais la gueule de mon escopette, toute prête avec sa mise à feu, en criant très fort : "Marranes, traîtres, depuis quand attaque-t-on les maisons et les ateliers dans la ville de Rome ? Bande de voleurs, tous ceux qui approcheront de cette porte, tous, je les fais tomber raides morts avec mon escopette"* (notre traduction).

Cellini réussit donc à se faire rémunérer pour son œuvre, mais il nous montre par là un aspect de la vie de l'*atelier, théâtre du monde*, car ce lieu de création peut brutalement se transformer en lieu de tragédie sanglante. Les conditions de travail de l'artiste ont changé, et l'œuvre d'art tend de plus en plus à être réduite à l'état de marchandise. Les rapports entre artiste et commanditaires sont régis par les loi du commerce. Si l'artiste-artisan des XIVe et XVe siècles était protégé par les corporations, l'artiste du XVIe siècle et déraciné de sa propre classe et rencontre d'énormes difficultés d'insertion dans le milieu courtisan. Le dialogue avec le commanditaire s'instaure, quoique rarement, mais il est toujours entrecoupé à cause des "fureurs" du mécène. Cellini risque, dans ces conditions, d'être emprisonné car il n'a pas encore terminé son calice pour Clément VII. Benvenuto est toujours prêt à plaider sa cause – il s'agit de sa profession – mais cette fois-ci l'injustice est plus grave car elle est commise par un pape, le vicaire du Christ. Cellini nous le fait remarquer :

> Intanto il Governatore e il Fiscale parte mi bravavano, parte mi esortavano, parte mi consigliavano, dicendomi che la ragione voleva, che uno che fa fare una opera a un altro, la può ripigliare a sua posta, e in tutti i modi che a lui piace. Alle quali cose io dissi che questo non lo prometteva la giustizia, *né un papa non lo poteva fare* : perché e' non era un papa di quella sorte che sono certi signoretti tirannelli, che fanno a' lor popoli il peggio che possono,

non osservando né legge né giustizia : però un vicario di Cristo non può far nessuna di queste cose (I, 61, p. 234).
[...] io non avevo mai creduto insino a quell'ora che *un santo Vicario di Cristo potessi fare un'ingiustizia,* "però io lo voglio vedere prima che io lo creda : sì che fate quel che voi potete" (I, 62, p. 235).

Pendant ce temps, le gouverneur et le procureur passaient de la menace aux exhortations et aux conseils pour me convaincre que la raison voulait que celui qui fait exécuter un ouvrage pût le reprendre à son gré, en quelque état qu'il lui plaise de l'avoir. Je répondais à cela que la justice ne le permettait pas, et qu'un pape ne pouvait se le permettre, parce qu'un pape n'était pas de l'espèce de certains tyranneaux de principicules, qui font endurer à leurs peuples les pires vexations et n'observent ni lois ni justice, toutes choses que ne peut faire un vicaire du Christ.
*[...] "Je n'avais jamais cru jusqu'à présent [...] qu'*un saint vicaire du Christ pût commettre une injustice, *et je veux le voir avant d'y croire ; faites donc ce que vous voudrez"* (trad. Beaufreton, I, pp. 219-221).

Ce passage de la *Vita* nous offre plusieurs éléments pour définir le changement intervenu dans le rapport entre artiste et mécène : l'artiste traite le pape comme s'il était sur le même plan que lui ; quant au pape, c'est sa figure qui se trouve diminuée par le récit cellinien, car il ne remplit pas son rôle de "vicaire du Christ", il ne représente nullement la justice divine sur terre. Il n'y a plus de garanties de justice, le seul garant est le Christ lui-même : c'est à lui que Cellini s'adresse en priant avant de suivre les envoyés du pape. Après le Sac de Rome, l'artiste ressent doublement cette absence dramatique de justice dont les conséquences se font sentir à tous les niveaux de l'existence et pas seulement dans la vie au quotidien des ateliers. L'ironie du sort veut que le produit du travail artistique, l'œuvre qui est à l'origine de la dispute, aurait voulu célébrer les vertus du représentant du Christ : le modèle du calice comportait la représentation allégorique de la Foi, de l'Espérance et de la Charité, et en bas-relief les images de la Nativité, de la résurrection et de la crucifixion de Saint Pierre, fondateur de l'église chrétienne (cf. *Vita*, I, 56, p. 220). *L'artiste est donc appelé à produire les symboles qui célèbrent un pouvoir qu'il considère comme fonciè-*

rement injuste : un décalage s'installe entre théorie et pratique, et le créateur évolue désormais sur un terrain où règnent l'insécurité et le mensonge.

Cellini se montre tout à fait conscient de sa condition de précarité et de sa faiblesse vis-à-vis du pouvoir. Il se défend comme il peut, de toutes ses forces, mais il ne se fait pas d'illusions. C'est une époque cynique, papes et souverains sont renversés de leur trône, point de place pour le romantisme des idéaux, Benvenuto le montre bien, surtout lorsqu'il répond aux partisans de la faction anti-médicéenne qui ne voulaient plus de ducs. Francesco Soderini lui reproche de vouloir *immortaliser les ducs* et de la même manière Baccio Bettini l'accuse : "Noi gli abbiamo isducati, e non arem più duchi ; e tu ce gli volevi fare inmortali" ("*Nous les avons* déduqués, *me dit-il, nous n'aurons plus de ducs, et tu voulais les immortaliser*", *ibidem*). Mais Cellini manifeste sa vision très lucide des relations avec le pouvoir :

> O isciocconi, io sono un povero orefice, il quale servo chi mi paga, e voi mi fate le baie come se io fussi un capo di parte ; ma io non voglio per questo rimproverare a voi le insaziabilità, pazzie e dappocaggine de' vostri passati ; ma io dico bene a coteste tante risa isciocche che voi fate, che innanzi che e' passi da o tre giorni il più lungo, voi arete un altro Duca, forse molto peggiore di questo passato" (*ibidem*)
>
> *"Oh butors que vous êtes, je ne suis qu'un pauvre orfèvre, qui sert tous ceux qui le payent, et vous vous raillez de moi comme si j'étais un chef de parti ! Je ne veux pas, en retour, vous reprocher l'insatiable avidité, les folies et l'incapacité de vos prédécesseurs, mais j'affirme, en réponse à vos bordées de rires stupides, qu'avant deux ou trois jours au plus vous aurez un autre duc, peut-être pire que le défunt"* (trad. Beaufreton, I, p. 299).

Après le meurtre d'Alexandre de Médicis, l'orfèvre qui était en train de fabriquer une médaille avec son portrait, porte un regard tout à fait désenchanté sur la situation politique de Florence. La médaille aurait dû effectivement immortaliser le Duc, d'où les accusations des républicains. Cependant, Cellini se situe bien au-delà de la haine des factions, et sait qu'il y aura toujours un "tyran". Ce qui compte pour lui c'est la création, sa profession est au-dessus de tout : c'est la base de son éthique. Tout se justifie chez lui par la profession. En apparence, on pourrait l'accuser d'opportunisme politique, mais en réalité, son comportement répond à des principes bien établis : le juste et l'injuste, le bien et le mal sont déterminés par rapport à la création. Paradoxalement, même le meurtre est justifié, pour notre orfèvre, lorsqu'il doit se venger ou défendre sa situation professionnelle. Juger éthiquement Cellini signifie avant tout se faire une idée de la hiérarchie des valeurs d'une époque, et surtout pénétrer dans l'atmosphère troublante et dangereuse d'un atelier d'orfèvre du XVIe siècle.

Pourtant, l'auteur de la *Vita* esquisse le portrait du *mécène idéal* : il s'agit du roi François Ier. Lorsque ce dernier rend visite à Benvenuto et découvre les modèles de ses sculptures un dialogue authentique s'instaure entre eux[16]. Le roi arrive à affirmer ceci :

> "*Mon ami* (che vuol dire 'amico mio'), io non so qual s'è maggior piacere, o quello d'un principe l'aver trovato un uomo sicondo il suo cuore, o quello di quel virtuoso l'aver trovato un principe che gli dia tanta comodità, che lui possa esprimere i sua gran virtuosi concetti" (II, 22, p. 460).
>
> *"Mon ami, je ne sais qui est le plus heureux des deux : le prince qui trouve un homme selon son cœur ou l'artiste de talent à qui un prince fournit tous les moyens d'exprimer les vastes conceptions de son esprit"* (p. 262).

A Paris, l'artiste choisit un château comme atelier et résidence grâce à son généreux mécène, il arrive à embaucher quarante assistants pour pouvoir travailler plus rapidement et le roi le défend contre les calomnies des rivaux. Et pourtant, même le souverain français se montre semblable à tous les autres commanditaires en voulant faire sentir le poids de son pouvoir

---

16. On pourrait citer à ce propos un autre exemple de rencontre idéale entre artiste et mécène, celle de Donatello avec Cosme de Médicis, telle que nous la présente Vasari dans la vie de cet artiste : "E fu tanto l'amore che Cosimo portò alla virtù di Donato, che di continuo lo faceva lavorare ; ed allo incontro ebbe tanto amore verso Cosimo Donato, che ad ogni minimo suo cenno indovinava tutto quel che voleva, e di continuo lo ubbidiva" (*Vita di Donato* in *Opere, op. cit.*, II, p. 407) (*"L'attachement que Cosme éprouvait pour le talent de Donato fut si grand qu'il lui donnait constamment du travail ; en retour, Donato avait tant d'affection pour Cosme qu'au moindre signe il devinait tout ce qu'il voulait et lui obéissait toujours", Vies...*, *op. cit.*, III, p. 145).

absolu sur l'artiste. A cet égard, le dialogue que Cellini enregistre dans la *Vita* est extrêmement significatif. Ainsi parle le souverain au sujet du projet des douze statues d'argent et de la salière :

> "Gli è pure grandissima cosa, Benvenuto, che voi altri, se bene voi siete virtuosi, doverresti cognioscere che quelle tal virtù da per voi non le potete mostrare ; *e solo vi dimostrate grandi mediante le occasione che voi ricevete da noi. Ora voi doverresti essere un poco più ubbidienti, e non tanto superbi e di vostro capo*. Io mi ricordo avervi comandato espressamente che voi mi facessi dodici statue d'argento ; e quello era tutto il mio desiderio. Voi mi avete voluto fare una saliera, e vasi e teste e porte, e tante altre cose, che io sono molto smarrito, veduto lasciato indrieto tutti i desideri delle mie voglie, e atteso a conpiacere a tutte le voglie vostre : sì che pensando di fare di questa sorte, io vi darò poi a divedere come io uso di fare, quando io voglio che si faccia a mio modo" (II, 44, p. 504, nous soulignons).

> *"Il est une chose très importante Benvenuto, que vous autres, artistes, devriez avoir présente à l'esprit, quel que soit votre talent : c'est que vous ne pouvez à vous seuls déployer vos dons ;* votre valeur ne peut se révéler que grâce aux occasions que nous vous offrons. Il vous faudrait être un peu plus dociles, moins orgueilleux et moins obstinés. *Je vous ai donné l'ordre formel, je m'en souviens, de me faire douze statues d'argent ; c'était tout ce que je désirais. Vous avez tenu à me faire une salière, des vases, des bustes, des portes et une foule d'autres ouvrages qui me laissent confondu quand je vois que vous avez outrepassé tous mes désirs pour réaliser les vôtres. Si vous persévérez dans cette voie, je vous montrerai comment j'ai l'habitude de procéder quand je veux qu'on m'écoute"* (p. 291).

Le créateur fait le récit-confession de sa situation humiliante face au pouvoir royal. De ce conflit naît une nouvelle génération d'artistes, un peu nomades, car ils sont les victimes de cette précarité et de leur manque de diplomatie : l'atelier se déplace avec l'artiste et l'apprentissage continue sur les chemins imprévus de la création. Le caractère exceptionnel de l'autobiographie cellinienne s'impose cette fois avec toute sa valeur de document. Comme le dit Bonino, "la *Vita* est en effet la première Autobiographie de l'Intellectuel Moderne dans la mesure où l'aliénation de l'artiste en représente la structure : et la rébellion du protagoniste à l'aliénation en est le thème" (*op. cit.*, p. 47). A l'époque où l'artiste survit parce qu'il devient fidèle courtisan – la carrière de Vasari est exemplaire à ce sujet – celui qui ne respecte pas les normes de conduite de la cour est obligé de partir, de changer de cour.

D'autre part, les puissants ont besoin des artistes pour célébrer leur grandeur. L'art est nécessaire à la célébration du pouvoir, par conséquent, un pacte "diabolique" de réciprocité s'établit entre artiste-courtisan et souverain (ou pape). Comme le fait remarquer à juste titre André Chastel, "quand Alexandre Farnèse devient Paul III, le palais prévu par Sangallo, qui semblait suffisant pour un cardinal, ne l'est plus pour un souverain pontife. Et de même pour le décor des intérieurs. D'où la nécessité permanente de *convoquer tous les arts au service de la grandeur*" (*La crise de la Renaissance, op. cit.*, pp. 10-11). Le roi François Ier, pour accroître son prestige, voudrait s'entourer des chefs-d'œuvre de Michel-Ange, comme l'attestent certaines lettres autographes[17]. En effet, malgré les dépenses pour les guerres, le roi français est déterminé dans sa politique de prestige. S'agit-il d'un pur investissement ? D. S. Chambers, de manière plus générale, se pose cette question dans l'intéressant volume *Patrons and Artists in the Italian Renaissance :*

> Est-ce que l'art était un bon investissement pour les puissants ? Il a pu l'être en tant qu'investissement pour acquérir un prestige social, un enrichissement spirituel et une renommée durable, mais il est difficile de le considérer au sens moderne comme un mode sûr d'investir un capital pendant une période de restrictions économiques. Ceci est dû en partie à l'immobilité, à l'impossibilité de revendre de l'art ; mais aussi au manque de reconnaissance de sa valeur sur le marché.
> Les inventaires de la collection des Médicis dressés après la mort de Laurent Le Magnifique montrent que les petits tableaux de Giotto et Fra Angelico, par exemple, avaient une valeur de 5 florins seulement. D'autre part, les objets antiques, les camées, les figurines, les bustes en marbre, ou les bijoux en or ou en argent valaient des centaines ou même des milliers de florins comme le montre leur

17. *Alcune memorie di Michelangiolo Buonarroti per le nozze di Clemente Cardinali con Anna Bovi*, Roma, Stamperia de Romanis, 1823, p. 15.

> évaluation très élevée : ils représentaient l'investissement véritable[18].

Pour François Ier, il était surtout question de prestige et probablement, dans une perspective de vaste envergure, préconisait-il un renouvellement culturel qui passait par un renouveau du style. Il encourageait effectivement l'épanouissement de l'art, et en particulier de la *maniera italiana*, avec Primatice, Léonard de Vinci, Rosso, Cellini... Il joua un rôle de premier plan dans le cadre de ce vaste processus de *re-méditerranéisation* des formes qui avait déjà commencé à prendre corps dans les ateliers italiens. Chastel souligne ce phénomène en conclusion de son ouvrage consacré au *grand atelier d'Italie* :

> Les Français, en particulier, s'attacheront à cette idée dès le temps de Louis XII et surtout avec François Ier qui conçut véritablement un programme de réforme intellectuelle et artistique. La conviction s'instaure, autour de 1500, que la culture était un des moyens de sauver l'humanité, et cette culture était de forme méditerranéenne et antique. L'Occident demandait à l'Italie le système de formes, l'appareil de notions qui devaient permettre de prendre possession d'un monde plein de difficultés et de surprises. La prise de conscience de l'âge nouveau passe maintenant par le grand atelier d'Italie[19].

Œuvre : l'inachevable, l'inestimable

Un grand changement se produit dans les salaires des "artistes" qui sont de plus en plus élevés par rapport à ceux de leurs aides. Si le sculpteur Zanobi reçut 3,5 écus par mois pour avoir aidé Cellini à travailler la tête en bronze, dans le cadre des travaux pour le *Persée*, le salaire d'un ouvrier était de quelques sous par jour (de 10 à 15) ; les étrangers gagnaient davantage, les collaborateurs flamands et français qui travaillèrent à la fusion du *Persée* était payé de 45 à 47 écus par an, mais le maître recevait 200 écus comme traitement fixe et 3500 écus supplémentaires pour le *Persée*. Comme le

18. D. S. Chambers, *Patrons and Artists in the Italian Renaissance*, London, New York, Toronto, Macmillan and Co. ltd & Basing stoke, 1970, Glasgow, Robert Maclehouse and Co. ltd., The University Press Glasgow, 1970, pp. XXXI-XXXII.

19. *Le grand atelier d'Italie, 1460-1500*, *op. cit.*, p. 325. Chastel reprend le terme de *re-méditerranéisation* de Nietzsche, cf. *ibidem*, p. 323.

relève Arnaldi, “Les ateliers étaient devenus, en même temps, source de richesse et lieux de pauvreté” (Ivan Arnaldi, *La vita violenta di Benvenuto Cellini,* Bari, Laterza, 1986, p. 22, nous soulignons). L'œuvre, pour Cellini, est unique et n'a pas de prix. Cependant, on notera un décalage entre ses propos sur l'absence de prix de l'œuvre et son désir d'être justement récompensé. Pour l'orfèvre la grande récompense est celle d'être loué et préféré aux artistes antiques, c'est ce qu'il déclare dans le *Traité de l'orfèvrerie* :

> Ringraziato sia Iddio che alli dì nostri è nato anche degli uomini, i quali le opere loro ci piacciono molto più che quelle delli antichi. – E rese la figura al detto vecchio e se ne rise, perché gli parve conoscere che quello aveva voluto sfatare le opere mie con il paragone con quelle antiche. Appresso a questo, Sua Maestà disse sopra l'opera mia *cento parole di tanta gloria che io non so al mondo qual pagamento si debbia di cotai fatiche domandar maggiore (Opere*, p. 690, nous soulignons).

> *Que Dieu soit remercié du fait qu'aujourd'hui naissent des hommes, dont les œuvres nous plaisent beaucoup plus que celles des anciens. – Et il rendit la figure au dit vieillard et il en rit, puisqu'il s'aperçut que ce dernier avait tenté de diminuer la valeur de mes œuvres par le biais de la comparaison avec celles des anciens. Après quoi, Sa Majesté prononça* cent mots de gloire au sujet de mon travail au point que je ne sais quelle plus grande récompense l'on doive demander pour de tels travaux.

A côté du niveau idéal de la récompense, il est évident que les artistes ont besoin de recevoir une reconnaissance concrète pour leurs ouvrages. Les diatribes autour du prix de l'œuvre ne constituent pas une nouveauté dans l'histoire de l'art : Vasari rappelle à ce propos le geste théâtral d'un Donatello qui préféra détruire son ouvrage au lieu de le “brader” (cf. *Vita di Donato, in Opere*, *op. cit.*, II, pp. 407-408, *Vies..., op. cit.,* III, pp. 245-246). Le temps de fabrication de l'ouvrage ne constitue pas un critère pour la détermination de la rétribution, comme le démontre bien Donatello dans cet épisode, car, pour répondre au marchand qui évaluait son temps de travail à un demi-florin par jour, l'artiste annonça qu'il était capable de détruire en une seconde le travail d'une année. Le temps de l'œuvre comporte une sorte de conception et de gestation, la durée de son exécution matérielle n'étant qu'une étape dans les différentes phases de la création. C'est pour cette raison précisément que Cellini revendique une récompense digne de son *unique Persée*, il demande dix mille écus pour son œuvre, mais le Duc riposte :

> "Le città e i gran palazzi si fanno, cone i dieci mila ducati". Al quale subito risposi come sua Eccellenzia troverebbe infiniti uomini che gli saprieno fare delle città e dei palazzi ; ma che dei Persei ei non troverebbe forse uomo al mondo, che gnele sapessi fare un tale (II, 95, p. 609).
>
> *"Avec dix mille ducats [...] on bâtit des villes et de grands palais". Je répondis aussitôt qu'il trouverait une infinité d'hommes sachant faire des villes et des palais, mais des Persée comme le mien, personne au monde n'était sans doute capable d'en faire* (p. 357).

Le différend atteint son point culminant car le Duc menace de se débarrasser du *Persée* : "Per manco di dua quattrini io gitterò via il Perseo e così finiranno tutte le differenze" (II, 96, p. 610, "*Pour moins de deux liards je jetterai le Persée, ce qui mettra fin à toutes les discussions*", notre traduction) Suivant l'avis de Girolimo degli Albizzi, qui estime l'ouvrage trois mille cinq cents écus d'or, le Duc commence à payer Benvenuto, cependant il ne tient pas ses promesses :

> Il Duca ordinò che e' mi fussi pagato cento scudi d'oro in oro al mese, insino alla detta somma, e così si andò seguitando qualche mese. Dipoi messer Antonio de' Nobili, che aveva auta la detta commessione, cominciò a darmene cinquanta, e di poi quando me ne dava venticinque e quando non me gli dava : di sorte che, vedutomi così prolungare, amorevolmente dissi al detto messer Antonio, pregandolo che e' mi dicessi la causa perché e' non mi finiva di pagare. Ancora egli benigniamente mi rispose : innella qual risposta e' mi parve ch'e' s'allargassi un poco troppo, perché – *giudichilo chi intende* – in prima mi disse che la causa perché lui non continuava il mio pagamento si era la troppa strettezza, che aveva 'l Palazzo, di danari, ma che egli mi prometteva che come gli venissi danari, che mi pagherebbe (II, 96, p. 611, nous soulignons).
>
> *Le Duc ordonna que l'on me verse cent écus d'or par mois jusqu'à l'épuisement de cette somme, donc pendant quelque mois. Ensuite,*

> *messire Antonio de' Nobili qui était chargé des paiements ne m'en donna plus que cinquante, puis tantôt vingt-cinq et tantôt rien du tout. Voyant l'affaire traîner je priai aimablement messire Antonio de me dire pourquoi il ne finissait pas de me payer. Il me répondit non moins gentiment mais de manière un peu trop prolixe.* Qu'on en juge plutôt *: il me dit d'abord que la cause de l'arrêt des paiements était la pénurie d'argent au Palais ; aussitôt qu'il aurait des rentrées, il me paierait* (pp. 358-359).

En lisant ces pages, on a l'impression, que Cellini cherche à solliciter la solidarité de son lecteur, puisque son discours vise à témoigner d'une situation inique, qui oblige l'artiste à vivre et à créer dans des conditions d'infériorité : écrire sur sa profession équivaut à plaider, le *dire* de Cellini est utilisé, on l'a déjà noté à plusieurs reprises, comme une arme.

L'orfèvre doit par ailleurs se défendre des accusations de ses ennemis qui lui reprochent de ne pas achever ses œuvres. On a déjà évoqué l'épisode du calice pour Clément VII, qui sera finalement racheté par Cellini ; mais à la cour de François Ier aussi il rencontrera des problèmes, à cause du cardinal de Ferrare qui suggère méchamment au roi :

> "Sire, questa è una grandissima opera, e però io non sospetterei d'altro, se none che io non crederrei mai di vederla finita : perché questi valenti uomini, che hanno quei gran concetti di quest'arte, volentieri danno lor principio, non considerando bene quando ell'hanno fine" (II, 16, p. 445).

> *"Sire, c'est un travail énorme et ma seule crainte est de ne jamais en voir la fin. Tous ces génies qui ont de grandes conceptions, ont trop tendance à en entreprendre la réalisation sans bien considérer l'achèvement"*(p. 253)

Heureusement, le généreux souverain ne tient pas compte des paroles du cardinal, jaloux du fait que Cellini réaliserait la salière pour le roi, alors que, dans un premier temps, il avait conçu son modèle pour lui. C'est le roi en personne qui plaide en faveur de l'artiste :

> A questo rispose il Re, dicendo che chi cercassi così sottilmente la fine dell'opere, non ne comincierebbe mai nessuna ; e lo disse in un

certo modo, mostrando che quelle cotali opere non fussino materia da uomini di poco animo (*ibidem*).

Le roi répondit en disant que si l'on devait se préoccuper si minutieusement de la fin des choses, on n'entreprendrait jamais rien ; et le ton qu'il mit à ses paroles signifiait que de telles œuvres n'étaient pas l'affaire d'hommes de peu de valeur (trad. Beaufreton, II, pp. 48-49).

Effectivement Cellini a le souci de la perfection, en cela il se situe bien loin du "non-finito" à la Michel-Ange : le travail de l'orfèvre influence souvent le travail du sculpteur, car son œuvre sculptée est parachevée dans les moindres détails (il n'est qu'à voir le *Persée*, son heaume, ses chaussures ailées, le détail de la garde de son épée). Après la fusion du *Persée*, le travail de polissage (*rinettatura*) de la statue a duré cinq ans, de 1549, date de sa fusion, à 1554, lorsqu'elle fut inaugurée "presque finie". Rien d'étonnant si l'on rappelle que Ghiberti consacra presque vingt-trois ans pour polir chaque porte du Baptistère de Florence. En France, en revanche, Cellini n'arrive pas à terminer les œuvres programmées pour François Ier ; c'est pourquoi les mots de Madame d'Etampes ont un contenu prophétique :

"Come gli è possibile, sacra Maestà, che, volendo quella che Benvenuto gli faccia dodici statue d'argento, per la qual cosa non n'ha ancora finito una ? O se voi lo inpiegate in una tanta grande inpresa, è di necessità che di queste altre, che tanto voi desiderate, per certo voi ve ne priviate : perché cento valentissimi uomini non potrebbono finire tante grande opere, quante questo valente uomo ha ordite"(II, 26, p. 466).

"Comment sera-t-il possible, Majesté sacrée, que Benvenuto fasse pour vous les douze statues d'argent ? Il n'en a pas encore fini une seule ! Si vous l'employez pour une nouvelle affaire si importante, vous serez forcé de renoncer à celles qui vous tiennent tant à cœur. Cent artistes de qualité ne pourraient mener à bien tous les travaux entrepris par cet homme" (p. 267).

A Florence il n'en va pas autrement car c'est la Duchesse qui joue le rôle de détracteur. Cellini est obligé de travailler au Palais du Duc pour restaurer de petites statues étrusques retrouvées près d'Arezzo, parmi lesquelles se trouvait une Chimère en bronze. Une corvée supplémentaire pour l'artiste qui est retardé dans son travail de sculpteur. Néanmoins la Duchesse ose l'accuser de ne pas porter à terme ses ouvrages (II, 87). On pourrait remarquer ici un autre aspect de cette "aliénation" artistique qui caractérise les modalités de travail chez Cellini : *faire vite et bien* est un ordre du mécène. Si on ne l'observe pas, on risque de perdre la commande, et de se faire dépasser par les adversaires qui travaillent plus rapidement. La rapidité dans l'exécution, surtout pour ce qui est des modèles, est ainsi souvent soulignée par Cellini, qui, en proie à une sorte de fureur créatrice, donne forme à son idée. Il revêt son concept de matière – terre, cire, dessin, plâtre – pour convaincre le commanditaire et vaincre ses confrères-rivaux.

Encouragé par Michel-Ange, il se lance par conséquent dans la réalisation du modèle en cire de la médaille pour Federigo Ginori, qui doit représenter un Atlas (I, 41). Le moment de la réalisation du modèle constitue une étape cruciale de la création : lorsque Cellini travaille au modèle pour le fermoir de chape destinée au pape, il déclenche une véritable guerre entre lui et l'"*arte*", à savoir la corporation des orfèvres et des bijoutiers de Rome. Il l'emporte sur ses rivaux grâce à son modèle et sa présentation irréprochable ; d'ailleurs, pour souligner l'importance de celui-ci, il le décrit minutieusement dans la *Vita*[20] ; il est fait de stuc blanc et posé sur une

---

20. La description du modèle, par la quantité de détails qu'elle contient, pourrait être désignée par certains critiques comme "maniériste" (cf. Maier, *Svolgimento storico della critica celliniana, II, op. cit.*, p. 27) : "Questo diamante l'avevo apunto messo in mezzo di questa opera, e sopra d'esso diamante vi avevo accomodato a sedere il Dio Padre in un certo bel modo svolto che dava bellissima accordanza, e non occupava la gioia niente : alzando la man diritta dava la benedizione. Sotto al detto diamante avevo accomodato tre puttini, che co le braccia levate in alto sostenevano il ditto diamante. Un di questi puttini di mezzo era di tutto rilievo ; gli altri dui erano di mezzo. A l'intorno era assai quantità di puttini diversi, accomodati con l'altre belle gioie. Il resto de Dio Padre aveva uno amanto che svolazzava, dil quale usciva di molti puttini, con molti altri belli ornamenti, li quali facevano bellissimo vedere" (I, 44, pp. 195-196) ("*J'avais placé le diamant en plein centre du bijou ; il servait de siège à Dieu le Père vu sous un angle si heureux que l'accord avec le reste de la composition était parfait et ne nuisait en rien au diamant. Levant la main droite, il donne sa bénédiction. Trois putti, les bras levés, soutiennent le diamant ; celui du milieu est en ronde-bosse, les deux autres en demi-relief. Tout autour, des angelots en grand nombre se jouent au milieu de belles*

pierre noire. Le geste de l'orfèvre qui le montre en ouvrant une belle boîte ronde, est digne d'une pièce théâtrale ; c'est ainsi que Cellini met en scène les moments culminants de sa vie d'artiste :

> Io fattomi innanzi e aperto una scatoletta tonda, parve che uno splendore dessi proprio negli occhi del Papa ; e disse con gran voce : "Se tu mi fussi stato in corpo, tu non l'aresti fatto altrimenti come io veggo : costoro non sapevano altro modo a vituperarsi" (I, 44, p. 195).
>
> *Je m'avançai et ouvris une petite boîte ronde : les yeux du Pape semblèrent littéralement s'illuminer et il dit à voix forte : "Si tu avais été à ma place, tu ne l'aurais pas fait autrement. Tous ces gens ne pouvaient trouver meilleure occasion de se couvrir de honte"*(p. 83).

La fonction du modèle est donc capitale pour l'artiste : surtout en France, où Cellini s'attaque pour la première fois à des œuvres colossales. Il doit conquérir la confiance du souverain, et le modèle doit se rapprocher, autant que possible, de l'œuvre à réaliser (II, 21). A Florence, par contre, il est plus difficile de vaincre la méfiance du Duc, qui, ayant vu le modèle du *Persée* en cire, destiné à la fusion, reste sceptique quant à sa réussite. Ainsi les mots du Duc, une fois de plus, blessent la dignité de l'artiste :

> Avendo gittata la Medusa, ed era venuta bene, con grande speranza tiravo il mio Perseo a fine, che lo avevo di cera, e mi promettevo che così bene e' mi verrebbe di bronzo, sì come aveva fatto la detta Medusa. E perché vedendolo di cera ben finito ei si mostrava tanto bello che, vedendolo il Duca a quel modo e parendogli bello ; o che e' fussi stato qualche uno che avessi dato a credere al Duca che ei non poteva venire così di bronzo, o che il Duca da per sé se lo inmaginassi ; e venendo più spesso a casa che ei non soleva, una volta infra l'altre e' mi disse : "Benvenuto, questa figura non ti può venire di bronzo, perché l'arte non te lo promette". A queste parole di sua Eccellenzia, io mi risenti' grandemente (II, 73, pp. 561-562).

---

pierreries. Dieu est vêtu d'un manteau qui voltige, d'où sortent une myriade de putti et autres beaux ornements ravissants", p. 84).

> *J'avais jeté la Méduse et elle était bien venue. Le cœur débordant d'espoir, je poursuivis le modèle de cire de mon Persée, me jurant qu'il viendrait aussi bien en bronze que Méduse. Le modèle était splendide, d'un beau fini, et le Duc fut frappé d'admiration. Mais il se laissa persuader ou s'imagina tout seul qu'il ne pourrait réussir aussi bien en bronze. Il venait chez moi plus souvent que d'habitude et me dit une fois : "Benvenuto, tu ne peux réussir cette figure en bronze, les règles de l'art ne te le permettent pas". [Je fus] très vexé [par les mots du Duc]* (p. 328).

L'on sait que l'un des derniers modèles que l'artiste réalisera dans sa vie c'est le Neptune, pour la fontaine de la Place de la Seigneurie à Florence. Cette fois-ci, c'est l'artiste lui-même qui ouvre la compétition et qui propose au Duc d'ouvrir un concours pour l'attribution de l'ouvrage, suivant la meilleure tradition florentine. On peut observer que Cellini a besoin d'une commande publique, car, après son *Persée*, il veut continuer à créer des statues de grandes dimensions, irréalisables sans l'aide d'un mécène. C'est le travail pour le travail, car il sait que le choix du Duc et de la Duchesse est orienté vers Bartolomeo Ammannati, mais cette fois-ci la *bottega* de Cellini *ouvre ses portes, elle se transfère sur la place publique*, dans la Loge des Lanzi, qu'il partage avec son rival Ammannati, tandis que Vincenzo Danti réalise son modèle chez Octavien de Médicis et que Jean de Bologne forge son Neptune dans les cloîtres de Santa Croce. Cellini travaille avec acharnement à son modèle en plâtre, il sait que son art doit être vu et apprécié par le peuple, c'est la plus grande récompense pour l'enfant de la "*Scuola del mondo*", l'école florentine.

> La lor nobilissima scuola i loro antichi l'avevano fatta così virtuosissima, solo per far fare a gara tutti i virtuosi nelle lor professione ; e in quel virtuoso modo ci s'era fatto la mirabil cupola, e le bellissime porte di Santo Giovanni, e tant'altri bei tempii e statue, le quali facevano corona di tante virtù a la lor città, la quale dagli antichi in qua la non aveva mai aùto pari (II, 99, p. 620).

> *Leurs ancêtres avaient dû les accomplissement de leur noble Ecole à la mise en concurrence de tous les meilleurs artistes, selon leur spécialité. "C'est en suivant cette heureuse méthode qu'on a fait l'admirable coupole, les splendides portes de Saint-Jean et tant d'autres belles églises et statues, cette couronne de la ville dont,*

depuis les temps anciens, on n'a jamais connu l'équivalent" (p. 364)[21].

Le modèle de Benvenuto plaît au Duc, selon le récit de l'artiste dans la *Vita*, mais Leone Leoni n'est pas du même avis car il écrit à Michel-Ange, après avoir donné un avis favorable sur les modèles de Danti et de Jean de Bologne que "Benvenuto balena e sputa veleno e getta fuoco dagli occhi e brava il Duca con lingua... e mi ha portato a vedere il suo : ond'io gli ho pietà che in sua vecchiezza sia così male obbedito dalla terra e dalla borra" *("Benvenuto sévit, crache du venin et lance des flammes par les yeux, il défie le Duc avec la langue... et il m'a amené voir son modèle : c'est pourquoi j'ai pitié de lui qui dans sa vieillesse a été si mal obéi par la terre et par la bourre").* Leone Leoni, ancien adversaire de Cellini à Rome, prend sa place de monnayeur auprès du Pape ; l'orfèvre florentin le soupçonne d'avoir tenté de l'assassiner en prison, suivant l'ordre de Messer Durante, cependant, sans le savoir, il lui aurait sauvé la vie[22].

---

21. La coupole avait été réalisée par Brunelleschi qui gagna le concours en 1418, tandis qu'on confia à Ghiberti, en 1402, la tâche de construire les portes du Baptistère.

22. Cf. Alessandro Del Vita, *Rapporti e contrasti fra artisti nel Rinascimento*, Arezzo, Ed. Rinascimento, 1958, p. 34. Un diamant écrasé par Leone Leoni dans le repas de Benvenuto aurait dû le tuer mais il en fut autrement : "Però questo messer Durante sopraditto dette un diamante di qualche poco valore a una di queste guardie. Si disse che questa cura l'aveva auta un certo Lione aretino, orefice, mio gran nimico. Questo Lione ebbe il diamante per pestarlo ; e perché Lione era poverissimo e 'l diamante poteva valere parecchi decine di scudi, costui dette ad intendere a quella guardia che quella polvere che lui gli dette fussi quel diamante pesto che s'era ordinato per darmi ; e quella mattina che io l'ebbi, me lo messono in tutte le vivande" (I, 125, p. 394), *("Messire Durante donna donc un diamant de peu de valeur à un des gardiens. C'est un orfèvre d'Arezzo, Leone, mon ennemi mortel qui, dit-on, fut chargé de le pulvériser. Il était très pauvre et le diamant pouvait valoir quelques dizaines d'écus. Il fit croire au gardien que la poudre qu'il lui remettait provenait du diamant qu'on lui avait confié pour moi et un beau matin, on en mit dans tous mes plats"*, p. 217). Durante Duranti était un homme très cultivé en matière de littérature et de jurisprudence, il était préfet de chambre de Paul III et fut nommé par celui-ci cardinal, et ensuite évêque de Brescia en 1544. Il avait soustrait à Cellini 500 écus d'or, récompense pour son présent, que Charles Quint avait destinée à l'orfèvre (cf. Del Vita, *op. cit.*, p. 30).

Malgré la concurrence acharnée à Rome (sont évoqués dans la *Vita* les noms de quelques ennemis : Pompeo de' Capitaneis, Tobia, Leone Leoni), à Paris (le Primatice) et à Florence (Bandinelli, Ammannati, Danti et Jean de Bologne), Cellini se taille une place d'exception dans le panorama artistique des orfèvres, des sculpteurs et des médailleurs. Il est tout à fait conscient que l'activité artistique – surtout dans son domaine – comporte parfois des risques considérables, jusqu'à mettre en danger l'existence même du créateur. L'artiste relève le défi et, par conséquent, il se retrouve d'emblée en train de "créer" au sein d'une spirale de violence, car la haine des adversaires peut fort bien aller jusqu'au meurtre ; la parole alors devient violente jusqu'à l'insulte voire jusqu'à la calomnie ; l'humiliation constante infligée par le mécène se fait sentir par son contrôle, par ses silences incompréhensibles et ses fureurs.

Il suffit de contempler l'image du Duc de Florence, Cosme, telle que nous l'a transmise Cellini dans son célèbre buste : l'air guerrier, le regard déterminé, les muscles du cou tendus dans une légère torsion, sa cuirasse ornée de mascarons, de têtes d'aigle et d'une méduse ailée... il a tous les attributs de la *terribilità*[23]. En raison de ses dimensions, sa figure s'impose aux yeux du public, mais aussi à ceux de son créateur, car le buste est beaucoup plus grand que la réalité. Sous l'ombre menaçante de ce protecteur, Cellini parvient à créer et à nous léguer son témoignage dans la *Vita*.

Les disciples de Cellini

On a déjà observé que les modalités de l'apprentissage se sont modifiées au cours du XVIe siècle. Par conséquent, les rapports maître-apprenti se transforment : à travers l'autobiographie cellinienne on peut reconstruire les traits fondamentaux de cette relation qui est au centre de la vie de la *bottega*. Arnaldi affirme à propos de Cellini que celui-ci n'établit pas un rapport paternel avec ses disciples, comme il arrivait aux maîtres du XVe siècle ; or, il est vrai qu'il embauchait des assistants temporairement, et parfois sans beaucoup d'expérience dans la profession, cependant, dans son atelier il accueillit paternellement de jeunes apprentis et les forma au mé-

23. A propos de la notion de *Terribilità*, nous signalons l'article de Pierre Barucco, *Petite sémantique de la terribilité*, *Actes* du "Centre de Sémiologie Romane", 1992, pp. 39-49.

tier[24]. La *Vita* est parsemée de références à cette *vie de communauté* de l'atelier et à cette relation toute spéciale entre maître et apprenti. Souvent la violence du maître-père s'exprime pour "instruire" ses disciples, parfois elle est purement gratuite ou elle est déterminée par la jalousie ou le narcissisme blessé de Benvenuto. L'orfèvre, bien payé à la cour du roi François, est capable de faire des cadeaux de valeur à tous ses assistants et serviteurs (II, 42). Mais il lui arrive aussi bien de battre ses assistants, c'est le roi en personne qui le surprend dans l'attitude du "père-patron" :

> Quando il Re comparse alla porta del mio castello, sentendo picchiare a parecchi martella, comandò ogniuno che stessi cheto : *in casa mia ogniuno era in opera* : di modo che io mi trovai sopraggiunto dal Re, che io non lo aspettavo [...] In mentre che io lavoravo, avendo un mio ragazzetto franzese intorno, il quale m'aveva fatto non so che poco di dispiacere, per la qual cosa io gli avevo menato un calcio, e per mia buona sorte, entrato col pié nella inforcatura delle gambe, l'avevo spinto innanzi più di quattro braccia, di modo che all'entrare del Re questo putto s'attenne addosso al Re : il perché il Re grandemente se ne rise, e io restai molto smarrito (II, 15, pp. 442-443, nous soulignons).
>
> *Quand le Roi fut à la porte de mon château, il entendit le bruit des coups de marteau et enjoignit le silence à ses gens.* Dans mon atelier, chacun s'activait et *le Roi survint alors que je ne l'attendais pas [...] J'avais près de moi pour m'aider dans mon travail un petit apprenti français ; il m'avait agacé je ne sais plus pourquoi et je venais de lui envoyer un coup de pied qui, pour ma chance, l'atteignit dans l'entrejambe et l'envoya promener à plus de quatre*

24. Pour la fusion du *Persée*, l'artiste florentin admet avoir embauché des ouvriers non professionnels : "E con questa sopradetta regola io feci lavorare la maggior parte a manovali e uomini fuor della proffessione, i quali non sapevano nulla quel che si facevano ; ma quella virtuosa regola, usata con pazienza e con diligenzia, se ben loro ignoranti dell'arte, quella gli guida di sorte che le mane di un Michelagnolo non ne fariano più" ("*Suivant la méthode indiquée je fis travailler pour la plupart des ouvriers et des hommes qui n'étaient pas du métier, qui ne savaient rien de ce qu'ils faisaient ; mais cette excellente méthode, appliquée avec patience et zèle, les guide, même s'ils ignorent la pratique de l'art, de sorte que les mains d'un Michel-Ange ne feraient pas mieux*", *Trattato della scultura*, in *Opere*, p. 798).

brasses ; il se retint après le Roi qui entrait juste à ce moment. Le Roi en rit beaucoup ; moi, je restai complètement perdu (p. 251).

Devant le rire du roi, Cellini est égaré, il sent qu'il a commis un geste violent, mais en même temps, il sait qu'il peut compter sur la sympathie de sa majesté, puisque celui-ci comprend les exigences d'un artiste qui doit gérer un grand atelier, et diriger un grand nombre d'assistants. La *bottega* de Benvenuto nous est présentée comme un lieu de travail intense ; en fait, c'est dans l'atelier français que Cellini embauche le plus grand nombre de travailleurs, grâce à la générosité de son mécène. Malgré le fait qu'il abandonnera après quelques années l'atelier parisien, Cellini laisse un héritage artistique en France : ses disciples Ascanio et Paolo Romano vont continuer son travail, et se révèlent de bons orfèvres. D'après les documents, entre juillet 1548 et mai 1549, leur atelier avait atteint un niveau de productivité élevé. Ascanio et Paolo travaillèrent pour le roi François et, après sa mort en 1547, pour Henri II, pour Hippolyte d'Este, et pour des commanditaires milanais. Il faudrait aussi ajouter qu'Ascanio hérita, en plus du métier d'orfèvre, du caractère de Cellini, car il dut s'enfuir de Paris à la suite d'une rixe et il se réfugia en Flandre[25]. La figure de cet apprenti inspirera la plume d'un grand écrivain qui en fit le héros éponyme de son roman : *Ascanio* d'Alexandre Dumas (Paris, C. de Bartillat, 1995). A l'opposé d'Ascanio qui trahit en définitive son maître, il existe des apprentis fidèles dont Cellini esquisse d'admirables portraits. Il s'agit en l'occurrence de Felice Guadagni, qui gère l'atelier romain de l'orfèvre, et de Pietropagolo, qui se voit confier le travail des monnaies à Florence, non sans quelques problèmes d'ordre technique[26]. Felice est aux côtés du maître

---

25. Pour davantage de précision sur les apprentis Paolo et Ascanio, cf. *La Vita di Benvenuto Cellini da lui medesimo ridotta alla lezione originale del codice Laurenziano con note e documenti illustrativi e con un saggio delle sue rime aggiuntevi le notizie pubblicate intorno alle relazioni del Cellini col Cardinale Ippolito d'Este ed a' suoi allievi Paolo Romano ed Ascanio da Tagliacozzo,* a cura di G. Campori, Milano, 1873, pp. 407-408.

26. Cellini manifeste son insatisfaction pour le travail technique d'un apprenti pourtant fidèle : "Io avevo lasciato tutto l'ordine a Pietropagolo romano sopradditto in che modo egli avev'a mettere le stampe ; ma perché l'era cosa difficilissima, egli non le misse mai troppo bene" (I, 81, pp. 283-284) (*"J'avais*

lorsque ce dernier tombe gravement malade, il le soigne, le réconforte, le soulage, puisque sa présence suffit à éloigner les images terribles du délire (I, 84). Comme il se démontre toujours prêt à l'aider, son maître récompense sa fidélité en lui confiant son atelier romain lorsqu'il doit se déplacer à Florence. Cellini ira jusqu'à lui léguer son atelier :

> Partitomi la mattina, me ne andai a Santa Maria dal Loreto, e di quivi, fatto le mie orazione, me ne andai a Roma ; dove io trovai il mio fidelissimo Felice, al quale io lasciai la bottega con tutte le masserizie e ornamenti sua, e ne apersi un'altra a canto al Sugherello profumiere, molto più grande e spaziosa (I, 100, p. 335).
>
> *Je partis le lendemain matin et m'en allai à Notre-Dame de Lorette. J'y fis me dévotions, puis me dirigeai vers Rome, où je trouvai mon très fidèle Felice. Je lui laissai ma boutique, avec tout ce qui la garnissait ou la décorait, et j'en ouvris une autre, beaucoup plus grande, beaucoup plus spacieuse, à côté du parfumeur Sugherello (trad. Beaufreton, I, pp. 335-336)*[27].

Les fonctions qu'accomplit Felice sont en fait assez diversifiées, car il est son assistant, son serviteur, il est appelé à gérer son atelier. Benvenuto cesse de l'appeler apprenti car il est maintenant son “copain”. Pourtant, il n'est point un grand orfèvre, Cellini le dit explicitement tout en jouant avec son nom :

> mi pigliavo assai piaceri inell'andare a caccia col mio scoppietto insieme con quel mio caro Filice, *il quale non sapeva fare nulla dell'arte mia*, ma perché di continuo, dì e notte, noi eramo insieme, ogniuno s'inmaginava che lui fossi eccellentissimo ne l'arte. Per la qual cosa, lui ch'era piacevolissimo, mille volte ci ridemmo insieme di questo gran credito che lui si aveva acquistato ; e perché egli si domandava Filice Guadagni, diceva motteggiando meco : “*Io mi chiamerei Filice Guadagni-poco*, se non che voi mi avete fatto

---

laissé à Pier Paolo, le Romain dont j'ai parlé, toutes les instructions pour fabriquer les coins. Mais c'est chose difficile et le résultat ne fut pas très bon”, p. 142).

27. D'autres passages de la *Vita* insistent sur la fidélité de Felice : “Intanto io avevo rimandato a Roma il fidelissimo Filice alla cura delle faccende di là” (I, 87, p. 299) *(“J'avais renvoyé à Rome mon fidèle Felice pour s'occuper de mes affaires”*, p. 153).

> acquistare un tanto gran credito, che io mi posso domandare de' *Guadagni-assai*'. E io gli dicevo che e' sono dua modi di guadagniare : il primo è quello che guadagna a sé, il sicondo si è quello che si guadagna ad altri : di modo che io lodavo in lui molto più quel sicondo modo che 'l primo, avendomi egli guadagniato la vita (I, 88, p. 302, nous soulignons).
>
> *il m'arrivait de partir chasser, pour mon plus grand plaisir, avec mon escopette et mon cher Felice.* Il ne connaissait rien de mon métier *mais comme on nous voyait ensemble jour et nuit, chacun s'imaginait qu'il y excellait. Il avait un heureux caractère et mille fois nous rîmes ensemble de la grande renommée qu'il s'était acquise. Comme il s'appelait Felice Guadagni, il me disait en plaisantant :* "Je m'appellerais Gagne-petit *si vous ne m'aviez fait acquérir une si haute renommée ; maintenant je peux m'appeler* prince de Gagne-gros". *Je lui répondis qu'il y a deux façons de gagner : l'une pour son propre bénéfice, l'autre pour le bénéfice d'autrui ; je préférais pour lui, de beaucoup, la seconde manière qui avait été au bénéfice de ma vie* (p. 155).

A l'opposée de Felice, le plus dévoué des assistants de Cellini, se situe un autre assistant qui n'hésitera à le mettre en danger de mort, puisqu'il comptera parmi les responsables de son emprisonnement. Il s'agit de Girolimo Pascucci de Pérouse, que Cellini poursuivit en justice et qui voulut ainsi se venger (I, 100) en accusant son maître du vol des bijoux du Pape :

> Questo ditto lavorante fece intendere a un di que' segretari del signor Pierluigi ditto che, essendo stato meco per lavorante parecchi anni, sapeva tutte le mie faccende : per le quale lui faceva fede al ditto signor Pierluigi che io ero uomo di più di ottantamila ducati di valsente, e che questi dinari io gli avevo la maggior parte in gioie ; le qual gioie erano della Chiesa, e che io l'avevo rubate nel tempo del Sacco di Roma in castel Sant'Agniolo, e che vedessino di farmi pigliare subito e segretamente (I, 101, p. 338).
>
> *Mon ouvrier laissa entendre à un secrétaire de ce dernier [Pier Luigi Farnese] qu'ayant travaillé à mes côtés pendant des années, il connaissait toutes mes affaires ; il pouvait le jurer au dit seigneur Pier Luigi : je possédais la valeur de plus de quatre-vingt mille*

> *ducats, la plus grande partie en joyaux. Ces joyaux appartenaient à l'Eglise et je les avais volés au Château Saint-Ange au moment du Sac de Rome. Il fallait me faire arrêter sans attendre et discrètement* (p. 179).

C'est le début de l'expérience la plus dure que Cellini vécut : l'emprisonnement au château Saint-Ange. La prison fut pour le "maître" en quelque sorte un *rite de passage*, une véritable *expérience des limites* vécue dans l'isolement, la douleur physique et la privation absolue. La haine de ses ennemis, parmi lesquels Pierluigi Farnese, fils de Paul III, s'appuya sur le témoignage d'un disciple châtié.

On pourrait reprocher à l'orfèvre de mal choisir ses collaborateurs, mais, au fait, quel est le critère de recrutement chez Cellini ? Il embauche d'abord ses assistants pour leur bonté et leur beauté, peu importe leur savoir technique, ce qui compte à ses yeux c'est avant tout l'*honnêteté* et la *beauté*. Dans la *Vita* l'auteur tient à évoquer la première fois qu'il embauche un apprenti :

> Mentre che io sollecitavo il bel vaso di Salamanca, e per aiuto avevo solo un fanciulletto, che con grandissime preghiere d'amici, mezzo contra la mia voglia, avevo preso per fattorino. Questo fanciullo era di età di quattordici anni incirca ; aveva nome Paulino ed era figliuolo di un cittadino romano, il qual viveva delle sue entrate. Era questo Paulino il meglio creato, il più onesto e il più bello figliuolo, che mai io vedessi alla vita mia ; e per i sua onesti atti e costumi, e per la sua infinita bellezza, e per il grande amore che lui portava a me, avvenne che per queste cause io gli posi tanto amore, quanto in un petto di un uomo rinchiuder si possa (I, 23, p. 127).

> *Pendant que je travaillais avec grand empressement au beau vase de l'évêque de Salamanque, je n'avais pour aide qu'un jeune garçon que j'avais pris comme apprenti, grâce à de très pressantes sollicitations d'amis, et à moitié contre mon gré. Ce garçon avait quatorze ans environ, se nommait Paulino et était fils d'un citoyen romain qui vivait de ses rentes. Ce Paulino était l'enfant le mieux élevé, le plus honnête et le plus beau que j'eusse jamais vu de ma vie. La parfaite correction de ses actes, et de ses manières, son infinie beauté et la grande affection qu'il me portait m'inspirèrent pour lui toute la*

> *tendresse qui se peut enclore en un cœur d'homme* (trad. Beaufreton, I, pp. 96-97).

Comme dans la conception platonicienne de la beauté, le *bon coïncide avec le beau*, le bel aspect témoigne d'une richesse intérieure, ce qui est un critère fondamental pour Cellini. Ensuite, surtout à Florence, il eut des problèmes pour embaucher des assistants du fait que Bandinelli monopolisait la main-d'œuvre locale. En France, l'équipe des assistants était véritablement internationale, et l'artiste put apprendre de nouvelles techniques en travaillant en collaboration avec les maîtres français ou allemands qui avaient certainement un autre type d'expérience.

Un autre critère fondamental pour le choix des apprentis est l'envie de travailler, car dans l'atelier de Cellini on travaille jour et nuit, s'il le faut, "e per *onore* e per *utile*" ("*pour la* gloire *et pour le* profit", I, 100). En même temps, la présence d'assistants fidèles permet à l'artiste d'être nomade et de déplacer son atelier dans le monde. Ainsi il est en mesure de retourner à Florence travailler pour le Duc Alexandre (I, 81). Cependant, l'atelier ne se déplace pas uniquement dans l'espace géographique, à Rome, Paris, Florence, Ferrare, Padoue… Il se déplace dans les différents lieux habités par Cellini, y compris la prison, puisque le gouverneur, croyant aux visions divines de l'orfèvre, lui fournit la cire pour travailler et de quoi écrire :

> Sentendo il Castellano queste risposte, mi mandò a confortare e mi mandò da scrivere e della cera e certi fuscelletti fatti per lavorar di cera, con molto cortese parole, che me le disse un certo di quei sua servitori che mi voleva bene […] *Io presi quelle carte e quelle cere, e cominciai a lavorare* (I, 123, p. 391, nous soulignons).
>
> *Devant cette réponse, le gouverneur envoya quelqu'un me réconforter et m'apporter de quoi écrire, de la cire et de petits outils à modeler. Il me fit adresser des propos très courtois par un de ses serviteurs qui m'aimait bien […]* Je pris le papier et la cire et commençai à travailler (p. 215).

Même la prison devient ainsi lieu de création et d'écriture, car *l'artiste emporte son atelier avec lui*, le déplace continuellement. La prison devient le lieu de la vision pour Benvenuto, et *y a-t-il activité plus créatrice que celle de la vision pour un artiste comme Cellini* ? L'une de ses plus belles œuvres – et parmi les plus belles de tout le Maniérisme – est justement ce Christ en marbre, qui fut probablement conçu par l'artiste dans l'obscurité des cachots du château[28]. Suivant son récit, Cellini eut une vision le 3 octobre 1539, à l'aube, en priant le Christ :

> Dette queste parole, da quello Invisibile, a modo che un vento io fui preso e portato via, e fui menato in una stanza, dove quel mio Invisibile allora visibilmente mi si mostrava in forma umana, in modo d'un giovane di prima barba : con faccia maravigliosissima, bella, ma austera, non lasciva (I, 122, p. 387).
>
> *A peine eus-je dit ces mots, mon Invisible, semblable à une tornade de vent, me saisit et m'emporta. Il me conduisit dans une pièce où il prit une forme humaine, celle d'un jeune adolescent encore à son premier duvet, au visage merveilleusement beau, mais d'une austère pureté, [non lubrique]* (p. 213).

La beauté du Christ cellinien rappelle étrangement celle des modèles-apprentis qui exerçaient sur l'orfèvre un charme tout particulier. Epris de beauté masculine, l'artiste aime à s'entourer de beaux disciples qu'il pouvait utiliser comme modèles pour ses œuvres, *Narcisse, Ganymède, Hyacinthe et Apollon,* le *Persée...* Et ce, dès le premier *garzone* ("apprenti") nommé Paolo. Voici les effets de l'amour démesuré pour sa beauté tels que l'artiste nous les décrit :

> Questo sviscerato amore fu causa, che per vedere io più sovente rasserenare quel maraviglioso viso, che per natura sua onesto e maninconico si dimostrava ; pure, quando io pigliavo il mio cornetto, subito moveva un riso tanto onesto e tanto bello, che io non mi maraviglio punto di quelle pappolate che scrivono e' Greci degli dei del cielo. Questo talvolta, essendo a quei tempi, gli arebbe fatti forse più uscire de' gangheri (I, 23, p. 127).
>
> *Cet amour dévorant eut une conséquence inattendue : pour voir plus souvent s'illuminer son merveilleux visage naturellement réservé et*

---

28. Cf. Calamandrei, *Nascita e vicende del "mio bel Cristo"*, in *Opere, op. cit.*, p. 73.

> *mélancolique, je prenais mon cornet et aussitôt s'épanouissait son sourire, si pur et si séduisant, que je ne m'étonne plus de ce que les Grecs ont raconté au sujet de leur dieux. Si Paolino avait vécu de leur temps, il les aurait sans doute fait sortir de leurs gonds* (p. 40).

L'attraction que l'artiste éprouve pour ces éphèbes n'a en fait rien de nouveau dans le panorama artistique italien et notamment florentin : parmi des artistes tels que Michel-Ange, Léonard ou Signorelli, ainsi que chez des écrivains comme Varchi, les rapports homosexuels étaient répandus, acceptés par l'opinion courante, mais condamnés par la loi en vigueur. Décidément, exception faite pour quelques modèles féminins, ou quelques servantes et courtisanes, l'atelier demeure un *univers masculin. Etrange carrefour de créativité et de sensualité, l'atelier* représentait donc le lieu où l'on dessinait la perfection du corps humain ; notamment chez Cellini pour qui le dessin se basait sur le modèle vivant. Le corps humain est, pour lui, une émanation directe de la beauté divine, c'est pourquoi ce corps acquiert à la Renaissance une dignité exceptionnelle ; aucune autre forme sensible n'est si proche de la splendeur divine. Les artistes contemplent et célèbrent la beauté de l'adolescent, lorsque Florence devient la capitale du "nu", vers 1460 (cf. Chastel, *Art et humanisme, op. cit.*, p. 294). Le *David* adolescent de Donatello fait partie de cette tendance, et l'atelier de Verrocchio élabore vers 1470-1475 le type de l'adolescent "ambigu". Botticelli et Léonard, qui ont été en contact avec ce maître, ont développé à leur tour la figure de l'ange *androgyne*[29]. Ce n'est pas un hasard si Ficin, dans cette même période, fait l'éloge de la créature angélique, qui accueille la manifestation de la grâce divine (Ficin, *In Platonis Convivium,* V, 4).

---

29. Sur la figure de l'androgyne, on pourrait citer l'essai de Mircea Eliade, *Méphistophélis et l'Androgyne*, Paris, NRF, 1962. A propos de l'univers masculin de l'atelier de Cellini, voici quelques remarques d'Arnaldi : "Ce sont les prime donne de l'atelier : Felice Guadagni, Pagolo Macaroni, Ascanio de' Mari, tous éphèbes d'une "beauté infinie" qui ne suivaient le maître que pour l'amour de l'art. L'atelier de l'artiste était un univers presque exclusivement masculin, bien que parfois "inverti". Les maîtres vivaient entourés d'apprentis beaux comme des anges et bons à tout. Ils entraient dans l'atelier pour servir de modèles, pour apprendre l'art et finissaient par se prostituer. Rien d'étonnant, donc, que les artistes aient été, qui plus qui moins, soupçonnés de sodomie : Botticelli, Signorelli, Léonard, Michel-Ange, Cellini et beaucoup d'autres" (Arnaldi, *op. cit.*, pp. 22-23).

La passion de Michel-Ange pour Tommaso Cavalieri a beaucoup influencé le travail artistique du maître, les corps sculptés (le *Bacchus* du Bargello) ou peints (les *Ignudi* de la Sixtine) expriment une sorte de *nostalgie pour une unité impossible de l'élément féminin et masculin*, qui a pu être observée par Vasari, à propos du *Bacchus*, lorsqu'il affirme que le *divinissimo* veut "*faire une merveilleuse combinaison d'éléments du corps en leur donnant la sveltesse de l'adolescent et la rondeur charnue de la femme*" (*Vite*..., in *Opere, op. cit.*, VII, p. 150). D'ailleurs, Cellini témoigne dans la *Vita* de ce type de relation passionnelle chez Michel-Ange, lorsqu'il essaie de le convaincre de travailler pour Cosme et de revenir à Florence, la réaction de son disciple est éloquente :

> Sì come di sopra ho detto, gli aveva seco un suo garzone, che era da Urbino, il quale era stato seco di molti anni e lo aveva servito più di ragazzo e di serva che d'altro ; e il perché si vedeva, che 'l detto non aveva inparato nulla dell'arte ; e perché io avevo stretto Michelagniolo con tante buone ragione, che e' non sapeva che dirsi subito, ei si volse al suo Urbino con un modo di domandarlo quel che gnele pareva. Questo suo Urbino subito, con un suo villanesco modo, co' molta gran vocie così disse : "Io non mi voglio mai spiccare dal mio messer Michelagniolo, insino o che io scorticherò lui, o che lui scorticherà me". A queste sciocche parole io fui sforzato a ridere, e senza dirgli addio, colle spalle basse mi volsi, e parti'mi (II, 81, pp. 579-580).

> *Il avait avec lui depuis des années l'apprenti dont je viens de parler, originaire d'Urbin, plus valet et servante qu'autre chose. Il était visible qu'il n'avait acquis aucune notion du métier. J'avais si bien acculé Michel-Ange avec mes bonnes raisons que tout à coup il ne savait plus que dire. Il se tourna vers Urbino comme s'il voulait lui demander son avis. L'autre aussitôt tonna comme un rustre : "Jamais je ne me séparerai de mon cher maître Michel-Ange jusqu'à ce qu'il me laisse sa peau ou que je lui laisse la mienne !" Je ne pus m'empêcher de rire à ces paroles stupides et, sans dire adieu, je leur tournai le dos, haussai les épaules et partis* (p. 339).

Au fond, la réponse de l'apprenti de Michel-Ange, Francesco di Bernardino d'Amadore appelé "l'Urbino", est analogue à la réponse d'Ascanio qui veut suivre son maître Benvenuto en France. De telles passions animaient la vie des ateliers, alors que le marbre, l'argile ou le bronze donnaient forme à l'image de l'éternelle jeunesse. Benvenuto explique lui-même l'importance du mythe de *Ganymède* en présence de Cosme de Médicis et il ne se considère pas assez digne de réaliser un tel idéal d'humanité. Bandinelli osa l'insulter publiquement, mais l'artiste sut riposter à sa façon :

> con quel suo bruttissimo visaccio, a un tratto mi disse : "*Oh sta cheto sodomitaccio*". Il Duca a quella parola serrò le ciglia malamente inverso di lui, e gli altri serrato le bocche e aggrottato gli occhi inverso di lui. Io, che mi senti' così scelleratamente offendere, sforzato dal furore, e a un tratto, corsi al rimedio, e dissi : "O pazzo, tu esci dei termini ; ma Iddio 'l volessi che io sapessi fare una così nobile arte, perché e' si leggie ch'e' l'usò Giove con Ganimede in paradiso, e qui in terra e' la usano i maggiori imperatori e i più gran re del mondo. Io sono un basso e umile omiciattolo, il quale *né potrei né saprei inpacciarmi d'una così mirabil cosa*" (II, 71, p. 557, nous soulignons).

> *"Oh ! tais-toi donc, infâme sodomite !" A ces mots, le Duc furieux contre lui fronça les sourcils, et les autres, la bouche serrée, le fixaient avec indignation. Personnellement, je me sentis si bassement atteint que la fureur me fit sortir de mes gonds. J'allai droit au remède et dis : "Insensé ! tu passes les bornes ! Si seulement Dieu avait permis que je fusse initié à un art aussi noble ! Car on dit que Jupiter l'a pratiqué au paradis avec Ganymède, de même qu'en ce monde les plus grands des empereurs et des rois. Je ne suis qu'un humble avorton qui ne pourrait ni ne saurait se mêler d'une chose si admirable"* (p. 326).

Toute cette discussion avec Bandinelli avait commencé à propos d'une statue grecque que Cellini aurait restaurée pour Cosme. L'orfèvre admire le dessin des anciens, tandis que pour Bandinelli il n'a pas de valeur. Toutefois, Cellini évoque le monumental échec qui se trouve encore sur la place de la Seigneurie à Florence dû à Bandinelli : *Hercule et Cacus*.

D'après certains témoignages et selon une gravure d'Agostino Veneziano (aujourd'hui au Metropolitan Museum of Art de New York) qui rend compte de l'activité dans l'atelier de Bandinelli, il semblerait qu'il fît copier les modèles d'après de petites statues et non pas à partir de la nature :

d'où un certain nombre d'erreurs relevées dans l'anatomie de ses sculptures. Dans l'atelier de Cellini c'était justement le contraire : l'imitation de la nature, du corps humain vivant, palpitant sous les yeux de l'artiste, était le point de départ authentique de toute œuvre. La manière antique ajoutait une nuance supplémentaire à l'*imitation de la nature qui avait toujours le rôle prédominant :* les démarches opposées des deux artistes donnent lieu à deux conceptions différentes de l'atelier : celui de Bandinelli se transforme en *Académie privée,* tandis que celui de Cellini échappe à toute définition académique et se déplace avec lui. L'atelier à la manière de Cellini s'élargit et voyage avec l'artiste, selon Arnaldi, "de nouveaux horizons et une culture différente caractérisaient une classe d'artistes internationaux. Désormais tous apprenaient de tous. L'atelier ne fut plus la *bottega,* mais ce fut un lieu presque imaginaire où l'artiste ne fabrique plus, mais pense et crée" *(op. cit.,* p. 22). En effet, surtout dans le récit de la fusion du *Persée,* Benvenuto incarne, dans le portrait qu'il esquisse de lui-même, le génie en proie à la fureur diabolique. Parmi les travailleurs, au nombre de dix ou plus, qui accompagnent Cellini dans cette entreprise "surhumaine" il y a des gens du métier, des manœuvres, des paysans et des disciples à lui. Il tient lui-même à le préciser dans un passage de la *Vita* :

> E così molto mal contento, bisogniandomi per forza andare, mi volsi a tutti quegli che mi aiutavano, i quali erano in circa a dieci o più, infra maestri di fonder bronzo e manovali e contadini e mia lavoranti particulari di bottega : infra e' quali un Bernardino Mannellini di Mugello, che io m'avevo allevato parecchi anni (II, 75, p. 568).

> *J'étais fort désolé, mais, puisque j'étais contraint de quitter la place, je me tournai vers mes aides, qui étaient peut-être dix ou plus, tant maîtres fondeurs que manœuvres, paysans et ouvriers de mon atelier. Parmi ces derniers un certain Bernardino Mannellini di Mugello, que j'occupais depuis plusieurs années* (trad. Beaufreton, II, p. 194).

La rage de Cellini se déchaîne contre tout le monde lorsqu'il s'aperçoit que le métal ne fond pas comme il faut. En vérité, un homme du métier lui explique que son entreprise est destinée à l'échec, car il ne suit pas les règles de l'art :

> A queste mie parole e' mi rispose un certo maestro Alessandro Lastricati e disse : "Vedete, Benvenuto, voi vi volete mettere a fare una inpresa, la quale mai nollo permette l'arte, né si può fare in modo nissuno". A queste parole io mi volsi con tanto furore e resoluto al male, che ei e tutti gli altri, tutti a una vocie dissono : "Sù, comandate, ché tutti vi aiuteremo tanto quanto voi ci potrete comandare, in quanto si potrà resistere con la vita" (II, 76, p. 570).
>
> *Un certain maître Alessandro Lastricati me répondit en disant : "Voyez, Benvenuto, vous voulez aborder une entreprise que l'art ne permet point et qui ne peut réussir d'aucune manière". A ces mots, je me tournai vers lui avec tant de fureur et de sombre résolution, que cet homme et tous ses camarades s'écrièrent tout d'une voix : "Là ! commandez ! nous vous donnerons toute l'aide que vous pourrez demander, tant que nous aurons un souffle de vie"* (trad. Beaufreton, II, p. 196).

En vérité, l'alliance du métal ne respectait pas les proportions en vigueur dans les fonderies, comme on a déjà pu le remarquer. Mais la fureur diabolique de Cellini prévaut sur tout et sur tous : *ses assistants, dans ce cas précis, ne sont que des outils entre ses mains*, puisqu'ils sont prêts à l'aider à l'extrême limite de leurs propres forces. Le maître fait résonner sa terrible voix, tandis que l'eau et le feu risquent de détruire l'atelier :

> Dall'altra banda sollecitavo i canali ; e altri avevo mandato sul tetto a riparare al fuoco, il quale per la maggior forza di quel fuoco si era maggiormente appiccato ; e di verso l'orto avevo fatto rizzare certe tavole e altri tappeti e pannacci, che mi riparavano all'acqua [...]
> Di poi che io ebbi dato il rimedio a tutti questi gran furori, con vocie grandissima dicievo ora a questo ora a quello : "Porta qua, leva là : di modo che, veduto che il detto migliaccio si cominciava a liquefare, tutta quella brigata con tanta voglia mi ubbidiva, che ogniuno faceva per tre (II, 76-77, p. 571).
>
> *Je fis, d'autre part, ouvrir les canaux ; j'envoyai quelques-uns de mes hommes sur le toit, pour y combattre l'incendie, dont en ravivant mon feu, j'avais redoublé la violence ; enfin du côté du jardin je fis dresser des planches et tendre des tapis et des toiles pour me défendre de la pluie [...]*

> *Dès que j'eus remédié à ces terribles accidents, je me mis à crier de toutes mes forces, tantôt à l'un, tantôt à l'autre : "Apporte-moi ceci ! Ote-moi cela !" Toute ma brigade, voyant que le gâteau commençait à se liquéfier, m'obéissait si volontiers que chacun faisait l'ouvrage de trois* (trad. Beaufreton, II, p. 197).

Une extrême tension règne dans l'atelier lors de la fusion du *Persée*. Il s'agit d'un moment culminant, décisif pour l'artiste. Mais il est vrai aussi que *le maître reflète la violence qu'on exerce sur lui*. Les mécènes, en particulier Cosme, sont de plus en plus exigeants, et une telle tension se traduit parfois dans les rapports avec les apprentis et les assistants à l'*atelier* : l'artiste exprime alors sa fureur par des coups de poings et des coups de pieds, il hurle ses ordres et "écrase" complètement ses ouvriers. Tel se montre, parfois, Cellini à travers son "diabolico furore".

En définitive, on pourrait affirmer qu'il n'y a pas de grand artiste qui soit sorti de son atelier. Le *nomadisme* de Cellini a contribué à instaurer un rapport moins suivi avec les apprentis. Cependant, l'artiste a su faire preuve d'une certaine générosité, car il a accueilli des jeunes gens avec une sorte d'esprit paternel.

Le charme de la beauté des jeunes éphèbes a profondément touché Benvenuto, qui a représenté artistiquement, dans le *Persée* ou dans les créations en marbre, ce culte qui remonte à l'antiquité grecque : *Eros socraticus*, la beauté hermaphrodite, par sa fraîcheur et son caractère originaire, exerce son attraction sur l'artiste, épris du *mythe de la pureté*.

De l'atelier à l'Académie

L'atelier, centre de créativité à la Renaissance, subit, on l'a déjà noté, des transformations progressives. Des facteurs extérieurs modifient la relation entre maître et apprenti, et l'atelier tend à devenir une académie privée. Eugenio Battisti l'a souligné dans son ouvrage *La Renaissance à son apogée*, puisqu'il parle d'une tendance "visant à transformer l'atelier proprement dit en une académie privée, ouverte également aux nobles et aux amateurs d'art (comme chez Rubens au XVIIe siècle)" (*op. cit.*, p. 23). On a déjà fait observer le défaut méthodologique de l'Académie de Bandinelli, puisque le dessin était réalisé, en général, à partir de statues et non pas de modèles vivants, à l'opposé de la méthode cellinienne qui privilégie l'imitation de la nature, seule "mère des arts".

L'apparition de l'académie privée est accompagnée par la naissance d'une autre institution, à un niveau plus élevé et plus officiel, l'Accademia del Disegno, dont les pricipaux protagonistes furent Vasari et Borghini. La naissance de l'Académie du dessin est le symptôme d'un conformisme croissant dans l'expression artistique qui veut mitiger les exagérations du premier Maniérisme de Rosso et de Pontormo. D'ailleurs le Duc peut enfin établir son contrôle absolu sur la production artistique par l'intermédiaire de son émissaire, Vasari, parfait courtisan et homme de pouvoir, qui gérait en fait les importantes commandes de la Seigneurie.

Nous pouvons reparcourir l'histoire de la naissance de l'Académie, à laquelle contribuèrent les artistes faisant partie de la Compagnie de San Luca et qui fut créée surtout grâce à l'initiative du frère Giovanni Angelo Montorsoli dans un premier temps, et successivement de Vasari. Pope-Hennessy en parle dans sa monographie sur Cellini :

> Les artistes, depuis des siècles, faisaient partie de la compagnie de San Luca, et le jour de la Sainte Trinité 1562, quarante-huit d'entre eux se réunirent dans la salle du chapitre. La messe finie, les ornements dorés des célébrants et de l'autel furent remplacés par des ornements noirs, et le cercueil du Pontormo – mort en 1557 et enterré à l'Annunziata – fut porté sur les épaules des jeunes membres de la corporation dans la maison du chapitre et réinhumé dans la crypte. Le dimanche suivant se tint une autre assemblée, cette fois à l'initiative de Vasari, qui proposa que l'ancienne Compagnie de San Luca se transformât en une nouvelle Accademia del Disegno (*Benvenuto Cellini*, Hazan, 1985, p. 274).

Le terme d'"Accademia" avait probablement été choisi par analogie avec l'*Accademia Fiorentina*, née à l'initiative de Cosme Ier vingt ans auparavant, et qui réunissait les plus grands intellectuels florentins. Elle contrôlait la publication des livres et les nominations universitaires. Le projet de Vasari fut approuvé lors de la réunion du 31 janvier 1563, en présence de nombreux artistes dont Bronzino, Francesco da Sangallo, Ammannati, Vincenzo de' Rossi, Vasari lui-même (le nom de Cellini ne figure pas dans le compte rendu de la réunion). Le comité définit les fonctions de l'*Accademia* qui était appelée à promouvoir la formation artistique et à organiser des concours pour stimuler la créativité. Une réforme importante, en 1571, voit l'*Accademia* se transformer en *magistratura*, ce qui libérait les artistes de leur allégeance envers les corporations.

Le fonctionnement de l'*Accademia* était en violente opposition avec le tempérament d'un Cellini, qui supportait mal les contraintes d'une telle institution. Des divergences surgirent presque immédiatement à l'occasion des préparatifs en vue de la célébration des funérailles de Michel-Ange. Bronzino et Vasari, pour la peinture, Ammannati et Cellini pour la sculpture, avaient été chargés d'organiser la cérémonie. Mais Cellini insistait sur la primauté de la sculpture dans les décorations des obsèques : il dut finalement renoncer aux réunions du comité car il demeurait en désaccord avec les autres, surtout avec Vasari et Borghini, qui prétendaient exactement le contraire.

Le 14 juillet 1564 Cellini ne voulut même pas assister aux funérailles de celui qu'il avait profondément admiré tout au long de sa vie. Ce geste est très éloquent car on pourrait l'interpréter comme le refus de se plier à une institution qui eut cependant des répercussions dans l'évolution de l'art florentin. L'*Accademia* ne fit qu'encourager le dogmatisme et le conformisme et l'œuvre de Vasari montre clairement ce changement. Roland Le Mollé a bien illustré cet évolution importante :

> La réaction académique au premier Maniérisme échevelé des Rosso, Beccafumi et Pontormo aurait-elle été ce qu'elle fut si, en deçà de Vasari, il n'y avait pas eu Borghini son prophète ? Dans cette époque où fleurit la peinture à programme, du fait de Borghini l'allégorie dogmatico-théologico-politique va s'alourdir un peu plus. A quoi s'ajoutent les commentaires arides et prolixes du bénédictin, de sorte que le peu de spontanéité et de fantaisie qu'il y avait dans la production de Vasari jusque vers la fin des années 40 va s'abolir pour faire place au discours abstrait, didactique, ennuyeux quelquefois. Il n'est pas exagéré de dire que l'influence de Borghini et le poids de l'Académie florentine manipulée par Cosimo ont été fatals aux espérances que laissait entrevoir sa production de jeunesse (*Giorgio Vasari, L'homme des Médicis*, Paris, Grasset, 1995, p. 251).

Benvenuto saisit très bien les manœuvres de l'Accademia et réagit par son *Discours* (*Discorso sopra la differenza nata tra gli scultori e pittori circa il luogo destro stato dato alla pittura nelle essequie del gran*

Michelagnolo Buonarroti, in *Opere*, p. 822), et par ses vers lancés contre Vasari et Borghini[30].

La primauté de la sculpture sur la peinture est soulignée dans l'un des croquis pour le sceau que Cellini avait probablement soumis à l'Académie du Dessin. Cinq dessins nous sont parvenus pour le sceau de l'Académie, mais aucun en réalité ne fut retenu. En fait, en 1597, le comité choisit le nouveau sceau exécuté par Michele Mazzaferri. Cellini fit quatre dessins représentant la Nature, dont l'image rappelle la statue de Tribolo qui se trouve à Fontainebleau, (même si la manière d'évoquer le sujet est tout à fait différente), ainsi que les figures qui ornent le piédestal du *Persée* ; un cinquième dessin représentait Apollon.

Dans l'un de ces croquis appartenant à l'Archivio Calamandrei de Florence, la Nature est accompagnée d'un lion, emblème de l'Accademia, et d'un serpent, qui représente Cosme de Médicis. Dans le croquis qui est aujourd'hui conservé au British Museum de Londres (mais aussi dans l'ébauche qui se trouve à Florence), l'image de la Nature est accompagnée d'une inscription affirmant la primauté de la sculpture sur la peinture, en raison du fait que *Dieu a forgé le premier homme en argile*, et d'une autre inscription célébrant la Nature qui nourrit le monde. Le dessin est accompagné d'un alphabet imaginaire, dont les lettres représentent des outils d'orfèvre.

Comme l'indique Pietro Calamandrei, le dessin qui se trouve aujourd'hui à Florence, constitue probablement le premier croquis exécuté, car les détails sont moins élaborés que dans l'autre dessin (voir figure 11, montrant le dessin du British Museum de Londres)[31]. Le document porte le

---

30. Il est intéressant de citer ici quelques vers envenimés de l'orfèvre florentin contre Vasari et Borghini : "Giorgio Aretino e quel frate priore/ sono uno stesso, se ben paion due : / fecion contra Michel per farli onore" *("Giorgio Arétin et ce frère prieur / ce sont un seul homme, bien qu'ils paraissent deux : / ils nuisirent à Michel [Ange] en lui faisant honneur*") (*Opere*, p. 848) ; ou encore : "Lodan più 'l frate e Giorgio la pittura, / perché lo sculpir eglino non sanno. / Questa vaga pittura è uno inganno, / col qual si piglia chi non s'ha ben cura" ("*Giorgio et le moine louent davantage la peinture, / car il ne savent pas sculpter. / Cette envoûtante peinture n'est que mensonge, / pour piéger ceux qui sont dans l'ignorance", ibidem*, p. 849).

31. Calamandrei publia partiellement le document dans le "*Corriere della Sera*" le 9.8.1938 ; ensuite le document fut reproduit en entier dans la revue "Il Ponte" (XII, n. 8-9, août-septembre 1956, pp. 1345-1361), et successivement dans

titre de la main de Cellini : *Sigillo et caratteri della schuola del disegnio fatti da Be(nvenuto) Ce(llini),* le feuillet (mm. 332 X 220) est déchiré d'un côté et on lit partiellement le nom de l'auteur.

L'alphabet qui accompagne le dessin de la Nature est extrêmement significatif car les outils de l'orfèvre représentent chaque lettre. Cellini voulut ainsi mettre en relief l'importance de l'art de travailler les métaux, qui a la même dignité que la sculpture, l'architecture et la peinture. Un document écrit accompagne le dessin et illustre, selon la philosophie "*boschereccia*" (buissonnière) de Benvenuto, la véritable signification que l'artiste a voulu attribuer à cet emblème complexe. Etant donnée l'importance des références contenues dans ce texte, il nous paraît nécessaire de le reproduire ici :

> Hieroglifice si chiamavano le caratte degli Egitii...
> Havendo considerato quanto questa nostra arte del disegnio sia grande, perché l'huomo non fa nulla al mondo che prima egli non referisca a llei et da quella sempre trae i migliori consigli ; et perché io crederrei benissimo poter fare capacissimo tutte le sorte degli huomini con vive ragioni, alle quali non si potria contradire, l'essere il vero che l'arte del disegnio si è la vera madre di tutte le azioni de l'huomo ; addunche questa si è la vera idea della natura, che, sì, come la figurarono gli antichi, lei con lle sue poppe nutriscie ogni cosa ; adunche la prima causa di ogni cosa si è il mirabile Iddio, il quale sculpì di terra il primo huomo a immagine et similitudine sua. Et conosciuto che io ragiono con huomini none ignioti, anzi virtuosissimi, per questo io mi sono ristretto a tanta brevità di ragione.
> Hora io ritorno a quella causa che mi fa fare la forma del nostro suggello quadra, avendomi fatto degnio che io dica il mio parere, voi tanti mirabili virtuosi, i quali certamente riaccendete il gran lume quasi spento di una così grande schuola mediante quella divina et immortal virtù del nostro gloriosissimo et illustrissimo e santo Duca Cosimo de' Medici, il quale si è hamatore del vero bene, et il vero bene si è Iddio, et le virtù quale egli tanto hama.
> Tutte le cose che sono ristrette in mezzo a questi cieli sono composte di quattro cose, né di più né di manco, di modo che ogni cosa che fa l'huomo si viene a essere composta di queste quattro cose. Io truovo

---

Scritti e inediti celliniani (in Calamandrei, *Opere*, a cura di Carlo Cordié, *op. cit.*, pp. 133-134).

l'arte della scultura la prima, perché il nostro Iddio fecie il primo huomo di schultura di terra colle sue propie divine et immortali mani. Di poi da questa naqque la maravigliosa et lasciva pittura. Appresso si trasse da queste la utilissima architettura. (D)appoi considerando l'huomo et conoscendosi lo essere signiore di tutte le cose terrene, (h)avendo ritrovati i metalli et infra questi i più nobili, l'oro e l'argento, ancora di questi (egli) volle schulpirne statue et altre diverse forme di cose. Ma (anc)he questi (me)talli si erano di così gran virtù perché eglino non sono contaminati né da fuoco né da tempo né da qualsivoglia cosa creata dalla natura ; addunche ei dettono a questi una grandissima reputatione, et no gli volsono lavorare il rame, lo stagnio et il piombo, quali si adoperano a ffare figure di getto et altre cose come occorre al servitio de l'huomo. Questi metalli, cioè oro et argento, si lavorano per virtù del martello et del cesello ; la quale arte gli antichi domandavano cesellatori. Adunque le sono quattro arte molto diferente l'una dall'altra per la brevità della vita dell'huomo, perché ciascuna di esse merita tutta una vita di huomo. E perché quei nostri primi inventori della idea della natura missono da una parte un cervo e da l'altra un cane, le quali si erano forse le imprese di quei tali ; addunche noi nel nostro sigillo metteremo da una parte la impresa della nostra grande schuola, la quale è la immagine del forte leone, et a mman diritta metteremo il serpente, quale si è la impresa del nostro maraviglioso Duca. Et mi pare che la fortezza con lla prudenza stia tanto bene quanto la si vede hoperare da Sua Eccellenza Illustrissima. Ancora, considerato che gli Egitii feciono caratte sicondo i loro mirabili ingegni, et i Gregi ancora le feciono diverse da loro, et gli Ebrei ancora le feciono diverse da ttutti, i Latini ancora variorno qualche poco da i Grreci, et i Toschani le feciono diverse da tutti costoro, le quali caratte si sono perse, addunche a mme è parso humilmente farle diverse da tutti costoro, le quali sono quei propii strumenti chon che noi hoperiamo queste gentile et tanto necessarie arte (*Inediti celliniani,* in Calamandrei, *Opere, op. cit.*, pp. 133-134).

On appelait hiéroglyphes les caractères des Egyptiens…
Ayant considéré la grandeur de notre art du dessin, car l'homme ne fait rien au monde sans se référer à celui-ci et il en tire les meilleurs conseils ; et comme je crois pouvoir persuader toutes les espèces d'hommes par des raisons concrètes, qui ne pourraient pas être attaquées, de la vérité de l'affirmation suivante : l'art du dessin est la vraie mère de toutes les actions de l'homme ; c'est donc l'idée de

la Nature, qui, comme les Anciens l'ont figurée, de ses mamelles nourrit toute chose ; la première cause de chaque chose est le Dieu merveilleux, qui a sculpté avec de la terre le premier homme à son image et ressemblance. Puisque je raisonne avec des hommes qui ne sont pas inconnus, mais au contraire, très vertueux, je me limite à des arguments très succincts.

Or, je reviens à cette cause qui me dicte la forme carrée de notre sceau, puisque vous me considérez digne d'exprimer mon opinion, vous-mêmes, hommes très vertueux, qui rallumez certainement la grande lumière presque éteinte d'une si grande école à travers la vertu divine et immortelle de notre très glorieux, illustre et saint Duc Cosme de Médicis, amoureux du véritable bien, qui est Dieu et les vertus qu'il aime tant.

Tout ce qui se trouve en ce monde est composé de quatre choses, ni plus ni moins, de manière que tout ce que l'homme fait est composé de ces quatre choses. L'art de la sculpture est la première car notre Dieu fit le premier homme en sculptant l'argile de ses mains divines et immortelles. Après celle-ci naquit la merveilleuse et lascive peinture. De cette dernière on fit dériver la très utile architecture. Ensuite, l'homme, considérant le fait qu'il est maître de toutes les choses terrestres, ayant retrouvé les métaux et parmi ceux-ci les plus nobles, l'or et l'argent, il voulut aussi bien en faire des statues et d'autres différentes formes de choses. Ces métaux de si grande valeur ne sont entamés ni par le feu ni par le temps ni par n'importe quelle chose créée par la nature ; ils eurent donc ces métaux en grande considération et ils ne voulurent pas travailler le cuivre, l'étain et le plomb, qui s'emploient pour fabriquer des figures par fusion et d'autres choses qui sont utiles à l'homme. Ces métaux, c'est-à-dire l'or et l'argent, sont travaillés grâce au marteau et au ciseau ; les spécialistes de cet art étaient appelés, par les Anciens, "ciseleurs". Il y a donc quatre arts très différents les uns des autres à cause de la brièveté de la vie de l'homme car chacun d'eux mérite toute une vie d'homme. Puisque les premiers inventeurs de l'idée de la nature placèrent d'un côté un cerf et de l'autre un chien (qui représentaient probablement leurs armoiries), nous mettrons dans notre sceau, d'un côté l'insigne de notre grande école, qui est l'image du lion signe de force, et à droite nous placerons le serpent, qui est l'insigne de notre merveilleux Duc. Il me semble que la force accompagnée de la prudence est aussi bien que lorsqu'on la voit pratiquée par son Illustre Excellence. En outre, ayant considéré le fait que les Egyptiens créèrent des caractères selon leurs admirables

> *esprits, que les Grecs les conçurent de manière différente de la leur, que les Hébreux les firent encore différents de tous les autres, que les Latins modifièrent légèrement ceux des Grecs, et que les Toscans [probablement les Etrusques] les firent différents de tous ceux-là, mais ces caractères furent perdus, j'eus humblement l'idée de les faire différents de tous ceux-là ; les miens sont les véritables outils que nous employons en cet art noble et nécessaire.*

Encore une fois Cellini ne se limite pas à "*faire*" (l'esquisse pour le sceau de l'Académie), mais il sent la nécessité de "*dire*" ses raisons. L'œuvre se présente alors comme un véritable carrefour de sens cachés, un cryptogramme que l'artiste dévoile, en s'adressant aux membres de l'Académie[32].

Ce précieux document comporte de nombreuses implications concernant l'esthétique cellinienne : l'*image de la Nature est inscrite dans un carré*, ce qui veut souligner l'importance du nombre quatre, comme les quatre éléments constituant le monde, les quatre arts fondamentaux, sculpture, peinture, architecture, orfèvrerie. Cellini les cite dans l'ordre, puisque la sculpture a ses origines dans le geste primordial de Dieu qui fait l'homme "à son image" à partir de l'argile. Le sculpteur du *Persée* ne perd pas l'occasion de réaffirmer la primauté de la sculpture sur la peinture, car le comité de l'Académie – on l'a vu – n'avait pas tenu compte de ses argumentations lors des obsèques de Michel-Ange ; toujours en cette occasion Cellini était sur le point de déchaîner une véritable sécession des sculpteurs de l'Académie du Dessin.

Si la sculpture est le premier parmi les arts, le dessin est la véritable source pour l'exécution des œuvres, dans n'importe quel domaine. Le dessin est ici assimilé à la Nature mère féconde, qui nourrit le terrain de la création. Mais pourquoi Cellini aurait-il pensé à l'image de la Nature aux infinies mamelles, telle que l'a représentée Tribolo à Fontainebleau, telle qu'il l'a reproduite sur le piédestal du *Persée* ?

Une copie romaine de la statue de la déesse Artémis d'Ephèse avait été retrouvée à Rome, probablement au cours du XVIe siècle, et appartenait à la collection Farnèse. Elle se trouve aujourd'hui au Musée de Naples et

---

32. Sur le rapport écriture/image dans l'histoire de l'art, on pourrait évoquer l'intéressant ouvrage de Claude Gandelman, *Le regard dans le texte. Image et écriture du Quattrocento au XXe siècle*, Paris, Méridiens-Klincksieck, 1986, qui fait également référence à la création d'alphabets imaginaires (p. 182).

elle a été montrée récemment à Paris, au Petit Palais, à l'occasion d'une exposition consacrée au Musée de Naples et à la création artistique dans la Grande Grèce (novembre 1995-février 1996).

Le sanctuaire d'Artémis à Ephèse refermait la statue datant du VIIe siècle avant notre ère. Vénérée et copiée à l'époque hellénistique, la statue en bois se teignit de noir. La copie romaine du Haut Empire, celle que probablement connut Cellini, en bronze et albâtre, restitue ces contrastes de couleurs. Elle présente de nombreuses protubérances : seins, testicules de taureau, symboles de fertilité. Les plis de sa robe, vue de dos, suggèrent les lignes d'un coquillage.

Une tour coiffe sa tête, des lions ailés décorent sa robe et sa coiffure, son corps est orné de cerfs, de taureaux, d'abeilles, de sphynx. Comme dans certains pièces d'orfèvrerie de Cellini, la densité de la décoration pourrait faire penser à une sorte d'*horror vacui*.

Un passage tiré des *Actes des Apôtres* nous permet d'avancer une hypothèse quant à la prédilection de l'orfèvre pour la déesse d'Ephèse. Il s'agit de l'histoire de Démetrius, orfèvre, qui revendique le droit de fabriquer des dieux contre la prédication de Paul :

> Un orfèvre nommé Démétrius qui fabriquait des reproductions en argent du temple d'Artémis, ce qui ne procurait pas peu de revenus aux artisans ; il réunit ces ouvriers et ceux de la profession et leur dit : "Hommes, vous savez que notre prospérité nous vient de cette industrie ; or vous voyez et entendez que, non seulement à Ephèse mais dans presque toute l'Asie, ce Paul a persuadé et détourné un grand nombre de personnes, en disant que les dieux faits de main d'homme ne sont pas des dieux.
> Nous avons à craindre, non seulement que notre métier ne soit décrié, mais encore que le temple de la grande Artémis ne tombe dans le mépris, et que notre déesse ne soit dépouillée de cette majesté que vénèrent l'Asie et le monde entier". A ces paroles, tous furent transportés de colère, et se mirent à crier : "Grande est l'Artémis des Ephésiens" (*Actes des apôtres*, XIX, 24-28).

Si Benvenuto connaissait ce texte, chose fort probable car il appartient au Livre par excellence qu'est la Bible, il choisit son emblème en toute connaissance de cause : Artémis est en quelque sorte la déesse de l'orfèvrerie, car la fabrication de son image a permis à cet art de se développer et

de prospérer en Asie mineure. Il faudrait tenir compte également du fait que l'art de travailler les métaux était né en Asie Mineure. La place de toute première importance est par conséquent attribuée à la sculpture et, surtout à l'orfèvrerie, car et l'alphabet et l'image d'Artémis nous ramènent vers cet art.

Deux trompettes sortent des aisselles de la déesse, Cellini explique en marge du dessin qui se trouve au British Museum : “La tromba della nostra fama viene da le braccia” (“La trompette de notre célébrité vient de nos bras”). Des ailes décorent la Nature, marque du syncrétisme de l'auteur qui fait fusionner les références, chrétiennes, païennes, bibliques, dans le même dessin, précisément comme s'il s'agissait d'une “grotesque”.

Un autre emblème possible probablement proposé au comité de l'Accademia était un dessin d'Apollon (qui se trouve aujourd'hui au *Staatliche Graphische Sammlungen*, Munich) accompagné d'une inscription qui célèbre la force du soleil, condition de l'existence de toute chose, et le pouvoir de Cosme :

Apollo è sol la luce
Cosmo è principio a la gran Scuola e Duce

Seul Apollon est lumière
Cosme est le principe de la grande école et son chef

Dans les différents croquis pour le sceau de l'Accademia, Cellini exprime sa conception de l'art et de son métier d'artiste orfèvre-sculpteur. Il retrace en quelque sorte – en fin de carrière – une sorte d'itinéraire artistique qui met en valeur, en premier lieu le dessin, selon la grande tradition florentine, et le travail des métaux, l'orfèvrerie et la sculpture. Il faudrait souligner l'audace de sa démarche, car l'orfèvrerie n'était pas considérée à l'époque comme un art majeur, surtout par les “académiciens” comme Vasari et Borghini.

Cellini a confié à un symbole féminin, Artémis, le rôle de représenter la source de la création, il a reconstitué la pratique de l'art et mis en valeur les symboles mêmes de l'atelier en figurant les lettres en forme d'outils. A travers les outils, conçus comme des lettres, il est possible de tout exprimer, et par ses bras, l'artifex peut conquérir la célébrité. Dans les outils en forme de lettres, le “dire” rejoint le “faire”, l'orfèvre a finalement donné une image de cette convergence magique qu'il a su réaliser dans l'espace de son atelier ; l'écriture de la *Vita* alimentait la création, et, réciproquement, la création artistique devenait matière d'écriture : (cf. *Vita*, I, p. 80)

A l'époque où l'atelier traditionnel se transformait en académie privée, et lorsque l'Académie officielle venait exercer son pouvoir et déliait définitivement les artistes de leur lien avec les corporations, à travers le sceau proposé à l'Accademia, Cellini nous paraît faire une allusion au passé, notamment à l'époque où tous les arts plastiques avaient le même statut et se pratiquaient dans les plus grands ateliers, comme celui de Verrocchio, de Donatello, de Ghiberti ou d'un Pollaiuolo… L'atelier était alors, non seulement le lieu de la convergence de tous les arts, mais aussi *l'espace où la science rencontrait la création, le "grand atelier" d'Italie.*

Chapitre V

Figures de femmes dans la *Vita* : rencontres, passions et création

La *Vita* de Cellini est constellée de *figures de femmes* : autant de visages divers qui déterminent de manières différentes le rapport à l'artiste, et par conséquent projettent une lumière particulière sur l'écriture cellinienne. Son style, donc, se présente tantôt élevé, pour décrire l'émotion d'une rencontre avec une "donna gentile", tantôt réaliste et presque vulgaire, lorsqu'il s'agit d'une courtisane... En tout cas, à travers la *Vita,* on a l'impression que l'aventurier Benvenuto a rarement, ou presque jamais, aimé profondément une femme, puisque ses rencontres oscillent entre le dialogue amoureux et le pur plaisir sexuel. Dans les poèmes de Benvenuto sur l'amour et la femme on ne saurait trouver des vers d'une telle passion :

> Sì come per levar, donna, si pone
> in pietra alpestra e dura
> una viva figura,
> che là più cresce u' più la pietra scema ;
> tal alcun'opre buone,
> per l'alma che pur trema,
> cela il superchio della propria carne

co' l'inculta sua cruda e dura scorza.
Tu pur dalle mie streme
parti può sol levarne,
ch'in me non è di me voler né forza.

Et comme par ôter, dame, s'élève
En pierre alpestre et dure
Une si vive figure
Qui plus s'accroît où plus la pierre s'amenuise,
Ainsi des œuvres bonnes
A l'âme qui en tremble,
Cèle l'excès de la chair
Sous son écorce, crue et dure, inculte.
Alors toi, des extrêmes
Parts de mon être peux ôter ce
Qui en moi n'est de moi vouloir ni force.[1]

Michel-Ange en ce poème montre le lien subtil entre une conception platonicienne de l'amour et de l'être humain, d'une part, et la création artistique de l'autre : la sublimation de l'art consiste dans le *levar (ôter)* ; l'amour de la dame "gentile", par un procédé analogue, libère l'homme d'un excès, d'une écorce impure et inutile sans laquelle il peut aspirer à une sorte de perfectionnemement spirituel. Poétique, esthétique et conception de l'amour se croisent dans ce poème : est-ce que Cellini a atteint à une telle profondeur dans la poésie ou dans l'écriture en prose ? Une réponse négative ne saurait expliquer le rapport complexe qui lie l'artiste à l'être féminin. Nous allons essayer d'esquisser les termes de cette relation telle qu'elle s'articule dans la *Vita*, à partir du personnage de la mère jusqu'aux multiples visages féminins rencontrés par Cellini.

Mère absente / hantise de la mère ?

Dans l'autobiographie cellinienne le lecteur est frappé par l'absence de la mère, qui n'existe que comme *femme du père*, ou *femme qui donne la vie* à l'enfant Benvenuto. Elle s'appelle Elisabetta Granacci et l'auteur tient à souligner que son père l'épousa par amour et non par intérêt (I, 3). On sait

---

1. Michel-Ange, *Poèmes*, trad. par Franc Ducros, St. Maximin, Ed. Théétète, 1996, pp. 60-61.

que sa mère était très belle et qu'après le mariage, à cause de l'ignorance des médecins, elle eut deux garçons morts-nés. Après la naissance de la fille Cosa, la venue au monde de Benvenuto, l'inattendu enfant mâle, est présenté, dans le récit cellinien, comme quelque chose de miraculeux. Mais l'image de la mère reste en arrière-plan, elle ne fait qu'enfanter ; ensuite c'est la figure du père qui remplit la scène, tantôt jouant le rôle tendre de la figure maternelle, tantôt dans la fonction, qui est la sienne, de guide spirituel.

Dans son analyse de la *Vita*, Françoise Duranton-Mallet arrive jusqu'à formuler l'hypothèse d'un conflit préœdipien[2]. Nous n'avons nullement l'intention de pénétrer dans le psychisme de Cellini, car l'analyse de son œuvre nous paraît déjà en soi une vaste tâche à accomplir ; par conséquent, la proposition de lecture analytique avancée par Duranton-Mallet et, avant elle, par Davico Bonino (*op. cit.*), se situent en dehors de notre itinéraire d'analyse. Ce qui nous préoccupe ici, c'est essentiellement l'*image de la femme/mère vue dans la relation entre écriture et création artistique*.

Il n'y a pas, chez Cellini, un véritable "meurtre de la femme/mère", car il arrive, quoique rarement, à rencontrer des personnages positifs de femme, tel Madonna Porzia (en réalité Sulpizia), chez les Chigi à Rome. On l'a déjà vu (cf. chapitre IV), la rencontre évoque les tons d'une scène d'*amour courtois* : la dame ennoblit l'esprit de l'homme et perfectionne celui du créateur. Cellini a le privilège de pouvoir créer pour elle, car l'une des premières pièces d'orfèvrerie sera inspirée par cette *gentildonna* romaine qui est capable de mettre en valeur ses dons. Dans son essai sur la *Vita*, Maier souligne le thème de la "courtoisie" cellinienne et en même temps l'atmosphère indéfinie de cet épisode : "ce ton d'indétermination vague et évanescente que l'écrivain confère à l'épisode, en utilisant, cette

2. "Ainsi Cellini lui refuse l'existence. Ressentiment contre une mère fantasmée comme tyrannique et dont on préfèrerait qu'elle n'ait jamais existé ? Ou réaction liée au complexe d'Œdipe par laquelle Cellini nie l'objet désiré pour nier le désir coupable et ainsi sauver le narcissisme ? [...] Il faudrait donc interroger le rapport à la mère et le rôle de l'écriture dans celui-ci. D'autres indices interviennent à l'appui de la thèse du conflit préœdipien ? Auquel cas la suppression de la mère, sa négation de la *Vita*, équivaudrait au besoin de nier une frustation, de nier une blessure narcissique intolérable pour le moi". (*Propositions pour une lecture analytique de "La vita" de Benvenuto Cellini*, in "Revue des études italiennes", janv-sept. 1983, Nouvelle série, tome XXIX, pp. 226-228).

fois-ci, une écriture particulièrement élégante et délicate qui crée une aura où réalité et songe, vérité et poésie semblent plus que jamais rapprochés et confondus" (Maier, *Umanità e stile di Benvenuto Cellini scrittore, op. cit.*, p. 136). Sulpizia Chigi est décrite par Cellini en ces termes : "questa donna era gentile al possibile e oltramodo bella" (I, 19, p. 120, "elle était noble au possible et extraordinairement belle", p. 35), elle apprécie les dessins de Benvenuto qui copie les fresques de Raphaël et de son école. D'ailleurs, les sujets des peintures ne sont pas étrangers à l'idylle amoureuse : à la Farnesina, Raphaël avait réalisé le *Triomphe de Galatée* (1511) et *Amour et Psyché* (1517). Cellini ne nomme pas explicitement le sujet de ses dessins au début ; mais, ensuite, il parle d'un Jupiter qu'il est en train d'esquisser, sur lequel il s'arrête un petit moment. Effectivement, la figure de Jupiter apparaît quatre fois dans la fresque d'*Amour et Psyché* : le dieu est représenté dans le *Concile des Dieux*, dans le *Banquet nuptial*, sur le plafond, à côté de Cupidon et à côté de Vénus dans les pendentifs. Il s'agit bien, ici, de la scène mythologique d'Amour et Psyché qui ajoute une nuance particulière à la rencontre. Dans l'épisode de Madonna Porzia, ce qui émerge, au-delà de l'idylle pure et simple, c'est la préfiguration du destin artistique du jeune dessinateur, car Madonna Porzia lui demande s'il est peintre ou sculpteur. Il se présente pour ce qu'il est, un jeune orfèvre, et la dame lui commande un important bijou en or pour monter ses diamants en forme de lys. Les symboles se multiplient car le *lys* est le signe de la pureté : Benvenuto donne l'image d'un garçon "bello e buono" ("aussi beau que bon") et son aspect impressionne fortement la *gentildonna.* Si une mauvaise pensée est suggérée par la compagne de la dame quant au bijou qu'il doit réaliser, Madonna Porzia n'hésite pas à parler en sa défense, d'un ton gnomique, affirmant que "les virtù rare volte stanno con i vizii" ("vices et talent font rarement alliance" (I, 19). Cellini, comme Castiglione, affirme donc l'union indissociable du beau et du bien, se rattachant ainsi à une tradition de pensée qui remonte jusqu'à Platon. En fait, nous retrouvons la même notion formulée dans le *Cortegiano* :

> I brutti adunque per lo più sono ancor mali e li belli boni ; e dir si po che la bellezza sia la faccia piacevole, allegra, grata e desiderabile del bene ; e la bruttezza la faccia oscura, molesta, dispiacevole e

> trista del male ; e se considerate tutte le cose, trovarete che sempre quelle che son bone ed utili hanno ancor grazia di bellezza[3].
>
> *Ceux qui sont laids sont donc pour la plupart mauvais, et ceux qui sont beaux sont bons ; et l'on peut dire que la beauté est la face plaisante, joyeuse, agréable et désirable du bien, et la laideur, la face obscure, désagréable, déplaisante et triste du mal ; et si vous considérez bien toutes choses, vous trouverez que toujours celles qui sont bonnes et utiles ont également la grâce de la beauté.*

Comme la beauté se réflète dans le visage, celui-ci est considéré par Cellini, ainsi que par Castiglione, un véritable miroir de l'âme. Ainsi, dans la *Vita*, les protagonistes de la scène amoureuse ne peuvent pas s'empêcher de traduire leurs émotions par des rougeurs et des sourires : on pourrait, à la limite, imaginer Benvenuto dans le rôle d'un chevalier prêt à faire n'importe quoi pour "servir" sa dame. Comme l'a souligné Cervigni dans sa monographie sur Cellini, il s'agit bien d'une scène d'amour chevaleresque, car d'un côté Madonna Porzia admire le talent artistique de Benvenuto, de l'autre côté le jeune homme, touché par sa beauté et l'amabilité de la dame, s'efforce de prouver qu'il est digne de sa confiance et de son estime (Dino Sigismondo Cervigni, *The "Vita" of Benvenuto Cellini,* Ravenna, Longo, 1979, p. 98). Le perfectionnement intérieur que la noble dame encourage, selon les conventions de l'amour courtois, et en remontant en arrière jusqu'à celles des poètes du *Stilnovo*, se révèle, chez Benvenuto, sur le plan de la création. Non seulement il réalise un très bel objet d'orfèvrerie, mais il devient par la suite bon dessinateur et excellent sculpteur : la scène contient *in nuce* tous les éléments de la carrière artistique du jeune orfèvre. D'ailleurs, c'est bien Madonna Porzia qui suggère à Cellini d'ouvrir un atelier à son compte. Il s'agit de l'une des rares pages dans la *Vita* où la femme est représentée positivement, même si l'élément satanique, dans les mots échangés, ne pouvait pas ne pas transparaître : "Benvenuto mio, ha' tu mai sentito dire che quando il povero dona a il ricco, *il diavol se ne ride* ?" (I, 20, p. 123, nous soulignons, "*Cher Benvenuto, me dit Porzia, n'as-tu jamais entendu dire que, quand le pauvre donne au riche,* le diable en rit ?", p. 37).

3. Baldassarre Castiglione, *Il libro del Cortegiano*, a cura di E. Bonora, Milano, Mursia, 1972-1976, livre IV, 58, p. 336 ; pour la traduction française nous citons celle de A. Pons, Paris, Lebovici, 1987, p. 387.

S'agit-il d'un véritable amour platonique de Benvenuto ou bien l'auteur a-t-il été pris de nostalgie pour cette période de sa jeunesse, en l'évoquant, et arrive-t-il, pour ce faire, à colorer l'épisode des nuances de l'amour courtois ? Cette dernière interprétation coïncide avec l'opinion d'un grand lecteur de Cellini, et un inlassable chercheur, Pietro Calamandrei, qui parle de l'épisode en ces termes :

> Au cours de l'existence de Benvenuto, qui était un violent sensuel et non un sentimental mélancolique, il n'y avait pas de place pour la sensiblerie : le seul amour auquel il resta fidèle jusqu'à sa mort fut celui, effréné, pour le caractère exceptionnel et démesuré de sa personnalité. Toutefois, lorsqu'il commença à écrire ses mémoires vers la soixantaine, un certain enchantement nostalgique pour son adolescence redécouverte comme dans un rêve, au seuil de la vieillesse, l'amena à tracer dans son récit, d'une main inhabituellement tendre et gentille, certaines apparitions de femmes rencontrées dans sa première jeunesse : comme celle de Porzia Chigi qui, alors que le jeune garçon tentait de lui dessiner quelques montures de bijoux, rougit en le voyant rougir *(Cellini uomo, in La letteratura italiana per saggi storicamente disposti*, a cura di Caretti e Luti, Milano, Mursia, 1972, p. 603).

Comme le met justement en relief Calamandrei, l'artiste florentin n'avait certes pas un caractère romantique, ses aventures amoureuses restent aux marges d'une existence vouée au culte de l'art et d'une individualité qui se manifeste comme une sorte de *surhomme artistique*. Il faudrait peut-être interpréter cet épisode comme un hommage à la littérature célébrant l'amour courtois, un *signe supplémentaire de la conscience stylistique de l'auteur*. Il s'agit en effet d'un véritable morceau de bravoure où adjectifs, pronoms, superlatifs et construction des dialogues évoquent une atmosphère de vague tendresse, et nous révèlent un Cellini lecteur très attentif de Dante, de Pétrarque et de Boccace. On peut remarquer la présence d'adjectifs, surtout de superlatifs dénotant la grâce et des concepts analogues ("très belles", "vraiment excellent", "très beau", "très bien", "très belle et très charmante dame", etc.) à l'intérieur d'un tissu équilibré de récit et de dialogue. Pour Cervigni, la prédominance de la parataxe sur l'hypotaxe contribue à vivifier la scène (*op. cit.*, p. 39).

Le ton de cet épisode, savamment structuré par l'auteur (cf. à ce sujet l'essai déjà évoqué de Mario Pomilio, *Gusto episodico e coscienza letteraria nella Vita di Benvenuto Cellini)*, nous révèle l'art de Cellini écrivain, et il acquiert un relief considérable par rapport aux scènes d'un réalisme qui côtoie le vulgaire, où le protagoniste s'approche d'un être féminin. Des servantes, des modèles et surtout des courtisanes seront les compagnes de Benvenuto : l'artiste est fort conscient du danger que leur fréquentation comporte pour sa santé car le "morbo gallico" (la syphilis) est toujours aux aguets.

Le seul personnage féminin ayant presque la même grâce que Porzia est la dame à cheval rencontrée au retour de Naples (I, 70), avec laquelle l'aventurier s'entretient pour son plus grand plaisir :

> Entrato ne l'osteria, messo il mio cavallo al suo luogo, salito in sun un palcaccio, trovai molti gentiluomini napoletani, che stavano per entrare a tavola ; e con loro era una gentil donna giovane, la più bella che io vedessi mai. [...] Chiedendo a loro qualche poco di aiuto per fasciar la mia mana, quella bellissima gentil donna prese un suo fazzoletto riccamente lavorato d'oro, volendomi con esso fasciare : io non volsi : subito lei lo stracciò pel mezzo, e con grandissima gentilezza di sua mano mi fasciò. Così assicuratisi alquanto desinammo assai lietamente. Di poi il desinare montammo a cavallo, e di compagnia ce ne andavamo. Non era ancora assicurata la paura : ché quelli gentili uomini astutamente mi facevano trattenere a quella gentildonna, restando alquanto indietro ; e io a pari con essa me ne andavo in sun un mio bel cavalletto, accennato al mio servitore che stessi un poco discosto da me, in modo che noi ragionavamo di quelle cose che non vende lo speziale. Così mi condussi a Roma col maggior piacere che io avessi mai (I, 70, pp. 254-255).

> *J'entrai dans l'auberge, mis mon cheval à l'écurie et montai sur une terrasse où je trouvai nombre de gentilshommes napolitains sur le point de se mettre à table, en compagnie d'une jeune [et noble] dame, la plus belle que j'eusse jamais vue. [...] Je leur dis [...] que j'avais quelque peu besoin de leur aide pour bander ma main blessée. L'adorable dame dont j'ai parlé prit son mouchoir, richement brodé d'or et voulut me panser avec. Comme je refusais, elle le déchira aussitôt par le milieu, et me banda de ses doigts délicats*

> *avec une grâce exquise. Du coup, ses compagnons se remirent un peu de leur effroi, et nous déjeunâmes très gaiement. Nous montâmes ensuite à cheval et nous fîmes route en compagnie. Comme la peur n'avait pas encore disparu, les gentilshommes, en fins renards, restèrent à quelque distance en arrière et me laissèrent converser avec la dame. Je poussai donc mon beau petit cheval auprès d'elle, et fis signe à mon domestique de se tenir un peu à l'écart, ce qui nous permis de deviser de toute autre chose que de produit d'apothicaire. Nous ne nous séparâmes qu'à Rome, et je dois ajouter que nul autre de mes voyages ne m'a donné tant d'agrément* (trad. Beaufreton, I, pp. 241-242).

Dans cet épisode, les tons sont beaucoup plus variés que pour Madonna Porzia : ici la beauté surgit sur un fond lugubre et menaçant. Par sa rareté et son apparition soudaine et inattendue, le personnage féminin se manifeste dans toute sa grâce et sa splendeur ("una gentil donna giovane, la più bella che io vedessi mai", "*une jeune et noble dame, la plus belle que j'eusse jamais vue*"). La répétition de l'adjectif "gentile" ("noble"), ou du substantif correspondant, contribue à donner une certaine nuance à la rencontre : "poveri gentili uomini" ("pauvres gentilshommes"), "quelli gentili uomini" ("ces gentilshommes"), "gentildonna" ("noble dame"), "con grandissima gentilezza" ("avec une grâce exquise"). En outre, les détails, comme le mouchoir brodé d'or de la dame, évoquant la beauté et la grâce, contrastent avec les signes de la lutte et de l'effroi :

> appresso a me montava un bravissimo giovane mio servitore con un gran partigianone in mano : in modo che noi, l'arm'e il sangue messe tanto terrore a quei poveri gentili uomini, massimamente per essere quel luogo un nidio di assassini (I, 70, p. 255).

> *surgit derrière moi mon domestique, jeune homme d'un courage à toute épreuve, appuyé sur une pertuisane à lame gigantesque. A la vue de nos armes et du sang dont j'étais couvert, ces pauvres gentilshommes furent pris d'une terreur d'autant plus explicable que l'endroit était connu pour un nid d'assassins* (trad. Beaufreton, I, p. 241).

Qui est, en réalité, cette belle dame qui se promène en des lieux si dangereux ? Est-ce une dame de la noblesse qui voyage avec son escorte ?

Est-ce une courtisane de haut niveau, une *curialis* ? Le mystère entoure à jamais ce profil de femme qui émerge des pages de la *Vita*. Il ne reste au lecteur que ce que la mémoire du *Je* narrateur a voulu garder et, finalement, confier au pouvoir transfigurant de l'écriture. Cependant, il nous faut revenir à la réalité quotidienne de Cellini, qui n'est certes pas peuplée de dames si nobles, mais plutôt de courtisanes ; à chaque fois l'artiste tombe dans leur piège, vaincu par le désir sensuel. Il est tellement méprisant vis-à-vis des courtisanes – surtout des romaines – qu'il avoue leur préférer un garçon très beau déguisé en femme (I, 30). Il s'agit de l'épisode du dîner chez Michelagniolo di Bernardino, déjà évoqué pour d'autres raisons, car il se rapproche fortement, par son style et sa structure narrative, des *Soupers* de Grazzini (cf. dans ce volume le chapitre II). De toute manière, cet épisode répond à la mode du *boccacisme* qui n'était pas moins répandu que le plus célèbre *pétrarquisme*[4]. C'est la matière et le genre de la narration qui ont conduit l'auteur à tenir compte de la référence classique dans ce domaine ; si l'écriture en vers devait s'inspirer, pour ce qui touche à la poésie d'amour en particulier, du grand maître Pétrarque, dont l'imitateur le plus illustre était Bembo, la narration de *farces*, d'histoires comiques ou de rencontres amoureuses était décidément dominée par le modèle du *Decameron*. Le recueil de Boccace célébrait en réalité cette même vertu (*virtus*) dont l'éloge est fréquent dans la *Vita*, et qui se traduit en libre jeu de l'intelligence, en capacité d'agir promptement par rapport aux événements[5].

Cellini accueille l'héritage des modules narratifs et des thèmes de Boccace, avec certaines différences. L'hyperbole cellinienne "una compagnia di pittori, scultori, orefici, *li meglio che fussino in Roma*" (I, 30, p. 147, nous soulignons, "une société composée des meilleurs peintres, sculpteurs

4. Luigi Russo a pu observer que "Le boccacisme fut la mode socio-littéraire d'une grande partie de l'Europe jusqu'à la fin du XVIe siècle, parallèlement et avec la même intensité que le phénomène du pétrarquisme auquel seul le déséquilibre des recherches entreprises par les historiens a donné un relief trop supérieur" (*Commedie fiorentine del '500 : Mandragola, Clizia, Calandria*, Firenze, Sansoni, 1939, p. 148).

5. Le triomphe de la *virtus* dans le *Decameron*, en tant que capacité de comprendre et de réagir aux événements, comme la victoire de l'*intelligence* – et de la ruse – sur la *mauvaise fortune*, caractérise certaines nouvelles parmi lesquelles nous signalons en particulier : *Ser Ciappelletto* (I, 1), *Melchisedec e il Saladino* (I, 3), *Cisti fornaio* (VI, 2).

et orfèvres qu'il y eût à Rome", trad. Beaufreton, I, p. 121), figure de rhétorique très répandue dans la *Vita*, correspond à certaines expressions analogues chez Boccace, qui multiplie lui aussi les effets :

> [La gentil donna] veggendol venire, levatiglisi incontro, con *grandissima* festa il ricevette ; ed egli, abbracciandola e *baciandola centomilia volte*, su per le scale la seguitò ; e senza alcuno indugio coricatisi, gli ultimi termini conobber d'amore.
>
> *A sa vue elle se lève, se porte à sa rencontre, le reçoit en manifestant les plus vifs transports. Zima la prend dans ses bras, lui donne [cent] mille baisers, et, derrière elle, monte l'escalier. Ils se glissèrent sans retard dans le lit et connurent les suprêmes délices de l'amour*[6].

Le goût de la farce ainsi que la joie de vivre et de faire la fête anime et les personnages de Boccace et ceux de Cellini, dans ce cas précis il se trouve qu'ils ont tous survécu à l'épidémie de peste qui avait frappé la ville de Rome :

> Di già era quasi cessata la peste, di modo che quelli che si ritrovavano vivi molto allegramente l'un l'altro si carezzavano. Da questo ne nacque una compagnia di pittori, scultori orefici... (I, 30, p. 147).
>
> *La peste était presque disparue, si bien que ceux qui se retrouvaient en vie s'accablaient de caresses réciproques, tant ils exultaient d'allégresse. De là naquit une société composée des meilleurs peintres, sculpteurs et orfèvres...* (trad. Beaufreton, I, p. 121).

Toutefois, malgré les éléments communs, on peut déceler des divergences entre les deux auteurs toscans : le rire de Cellini apparaît moins naïf, et plus vulgaire parfois, le plaisir sensuel ne se résout pas dans la joie des corps, comme il arrive souvent dans le *Decameron*, mais demeure souvent chez Cellini du domaine de l'obscène ; une atmosphère plus sombre carac-

---

6. Pour l'édition du *Décaméron*, nous avons consulté celle d'Enrico Bianchi (Milano-Napoli, Riccardo Ricciardi, 1952, Giornata III, novella V, p. 220) ; pour la traduction française, nous citons celle de J. Bourciez (Classiques Garnier, Bordas, 1988, 3e Journée, 5e Nouvelle, p. 209).

térise les pages de la *Vita*, et la farce peut souvent tourner au crime (comme c'est le cas chez Grazzini). Vasari, lui aussi, souligne la passion des artistes florentins pour la farce ; par ailleurs, Chastel ne manque pas de signaler le lien entre art et fantaisies burlesques, car à travers celles-ci l'artiste peut aisément verser dans l'*irréalité*[7].

Dans l'épisode du dîner, la narration conserve les tons gais de la fête et de la plaisanterie, mais une ombre vient ternir la scène : Pantasilea, la courtisane amoureuse de Benvenuto, a du mal à accepter la farce, car l'artiste a préféré se présenter en compagnie du jeune Diego déguisé en femme. La suite tragique de cet épisode voit la courtisane se lier avec un ami de Benvenuto, Luigi Pulci, qui sera gravement blessé avec sa compagne par l'orfèvre en proie à une violente crise de jalousie. La scène n'est pas dépourvue d'hyperboles : l'auteur exprime ainsi de manière vigoureuse le degré extrême de la violence de ses sentiments presque "bestiaux". Benvenuto voit Pantasilea accompagnée de son amant et d'un groupe de capitaines pérugins, de quelques soldats et du camérier du pape, Benvegnato :

> Quando io viddi questo, considerato che io non sapevo per qual via mi fuggire, m'attendevo a ficcare in quella siepe ; e perché quelle pungente marmerucole mi facevano male, *e mi aissavo che si fa il toro*, quasi risolutomi di fare un salto e fuggire ; in questo, Luigi aveva il braccio al collo della ditta Pantassilea, dicendo : "Io ti bacerò pure un tratto, al dispregio di quel traditore di Benvenuto". A questo, essendo molestato dalle ditte marmerucole e sforzato dalle ditte parole del giovine, saltato fuora, alzai la spada, e con gran voce dissi : "Tutti siate morti". In questo il colpo della spada cadde in su la spalla al detto Luigi ; e perché questo povero giovine que' sati-

7. La *farce* était chose courante dans le milieu artistique florentin à la Renaissance. Chastel nous en donne les raisons profondes : "C'est, en somme, le moment où se compose un type humain nouveau, celui de *l'artiste*. Il est marqué par certains traits de la psychologie florentine, *la causticité, la passion intellectuelle, une sensibilité à vif qui se traduit par le besoin périodique d'isolement et de réflexion solitaire et le goût des farces, des fantaisies burlesques* qui ne sont pas seulement une détente, mais créent dans la vie une atmosphère de fête et d'irréalité" (*Art et humanisme...*, *op. cit.*, p. 287). D'après Vasari le goût des "burle" est attesté chez Botticelli, Léonard, Michel-Ange. Le collaborateur de David Ghirlandaio s'amusait même à tromper ses clients avec des Madones barbues, des crucifix à pantalon (Vasari, *Vite*, *op. cit.*, VI, pp. 535-537).

racci l'avevano tutto inferrucciato di giachi e d'altre cose tali, *il colpo fu grandissimo* ; e voltasi la spada, dette in sul naso e in su la bocca alla ditta Pantasilea (I, 33, pp. 161-162, nous soulignons).

Quand je vis cela, ne sachant par quel chemin m'enfuir, je m'efforçai de m'enfoncer davantage dans la haie, mais les épines aiguës me faisaient grand mal et m'irritaient comme un taureau, aussi étais-je quasi résolu à risquer un saut et à m'enfuir. J'allais tenter le coup, quand Luigi, qui avait le bras passé autour du cou de Pantasilea, lui dit : "Je te baiserai donc une fois encore, en dépit de ce traître de Benvenuto". A ces mots, comme j'étais tout ensemble irrité par les épines et mis hors de moi par les paroles du jeune homme, je m'élançai hors de ma cachette et brandis mon épée en criant de toutes mes forces : "Vous êtes tous morts !". Aussitôt, mon premier coup d'épée s'abattit sur l'épaule de Luigi, et comme les maudits satyres qui l'accompagnaient avaient bardé ce pauvre jeune homme d'une jaque de mailles et d'autres menues ferrailles, le coup eut beau être très violent, mon épée dévia et vint frapper la Pentasilea au nez et à la bouche (trad. Beaufreton, I, pp. 136-137).

La rage de Benvenuto parvient à se calmer seulement après le geste violent, c'est une séquence plus ou moins fixe dans son comportement, tel qu'il nous le transmet dans la *Vita*. Il n'est pas exempt de compassion pour la victime, "povero giovine", et la tragédie ne se termine pas sans une note comique, car l'ami, "compare" Bachiacca, surgit après le coup formidable, terrorisé et avec les pantalons baissés (pour assouvir un pressant besoin corporel) : "Caduti tutti a dua in terra, il Bachiacca con le calze a mezza gamba gridava e fuggiva" (I, 33, p. 162, "*le Bacchiacca, ses chausses encore à mi jambes, s'enfuit en criant,* trad. Beaufreton, I, p. 137). Pour revenir à l'épisode du dîner, il faudrait rappeler que, parmi les invités, on compte des personnages illustres tels que Giulio Romano et Giovan Francesco Penni, peintres et disciples de Raphaël. Les jeux de mots se multiplient, le but déclaré est celui de célébrer la beauté masculine déguisée et, parallèlement de mépriser les femmes, appelées vulgairement *cornacchie* ("corneilles").

Le jeune homme a des vertus qu'on n'arrive pas à exprimer avec les mots, sa grâce est *ineffable* :

> la stanza era piena di sonetti, che ciascun di noi aveva fatti, e mandatigli a Michelagniolo. Questo giovine li cominciò a leggere, e gli lesse tutti : accrebbe alle sue infinite bellezze tanto, che saria inpossibile il dirlo (I, 30, p. 150).
>
> *[Nous avançâmes] dans la salle du festin pleine de sonnets que chacun de nous avait faits et envoyés à Michelagnolo. Le jeune garçon commença à les lire et les lut jusqu'au dernier : son infinie beauté s'en trouva tellement accrue qu'il est impossible de l'exprimer par des mots* (notre traduction).

Le peintre Giulio Romano exalte la beauté du "paon" face à la laideur des "corneilles" :

> "Michelagniolo mio caro, quel vostro nome di *cornacchie* oggi a costoro sta bene, benché lo sieno qualche cosa manco belle che *cornacchie* apresso a uno dei più bei *pagoni* che inmaginar si possa" (*ibidem*, p. 151, nous soulignons).
>
> *"Mon cher ami, lui dit-il, ce nom de corneille que vous donnez aux femmes leur va fort bien aujourd'hui, bien qu'elles soient un peu moins belles que ces oiseaux auprès d'un des plus beaux paons dont on puisse rêver" (p. 55).*

Et l'auteur poursuit la comparaison en soulignant le caractère bestial de ces femmes qui ne font que "jaser" ("non mai restate di cicalare", *ibidem*), pendant que l'un des invités, Aurelio Ascolano, chante les louanges de la femme. Leur vulgarité est encore mise en relief par l'auteur à travers l'expression assez crue : "quelle bestie donne" ("ces femmes bêtes", p. 152).

Paradoxalement, le jeune Diego déguisé a tous les attributs de la "donna angelicata" du *Stilnovo*, car Michelagnolo le célèbre comme un ange du Paradis :

> "Mirate, mirate come son fatti gli angeli del paradiso ! che con tutto che si chiamino angeli, mirate che v'è ancora delle angiole" ; e gridando diceva :

> O angiol bella, o angiol degna,
> tu mi salva e tu mi segna (I, 30, p. 150)

> *Voyez, voyez comment sont faits les anges du Paradis. Tout le monde dit qu'il y a de beaux anges, voyez qu'il y a aussi de belles anges !". Et il s'écria :*
>
> *O ange belle, ô ange digne,*
> *A toi de me sauver, à toi de me bénir !*
> (trad. Beaufreton, I, p. 124).

Faut-il voir dans cet épisode une simple plaisanterie de la part de l'auteur ou bien une sorte d'attaque contre les courtisanes romaines qui étaient prêtes à tout pour tromper et voler leurs amants, sans parler des maladies qu'elles leur transmettaient ? Ou encore, s'agit-il d'un éloge de l'*Eros socraticus*, de l'amour homosexuel ?

Cellini raconte comment il a attrapé une grave maladie (est-ce le "morbo gallico" ?) de la servante très jeune d'une prostituée qu'un confrère avait amenée chez lui :

> Accadde una sera in fra le altre, un mio confederato compagno menò in casa a cena una meretrice bolognese, che si domandava Faustina. Questa donna era bellissima, ma era di trenta anni in circa, e seco aveva una servicella di tredici in quattordici (I, 29, p. 144).

> *Un soir un de mes confrères amena souper chez moi une courtisane bolonaise appelée Faustina. C'était une femme magnifique, mais ayant déjà trente ans environ. Elle avait avec elle une petite servante de treize à quatorze ans* (notre traduction).

Ici la structure de la narration est en réalité *celle de la nouvelle, avec l'introduction des personnages, l'événement principal et le dénouement.* Dans le manuscrit on peut remarquer que le mot "meretrice" ("prostituée") est raturé (on ne sait pas identifier l'origine de cette rature), mais ce n'est pas le seul mot que l'auteur utilise pour ces courtisanes. Il puise les épithètes dans son *bestiaire*, et s'il ne les appelle pas *corneilles*, il les nomme *vaches* ("la *vacca* grossa e la minuta tutte fuggite", "*la grosse vache et la petite s'étaient enfuies*", p. 145, nous soulignons). Il faudrait, à ce propos, remarquer la hantise de la maladie et de la mort qui est liée à ces histoires de courtisanes, car l'ombre menaçante de la peste et de la syphilis guettait en permanence les hommes, qui, comme Cellini, pouvaient légitimement se définir des "survivants". Il s'avère que cette rencontre avec la femme se déroule dans un décor plutôt lugubre et mortuaire, la Rome de 1524, où sévit la maladie : la *mort* et le *sexe* sont d'emblée inséparablement liés. Seule l'*amitié* représente une valeur réelle pour Benvenuto : un de ses amis, Giovanni Rigogli, ne le quittera pas tant qu'il ne sera pas complètement guéri.

L'homme s'oppose souvent à la femme, l'*ami fidèle* à la *prostituée infidèle* : tels sont les antinomies profondes que la *Vita* contient. C'est dans ces termes que les rapports avec l'autre sexe se développeront au cours de l'existence de l'artiste, tels que sa plume et sa mémoire nous les restituent dans le texte.

Les courtisanes, les modèles, les servantes...

Dans ses *Rime*, Cellini apparaît comme un amant tourmenté. Le modèle du style et des thèmes dans ce domaine est Pétrarque, la plus grande autorité en matière de poésie amoureuse. Ainsi, l'artiste s'adresse à l'Amour :

> Adopra pur ver me quant'hai valore,
> ché non ti stimo ; avventa pur de' strali,
> ch'armate ho contra te le luci e 'l core.
>
> Fuggite, o ciechi e miseri mortali,
> fuggite meco oggi il crudel signore,
> ch'altro non porge mai ch'oltraggi e mali
> (*Opere*, XCV, p. 940)
>
> *Use donc envers moi de toute ta valeur*
> *je ne t'estime point ; décoche donc tes flèches,*
> *contre toi sont armés et mes yeux et mon cœur.*
>
> *Fuyez, ô misérables et aveugles mortels,*
> *fuyez avec moi aujourd'hui ce seigneur cruel,*
> *car il n'offre jamais qu'outrages et malheurs.*

Aucun espoir de bonheur, aucune illusion pour cet amant désabusé, qui connaît le déchirement et veut mettre en garde contre Amour tous les êtres humains. Un ton différent anime un autre sonnet qui voit le protagoniste aimer une femme ingrate et douce :

> *Ingrata* la conosco e *ingrata* l'amo,
> e poi ch'io veggio vuole essere *ingrata*,
> per compiacergli *ingrata* ogn'or la chiamo.
>
> Onde, se l'è si dolce, essendo *ingrata*,
> quanto saria soave e dolce l'amo,
> il possederla non essendo *ingrata* !
> (*Opere*, CXIV, p. 957, nous soulignons)
>
> Ingrate *je la connais et* ingrate *je l'aime,*
> *et puisque je vois qu'elle veut être* ingrate,
> *pour lui plaire toujours ingrate je l'appelle.*
>
> *Ainsi donc, si elle est si douce, étant* ingrate,
> *qu'il serait suave et doux cet appât,*
> *pouvoir la posséder n'étant pas* ingrate !

Ce divertissement poétique, où le mot "ingrata" comporte dix occurrences dans tout le sonnet, ne peut pas avoir le ton d'un sentiment sincère. La structure du poème, ainsi que la modulation vertueuse sur le même mot, introduit une sorte de jeu intellectuel par lequel *l'artiste cisèle les vers comme une pièce d'orfèvrerie*. Le sonnet suivant, décidément pétrarquisant, trahit l'adhérence purement formelle à un modèle littéraire :

> Quanti, lasso, sospir, lacrime quante
> m'escon dagli occhi e dal profondo petto ;
> ahi, quanti aspri dolor son io suggetto,
> e a che pene e sospiri, afflitto amante !
>
> Sempre l'alta beltà mi sta d'avante,
> né si diparte mai dal mio concetto
> la propria effige del suo bell'aspetto,
> e per tempo vie più mi fa costante.

Figure 1. Vasari : Portrait de Benvenuto Cellini (Détail de *Cosme Ier avec ses architectes, ses ingénieurs et ses sculpteurs*), Palazzo Vecchio, Florence.

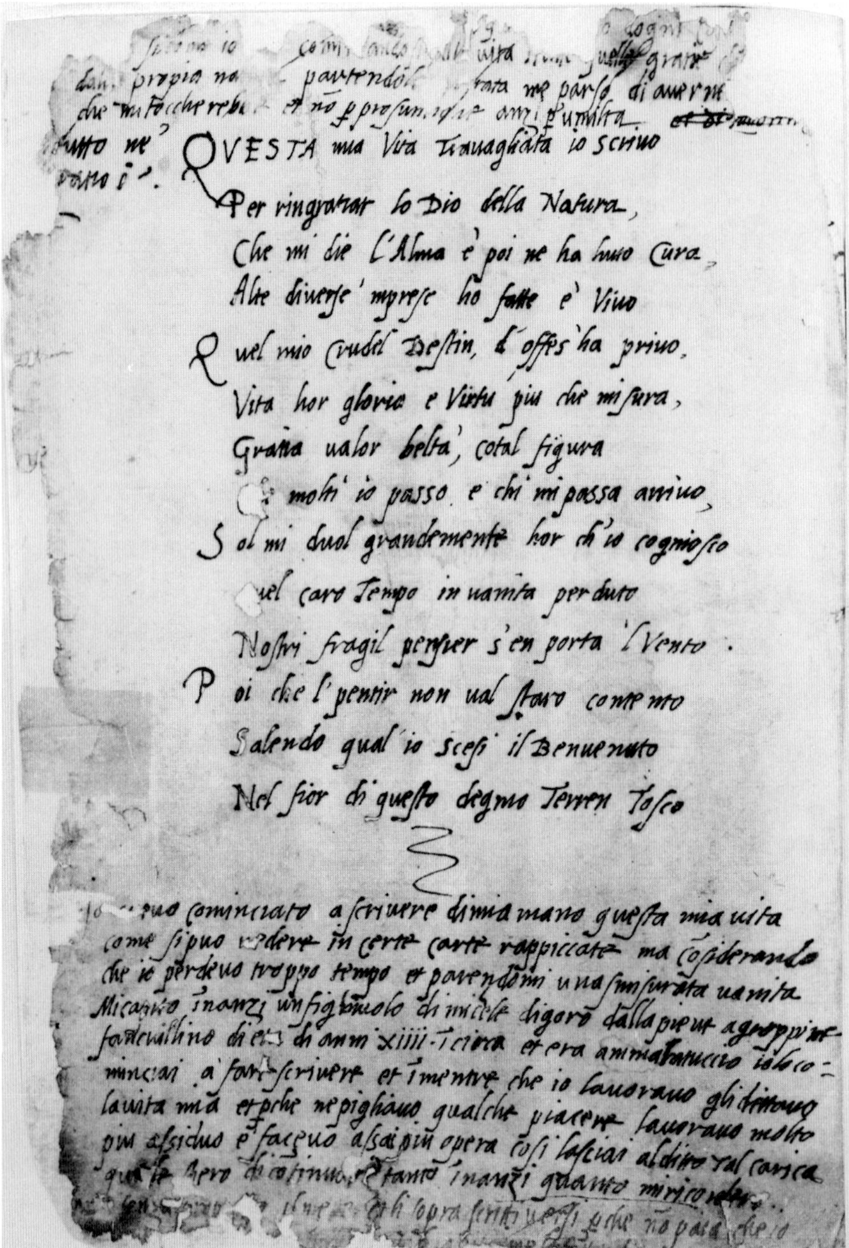

QUESTA mia Vita travagliata io scrivo
Per ringratiar lo Dio della Natura,
Che mi diè l'Alma è poi ne ha havuto Cura,
Alte diverse 'mprese ho fatte è Vivo.
Quel mio Crudel Destin, d'offes' ha privo.
Vita hor gloria e Virtu piu che misura,
Gratia valor beltà, cotal figura
Che molti io passo. e chi mi passa arrivo,
Sol mi duol grandemente hor ch'io cognosco
Quel caro Tempo in vanita perduto
Nostri fragil pensier s'en porta 'l Vento.
Poi che 'l pentir non val starò contento
Salendo qual io scesi il Benvenuto
Nel fior di questo degno Terren Tosco

Io avevo cominciato a scrivere di mia mano questa mia vita come si può vedere in certe carte rappiccate ma considerando che io perdevo troppo tempo et parendomi una smisurata vanità mi capitò inanzi un figliuolo di michele di goro dalla pieve a groppine fanciullino di età di anni XIIII incirca et era ammalaticcio io lo cominciai a far scrivere et in mentre che io lavoravo gli dittavo la vita mia et perché ne pigliavo qualche piacere lavoravo molto più assiduo e facevo assai più opera così lasciai al detto tal carica quale spero di continuare tanto inanzi quanto mi ricorderò...

Figure 2. Manuscrit de la *Vita* de Cellini : Florence, Biblioteca Laurenziana, Cod. Med. Pal. 234[2], fol. VIII b.

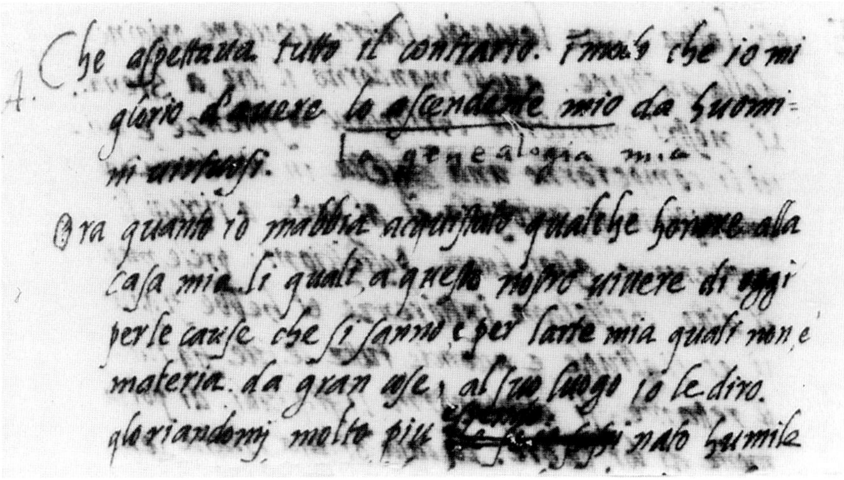

Figure 3. Manuscrit de la *Vita*, fol. 3 a.

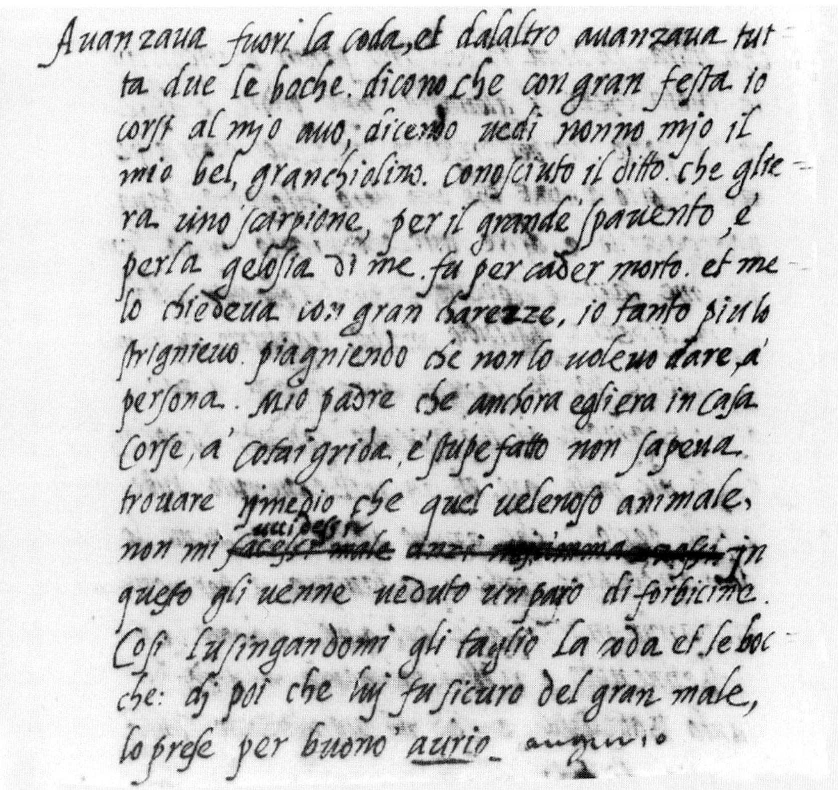

Figure 4. Manuscrit de la *Vita*, fol. 5 b.

Figure 5. Manuscrit de la *Vita*, fol. 6 a.

Figure 6. Manuscrit de la *Vita*, fol. 7 a.

Figure 7. Manuscrit de la *Vita*, fol. 21 a.

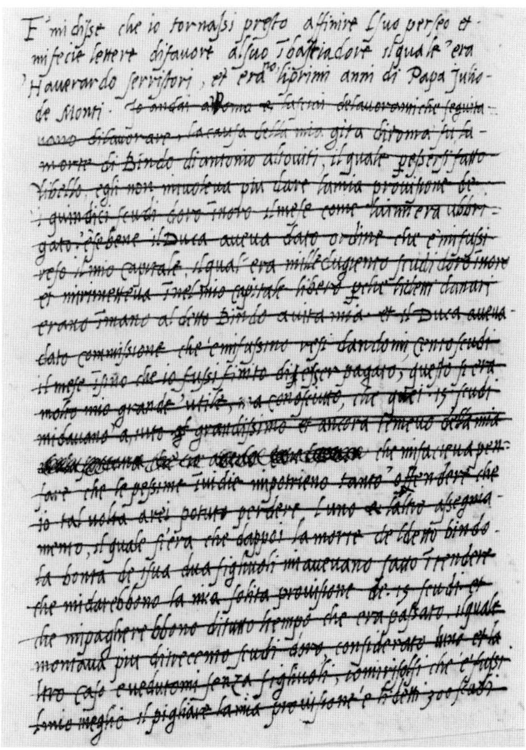

Figure 8. Manuscrit de la *Vita*, fol. 479 b.

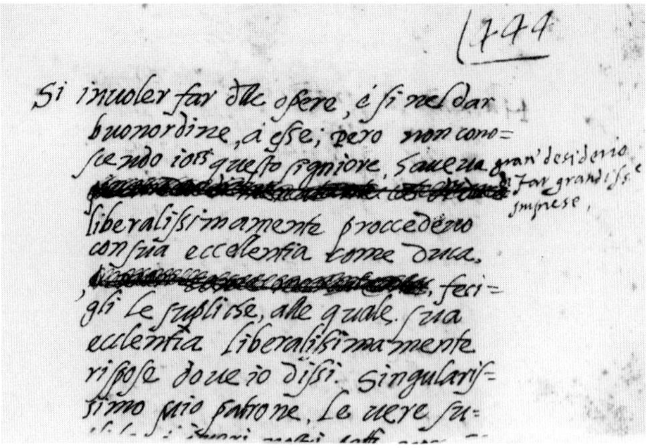

Figure 9. Manuscrit de la *Vita*, fol. 444 a.

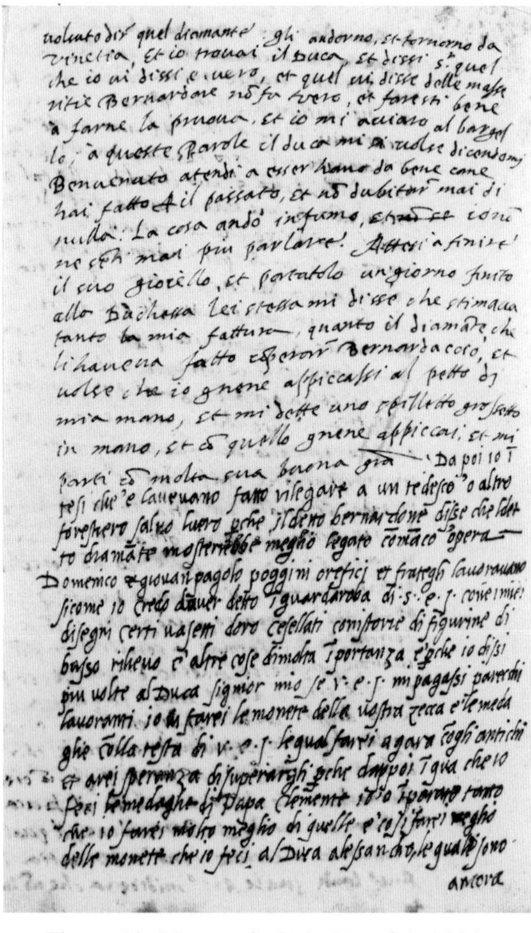

Figure 10. Manuscrit de la *Vita*, fol. 464 b.

Figure 11. Cellini : *Étude pour le sceau de l'Accademia del Disegno*, plume encre brune et lavis, 33 × 21,8 cm, British Museum, Londres.

Figure 12. Cellini : *Allégorie de la Paix*, revers de la médaille du Pape Clément VII, diamètre 37,5 mm, Museo Nazionale del Bargello, Florence, photo P. Tosi.

Figure 13. Cellini : *La Nymphe de Fontainebleau*, bronze, 205 × 409 cm, Louvre, Paris, photo R.M.N.

Figure 14. Cellini : *La Salière de François I*[er], or et émail, 26 × 33,5 cm, Kunsthistorisches Museum, Vienne.

Figure 15. Cellini : *Dessin pour la statue d'argent de Junon*, pierre noire, 24,7 × 18,6 cm, Louvre, Paris, photo R.M.N.

Figure 16. Cellini : *Persée*, bronze, hauteur 320 cm, Loggia dei Lanzi, Florence, photo L. Perugi.

Figure 17. Cellini : Visage de Méduse, détail du *Persée*, Loggia dei Lanzi, Florence, photo L. Perugi.

Figure 18-19. Cellini : Piédestal du *Persée*, marbre, hauteur 199 cm, Loggia dei Lanzi, Florence.

Figure 20. Cellini : *Cosme Ier de Médicis*, bronze, hauteur 110 cm, Museo Nazionale, Florence, photo P. Tosi.

Figure 21. Cellini : *Narcisse*, marbre, hauteur 149 cm, Museo Nazionale, Florence, photo P. Tosi.

Figure 22. Cellini : *Crucifix*, marbre, hauteur totale 185 cm ; hauteur de la figure 145 cm, Monastère de San Lorenzo el Real, Escorial, Espagne.

Lasso, ahimé, che non m'accorsi pria
ch'e' dolci sguardi e l'accoglienze care
furo 'l mio danno, anzi la morte mia.

Conviemmi per mio mal dunque gustare
di giorno in giorno per mala fortuna mia
martìr, pene, dolor, vivande amare
(CXV, *Opere*, p. 957)

Que de soupirs, hélas, que de larmes
s'échappent de mes yeux et du fond de mon cœur ;
las, que d'âpres douleurs m'assujettissent,
que de peines et de soupirs, triste amant !

Toujours haute beauté devant moi se tient,
et ne se départit jamais de ma pensée
l'effigie même de son bel aspect,
qui au fil du temps me rend encore plus constant.

Las, hélas, je ne me suis pas aperçu à temps
que doux regards et accueils aimables
furent ma perte, et plus encore, ma mort.

Il me convient donc pour mon malheur de goûter
jour après jour, à cause de ma mauvaise fortune,
martyres, peines, douleurs, nourritures amères.

Le poète n'économise pas ici les effets stylistiques des répétitions : *lasso... lasso, sospir... sospiri, dolor... dolor, pene... pene*. Les mots-clé du sonnet émergent de ce savant réseau de correspondances. Un élément nous parle, cependant, du caractère visionnaire de ce poète-plasticien : dans le deuxième quatrain il est question de l'image de la beauté qui obsède l'esprit du poète, telle la conception d'un ouvrage à réaliser, qui surgit dans l'esprit, s'impose presque avec la force d'une obsession, et se traduit ensuite en forme. En conclusion de ce poème, Benvenuto ne peut pas se passer de citer la *mala fortuna*, si souvent évoquée dans son autobiographie, et qui demeure la responsable de tous ses malheurs.

D'une manière analogue, l'image de la femme dans la *Vita* se manifeste souvent à travers les formes de l'obsession : tantôt l'artiste est obsédé par le désir, comme pour la belle Angelica sicilienne, tantôt par la jalousie comme pour Caterina ou Pantasilea. Seulement vers la fin de sa vie, à l'âge de soixante-deux ans, il décide de se marier avec Piera, car il doit accomplir un vœu, et publiquement il ne proclamera ce mariage qu'en 1567[8].

Nous pénétrons, à travers la lecture de la *Vita*, dans la sombre réalité des courtisanes romaines, qui souvent se donnaient des noms de bataille d'origine classique : Antea, Pantasilea, Pomona (c'est le nom de Diego déguisé en femme), comme l'affirme Paul Larivaille dans une monographie consacrée à ce sujet :

> La plupart cultivaient les noms célèbres de la Rome et de la Grèce antiques : beaucoup de Lucrezia et de Cornelia, à côté d'Adriana, Faustina, Virgilia, Flora, Medea, Diana, Pantasilea ! Imperia aussi revient souvent en hommage à la grande Imperia, première du nom, morte en 1511 (*La vie quotidienne des courtisanes en Italie au temps de la Renaissance. Rome et Venise, XVᵉ et XVIᵉ siècles*, Paris, Hachette, 1975, p. 45).

On a déjà évoqué les noms de Pantasilea et Faustina, mais Cellini nomme également Antea, l'une des plus célèbres courtisanes de l'époque et d'un certain niveau, une *curialis*, dont Parmigianino a réalisé un portrait (Naples, Musée de Capodimonte). Cellini la cite car à côté de chez elle habitait l'assassin de son frère, à Tor Sanguigna : il s'agit d'une "cortigiana delle più favorite di Roma", I, 51).

Toutefois, les autres courtisanes connues par Cellini ne sont pas d'un si haut niveau. Comme l'affirme Franco Gaeta, dans son étude consacrée à la Rome de Cellini :

---

8. Cellini avait pris les ordres mineurs seulement quelques années auparavant, il ne pouvait donc pas officialiser tout de suite son mariage : "Le mariage avec la dite Piera, advenu en 1562, fut un mariage clandestin ou de convenance comme il était d'usage à l'époque : peut-être parce que quatre ans auparavant, le 2 juin 1558, Benvenuto, le terrible Benvenuto, dans une de ses crises religieuses qui le prenaient de temps à autre, surtout lorsqu'il était en prison, avait décidé de devenir prêtre et il avait reçu sa première tonsure de monseigneur Serristori, avec l'autorisation écrite du Vicaire, rédigée par monseigneur Filippo Frangini, notaire public de l'Evêché" (P. Calamandrei, *Cellini uomo*, *op. cit.*, p. 606).

Il s'agit, à l'exception d'Antea, de femmes appartenant à la classe moyenne faisant partie d'une cohorte assez nombreuse qui, même si elle n'atteignait pas les 6800 unités déclarées par Stefano Infessura pour l'année 1490 et si elle était loin aussi des 4900 calculées par Gnoli pour les années 1526-27, elle constituait malgré tout une troupe considérable même selon les calculs très prudents de Pecchiai qui donnent le résultat de 1550 sur une population de 55000 habitants, ce qui revient à 3% : comme si dans la Rome actuelle composée de 2 millions d'habitants il devait y avoir une armée d'au moins 60000 courtisanes faisant le tourment et la joie de prolétaires, de prêtres et de bourgeois (*La Roma di Benvenuto Cellini*, in *Benvenuto Cellini artista e scrittore, op. cit.*, pp. 39-40).

En réalité, pour un artiste qui désirait rester célibataire, il était presque impossible de ne pas tomber sur une courtisane. Les filles restaient à la maison, et les courtisanes avaient un rôle de plus en plus important dans la Rome du XVIe siècle, surtout celles qui avaient une certaine culture et pouvaient s'entretenir sur n'importe quel sujet. Ce phénomène d'expansion de l'amour vénal dans la ville de Rome connut un développement nouveau après l'arrivée de papes humanistes tels que Nicolas V (1447-1455) et Pie II (1458-1464) qui favorisèrent l'afflux dans les offices romains d'humanistes ("les curiaux") qui avaient l'habitude de tenir des cénacles où l'on parlaient de philologie, poésie, philosophie etc. Les femmes qui y étaient conviées devaient posséder une certaine culture pour pouvoir participer à ces causeries érudites, et donc appartenaient obligatoirement à la bonne société. Voici naître la mode des "curiales", les courtisanes cultivées et honnêtes, qui participaient à la vie culturelle de Rome, le plus grand centre culturel et artistique de la Renaissance où la création n'avait jamais atteint à un tel niveau avec la présence de Michel-Ange, de Raphaël et de Léonard. Même Florence était éclipsée par la splendeur de Rome, où l'afflux de capitaux vers le Vatican créait des conditions indispensables à ce rayonnement culturel, surtout pour les grosses commandes. Cellini lui aussi bénéficie de ce climat d'expansion économique et artistique et comprend, de ce fait, toute l'importance de travailler dans la Ville éternelle. C'est ici, qu'il rencontre ces figures de femmes, qui laisseront un souvenir indélébile dans sa mémoire.

L'épisode d'Angelica est exemplaire. C'est l'histoire d'une passion aveugle, l'artiste ira jusqu'à consulter un nécromancien (un prêtre sicilien) pour pouvoir rencontrer à nouveau la belle Angelica. L'épisode, qui occupe un certain nombre de pages dans la *Vita* (I, 63-69), a une sorte de valeur didactique, car Cellini ne manque pas de mettre en garde les hommes contre ce genre d'aventure ; en fait, nous dit-il, il a failli perdre la tête et mourir à cause de la fréquentation de la nécromancie. L'être féminin, malgré son prénom "Angelica", est assimilé à la nature satanique, car ce sont les diables, selon le récit, qui ont permis à Benvenuto de revoir la fille. Mais une mère trop exigeante calme l'ardeur de la passion du jeune orfèvre et après la rencontre, celui-ci n'hésite pas à abandonner et la mère et la fille (I, 69). La fille est méridionale, notamment sicilienne, de même que le nécromancien : quel genre de message veut donc faire passer l'auteur ici ? Existait-il un stéréotype sur les Siciliens, lié à la pratique de la magie et de la nécromancie ? Probablement oui, car Cellini veut évoquer ici les puissances de l'irrationnel, déchaînées dans son cœur, sous la forme d'une passion extrême. Les diables qui peuplent les visions de l'auteur semblent faire partie d'un tableau maniériste ; on ne pourrait pas nier à ce propos l'influence des figures diaboliques peintes par Michel-Ange à la Sixtine, ou le souvenir de certains textes classiques comme le livre des tentations de St. Antoine[9].

Dans la *Vita* la narration se déroule décidément sur un fond de misogynie. La femme n'occupe pas une place privilégiée, car c'est le travail artistique qui occupe essentiellement Cellini, même s'il s'agit d'Angelica :

> Essendomi io disposto in tutto e per tutto di voler prima finir la mia medaglia, di già eramo vicini alla fine del mese : al quale, per essere *invaghito tanto inella medaglia, io non mi ricordavo più né di Angelica né di null'altra cotal cosa, ma tutto ero intento a quella mia opera* (I, 65, p. 246, nous soulignons).

> *j'avais irrévocablement résolu de finir d'abord ma médaille. Nous étions déjà près de la fin du mois ; pourtant,* l'idée de ma médaille me possédait tellement, que je ne songeais plus ni à Angelica ni à rien d'autre ; je n'avais plus d'yeux que pour mon travail (trad. Beaufreton, I, pp. 231-232).

9. Cf. sur cet argument l'étude très vaste d'Enrico Castelli, *Il demoniaco nell'arte. Il significato filosofico del demoniaco nell'arte,* Milano-Firenze, Electa, 1952, trad. fr. Paris, Vrin, 1958.

La femme-ange bientôt se métamorphose en femme-diable : il ne faut jamais se fier, comme dit l'Arétin, à une courtisane qui a une mère. Les exploits des courtisanes constituent la matière des *Ragionamenti* de l'Arétin, en particulier le dialogue entre Pippa et Nanna où "*La Nanna insegna a la sua figliuola Pippa l'arte puttanesca*" ("Nanna apprend à sa fille Pippa l'art d'être une putain"), ou encore la troisième journée, où la "*Nanna narra alla Antonia la vita delle puttane*" ("Nanna raconte à Antonia la vie des putains")[10]. Si l'Arétin admet qu'il grossit certains détails des récits héroïques de ces courtisanes, il y a cependant beaucoup de vérité : Benvenuto reste sur ses gardes vis-à-vis de ce genre de dames, mais, après avoir attrapé le "morbo gallico" à cause de la rencontre avec une jeune servante (I, 59, p. 227), durant la convalescence marquée par un régime rigoureux, il peut se consacrer comme jamais à la création :

> Cominciai a pigliare grandissimo miglioramento, e in questo che io pigliavo il detto legno sempre tiravo inanzi i modelli di quella opera ; e' quali in *cotesta astinenzia io feci le più belle cose e le più rare invenzione che mai facessi alla vita mia* (*ibidem*, p. 228, nous soulignons).

> *Je commençai à me sentir beaucoup mieux. Tout en suivant mon traitement, j'avançais sans arrêt les modèles de mon ouvrage,* et je rapporte à ces jours de diète les plus rares inventions et les plus belles réalisations que j'aie jamais faites de ma vie (trad. Beaufreton, I, p. 212).

Est-ce que la femme serait un obstacle à la création ? Nous sommes ainsi aux antipodes de l'amour courtois ; pourtant, lorsque Cellini crée il préfère s'entourer de modèles féminins, comme pour la Lunette de Fontainebleau, ou pour la tête de Méduse. La *Nymphe* qui apparaît dans la Lunette, exécutée pour la Porte Dorée du Palais, s'inspire du visage de Caterina, puis, lorsque celle-ci s'en va, de Gianna, qui sera aussi la mère de son premier enfant, Costanza. La petite est citée dans l'acte de baptême du 8 juin 1544, fille de "Bendenoste Cheline, Florentin ou Italien, et de Jehanne sa

10. Cf. Pietro Aretino, *Sei giornate*, a cura di Giovanni Aquilecchia, Roma-Bari, Laterza, 1980, Terza Giornata, p. 123.

chanberière" (Allodoli, *Cellini e le donne*, Firenze, Cherubini, 1930, pp. 53-54). L'aventure avec Caterina se conclut tragiquement, car elle le trahit avec l'un de ses assistants, Paolo Micceri, et de surcroît, un florentin. La vengeance de Benvenuto sera cruelle, car il les oblige à se marier et continue à se servir de Caterina comme modèle et amante. La pulsion de la vengeance domine absolument l'orfèvre qui se dit obligé d'agir ainsi, car il serait peut-être mort d'une telle passion qui l'envahit physiquement comme une véritable fièvre (II, 33). La passion révèle sa force bestiale, indomptable, mais Cellini, pour une fois, reconnaît avoir mal agi, sous l'effet de la jalousie (II, 34).

En réalité, ce qui surprend dans cet épisode, c'est le degré de violence que Benvenuto peut atteindre avec cette femme, qui est toujours son modèle. Comme si esprit de vengeance, sadisme et sensualité étaient les ingrédients essentiels pour la création artistique. L'*art* et le *mal* sont apparentés dans ces pages :

> pure me la sopportavo, mal volentieri, il meglio che io potevo, considerando che per l'arte mia io non potevo trovare cosa più a proposito di costei ; e da me dicevo : "Io fo qui dua diverse vendette : l'una per esser moglie : queste non son corna vane, come eran le sua quando lei era a me puttana : però se io fo questa vendetta sì rilevata inverso di lui, e inverso di lei ancora tanta istranezza faccendola stare qui con tanto disagio, il qual, oltra al piacere, mi resulta tanto onore e tanto utile, che poss'io più desiderare ? (II, 34, p. 483).

> *Je supportais pourtant cela de mon mieux, sinon de bon gré, en songeant que je ne pouvais trouver un meilleur modèle pour mon art. Et je me disais en moi-même : "Je me venge de deux manières différentes : d'abord puisque Caterina est mariée, les cornes de Pagolo sont autrement vraies que celles qu'il me faisait quand cette garce était ma maîtresse. D'autre part, tout en tirant ainsi de mon insulteur une éclatante vengeance, je maltraite encore outrageusement sa femme, en l'obligeant à rester dans des poses aussi incommodes, ce qui non seulement me fait plaisir, mais me rapporte tant d'honneur et de profit. Que puis-je désirer de plus ?"* (trad. Beaufreton, II, p. 94).

Pourquoi l'artiste éprouve-t-il le besoin de frapper, de se défouler si violemment contre ce personnage qui habite en quelque sorte le monde de sa création plastique ? Pourquoi rendre cette femme "tutta lacerata, livida e enfiata, pensando che, se pure lei tornassi, essere di necessità di farla medicare per quindici giorni, innanzi che io me ne potessi servire" (*ibidem*) ("*toute couverte de griffures, de bleus, d'enflures, je pensais que, même si elle revenait, il faudrait la faire soigner pendant quinze jours avant de pouvoir me servir d'elle*", p. 278) ? Les crises de rage qui poussent l'artiste à une violence qui côtoie la folie ont fait réfléchir certains critiques, qui ont exploré le psychisme cellinien du point de vue de la psychiatrie criminelle[11]. Caterina, en dépit des crises de Benvenuto, revient, la même scène se répète jusqu'à la fusion de la Lunette en bronze. Ensuite, pour polir son ouvrage et pour réaliser les "Victoires" qui auraient dû surmonter la Lunette (et dont nous possédons les moulages en plâtre au Musée du Louvre), l'artiste se sert d'un autre modèle, Gianna, qu'il esquisse à travers quelques traits, avec la concision formidable qui est la sienne :

> presi una povera fanciulletta de l'età di quindici anni in circa. Questa era molto bella di forma di corpo ed era alquanto brunetta ; e per essere *salvatichella* e di *pochissime parole, veloce* nel suo andare, *accigliata* negli occhi, queste tali cose causorno ch'io le posi nome *Scorzone* : il nome suo proprio si era Gianna (II, 37, p. 488).
>
> *je pris une pauvre fillette de quinze ans environ. Elle était fort belle de formes et quelque peu brune de peau. Comme elle était sauvageonne, très peu parlante, vive d'allure et qu'elle fronçait habituellement les sourcils, je la surnommai Scorzone [peau dure], mais son véritable nom était Jeanne* (trad. Beaufreton, II, p. 102).

Après la naissance de son premier enfant, Cellini donne une somme d'argent pour que la fille puisse se marier et il ne la revoit plus[12]. La question de la relation de Cellini avec les modèles-amantes est apparenté avec

---

11. Cf. Paul Courbon, *Etude psychiatrique sur Benvenuto Cellini*, Paris-Lyon, A. Maloine, 1906 et cf. sur le même sujet Rodolfo Renier, *La psicopatia di Benvenuto Cellini*, in *Svaghi critici*, Bari, Laterza, 1910, pp. 71-91.

12. "Consegnai alla detta fanciulla tanti dinari per dota, quanti si contentò una sua zia, a chi io la resi ; e mai più da poi la cogniobbi" (II, 37, p. 489, "*Je la pourvus à titre de dot, d'une certaine somme d'argent dont se contenta une de ses tantes à qui je la confiai. Depuis, je n'en ai jamais eu de nouvelles*", trad. Beaufreton, II, p. 104).

celle de la paternité, que pour l'instant, en tant qu'artiste nomade, il ne veut point assumer. Pietro Calamandrei fait remarquer que Cellini, au fond, observait les coutumes répandues (cf. *Cellini uomo, op. cit.*, p. 605) ; c'était en réalité la loi commune à toute l'époque : *aut nubat aut dotet*, il fallait les marier ou les doter. Jusqu'au moment où Cellini prit la décision de se marier avec Piera di Salvatore Parigi, il ne faisait que doter ses concubines, mais il ne les mariait pas. C'est le cas de Dorotea, le modèle de la merveilleuse tête de Méduse : elle lui donna un fils, mais il lui fit épouser Domenico Parigi surnommé Sputasenni. Elle continua cependant d'avoir une relation avec lui et l'orfèvre adopta son "Benvenutino", le fils de Dorotea, qui lui occasionna plus d'un problème par la suite[13]. La *Vita* nous offre un

---

13. Les problèmes causés par la présence de femmes chez Cellini, surtout des servantes, apparaissent dans ses souvenirs, *I Ricordi* (Ms Riccardiano 3082, Florence) qui rendent bien compte de la situation. Calamandrei nous rapporte des passages éloquents : "*7 dicembre 1555* : è debitore di salari arretrati della sua domestica monna Fiore, ma invece di pagarla in danaro, le cede un credito che egli aveva verso un certo Vincenzio figlio di monna Margherita 'detta la Gambetta' ; e naturalmente, da tutto questo imbroglio, nasce un groviglio di cause.

17 gennaio 1557 : 'Monna Maddalena serva, donna fu di Piero da Ronta, è venuta a star meco questo dì...' E poi : 'venne ierisera e questa mattina ne la mando per pazza affatto'. [...]

12 ottobre 1568 : 'Monna Giovanna serva s'è partita a dì detto et auto il resto del suo salario, qual sono state lire cinque, presente Andrea Benivieni e ser Agnolo Farsellini et ser Giovanni da Falgano e Antonio Crocini legniaiolo. Se ne volse andare come per forza a 2 hore di notte, perché costumava inubriacarsi, et per avermi beuto uno boccale di vino greco, il quale lei non mi intendeva. Era fradicia affatto' [...] 'Non si terrà più conto di questa ribalda'.

("*7 décembre 1555 : il est débiteur d'arriérés de salaires envers sa domestique monna Fiore, mais au lieu de la payer en argent, lui transfère un crédit qu'il avait envers un certain Vincenzo, fils de monna Margherita surnommée la 'Petite Jambe'; et naturellement, de tout cet embrouillamini naît un enchevêtrement de procès.*

17 janvier 1557 : 'monna Maddalena servante, femme de feu Piero da Ronta, s'est installée chez moi aujourd'hui...' Et ensuite : 'Elle vint hier soir et ce matin je l'ai chassée car elle est tout à fait folle'.

12 octobre 1568 : 'Monna Giovanna servante est partie aujourd'hui après avoir reçu le reste de son salaire, d'un montant de cinq lires, en présence d'Andrea Benivieni et de sire Agnolo Frasellini et sire Giovanni da Falgano et Antonio Crocini menuisier. Elle voulut à tout prix partir à deux heures de la nuit, car elle

intéressant témoignage socio-historique sur la condition des femmes, particulièrement difficile à cause de la misère qui menaçait les filles seules et avec un enfant. Les affirmations de Burckhardt, qui voyait en Italie une grande avancée en ce qui concerne la condition de la femme, semblent un peu trop optimistes, puisqu'elles se fondent sur des exemples isolés et socialement très limités : au fond, l'auteur se limite à citer les nombreuses poétesses et femmes d'exception, parmi lesquelles Gaspara Stampa, Cassandra Fedele, Vittoria Colonna, Clarice Strozzi, Isabelle Gonzague, marquise de Mantoue (cf. Larivaille, *op. cit.*, p. 11).

D'ailleurs, il y avait eu des ouvrages littéraires, tels que le *Decameron*, qui attribuaient un rôle considérable à la femme ; on peut en juger, en lisant l'étonnant plaidoyer de ce personnage féminin qu'est Madonna Filippa :

> Messere, egli è vero che Rinaldo è mio marito e che egli questa notte passata mi trovò nelle braccia di Lazzarino, nelle quali io sono, per buono e per perfetto amore che io gli porto, molte volte stata ; né questo negherei mai ; ma come io son certa che voi sapete, le leggi deon esser comuni e fatte con consentimento di coloro a cui toccano. Le quali cose di questa non avvengono, ché essa solamente le donne tapinelle costrigne, le quali molto meglio che gli uomini potrebbero sodisfare ; e oltre a questo, non che alcuna donna, quando fatta fu, ci prestasse consentimento, ma niuna ce ne fu mai chiamata, per le quali cose meritatamente malvagia si può chiamare (*Decameron, op. cit.,* giornata VI, Novella VII, p. 445).

> *Messire, il est exact que Rinaldo est mon mari, et que, la nuit dernière, il m'a surprise dans les bras de Lazzarino. Etant donné le total et sincère amour que je porte à ce jeune homme, je m'y suis trouvée à maintes reprises, c'est ce que je ne nierai jamais. Seulement, et je suis certaine que vous le savez, les lois doivent être communes à tous, et traduire le sentiment de ceux qui risquent de tomber sous leurs coups. C'est précisément en quoi est défectueuse la loi dont vous parlez. Elle ne nie que les femmes, les malheureuses ! Or les femmes sont bien plus aptes que les hommes à satis-*

---

avait l'habitude de se saoûler, et comme elle avait bu un pichet de mon vin grec, elle ne m'entendait pas. Elle était ivre morte [...] On ne tiendra plus compte de cette ribaude' (*Ricordi*, cit. in Calamandrei, *Cellini uomo, op. cit.*, p. 604).

> *faire de nombreuses demandes. Ce n'est pas tout. Quand on a décrété cette loi, aucune femme ne lui a donné son accord, aucune femme, qui plus est, n'avait été convoquée ; tous motifs raisonnables pour prétendre que la loi est mauvaise* (Le Decameron, op. cit., 6e Journée, 7e Nouvelle, pp. 418-419).

Cependant, Cellini est loin de donner à la femme, surtout à la femme infidèle, le droit à la parole et à l'autodéfense. Boccace, par contre, célèbre la femme adultère, mettant l'accent sur le moment magique où le poids de l'institution est levé et la liberté d'aimer est recouvrée :

> La donna, rimasa libera nella sua casa, ripensando alle parole del Zima e all'amore il qual le portava, e al pallafreno per amor di lei donato, e veggendolo da casa sua molto spesso passare, disse seco medesima : "Che fo io ? Perché perdo la mia giovanezza ? Questi se n'è andato a Melano e non tornerà di questi sei mesi ; e quando me gli ristorerà egli giammai ? Quando sarò vecchia ? E oltre a questo, quando troverrò io mai un così fatto amante come è il Zima ? Io son sola, né ho d'alcuna persona paura ; io non so perché io non mi prendo questo buon tempo mentre che io posso ; io non avrò sempre spazio come io ho al presente ; questa cosa non saprà mai persona ; e se egli pur si dovesse risapere, si è meglio fare e pentere, che starsi e pentersi" (*ibidem*, Giornata III, Novella V, pp. 219-220).

> *La dame restait libre dans sa demeure. Elle fit retour sur les paroles de Zima, sur l'amour qu'il lui vouait, sur le palefroi qu'il lui avait donné pour l'amour d'elle. Elle l'apercevait qui longeait fréquemment sa maison, et se dit à part soi : "Que fais-je ? Pourquoi perdre ainsi ma jeunesse ? Mon mari est parti pour Milan, et ne sera pas de retour avant six mois, Quand m'en donnera-t-il compensation ? Quand je serai vieille. Et d'ailleurs, quand trouverai-je un amant aussi parfait que Zima ? Je suis seule, je n'ai personne à craindre. Pourquoi ne saisirais-je pas l'occasion tant que c'est possible ? Je n'en aurai pas toujours l'occasion comme aujourd'hui. Personne n'en saura jamais rien, et dût-on le savoir, mieux vaut le repentir d'avoir agi, que le regret d'avoir croisé les bras" (Le Décaméron, op. cit., 3e Journée, 5e Nouvelle, p. 209).*

Si Boccace a bien célébré la liberté de la femme, d'autre part, il a aussi écrit par la suite le *Corbaccio* (1355), qui relève d'un esprit franchement misogyne. Cellini, qui lui emprunte souvent le lexique ainsi que certains éléments stylistiques, ne tient pas compte, sauf en de rarissimes exceptions, de cette exaltation du sexe féminin. Un personnage de femme, une sorte d'apparition fugitive qui constitue l'exception, est présenté de façon positive ; il s'agit de la femme de Pierluigi Farnese, qui ose le défendre auprès de la cour du Pape, lorsqu'il est en danger de mort :

> La moglie del signior Pierluigi, si chiamava la signiora Ieronima, se ne andò dal Papa, e gittandosi ginocchioni – era alla presenza parecchi Cardinali – questa donna disse tante gran cose che la fece arrossire il Papa, il quale disse : "Per vostro amore noi lo lascieremo istare, se bene noi non avemmo mai cattivo animo inverso di lui". Queste parole le disse il Papa per essere alla presenza di quei Cardinali, i quali avevano sentito le parole di *quella maravigliosa e ardita donna* (I, 116, p. 376, nous soulignons).

> *La femme du seigneur Pier Luigi, qui se nommait madonna Girolama, se rendit chez le pape. Elle se jeta à ses genoux, en présence de plusieurs cardinaux et lui parla avec tant de véhémence qu'elle le fit rougir. "Pour l'amour de vous, répondit-il, nous lui laisserons la vie, d'autant plus volontiers que nous n'avons jamais eu de sentiments d'hostilité contre lui". Le pape tint ce langage à cause des cardinaux témoins de la scène, qui avaient entendu le discours de* cette admirable et courageuse femme (trad. Beaufreton, I, p. 382).

Girolama Orsini, c'est le personnage féminin qui contraste avec les "femmes" des puissants, des mécènes qui sont en relation directe avec Cellini. A l'opposé, Madame d'Etampes, l'amante du roi François Ier, et la Duchesse de Florence Eléonore de Tolède, sont présentées en fait dans la *Vita* comme de véritables ennemies pour l'artiste. Gailly de Taurines a reconstruit le portrait complexe de cette femme puissante qui protégeait les poètes, les sculpteurs et les peintres et qu'on appelait "la plus belle des savants et la plus savante des belles"[14]. Madame d'Etampes est nettement

14. "Anne de Pisseleu, 'Madame d'Etampes', était dans la suite de la reine mère de François Ier 'jeune fille d'honneur'. François Ier s'était empressé de lui faire épouser un de ses gentilshommes, Jean de Brosse, gratifié pour la circonstance du duché d'Etampes. Amie des arts, fine spirituelle, la nouvelle duchesse se posa de suite en protectrice des poètes, des écrivains, des sculpteurs et des peintres et reçut

plus dangereuse que la Duchesse, car son amour-propre a été blessé par l'insouciance de Benvenuto, mauvais courtisan. En réalité, cette dame exerçait un pouvoir énorme en France, comme le déclare Pope-Hennessy "elle eut une large part dans la disgrâce du connétable de Montmorency, au printemps 1541, et ses tendances cryptoluthériennes infléchirent bien souvent la politique de la France. Elle était, d'après l'ambassadeur de Charles Quint en France, "le vrai président du plus privé et intime conseil du roi". Il semble que Cellini ne comprit jamais l'étendue de son ascendant" (*op. cit.*, p. 105). On ne sait pas si l'artiste eut véritablement conscience d'un tel pouvoir, mais il comprit certainement son influence néfaste, car il le souligne à maintes reprises dans la *Vita* : lorsqu'il s'agit des disputes avec les habitants du Château du Petit-Nesle, domicile et atelier de Cellini, lorsqu'il montre la statue du Jupiter au roi, lorsqu'elle refuse de recevoir dans son palais l'artiste qui lui apportait un présent, pour conquérir son amitié. Après la visite du roi qui s'entretient sur les finalités de l'art dans l'atelier de Cellini, la favorite ne cache pas sa jalousie :

> Volse la mia mala fortuna che io non fui avvertito di fare altretanta commedia con madama de Tampes, che saputo la sera tutte queste cose, che erano corse, dalla propria bocca del Re, gli generò tanta rabbia velenosa innel petto che con isdegno la disse : "Se Benvenuto m'avessi mostro le belle opere sue, m'arebbe dato causa di ricordarmi di lui al tempo". Il Re mi volse iscusare, e nulla s'appiccò (II, 23, p. 460).

> *Ma malchance voulut que personne ne me prévînt d'avoir à jouer la même comédie à madame d'Etampes. Elle apprit le soir même de la bouche du Roi tout ce qui s'était passé et en conçut dans son cœur une rage si empoisonnée qu'elle déclara avec dédain : "Si Benvenuto m'avait montré ses beaux ouvrages, il m'aurait donné une raison de me souvenir de lui le moment venu". Le Roi voulut m'excuser mais sans trouver de bon argument (p. 263).*

---

de leur part en louanges la récompense de sa protection : 'La plus belle des savants et la plus savante des belles', tel est le surnom flatteur que lui valut leur reconnaissance" (Charles Gailly de Taurines, *Benvenuto Cellini à Paris sous François Ier*, Paris, H. Daragon, 1908, p. 38).

L'artiste n'est pas en mesure de construire une relation positive avec cette femme, qui par la suite commence à favoriser les adversaires de Cellini, entre autres Primatice, appelé le "Bologna", à qui elle aurait voulu confier la réalisation des statues de Fontainebleau. La véridicité du récit cellinien est confirmée par un compte rendu d'Alvarotti, émissaire du Duc de Ferrare à la cour de France, qui rapporte l'épisode de la présentation de la statue du Jupiter presque dans les termes employés par l'artiste[15]. Un voile cache la statue de Jupiter, mais madame d'Etampes insinue qu'il s'agit d'un expédient pour masquer ses défauts :

> Questo si era un velo sottilissimo, che io avevo messo con bella grazia addosso al ditto Giove, perché gli accrescessi maestà : il quale a quelle parole io lo presi, alzandolo per di sotto, scoprendo quei bei membri genitali, e con un poco di dimostrata istizza tutto lo stracciai. Lei pensò che io gli avessi scoperto quella parte per proprio ischerno. Avedutosi il Re di quello isdegnio e io vinto dalla passione, volsi cominciare a parlare : subito il savio Re disse queste formate parole in sua lingua : "Benvenuto, io ti taglio la parola : sì che sta cheto, e arai più tesoro che tu non desideri, l'un mille". *Non possendo io parlare, con gran passione mi scontorcevo* : causa che lei più sdegniosa brontolava ; e il Re, più presto assai di quel che gli arebbe fatto, si partì, dicendo forte, per darmi animo, aver cavato di Italia *il maggior uomo che nascessi mai, pieno di tante professione* (II, 41, pp. 498-499, nous soulignons).

---

15. Voici la fin du dialogue du compte rendu d'Algarotti cité par Pope-Hennessy : "Un gentilhomme escortant Mme d'Etampes s'écria : 'Pourquoi donc ce manteau qu'il a mis sur sa statue ?' 'Assurément, pour cacher quelque défaut,' répliqua Mme d'Etampes. A quoi Cellini répondit : 'Je ne suis pas homme, Madame, à dissimuler les défauts de mes œuvres, mais plutôt à découvrir ceux des œuvres d'autrui. J'ai mis ce manteau pour décence garder, mais s'il vous déplaît, je l'enlève.' Il détacha le manteau, dénudant ainsi le membre viril du dieu, et demanda : 'Toutes choses vous paraissent-elles comme il convient ?' Le roi éclata de rire, et Cellini ajouta, s'adressant à Mme d'Etampes : 'Je suis responsable de mes œuvres non devant vous, Madame, mais devant Sa Majesté.' Mme d'Etampes insista : 'Que diriez-vous, si vous étiez également responsable devant moi ?' Et Cellini rétorqua : 'Si j'étais responsable devant vous, Madame, je ne resterais pas auprès de Sa Majesté.' Le Roi mit un terme à cet échange" (*op. cit.*, p. 104).

> *Il s'agissait d'un voile très léger que j'avais jeté avec élégance sur mon Jupiter pour lui donner plus de majesté. A ces mots je le saisis, le soulevai par en bas découvrant le beau membre viril du dieu et, d'un geste d'irritation évidente le déchirait tout entier. Madame d'Etampes pensa que j'avais dénudé cette partie de la statue pour la narguer et le Roi s'aperçut de son dépit. Ne dominant plus ma colère, je voulus parler mais le Roi, dans sa sagesse, me devança en me disant textuellement ces mots en français : "Benvenuto, tais-toi ; si tu te tiens tranquille, tu recevras mille fois plus que tu ne souhaites".* N'ayant pas le droit de parler, je me tortillais furieusement, *ce qui redoublait les murmures irrités de madame d'Etampes. Le Roi partit beaucoup plus vite qu'il ne l'aurait fait, en proclamant bien fort, pour m'encourager, qu'il avait fait venir d'Italie le plus grand homme qu'on ait vu avec tant de dons dans des domaines professionnels aussi différents (pp. 287-288).*

Benvenuto joue donc le rôle de l'excellent artiste et du mauvais courtisan ; il comprend l'exigence de s'attirer la sympathie de cette puissante dame, pourtant, son caractère passionné l'en empêche, et il parvient, à grand-peine, à se maîtriser, offrant le spectacle d'un corps qui se contorsionne ("non possendo io parlare, con gran passione mi scontorcevo", "N'ayant pas le droit de parler, je me tortillais furieusement"). Le corps de l'artiste, contredit rarement son état d'esprit, on l'a vu ; même lorsqu'il est malade ou lorsqu'il a la fièvre (comme durant la fusion du *Persée*, ou quand il rencontre le Primatice), son corps reflète de manière directe les mouvements de son âme, tout le contraire de ce qu'il faut pour un courtisan, qui a besoin de cacher ses sentiments. L'hostilité de Mme d'Etampes s'accentue, surtout lorsqu'elle veut interférer avec son activité artistique. Elle lui reproche, devant le roi, de ne pas terminer ses œuvres. Les "lenteurs" de l'artiste menacent sa crédibilité auprès du roi, mais en réalité il arrive à produire une quantité remarquable d'ouvrages en France, tout en faisant l'expérience de nouveaux procédés.

Pourquoi donc Cellini souligne-t-il la néfaste influence de la favorite sur le roi ? Pourquoi présente-t-il à Florence à peu près le même cadre de la situation, puisque son mécène, Cosme, agit lui aussi sous l'influence de la Duchesse ? Est-ce une manière de dénoncer une sorte de vide de pouvoir ? Est-ce la révélation d'un pouvoir occulte qui agit en marge du pouvoir officiel ? Contre ou en faveur de quel pouvoir Cellini, homme et artiste, doit-il agir ?

L'artiste-écrivain ose dénoncer dans son autobiographie l'ambiguïté de ce pouvoir, le double visage du commanditaire illustre qui l'appelle "mon ami", s'entretient avec lui, mais en même temps se livre aux influences de sa maîtresse, qui, en réalité, a encore plus de pouvoir sur le royaume que ne le dit Cellini[16]. Les personnages de François Ier et de Cosme de Médicis apparaissent ainsi, d'une certaine façon, diminués par leur femmes. Leur portrait, ce qui émerge des pages et des œuvres celliniennes, contraste avec la réalité profonde de leur pouvoir, qu'une créature féminine peut orienter à sa guise :

> Quel buon Re, che cogniosceva la cosa onde la veniva, non dava risposta alcuna. *Madama di Tampes si messe a sollecitare per quelle vie che possono le donne innegli uomini*, tanto che facilmente gli riuscì questo suo disegnio, che trovando il Re in una amorosa tempera, alla quale lui era molto sottoposto, compiacque a madama tanto quanto lei desiderava (II, 40, p. 494, nous soulignons).
>
> *Le bon Roi, qui savait d'où venait le coup ne répondit rien.* Madame d'Etampes se fit insistante, employant les grands moyens féminins tout-puissants sur les hommes, *et elle n'eut aucune peine à réussir : le roi se trouvait dans un de ses moments de faiblesse amoureuse auxquels il était fort sujet et lui accorda tout ce qu'elle voulait (p. 285).*

Cette fois-ci, la favorite essaie de "placer" un de ses protégés dans le château habité par Cellini. L'artiste attribue sa disgrâce auprès de Madame d'Etampes tantôt à la mauvaise fortune, tantôt à son manque de savoir-faire (mais le plus souvent c'est le mauvais tempérament de la dame qui est en cause) :

---

16. François Ier n'est pas seulement entouré de femmes qui ont une mauvaise influence sur lui. Il faudrait rappeler que sa sœur est une femme qui écrit, une véritable "*princesse des lettres*" : Marguerite de Valois, femme du roi de Navarre, est l'auteur de l'*Heptaméron,* ou les *Cent nouvelles nouvelles*, recueil de contes plaisants, et elle a écrit également un recueil poétique (cf. Gailly de Taurines, *op. cit.*, p. 39).

> Quando la perversa fortuna, o sì veramente vogliam dire quella nostra contraria istella, toglie a perseguitare uno uomo, non gli manca mai modi nuovi da mettere in campo contro a di lui. Parendomi d'esser uscito di uno inistimabil pelago, pensando pure che per qualche poco di tempo questa mia perversa istella mi dovessi lasciare istare, non avendo ancora ripreso il fiato da quello inistimabil pericolo, che lei me ne dette dua a un tratto innanzi. In termine di tre giorni mi occorre dua casi ; a ciascuno dei dua la vita mia è sul bilico della bilancia (II, 31, p. 476).

> *Quand la fortune adverse ou plutôt la mauvaise étoile se met à persécuter un homme, elle n'est jamais à court de nouvelles agressions pour l'abattre. Il me semblait être sorti d'un puits sans fond et je pensais que ma mauvaise étoile me laisserait un peu tranquille. Je n'avais pas eu le temps de reprendre mon souffle après cette effroyable alerte qu'en trois jours elle me plaça en face de deux dangers dont chacun mit ma vie en balance (p. 273).*

Une étoile "perverse" met en danger deux fois la vie de Benvenuto : une première fois il s'agit de la favorite, une autre fois, c'est le modèle Caterina qui le trahit. Mme d'Etampes est décidée à charger le Primatice de la réalisation des statues pour Fontainebleau, Cellini est donc sur le point d'utiliser la force, mais la prison romaine lui a appris qu'il vaut mieux négocier, tant que possible. L'artiste dénonce la mauvaise fortune et l'injustice commise contre lui : les règles de l'art n'ont pas été observées, seul un *concours* selon l'orfèvre, pourrait rétablir l'équité de la compétition, comme dans la meilleure tradition florentine (cf. Ghiberti, *Commentarii*). Toutefois, Primatice n'accepte pas la proposition de Cellini et celui-ci n'a plus qu'à recourir aux menaces, comme il l'a fait au cours de sa vie professionnelle, pour défendre son métier.

A travers les passages cités, la *Vita* se révèle être *le récit d'une vie constamment en danger*. Il faut créer contre tous et contre tout : l'artiste ne doit pas reculer devant les attaques de la fortune, mais il doit essayer d'affirmer un espace de créativité qui lui est propre. Tel est le message qui perce à travers les pages de l'artiste-écrivain. Les attaques de la femme rivale ne seront pas sans conséquences et auront un poids considérable sur la décision ultime de Benvenuto de quitter la France.

La duchesse Eléonore de Tolède

L'autre femme puissante qui prend souvent position contre Cellini est l'épouse de Cosme de Médicis, Eléonore de Tolède. Mais cette fois-ci, on peut remarquer une certaine évolution dans la conduite du protagoniste, car celui-ci prête beaucoup plus attention à la duchesse, afin d'attirer ses sympathies. Il lui offre des travaux d'orfèvrerie, mais, en fin de compte, n'est pas capable de mentir jusqu'au bout, comme lorsqu'il est question de donner une fausse estimation d'un collier que la reine convoitait, et que le Duc n'avait pas l'intention de lui acheter : l'orfèvre affiche sa sincérité, il révèle à Cosme le tour monté par la Duchesse.

Celle-ci commence à favoriser d'autres artistes, comme Bandinelli et Ammannati, et Cellini se sent laissé de côté : sa seule arme, dans ce cas, est son art, car il invoque, encore une fois, le concours qui, par tradition, aiguisait les esprits des créateurs, à Florence, la patrie de la "*Scuola del mondo*".

Eléonore est une femme puissante, peut-être moins que Madame d'Etampes en France, mais, chose rare pour un souverain, Cosme lui confiait le pouvoir en son absence. En 1539, le 29 juillet, la jeune Eléonore de Tolède, fille du vice-roi de Naples don Pedro de Tolède, et fiancée de Cosme arrive à Florence. En réalité Cosme avait dû renoncer à la main de Marguerite d'Autriche, veuve d'Alexandre et fille de Charles Quint. Mais Eléonore demeura toujours l'étrangère à Florence et ne put conquérir la sympathie du peuple[17]. La duchesse exerçait donc un certain pouvoir également dans l'attribution des travaux artistiques. Cellini le comprend tout de suite, mais il s'aperçoit qu'elle pourrait tout aussi bien entraver son activité de sculpteur :

17. Comme le rapporte Le Mollé, dans son ouvrage récent consacré à Vasari, "homme des Médicis" : "Distante malgré elle, mélancolique et rarement souriante, Eleonora n'a jamais rencontré la sympathie des Florentins pour qui elle resta toujours *la straniera*, l'étrangère. Cosimo fut profondément attaché à sa femme tout au long de leurs vingt-trois ans de vie conjugale. Sur les huit enfants qu'il eut, il lui en doit six. Il la respecta beaucoup et, chose rarissime à l'époque, il en fit sa collaboratrice ; à l'occasion de voyages ou de représentations, il lui délégua ses pouvoirs. Il eut toujours une conduite exemplaire à son égard comme s'il avait voulu, par sa hauteur morale, effacer le souvenir désastreux des turpitudes d'Alexandre" (*op. cit.*, p. 271).

> La Duchessa mi faceva favori inistimabili, e arebbe voluto che io avessi atteso a lavorare per lei, e non mi fussi curato né di Perseo né di altro. Io, che mi vedevo in questi vani favori, sapevo certo che la mia perversa e mordace fortuna non poteva soprastare a farmi qualche nuovo assassinamento (II, 59, pp. 531-532 et cf. sur le même sujet II, 65, p. 548).
>
> *La Duchesse me comblait de faveurs inestimables ; elle aurait voulu me voir travailler pour elle seule sans tenir compte du Persée ni de rien d'autre. Devant la vanité de ces faveurs, j'étais certain que ma fortune perverse et cruelle ne pouvait que me réserver quelque coup mortel* (notre traduction).

Cellini arrive à grand-peine à poursuivre ses travaux de sculpture, car la Duchesse lui commande des travaux d'orfèvrerie qui lui prennent beaucoup de temps. La seule issue possible pour le "scultor nuovo" est celle de ne pas trop se montrer au Palais, pour pouvoir terminer son *Persée* : cependant, il a besoin de créer pour Cosme, c'est pourquoi il s'oblige à réaliser de petits travaux d'orfèvrerie ou de restauration pour gagner les bonnes grâces de la Duchesse. C'est ainsi qu'il exécute pour elle une petite bague. Cellini, d'une manière générale, se méfie des femmes qui ont du pouvoir, on l'a vu avec Mme d'Etampes. Il est conscient du rôle de la Duchesse, mais il refuse sa médiation lors de l'estimation du *Persée*. Il s'ensuit une série de discussions à propos de la récompense pour le *Persée* (II, 95).

Le personnage de la Duchesse n'est pas entièrement négatif, au contraire, elle a bien l'intention d'aider le sculpteur à résoudre le différend avec le Duc. Elle sourit d'ailleurs de la naïveté de ce mauvais courtisan qui ne saisit pas l'importance d'une telle médiation, car il est trop fier de son art ; seulement après coup il réalisera qu'il aurait dû accepter les faveurs de cette dame puisque "con tutto che lei avessi aùto meco quel poco di stizza, ell'aveva poi in sé un certo modo di fare, *il quale si era buono (ibidem*, nous soulignons, "*malgré l'irritation qu'elle m'avait manifestée, la Duchesse avait un fond de bonté qui se traduisait par des bienfaits*", p. 357). La duchesse se faisait respecter des artistes qui gravitaient autour du Palais, et adressait des reproches même à Vasari, le plus zélé parmi les artistes de la cour et le plus "rapide" (en effet l'orfèvre l'avait surnommé "*Giorgino fa presto*", "Giorgino-fait-vite"). Deux portraits en marbre de la Duchesse, non achevés, ont été retrouvés dans l'atelier de l'artiste et cités dans l'inventaire des biens établi après sa mort en 1571 (respectivement n. 302 et n. 307 de la liste). Le dernier était probablement le pendant du buste en marbre de Cosme, lui aussi inachevé : aujourd'hui on attribue à Cellini et en partie à un continuateur de son travail, le buste qui est parvenu au De Young Memorial Museum de San Francisco.

Il est dommage que ne soit pas en notre possession l'image de ce portrait d'Eléonore qui nous aurait fourni la représentation plastique d'un personnage féminin avec lequel Cellini eut un rapport complexe, parfois conflictuel : le récit de cette relation dans la *Vita* met à nu la personnalité d'un artiste qui ne renonça jamais à sa dignité pour endosser le masque factice du courtisan.

La femme dans la création du médailleur, du sculpteur, du dessinateur

Combien de fois Cellini s'est-il servi du personnage féminin dans son art pour exprimer une idée, un concept, une allégorie ? L'auteur de la *Vita* et des *Trattati* s'en souvient, car il décrit les personnages féminins de sa création : seulement ici, dans la représentation plastique, Cellini acquiert un regard *autre* sur la femme, par conséquent, il peut devenir l'auteur d'ouvrages représentant de gracieuses jeunes filles, des Nymphes d'une vague beauté, des madones, jusqu'à la déesse mère par excellence, Artémis d'Ephèse... Tels sont les visages divers du féminin que Cellini nous a légués par son art.

Dans la *Vita*, il décrit le revers de la médaille de Clément VII qui porte l'inscription : *Clauduntur belli portae*, et célèbre la cessation des hostilités entre la Papauté et l'Empire (Traités de Cambrai et de Barcelone). Cellini, à cet effet, choisit l'image d'une jeune fille qui symbolise la Paix :

> Io me ne andai a casa mia, mettendomi a finire la medaglia, che di già avevo cominciata, della testa di papa Clemente, la quale io facevo con un rovescio figurato una Pace. Questa si era una femminetta vestita con panni sottilissimi, soccinta, con una facellina in mano, che ardeva un monte di arme legate insieme a guisa di trofeo ; e ivi era figurato una parete di un tempio, inel quale era figurato il Furore con molte catene legato, e all'intorno si era un motto di lettere, il quale diceva "*Clauduntur belli portae*" (I, 70, p. 256).

> *Rentré chez moi, j'entrepris de terminer la médaille à l'effigie du Pape Clément que j'avais déjà commencée. Au revers, je figurai la Paix sous forme d'une jeune femme, court vêtue de tissu léger, tenant une petite torche avec laquelle elle mit le feu à un monceau d'armes liées ensemble en forme de trophée. On voyait aussi le mur d'un temple dans lequel se tenait un homme enchaîné représentant la Fureur. Autour on lisait : "Clauduntur belli portae" (pp. 123-124).*

La médaille (voir figure 12) revêt une grande importance pour Cellini, car il l'évoque également dans les *Traités* en expliquant en détail sa technique de réalisation. La scène représentée sur le revers est d'une extrême cohérence thématique : la "femminetta", la jeune fille, tient dans la main gauche une corne d'abondance, dans la droite elle porte une torche avec laquelle brûle les symboles de la guerre, les armes. D'une particulière finesse est le drapé de sa robe, on dirait un personnage féminin de la Grèce hellénistique : sa grâce et sa légèreté sont mises en évidence par l'ample mouvement de sa robe caressant son corps. Une figure masculine, un homme enchaîné au temple de Janus représente la Fureur : le temple est un autre élément plastique qui évoque l'antiquité classique, ainsi que l'inscription latine tirée de l'*Enéide* de Virgile (I, 294).

Ce revers reçoit les louanges du pape qui déclare n'avoir rien vu de semblable auprès des Anciens : Cellini s'exprime, ainsi, au moyen d'un art narratif, car il est capable, dans l'espace exigu d'une médaille, de raconter une histoire, ou bien, et c'est le cas ici, de représenter une scène dramatique : la Paix contre la Fureur. L'image de la femme ici n'est qu'un véhicule de sens, elle est là pour "signifier", avec tous les attributs de la féminité : la fécondité (la corne d'abondance), la grâce, la sagesse (elle détruit les armes). La féminité a donc été choisie pour indiquer le retour à la vie, à la paix parmi les peuples, après la plus grande défaite que la Chrétienté ait subie, à savoir le Sac de Rome (1527). Il s'agit toutefois, en dépit du réalisme de la représentation, d'une citation classique ; l'on voit bien que Cellini a assimilé les connaissances acquises à Rome et à Naples sur l'art des Anciens, mais il les élabore de façon personnelle dans son métier de *médailleur illustrant l'histoire*.

L'image de la *Nymphe* de Fontainebleau (voir figure 13) véhicule un autre aspect de la féminité. Ici le féminin, qui a bien d'autres proportions (205 X 409 cm., Musée du Louvre), est associé à l'animalité et à l'esprit des forêts, c'est une sorte de Diane chasseresse, entourée de chiens et d'animaux sauvages : des sangliers, un cerf, des biches. La *Nymphe* est accompagnée d'une urne d'où s'écoule l'eau, l'image est classique, et en même temps elle illustre la légende de la découverte de Fontainebleau selon laquelle la source et sa divinité furent découvertes dans la forêt de Brie par un chien nommé Bleu ou Bliaud, et l'endroit arrosé par la source fut nommé Fontainebleau. Le sujet avait été traité par le Rosso dans une fresque située au centre de la Galerie de François Ier, dont il ne reste qu'une gravure de Pierre Milan (Vassar College Art Gallery, Poughkeepsie, New York, in Pope-Hennessy, *op. cit.*, p. 137). Voici la description qu'en donne Cellini dans la *Vita* :

> Innel mezzo tondo avevo fatto una femmina in bella attitudine a diacere : questa teneva il braccio manco sopra al collo d'un cervio, quale era una dell'inprese del Re : da una banda avevo fatto di mezzo rilievo caprioletti, e certi porci cigniali e altre salvaticine di più basso rilievo ; da l'altra banda cani bracchi e livrieri di più sorte, perché così produce quel bellissimo bosco, dove nasce la fontana. Avevo di poi tutta quest'opera ristretta in un quadro oblungo, e innegli anguli del quadro di sopra, in ciascuno, avevo fatto una Vittoria in basso rilievo, con quelle facelline in mano, come hanno usato gli antichi (II, 21, p. 457).

> *Dans la lunette une femme allongée dans une belle attitude posait son bras gauche sur le cou d'un cerf, un des emblèmes du roi. D'un côté, j'avais modelé en demi-relief des faons, des sangliers et d'autres animaux sauvages en relief réduit ; de l'autre côté, des braques et des lévriers de différentes races. Tous ces animaux rappelaient la magnifique forêt où naît la source. J'avais ramassé toute cette composition dans un cadre oblong ; dans les écoinçons deux Victoires en bas relief tenaient des torches pareilles à celles de l'usage antique (p. 261).*

La figure de femme est éminemment une figure de décoration de la Porte Dorée. Il est difficile de la juger comme une sculpture autonome, car elle était destinée à être exposée à une certaine hauteur, dans un ensemble architectural et non pas dans les salles d'un musée. Elle fut installée à la mort de François Ier au Château d'Anet, résidence d'Henri II et de sa maîtresse Diane de Poitiers. La *Nymphe* se mua en *Diane* sur le fronton du château, comme le montre une gravure de l'*Architecture* de Philibert de l'Orme (1567). Jamais cet ouvrage ne fut à sa place, bien qu'il ait été conçu comme un détail de l'ensemble, comme une figure essentiellement décorative. Focillon fait remarquer, dans l'essai consacré à l'artiste, qu'il s'agit d'"un bel animal au repos, robuste, agile et souple, mais sans charme. [...] Sa Nymphe résume les rudesses de la forêt plutôt que ses émotions mystérieuses" (*Cellini*, *op. cit.*, pp. 77-78).

La lunette reste sans doute un ouvrage très discuté, mais cette expérience servira à Cellini car il pourra montrer son dessin plus mûr et son modelé plein de grâce dans la *Danaé* qui occupe une niche du piédestal du *Persée*. Cette grande *Nymphe* de la lunette sera pour l'artiste une étape technique très importante comme il apparaît à travers certains passages des *Traités*. Cellini a opéré par adjonction de couches différentes, puisque sur la sculpture en argile il applique la cire qu'il travaille soigneusement. Il faudrait remarquer qu'il s'agit, pour lui, du premier ouvrage de vastes proportions, pour la première fois le *sculpteur* se révèle :

> Il sopra mezzo tondo fu gittato di più pezzi, e il primo e più grande fu la sopradetta Fontana Beliò, quale era la detta femmina, la qual aveva la testa tutta tonda e molti altri membri del corpo, e alcuni altri erano di mezzo rilievo. Il modo del farla, io la feci di terra della grandezza a punto che l'aveva da essere ; di poi, quando lei fu soppassa, io la veddi essere ritirata la grossezza d'un dito della mano, così discretamente l'andai ritoccando e misurando come promette l'arte (*Della scultura*, I, in *Opere*, p. 752).

> *La lunette fut coulée en différents morceaux : le premier et le plus grand fut la dite Fontaine Bleau, qui représentait la femme dont j'ai parlé, dont la tête était travaillée en ronde-bosse ainsi que beaucoup d'autres membres du corps, d'autres encore étaient en demi-relief. Pour la réaliser je la fis de terre de la grandeur qu'elle devait avoir ; ensuite, lorsqu'elle eut séché, je vis qu'elle s'était retirée d'un doigt, par conséquent je la retouchai et je lui donnai ses justes dimensions selon les règles de l'art.*

Pourquoi Cellini se mesure-t-il avec ce grand personnage féminin ? Il revêt son personnage des attributs de la mythologie classique (l'urne, l'eau, les chiens, les animaux de la forêt), mais en réalité la femme s'impose avec des traits réalistes : les épaules, les mains, la taille et le ventre, les genoux. On s'est étonné qu'elle ait été exécutée à partir d'un modèle vivant, néanmoins, à travers la "patine" mythologique perce le réalisme du modelé. Elle peut vaguement faire penser à une figure de Michel-Ange, comme l'*Aurore* par exemple, mais le dessin vigoureux du maître et les proportions manquent ici, probablement à cause du fait que la lunette devait être placée au-dessus d'une porte, et donc, devait être regardée du bas. Il n'est pas sans intérêt d'observer que la première œuvre de l'artiste coulée en bronze est "fatalement" un personnage féminin. L'attitude de la *Nymphe* est dictée par des critères de composition en harmonie avec l'ensemble architectural : le mouvement du bras droit qui enlace le cou du cerf ainsi que les jambes sont parallèles à la base horizontale, tandis que la ligne des épaules et la direction du regard suivent la courbe de la lunette. On dirait que l'idée de fusion avec l'ensemble domine l'image de la *Nymphe* : cet être est appelé ici à représenter un aspect de la féminité, le *caractère fusionnel*, puisque ce personnage s'offre au regard plongé dans un contexte naturel d'arbres, d'eaux, d'animaux ; elle incarne donc la profusion de la vie, qui explose avec une sorte d'excès dans le touffu décor du fond. Il n'y a pas d'équilibre entre la simple ligne du vaste corps de la femme et la composition d'un fond où il n'y a pas le moindre espace vide. On dirait qu'une espèce d'*horror vacui* a saisi l'auteur, qui n'a pas su résister à la *tentation de remplir un tel espace : vice de l'orfèvre ou peur du vide* ?

De toute manière, c'est une figure féminine qui pose nombre de questions, eu égard à son symbolisme complexe, son exécution et sa place dans l'ensemble. On pourrait affirmer que la "forêt de symboles" qui s'entasse sur le fond de la lunette est là pour donner un sens à cette vaste nudité qui fait peur. Les éléments du fond, qui se présentent dans des dimensions différentes, sur des plans différents, comme pour souligner une sorte de perspective, sont appelés à "habiller" ce nu, à lui donner une signification culturelle, pour l'apprivoiser, en quelque sorte.

On a déjà noté la genèse mouvementée de cet ouvrage dans l'atelier de Cellini, Caterina et Gianna ont dû jouer un certain rôle dans sa gestation. De plus, l'artiste nous raconte qu'il appelait Gianna "Scorzone" (la "Rugueuse"), en raison de son caractère rude et de ses manières "sauvages", ce qui s'accordait fort bien avec le style "rustique" qui était à la mode à la cour du roi, et en particulier à Fontainebleau.

D'ailleurs cette figure ne peut pas être interprétée sans tenir compte d'une autre image du féminin : la figure de la *Terre* dans la salière en or qui avait été terminée avant la *Nymphe* de la lunette. Dans la *Vita* et dans le *Traité de l'Orfèvrerie*, Cellini parle de son ouvrage :

> E sì come io dissi quando io ragionai del modello, avevo figurato il Mare e la Terra a sedere l'uno e l'altro, e s'intramettevano le gambe, sì come entra certi rami del mare infra la terra, e la terra infra del detto mare : così propiamente avevo dato loro quella grazia. [...] Per la Terra avevo figurato una bellissima donna, con il corno della sua dovizia in mano, tutta ignuda come il mastio appunto ; nell'altra sua sinistra mana avevo fatto un tempietto di ordine ionico, sottilissimamente lavorato ; e in questo avevo accomodato il pepe. Sotto a questa femina avevo fatto i più belli animali che produca la terra ; e i sua scogli terresti avevo parte ismaltati e parte lasciati d'oro (II, 36, p. 486).
>
> *Comme je l'ai dit encore en parlant du modèle, j'avais représenté l'Océan et la Terre, assis l'un et l'autre, les jambes entre-croisées, par allusion aux golfes qui pénètrent dans les terres et aux caps qui s'avancent dans la mer, et cette attitude était fort gracieuse. [...] Pour personnifier la Terre, j'avais exécuté une femme de toute beauté, entièrement nue, tout comme la figure d'homme qui lui faisait vis-à-vis. Elle tenait dans la main droite une corne d'abondance ; dans la gauche j'avais placé un petit temple ionique très finement travaillé, propre à contenir le poivre. Au-dessous de cette femme étaient figurés les plus beaux animaux que produise la terre. Les rochers sur lesquels elle reposait étaient en partie émaillés, en partie laissés en or* (trad. Beaufreton, II, pp. 97-98)[18].

---

18. Voici la description de la Terre dans le *Traité de l'orfèvrerie* : "A rincontro al detto Nettuno io avevo fatto una figura femmina, della medesima grandezza del mastio, tutta di rilievo, tonda innel medesimo modo che era il detto mastio ; e mi ero accomodato che le gambe del mastio e della femmina con bellissima grazia d'arte entravano l'una nell'altra, una stesa e l'altra raccolta, che figurava il monte e il piano della terra. E in mano alla detta figura avevo accomodato un tempietto riccamente lavorato, di ordine ionico, nel quale si metteva il pepe, e nella sua destra mano avevo posto un cornocopia ricchissimo di foglie, frutti e fiori ; e nella parte della terra io dimostravo alcuni belli animaletti terrestri, e in quella del mare facevo scoprire in fra l'onde alcune sorte di bellissimi pesci" ("*En vis-à-vis du dit Neptune j'avais fait une figure de femme de la même dimension que le personnage masculin, toute en relief, de la même manière que l'homme ; j'avais*

La figure de la Terre, dans la salière de Cellini (Kunsthistorisches Museum, Vienne, 26 X 33,5 cm, or et émail, voir figure 14), présente des aspects très intéressants pour l'analyse d'un autre type de représentation du féminin chez l'orfèvre. Il y a des éléments en commun avec d'autres ouvrages, la corne d'abondance par exemple, qu'on a déjà rencontrée dans la figure de la Paix qui figure sur le revers de la médaille de Clément VII.

Ce qui frappe, dans l'ensemble de la salière, c'est le caractère monumental des personnages. Les figures de la salière, en photo, donnent l'impression d'être de véritables sculptures de grandes dimensions. Cela confirme le fait que, pour créer des "colosses", ce n'est pas la grandeur de la sculpture qui compte, mais son caractère monumental, ses proportions, et l'attitude du personnage qui lui confère une certaine majesté.

Or, le Neptune et la Terre ont dû être modelés d'après nature, c'est la méthode de Cellini, on peut l'imaginer à partir des détails anatomiques et de la posture. La figure de la Terre, ainsi que la figure masculine, est conçue selon les canons classiques : cependant, les figures ne laissent pas supposer un support livresque ou une intention académique, car leur grâce est nourrie de la vigueur du dessin d'après le modèle vivant. Même les citations "michelangelesques" de la chapelle Médicis, notamment les images de l'Aurore, du Crépuscule, du Jour et de la Nuit, sont de véritables réélaborations puisqu'on sent palpiter, dans ces petites figures "monumentales", l'énergie du vivant.

L'image du féminin s'accorde ici avec le principe masculin, Neptune, leur rapprochement n'est pas qu'un expédient décoratif, Cellini nous le dit : "e s'intramettevano le gambe, sì come entra certi rami del mare infra la terra, e la terra infra del detto mare : così propiamente avevo dato loro quella grazia" ("les jambes entre-croisées, par allusion aux golfes qui pénètrent dans les terres et aux caps qui s'avancent dans la mer, et cette

fait en sorte que les jambes de l'homme et celles de la femme fussent entre-croisées avec beaucoup de grâce, une des jambes était étendue, l'autre repliée, pour figurer les plaines et les montagnes de la terre ; dans la main de cette figure j'avais placé un petit temple richement travaillé, d'ordre ionique, dans lequel on mettait le poivre, et dans sa main droite j'avais mis la corne de l'abondance avec une grande quantité de feuilles, de fleurs et de fruits ; du côté de la terre je montrais des animaux terrestres, du côté de la Mer, je faisais affleurer parmi les vagues différentes sortes de poissons très beaux") (*Opere*, pp. 688-689).

attitude était fort gracieuse"). La *grâce* : cette gracieuse harmonie qui investit les deux figures repose sur leur essence primordiale, *les éléments retrouvent ici un ordre cosmique et le principe féminin est complémentaire du principe masculin.* Ainsi les formes de la végétation et de la vie animale sont représentées et distribuées en relation avec les principes masculin et féminin : la *Terre*, principe de fécondité, porte les fleurs et les fruits, *Neptune*, force abyssale, est suivi des chevaux marins, créatures hybrides, mi-chevaux, mi-poissons. S'agit-il d'un souvenir de cette liberté de figuration qui caractérise les grotesques de l'antiquité ou de la Renaissance ?

Pourtant, à côté des éléments naturels, l'artiste a pensé aux inventions de l'homme : le temple ionique pour la Terre et la nef pour le Dieu des eaux. Le principe féminin se trouve ainsi enrichi d'un autre sens : le *temple*, lieu de prière, de rassemblement des êtres humains, est un point de départ pour la vie de la collectivité. Le caractère féminin de la Terre n'est pas conçu comme force destructrice – cet aspect sera plutôt incarné, successivement, par la Méduse cellinienne – mais, au contraire, le féminin ici est force constructive, en symbiose avec le masculin.

La beauté des figures, complètement nues, dérive uniquement de leur modelé, nul ornement ne vient interrompre la ligne des corps. C'est un aspect qui revient dans la *Nymphe* de Fontainebleau. La Terre, dans l'attitude de poser sa main sur son sein, manifeste la magie de ce geste rituel, et acquiert par là une plus vaste perspective : Cellini connaît l'art des Anciens, il l'a étudié à Rome et à Naples, il est lui-même né dans la région des Etrusques. Il fait revivre avec la salière, ce bel objet qui orne la table des puissants, un culte millénaire, celui de la *fécondité* et des puissances abyssales, la Terre et la Mer, pour un instant, réconciliées dans la création.

Une foule d'éléments décoratifs entoure la Terre et Neptune, le moindre détail est aussi soigné que les personnages principaux : là encore on pourrait évoquer une raison autre que la pure manie décorative de l'orfèvre, puisque dans la salière, la vie du microcosme est aussi intense que celle du macrocosme. C'est l'héritage philosophique de Cusano, de Ficin et, sur le plan de la recherche artistique, le legs de Léonard de Vinci : bien qu'il définisse "*boschereccia*" (buissonnière) sa philosophie, Cellini véhicule par ses œuvres certains aspects de la pensée élaborée à l'époque de Laurent le Magnifique, et en même temps, il porte les valeurs nouvelles du maniérisme. La citation de Michel-Ange en version maniériste dans la salière indique clairement la présence de ce tournant dans l'histoire de l'art.

De même, dans la conception de la femme, ce sont les artistes qui reflètent le changement, car on a pu observer une sorte de laïcisation de la peinture italienne à la Renaissance, par rapport au Moyen Age ; l'évolution de la représentation de la Vierge est significative à ce propos : chez Vasari elle a parfois un air indifférent *(La Vierge et l'enfant*, Musée de Grenoble) et chez Parmesan son regard est presque égaré (*La vierge au long cou*). Le Mollé décrit cette évolution du personnage de la mère : "de genitrix au regard baissé des tableaux de Giotto, elle devient la mère affectueuse de Fra Angelico pour aboutir à la femme coquette et indifférente du Parmesan ou de Pontormo" (Le Mollé, *op. cit*., p. 356). La nudité des personnages féminins chez Cellini révèle l'enracinement de son art dans les valeurs esthétiques d'un classicisme qui ne se limite pas à une simple citation ; la grâce du corps nu et son langage primordial et suprême, qui a été mis en valeur surtout par Michel-Ange, s'allient à l'*instabilité maniériste*, au "caprice" et à l'invention personnelle : ainsi l'orfèvre ose juxtaposer la foule de personnages, de monstres, d'éléments végétaux, à la nudité splendide des corps de la Femme et de l'Homme.

Un autre personnage féminin qui a habité l'imaginaire de Cellini est *Léda*. Le sujet est classique et beaucoup d'artistes, même dans l'entourage de Cellini, l'ont abordé (Bachiacca, Pontormo, mais aussi, à une époque précédente, Sodoma, Léonard, Corrège). Cellini en parle dans la *Vita* à propos du piédestal de son Jupiter décoré de deux bas-reliefs dont l'un représente *Ganymède* et l'autre *Léda et le Cygne* :

> Ancora detti ordine a gittare la basa del ditto Giove, qual feci di bronzo ricchissimamente, piena di ornamenti, infra i quali ornamenti iscolpì in basso rilievo il ratto di Ganimede ; da l'altra banda poi Leda e il cigno : questa gittai in bronzo, e venne benissimo. Ancora ne feci un'altra simile per porvi sopra la statua di Iunone, aspettando di cominciare questa ancora, se il Re mi dava l'argento da poter fare tal cosa (II, 20, p. 454).

> *Je m'occupai de jeter en bronze le piédestal de Jupiter. Ce piédestal était merveilleusement riche et couvert d'ornements, au milieu desquels je sculptai en bas-relief, d'un côté l'enlèvement de Ganymède, et, de l'autre, le cygne et Léda. Ce piédestal vint parfaitement à la fonte. J'en fis encore un autre du même genre destiné à supporter la statue de Junon. Quant à celle-ci, je dus attendre pour la commen-*

> *cer, que le roi m'eût donné l'argent nécessaire* (trad. Beaufreton, II, p. 60).

La figure de *Léda* avec le cygne n'est nullement un simple épisode dans la production cellinienne, mais le même sujet revient dans un ouvrage en marbre cité par l'artiste dans une lettre (8.II.1559). Cette fois-ci, il s'agit de Léda accompagnée du cygne et de ses quatre enfants. Pourquoi ce personnage féminin a-t-il une place dans la créativité de Benvenuto ? Le caractère très sensuel de la scène avec Zeus, transformé en cygne pour séduire la belle Léda, a inspiré une foule d'artistes dès l'Antiquité ; mais quel est l'élément qui a peut-être joué le rôle essentiel dans l'imaginaire de l'artiste ?

On pourrait voir dans ce personnage féminin l'union de *féminité* et *animalité*, puisque Léda s'accouple avec un animal (bien qu'il s'agisse de Zeus métamorphosé) dont il a des enfants. Elle les met au monde comme un oiseau, car ils naissent d'un œuf : la légende nous transmet donc le paradoxe d'une union impossible. Humain et animal associés, Léda pouvait susciter en Cellini cette même émotion devant les "caprices" des grotesques, où les corps humains s'entrelacent avec des corps d'animaux, suivant en cela les lois de la fantaisie, et transgressant celles de la nature. C'est une histoire de séduction, comme celle de Ganymède, une histoire, donc, de croisement, d'hybridation, qui excite l'esprit créateur d'un démiurge.

Une autre créature féminine qui a habité l'univers de Cellini est *Junon*. Un dessin pour la statue d'argent (voir figure 15) représentant la déesse se trouve au Louvre, mais on ne sait pas si la statue fut jamais réalisée par l'artiste. Dans la liste de l'inventaire *post mortem* (n. 229) figurent deux modèles en cire de la déesse. Le dessin porte l'inscription : "*Junone / era itera e si fecie d'argento, grande più del vivo*." ("Junon était debout, et fut faite en argent, plus grande que nature"). L'artiste ajoute également qu'il n'acheva que le Jupiter.

Le dessin présente un personnage féminin selon les canons classiques : son torse, sa poitrine et son bras sont plutôt robustes, ses membres font penser à une femme forte, chez qui la grâce féminine cède la place à l'aplomb et à la majesté d'une déesse.

La déesse par excellence, la déesse-mère des chrétiens, la *Madone*, n'a pas été souvent représentée par Cellini. A part la médaille figurant l'ascension pour Hercule Gonzague, il faut dire que Cellini a su contourner un des sujets les plus répandus chez les artistes de l'époque. Cependant, l'artiste eut une vision de la Madone en prison :

> E in mentre che io consideravo e che io dicevo queste parole, questo Cristo si moveva inverso quella parte dove erano andati i suoi razzi, e innel mezzo del sole di nuovo gonfiava, sì come aveva fatto prima ; e cresciuto il gonfio, subito si convertì in una forma d'una bellissima Madonna, qual mostrava di essere a sedere in modo molto alto con il ditto figliuolo in braccio in atto piacevolissimo, quasi ridente ; di qua e di là era messa in mezzo da duoi angeli bellissimi tanto, quanto lo inmaginare non arriva (I, 122, p. 389).
>
> *Les yeux fixés sur lui, je prononçais ces paroles, quand le Christ passa du côté où étaient allés les rayons, et le centre du soleil se gonfla de nouveau comme la première fois. Le gonflement grandit et se changea soudain en une magnifique image de la Madone, assise sur un siège très élevé et tenant sur son bras l'enfant Jésus, qui semblait sourire, et dont l'attitude était charmante au plus haut point. De chaque côté était un ange d'une indicible beauté* (trad. Beaufreton, II, p. 386).

A l'âge mûr, l'artiste devient un fervent adorateur de la Madone, surtout pour des fins pratiques ; en fait, il se rend au sanctuaire de Notre-Dame-de-Lorette en signe de remerciement[19].

---

19. Sur la route du retour du premier voyage en France, Cellini décide d'aller à Lorette : "Partitomi la mattina, me ne andai a Santa Maria del Loreto, e di quivi, fatto le mie orazione, me ne andai a Roma" (I, 100, pp. 334-335) ("*Je partis le lendemain matin et m'en allai à Notre-Dame de Lorette. J'y fis mes dévotions, puis me dirigeai vers Rome*", trad. Beaufreton I, p. 335) ; Cellini donne d'autres démonstrations de sa foi, qui renaît lorsqu'il doit remercier le Seigneur pour la réussite de la fusion du *Persée*. Ainsi Cellini explique à Cosme la raison de son départ : "io so bene la smisurata mia gran fatica, e cogniosco che la mia buona fede ha mosso Iddio al mio aiuto : per questo e per ogni altro miracoloso soccorso, voglio andare per otto giornate pellegrinando, sempre ringraziando il mio immortale Iddio, il quale sempre aiuta chi in verità lo chiama [...] Domattina mi partirò e me ne andrò a Valle Ombrosa, di poi a Camaldoli e all'Ermo, e me n'andrò insino ai Bagni di Santa Maria e forse insino a Sestile, perché io intendo che e' v'è delle anticaglie ; dipoi mi tornerò da San Francesco della Vernia, e ringraziando Iddio sempre,

Les ouvrages qui représentent la Madone ont été retrouvés après sa mort : un médaillon doré (inventaire n. 75) ; un médaillon en plâtre de petites dimensions (n. 74), un autre en cire également petit (n. 325). Il se peut que Cellini ait conçu dans un premier temps le projet d'une Madone en relief pour sa propre sépulture en l'église de Santa Maria Novella (il fut en réalité enterré à l'Annunziata), comme il l'établit dans un testament du 10.VIII.1555. L'ensemble sculptural devait comprendre le Christ, un médaillon en relief avec la Madone, l'enfant Jésus et Saint Pierre, qui sont également les protagonistes de la vision qu'eut l'artiste prisonnier au Château Saint-Ange.

Nous ne possédons pas les images de ces œuvres de Cellini, mais leur existence, même à l'état d'ébauches, confirme l'importance de la crise spirituelle traversée pendant l'emprisonnement. Un relief en plâtre représentant une Madone (inventaire n. 10), est probablement en relation avec le projet des portes du Dôme de Florence, que Cellini rêvait de réaliser depuis 1549 (cf. *Vita*, II, 68).

A l'opposé de la Madone, féminité idéalisée, image sacrée de la mère à laquelle Cellini se rapproche dans la dernière phase de son existence, se situe la *Méduse*, visage du féminin redoutable, redouté, symbole de la destruction, du monstre à abattre.

Persée et Méduse : verticalité et horizontalité

Dans l'autobiographie, l'artiste évoque une créature féminine "qui se tord" sous les pieds du *Persée* (voir figure 16), et qui pose plusieurs problèmes quant à sa fusion :

---

contento mi ritornerò a servirla" (II, 93, pp. 604-605) ("*Je sais [...] que mon rude labeur dépassait les forces humaines, et je reconnais qu'en récompense de ma bonne volonté, Dieu m'a donné son appui. Pour le remercier de m'avoir protégé et de m'avoir, en tant d'autres circonstances, miraculeusement secouru, je veux faire un pèlerinage de huit jours, pendant lesquels, je ne cesserai de rendre grâces au Dieu immortel qui vient toujours en aide à ceux qui l'invoquent du fond du cœur*" *[...]* "*Je partirai demain matin, lui répondis-je, et j'irai à Vallombreuse, puis aux Camaldules et à leur ermitage, d'où je pousserai jusqu'aux bains de Sainte-Marie et peut-être jusqu'à Sestile, car j'ai appris qu'il y a là de belles antiquités. Je passerai enfin par Saint-François de la Verna, en chantant toujours les louanges de Dieu, et je reviendrai tout heureux servir Votre Excellence*", trad. Beaufreton, II, p. 236).

> e subito fatto la fornace, con quanta più sollecitudine io potevo, mi messi in ordine per gittare la statua della Medusa, la quale si è quella femmina scontorta che è sotto i piedi del Perseo. E per essere questo getto cosa difficilissima, io non volsi mancare di tutte quelle diligenzie che avevo imparato (II, 63, pp. 541-542).
>
> *Le four terminé, je me préparai avec tout le soin possible à jeter la statue de la Méduse, cette femme qui se tord sous les pieds de Persée. C'était une fusion extrêmement difficile et je ne voulus négliger aucune des précautions que j'avais apprises (notre traduction).*

La fusion du *Persée* revêt les dimensions d'une scène épique, puisque, on l'a déjà rappelé, les éléments se déchaînent sur l'artiste et ses assistants ; malgré tout, le métal arrive à fondre et la lutte contre la matière est gagnée. Pour la fusion de la *Méduse*, si la scène n'atteint pas les accents de *l'épopée du Persée*, la difficulté demeure de réaliser une telle figure ; c'est seulement grâce à un expédient technique que l'artiste pourra la réaliser :

> Un getto [quello di Medusa] tanto difficile, dove io ho fatto quello che mai nessuno altro uomo ha fatto innanzi a me, di questa *indiavolata arte.* Vedete, Signor mio : io ho fatto la fornacie di nuovo, a un modo diverso dagli altri : perché io, oltre a molte altre diversità e virtuose iscienze che in essa si vede, io l'ho fatto dua uscite per il bronzo, perché *questa difficile e storta figura* in altro modo non era possibile che mai la venissi : e sol per queste mie intelligenzie l'è così ben venuta, la qual cosa non credette mai nessuno di questi pratici di questa arte (II, 73, p. 563, nous soulignons).
>
> *"Cela [la fonte de la Méduse] n'a pas été simple mais personne avant moi n'a connu une telle réussite en cet art du diable. Voyez, Monseigneur, j'ai construit mon four selon une méthode nouvelle. On y voit de nombreuses innovations et des améliorations techniques. De plus, j'y ai aménagé deux sorties pour le bronze. Impossible autrement de mener à bien cette figure compliquée et toute contournée. C'est grâce à ces précautions que j'ai si bien réussi ; aucun de mes collègues ne voulait y croire" (p. 329).*

L'art de lutter et de vaincre l'inertie de la matière est une *indiavolata arte*, un *art endiablé*, car il faut connaître des secrets qui ne sont pas accessibles à tous les hommes. Il faut surtout être plus fort et plus puissant que les éléments. En dépit de tout, Cellini atteint son but et réalise le *Persée*, désormais acclamé sur la Place de la Seigneurie.

Dans le groupe du *Persée*, le personnage masculin s'élève sur le corps horizontal de *Méduse*. *Persée* montre la tête tragique de *Méduse*. La pesanteur de *Méduse*, de son corps, de sa tête, contrastent avec la légèreté de *Persée*, qui traverse l'air avec ses chaussures et son heaume ailés. Le corps de *Méduse*, à ses pieds, se résout en une torsion, un tourbillon de formes d'où surgit le corps ailé de *Persée*. *Persée* surgit sur la défaite de *Méduse*, sa verticalité conquise n'est que la conséquence d'une destruction. *Méduse* représente l'inconnu de la Gorgone, la profondeur qui effraie, l'image qui pétrifie les humains. *Persée* au contraire peut s'élever vers le ciel après avoir vaincu la force meurtrière du gouffre.

La tête tragique de *Méduse* (voir figure 17) s'élève au-dessus de son corps : corps séparé, fragmenté mais puissant. En effet, selon le mythe, Méduse continue, après sa mort, d'exercer son pouvoir pétrifiant, puisque *Persée,* montrant sa tête, arrive à anéantir le roi Polydecte qui menaçait sa mère Danaé.

On dirait que Cellini, à l'instar de son *Persée*, ait voulu montrer au peuple florentin et à son souverain, sa tête de *Méduse*, son œuvre, pour pétrifier les regards. Cette *Méduse* est sur la place publique, elle s'adresse à tous les regards. L'artiste affirme dans son autobiographie qu'il aurait créé une œuvre plus puissante que toutes les armes : *Persée* et *Méduse* incarnent cet ouvrage ; *arme* et *arte*, l'arme et l'art sont ici alliés.

Le visage innocent et jeune de *Persée* ne peut pas être comparé au visage mûr et mâle du Neptune de la salière. Il n'est pas le symbole de la virilité : à côté du féminin qui détruit voici un éphèbe, véhicule de sens multiples, au croisement des possibilités du corps humain, ni masculin ni féminin.

Dans le personnage de *Méduse* nous retrouvons un aspect déjà noté dans les représentations de la femme chez Cellini : féminité et animalité sont associées, comme pour la *Nymphe* et pour *Léda*, mais dans un sens différent. Son corps est chose, chose sans vie, corps acéphale, tête vivante. Sa tête peut vaincre la pesanteur du corps. C'est un visage suspendu, en l'air, entre la vie et la non-vie, visage exprimant à la fois la douleur et le pouvoir de destruction.

Acéphale, *Méduse*, le corps morcelé, montre la vitalité d'un serpent, qui continue à bouger. L'animalité dangereuse du féminin est ici exorcisée par l'art de Cellini à travers une sorte de théâtralisation du meurtre. Le sacrifice se révèle donc nécessaire pour vaincre le mal, pour renverser son pouvoir de destruction. L'homme de Cellini, sa créature, le *Persée*, est le symbole de l'humanité qui triomphe du Mal, et qui n'existe que grâce à cette lutte et à cette victoire sur le Mal. Dans le groupe du *Persée*, Cellini met en scène une victoire, sanglante, sur la monstruosité de l'impondérable.

Le visage de *Persée* n'apparaît pas troublé par le meurtre. On peut à cet égard relever les éléments d'un art narratif : les décorations du heaume contrastent avec la nudité de *Persée*, qui se rapproche du culte de la beauté classique en pleine Contre-réforme.

Méduse et le féminin

La tête de *Méduse* est entrelacée de serpents. Femme et serpents sont ici associés, selon une symbologie ancestrale. La figure elle-même rappelle la vitalité et les circonvolutions d'un serpent, aux pieds de *Persée*. Corps acéphale circulaire, car le bras gauche saisit le pied. Dans la conception de cette figure il existe une sorte de défi aux proportions et à la dynamique du corps humain.

La tête sanglante de *Méduse* devait constituer, en tant qu'œuvre d'art, un spectacle d'un réalisme beaucoup plus effrayant pour le public de l'époque. C'est une représentation audacieuse, celle du sang de Méduse qui ruisselle de son cou et de sa tête suspendue à la main de *Persée*. Pourtant la cruauté de la sculpture reflète les traces d'une époque sanglante, dominée par le spectacle quotidien de la mort violente. Un contraste formidable subsiste par rapport au *Persée* de Canova en marbre, exposé au Metropolitan de New York, d'une pureté néoclassique, qu'on pourrait définir, pour reprendre le terme de Nietzsche, "apollinéen"[20].

---

20. Le sculpteur Antonio Canova (né à Possagno 1757 et mort à Venise en 1822) atteignit une renommée européenne entre 1800 et 1815 : c'est au cours de cette période qu'il réalisa le *Persée* en marbre, deux pugilistes, plusieurs bas-reliefs funéraires, dont le monument à Vittorio Alfieri qui se trouve dans l'église Santa

Le groupe du *Persée* est également dominé par une sorte de magie des détails. Cellini maniériste, récupère et réinterprète le mythe classique de *Persée*. Le spectacle de la mort maniériste repropose avec force les mythes archaïques, tragiquement actuels, avec de nouvelles significations. Le heaume de *Persée* porte sur le côté postérieur un visage qui est probablement l'autoportrait du maître. Les éléments animaux et humains, les formes monstrueuses qui décorent la statue, contrastent avec la sérénité pensive de *Persée* (voir le détail de la garde de l'épée surmontée d'une figure monstrueuse).

Cependant, d'autres visages du féminin sont contenus dans le groupe du *Persée*. Aux quatre coins du piédestal, se trouve l'image d'Artémis, la déesse féminine d'Asie mineure que l'orfèvre Démétrius défend dans les *Actes des apôtres* (voir chapitre précédent), qui se répète comme un motif de décoration. Ce n'est pas une déesse de la destruction, mais, au contraire, de la fécondité.

Artemis (voir figures 18-19) avec son corps qui se transforme en décoration pure, rappelle la magie des grotesques qui expriment le devenir perpétuel des formes. Dans cette figure Cesare Brandi a entrevu le principe même qui régit la conception plastique du groupe du *Persée* :

> Dans cette statue, qui – de manière statique – se trouve dans l'attitude de montrer au public la tête de Méduse, aucun motif de mouvement en acte n'apparaît, ni de mouvement ébauché comme dans l'enroulement frétillant de la spirale. Son enveloppe luisante évoque la plénitude d'un fruit qui mûrit, une façon de se développer en se granulant comme par gemmation, dans une lente et inexorable expansion à partir de l'intérieur. Les quatre caryatides sur les côtés du piédestal, qui domine par ses encarpes turgescents et par la réitération du module mamillaire dérivant de la Diane d'Ephèse, représentent une sorte d'expansion visible du processus de gemmation de l'intérieur vers l'extérieur, sur lequel se fonde la structure plastique de la statue (*Il Cellini scultore*, in *Benvenuto Cellini artista e scrittore*, *op. cit.*, p. 11).

La figure féminine, qui se fonde sur la répétition du motif du sein, signe de fécondité, condense en elle le principe qui anime la création plas-

---

Croce à Florence. A Londres il put admirer les chefs-d'œuvre de Phidias et les statues du Parthénon.

tique cellinienne ; à l'opposé du *levare (ôter)* de Michel-Ange, ici l'artiste procède par adjonction et, sur le piédestal, il opère une répétition du motif (tout comme pour la tête de bélier).

Dans les statues qui ornent les niches du piédestal figurent *Minerve, Hermès, Jupiter, Danaé et l'enfant Persée. Minerve* constitue une autre forme du féminin, par son corps mûr et par sa gestualité solennelle, la statue acquiert un caractère autonome par rapport au groupe statuaire (Museo Nazionale del Bargello, Florence).

Danaé accompagnée de l'enfant Persée, encore un élément narratif dans l'ensemble, montre la féminité alliée à la grâce des formes en mouvement, une maternité particulière cette fois-ci, puisque *Danaé* a l'aspect d'une jeune fille qui joue avec l'enfant dont la figure s'élève doucement vers le haut.

Dans le bas-relief qui orne le piédestal, la protagoniste est *Andromède*, autre visage du féminin, cette fois-ci au centre d'une véritable scène héroïque. Le détail de ses cheveux traversés par le vent contraste avec celui de la chaîne qui l'attache à un mur de pierre. Encore une fois la beauté du corps nu est mise en évidence par l'auteur, qui se rapproche dans ce bas-relief de certains travaux de Donatello, surtout dans les figures des soldats. Le corps d'*Andromède,* par sa torsion, se rapproche de la figure *serpentinata*, dont Michel-Ange faisait l'éloge et qui confère une dynamique nouvelle à la représentation.

Ce personnage rejoint les visages de femmes qui peuplent l'art de Cellini, dans les phases culminantes de sa création : à côté des inoubliables portraits esquissés dans la *Vita*, la femme dans l'œuvre plastique se révèle telle qu'elle surgit de la complexe trame de lignes, à la surface d'or, de bronze ou de cire... la diversité des tons et des formes témoigne des ressources de l'artiste. Certes, le dialogue avec l'autre sexe se révèle complexe, difficile et articulé. La gamme stylistique est très vaste, dans l'écriture comme dans l'art, du style courtois (Madonna Porzia) au tragique (*Méduse*), du lyrique (la *Nymphe* de la lunette) au plus vulgaire (Caterina ou Pantasilea). De toute manière, cette galerie de portraits aboutit à une image de femme reliée à toute une tradition millénaire, puisque Cellini choisit, à côté de la figure d'Apollon, la figure d'*Artémis* (voir figure 11) dans le projet qu'il établit en vue du sceau de l'Académie du Dessin, image ancestrale de la Nature et en même temps, *mère des arts*.

Chapitre VI

L'esthétique cellinienne

Le dessin

Cellini a voulu raconter, à travers la *Vita*, l'histoire d'un artiste. On l'a déjà observé : ce n'est pas seulement une autobiographie sous la forme de roman, même si on peut la concevoir en ces termes, il s'agit principalement de la vie d'un artiste qui veut parler de lui, de sa formation, de son succès, de ses œuvres...

Il est important de remarquer, dans la formation de Cellini, combien le dessin est fondamental. Ce n'est pas une nouveauté pour un artiste florentin ; à Florence, en fait, le dessin a toujours tenu une place d'exception dans les ateliers, car il était l'instrument essentiel pour pouvoir pratiquer avec succès le métier d'orfèvre, de sculpteur, de médailleur, de peintre, de graveur, d'architecte, etc. Le dessin avait connu un développement sans précédent, au XVe siècle (cf. Gigetta Dalli Regoli, *Il disegno nella bottega*, in *Maestri e botteghe*, *op. cit.*, pp. 61-69). Dans les *botteghe* la quantité de dessins exécutés pour une recherche personnelle augmente considérablement et les contrats de l'époque révèlent que souvent l'artiste ou artisan est tenu de présenter un dessin ou un modèle de l'ouvrage à réaliser. La primauté du dessin fut favorisée et accentuée par un renouvellement technique considérable compte tenu de la diffusion de nouveaux types de papier ; les esquisses sont ainsi enrichies de nuances lumineuses à l'aide de la gouache sur papier coloré et des craies de couleurs ; de cette période date l'invention de la sanguine, probablement due à Léonard de Vinci (cf. Chastel, *Art et humanisme, op. cit.*, p. 324).

Aussi bien dans l'apprentissage que dans la conception des œuvres, le dessin joue un rôle capital : quand on étudie une œuvre "exemplaire", antique ou d'un artiste moderne, à travers le dessin l'artiste pénètre dans l'univers du modèle à imiter, le comprend à travers cet exercice d'*observation* et, en même temps, d'*oubli* de la forme contemplée, pour que puisse émerger finalement la nouvelle personnalité artistique. Dans l'élaboration d'une œuvre, tant peinte que sculptée, le dessin fournit "le premier jet cursif, l'abrégé de l'ensemble" (Chastel, *ibidem*, p. 325), il est plus proche, donc, de l'idée de l'artiste, du "concetto" de l'œuvre à venir.

Au XVe siècle le nu est une figure centrale du dessin, notamment le nu masculin (cf. Pollaiuolo, *Battaglia di nudi*). Le nu pouvait être réalisé à partir de modèles antiques ou d'après nature. On connaît l'opinion ferme de Léonard à cet égard, qui s'opposait à l'imitation des maîtres, car "chi può andare alla fonte, non vada al vaso" (codice atlantico, Richter 1971, pp. 304-305, "celui qui peut aller à la source, n'aille pas au vase").

Dans la *Vita*, Cellini consacre, lui aussi, au dessin un rôle capital. L'artiste parle de cette discipline que même son père Giovanni pratiquait à côté de la musique :

> Questo Andrea Cellini intendeva assai del modo dell'architettura di quei tempi, e, come sua arte, di essa viveva ; Giovanni, che fu mio padre, più che nissuno degli altri vi dette opera. E perché, sì come dice Vitruio, in fra l'altre cose, volendo fare bene detta arte, bisognia avere alquanto di musica e buon disegnio, essendo Giovanni fattosi buon disegniatore, cominciò a dare opera alla musica, e insieme con essa inparò a sonare molto bene di viola e di flauto (I, 3, p. 85).

> *Mon grand-père Andrea s'y connaissait fort bien en architecture contemporaine et c'était le métier dont il vivait. Giovanni, mon père, s'y adonna plus que ses frères. Selon Vitruve, un architecte doit, pour réussir, avoir une certaine connaissance de la musique et une aptitude au dessin. Giovanni, bon dessinateur, se mit à la musique et devint un excellent joueur de viole et de flûte (pp. 13-14).*

Cellini saisit toute l'importance du dessin dans l'histoire de l'art, mais aussi pour son propre métier d'orfèvre. A plusieurs reprises ses dessins sont jugés dignes d'un sculpteur plus que d'un orfèvre. Torrigiani le remarque en premier (I, 12, pp. 103-104) en observant les dessins que le jeune apprenti réalise à partir du célèbre carton de Michel-Ange pour la bataille de Cascina : d'emblée, l'artiste sait se situer par rapport au panorama artistique de l'époque. Il a choisi, *il se sent l'élève de Michel-Ange* et affirme qu'il ne quittera plus sa "*maniera*" (c'est-à-dire son *style*) : "Attesi continuamente in Firenze a imparare sotto *la bella maniera di Michelagniolo*, e da quella mai mi sono ispiccato" (I, 13, p. 106, nous soulignons, "*Je m'appliquai sans cesse à étudier à Florence le beau style de Michel-Ange et je ne m'en suis jamais écarté"*, p. 27).

Cellini évoque les maîtres les plus en vue à son époque : il cite *Léonard de Vinci* qui travaillait à son carton pour la fresque de la bataille d'Anghiari, et qui rivalisait avec Michel-Ange ; il parle également de l'apprentissage de *Michel-Ange* et de *Torrigiani*, qui à leur tour ont travaillé sur les fresques de *Masaccio* à l'église du Carmine (notamment à la chapelle Brancacci) à Florence. Il établit, de cette façon, *une filiation dans l'évolution et le renouveau de la maniera*. En réalité, il existe des dessins de Michel-Ange qui témoignent de ses études sur l'art de Masaccio.

L'artiste nomme encore d'autres "maîtres" dans la *Vita*, notamment *Filippino Lippi*, car il fréquentait son fils, et il avait ainsi l'occasion de réaliser des dessins à partir des peintures qui s'inspiraient de l'art antique :

> In questo tempo presi pratica e amicizia istrettissima con un gentil giovanetto di mia età, il quale ancora lui stava allo orefice. Aveva nome Francesco, figliuolo di Filippo di Fra Filippo eccellentissimo pittore. Nel praticare insieme generò in noi un tanto amore, che mai né dì né notte stavamo l'uno senza l'atro ; e perché ancora la casa sua era piena di quelli belli studii che aveva fatto il suo valente padre, i quali erano parecchi libri disegnati di sua mano, ritratti dalle belle anticaglie di Roma ; la qual cosa, vedendogli, mi innamororno assai ; e due anni in circa praticammo insieme (I, 13, pp. 106-107).

> *A ce moment, je me mis à fréquenter un gentil garçon de mon âge qui s'adonnait aussi à l'orfèvrerie et nous devînmes intimes. Il s'appelait Francesco et était le fils de l'excellent peintre Filippino et le*

> *petit-fils de fra Filippo. Le travail commun fit naître en nous une telle amitié que nous ne nous quittions plus ni jour ni nuit. Sa maison était encore pleine de superbes études de son père en plusieurs albums, reproduisant les monuments antiques de Rome ; elles m'enthousiasmaient. Nous travaillâmes ensemble environ deux ans (p. 27).*

Voici comment Cellini "écrivain" mentionne les événements essentiels de son cheminement artistique : l'évocation des études des peintures inspirées de l'antiquité romaine introduit, en quelque sorte, l'épisode du premier voyage à Rome de Benvenuto, en compagnie du Tasse. Evolution artistique, connaissance et pratique du métier se trouvent étroitement liées, dans la découverte de la "ville éternelle" ; l'argent gagné par le métier d'orfèvre lui sert pour pouvoir étudier l'art classique (II, 14). Mais ce n'est pas là le premier contact avec les "anticaglie", car Cellini avait pu les admirer et les étudier à Pise, deux ans auparavant, alors qu'il travaillait pour Ulivieri della Chiostra :

> Standomi a Pisa andai a vedere il Campo Santo e quivi trovai molte belle anticaglie, ciò è cassoni di marmo ; e in molti altri luoghi di Pisa viddi molte altre cose antiche, intorno alle quali tutti e' giorni che mi avanzavano del mio lavoro della bottega assiduamente mi affaticavo (I, 11, p. 102).

> *Etant à Pise, j'allai voir le Camposanto ; j'y trouvai beaucoup de beaux vestiges antiques, dont des sarcophages de marbre ; dans d'autres endroits de Pise, je vis bien d'autres antiques à l'étude desquelles je consacrai avec ardeur toutes les journées que le travail d'atelier me laissait libres (p. 24).*

Il travaille, lorsqu'il revient à Rome, chez les Chigi et à la chapelle Sixtine, pour étudier les fresques de Raphaël à la Farnesina et celles de Michel-Ange au Vatican. Pendant les années d'apprentissage, le jeune Cellini continue à pratiquer le dessin aussi bien d'après les maîtres, que d'après les Anciens, mais il ne manque pas de montrer son attention et sa curiosité pour toutes les formes du vivant, en particulier lorsqu'il se trouve à Cerveteri en compagnie de Rosso, auprès du Comte de l'Anguillara :

ogni giorno soletto me ne andavo in sul lito del mare, e quivi smontavo, caricandomi di più diversi sassolini, chiocciolette e nicchi rari e bellissimi (I, 29, p. 147).

chaque jour, j'allais seul au bord de la mer, je descendais de cheval et je ramassais des cailloux de toutes sortes, de petits escargots et de beaux coquillages rares (p. 52)

On retrouve ici ce même enthousiasme qui anime les recherches d'un Léonard pour qui l'étude de la Nature se situe bien au-dessus de l'étude des artistes contemporains ou de l'antiquité. Cellini connaissait certains écrits de Léonard car, dans le *Discours sur l'architecture*, il parle d'une copie manuscrite qu'il avait achetée :

E perché io mi affaticavo volentieri, ancora io avevo ritrovato alcune belle cose, fra le quali era un libro scritto in penna, copiato da uno del gran Lionardo da Vinci. Il detto libro avendolo un povero gentiluomo, egli me lo dette per quindici scudi d'oro. Questo libro era di tanta virtù e di tanto bel modo di fare, secondo il mirabile ingegno del detto Lionardo (il quale io non credo mai che maggior uomo nascessi al mondo di lui), sopra le tre grandi arti, scultura, pittura e architettura (in *Opere*, p. 819).

Moi qui me donnais volontiers de la peine, j'avais alors mis la main sur quelques belles choses, dont un livre écrit à la plume qui était la copie d'un ouvrage du grand Léonard de Vinci. C'était un pauvre gentilhomme qui possédait cela et me l'avait vendu pour quinze écus d'or. Ce livre, d'un immense mérite, indiquait de précieuses manières de faire, selon l'admirable génie de Léonard – aucun homme plus grand que lui, je le crois, ne viendra jamais au monde – pour les trois arts principaux, sculpture, peinture, architecture (De l'architecture in *Traités, op. cit., p. 187).*

Par certains aspects, la position de Cellini se rapproche de celle de Léonard, en ce qui concerne l'apprentissage du dessin et l'étude de la Nature. Pour Léonard, il est indispensable d'étudier les formes naturelles, car l'imitation du style d'autrui n'est pas un exercice avantageux pour l'artiste ; ce-dernier risque d'être qualifié de "petit-fils et non de fils de la nature". Le jeune peintre peut imiter la manière d'autrui mais seulement au début, il doit s'en éloigner aussitôt que possible. De même, dans l'atelier de Cellini le dessin d'après nature fait donc l'objet d'une grande considération : on l'a souligné, les œuvres qu'on connaît de lui, la salière, la lunette de Fontainebleau, le buste de Cosme, celui d'Altoviti, les portraits des puissants figurant sur les médailles (Clément VII, Paul III, François Ier, Alexandre de Médicis, le portrait de Bembo dans la médaille attribuée à Cellini), le portrait en cire de François de Médicis, le *Persée* et la *Méduse* sont tous des ouvrages qui se fondent sur l'étude d'après nature. D'ailleurs, Cellini évoque dans la *Vita* les heures passées à faire le portrait du Duc de Florence, celui d'Hercule d'Este et de Pietro Bembo ; il révèle également le rapport difficile au modèle féminin de la *Nymphe*, et il ne manque pas de citer la rare beauté des garçons qui lui ont servi de modèles pour le *Persée* (Cencio, Fernando da Montepulciano, cf. *Vita*, II, 57 et *Rime* XXI, XXII, XXV, in *Opere*, pp. 860-865).

En ce qui concerne le rapport entre art et nature, la position de Cellini diffère de celle de Léonard, car chez l'orfèvre on remarque plutôt une recherche de la beauté, il n'atteint jamais les tons de ce réalisme qui pénètre certains dessins de Léonard. On pourrait parler de *types de beauté* (féminine ou masculine), dont on retrouve le reflet dans ses œuvres. En revanche, dans la *Vita*, l'écriture de Cellini aboutit souvent à un véritable réalisme dans les descriptions, dans les portraits des personnages, toujours suspendus entre le grotesque et le solennel, entre comique et tragique, entre ironie et compassion.

L'habileté de l'orfèvre dans le dessin est mise en relief lorsqu'il commence a exécuter des ouvrages sans le support d'une ébauche réalisée par un autre artiste (cf. les épisodes de Jules Romain et Michel-Ange qui considèrent Cellini comme un artiste à part entière puisqu'il n'a pas besoin de leurs dessins pour réaliser ses œuvres, *Vita* I, 40 et 41).

Lorsqu'il remarque un bel ouvrage, Cellini ne manque jamais de mettre en évidence sa *grâce* et son *dessin*, comme pour le vase de Lucagniolo :

> Era questo vaso ornato di dua bei manichi, con molte maschere picole e grande, con molti *bellissimi* fogliami, di tanta *bella grazia e disegno*, quanto inmaginar si possa ; al quale io dissi, quello essere *il più bel vaso* che mai io veduto avessi (I, 20, p. 123).

> *[Ce vase] était orné de deux belles anses, d'une quantité de masques de toutes tailles, de superbes feuillages d'un dessin et d'une grâce inimaginables. Je lui dis : c'était le plus beau vase que j'avais jamais vu* (p. 37).

Mais qu'entend-il par "*grazia*" et "*disegno*" exactement ? "*Grâce*" est la qualité d'une œuvre où l'équilibre harmonieux des proportions suggère une vague beauté, et son "*dessin*" se rapporte ici à l'esquisse qui est à la base de la conception de l'œuvre, de ses figures ou de ses décorations ; lorsqu'il provient d'une main qui sait obéir "all'intelletto", dirait Michel-Ange, le dessin fixe une idée qui était dans l'esprit de l'artiste. On peut lire une définition intéressante du dessin chez Vasari, dans son traité de la peinture :

> il disegno, padre delle tre arti nostre, Architettura, Scultura e Pittura, procedendo dall'intelletto, cava di molte cose un giudizio universale ; simile a una forma ovvero idea di tutte le cose della *natura, la quale è singolarissima nelle sue misure* ; di qui è che non solo nei corpi umani e degli animali, ma delle piante ancora, e nelle fabbriche e sculture e pitture, conosce la proporzione che ha il tutto con le parti, e che hanno le parti fra loro e col tutto insieme. E perché da questa cognizione nasce un certo concetto e giudizio, che si forma nella mente quella tal cosa che poi espressa con le mani si chiama disegno ; si può conchiudere che esso disegno altro non sia che una apparente espressione e dichiarazione del concetto che si ha dell'animo, e di quello che altri si è immaginato e fabbricato nell'idea (*Della pittura*, in *Opere*, *op. cit.*, I, p. 168).

> *Procédant de l'intellect, le dessin, père de nos trois arts – architecture, sculpture et peinture – élabore à partir d'éléments multiples un concept global. Celui-ci est comme la forme ou idée de tous les objets de la nature, toujours originale dans ses mesures. Qu'il s'agisse du corps humain ou de celui des animaux, de plantes ou d'édifices, de sculpture ou de peinture, on saisit la relation du tout aux parties, des parties entre elles et avec le tout. De cette appréhension se forme un concept, une raison, engendrée dans l'esprit par l'objet, dont l'expression manuelle se nomme dessin. Celui-ci est donc l'expression sensible, la formulation explicite d'une notion intérieure à l'esprit ou mentalement imaginée par d'autres et élaborée en idée (Vies..., op. cit., 1, p. 149)*

Dans ce passage, le peintre et historien arétin résume plusieurs opinions sur la peinture qui étaient fort discutées à l'époque : le dessin dériverait de l'activité de l'esprit, car l'œil juge et mémorise des formes très diverses existant dans la nature. Cette variété des formes était souvent négligée par ces artistes qui ne savaient pas observer, comme le dit Léonard, et qui se contentaient de réduire l'infinie variété du vivant dans les limites rigides des proportions fixées par la tradition : les "canons" grecs, romains, ou de la Renaissance. Ces canons étaient mis en cause à cette période-là surtout par des artistes qui sortaient du *credo* classiciste et inauguraient ainsi une sensibilité nouvelle, qu'on appela, non sans un certain mépris, *maniériste*.

La carrière de Michel-Ange, à cet égard, est exemplaire pour comprendre – dans le domaine de la sculpture comme dans celui de la peinture – l'évolution du concept d'imitation et parallèlement l'éloignement d'une recherche de l'équilibre des formes de dérivation classique[1].

Le Michel-Ange du *Jugement dernier* ne respecte plus les proportions classiques dans le dessin des corps humains, mais, poussé par une vision intérieure, il exprime, par de nouveaux principes formels, son sens profond de la religiosité. Il en est de même pour les peintures de la Chapelle

1. Il est intéressant de citer à ce sujet Battisti qui explique le complexe parcours de Michel-Ange, "qui part de l'imitation, très fidèle, des statues païennes dont il respecte le style, le type et l'iconographie, puis, dans les Pietà, exécutées à titre privé, et par suite en pleine liberté du côté des clients, il détruit toute apparence classique, résumant si l'on veut l'art hellénistique le plus visionnaire, et interrompant l'œuvre, plusieurs fois, partiellement ou totalement, au stade du non-finito, c'est-à-dire au point de la meilleure richesse de matière et de la plus grande ambiguïté représentative.

Le traitement emphatique de l'émotion, qui aboutit à des positions extravagantes, parfois en dehors de la nature et absolument obscènes, de ses personnages tant peints que sculptés, est certainement une caractéristique anticlassicisante ; mais Michel-Ange constitue par sa personnalité, comme, au pôle opposé, Grünewald, un cas limite qui sort de toute possibilité d'être précisé au moyen des définitions actuelles, à moins que l'on change le concept du maniérisme et (ce qu'il serait, d'ailleurs, licite de faire) qu'on ne le modèle sur ces personnages mêmes" (Battisti, *La Renaissance à son apogée*, *op. cit.*, p. 198). Cf. également l'intéressant étude de Blunt, *Artistic theory in Italy 1450-1600,* Oxford University Press, London, 1940, II éd. 1956 ; *La théorie des arts en Italie 1450-1600*, trad. par J. Debouzy, Paris, NRF Gallimard, Coll. Idées/Arts, 1966.

Pauline, où non seulement le dessin, mais aussi l'usage de la couleur, dérivent d'un art visionnaire, désormais "maniériste"[2].

Michel-Ange (*Vita*, I, 41) reconnaît chez Cellini ce don du "dessin" et il ne manque pas de louer ses modèles. Cependant, Michel-Ange et Raphaël ne sont pas les seuls *maîtres* : Benvenuto fréquente à Rome Jules Romain, Giovan Francesco Penni et Rosso ; certainement, le voisinage de ces artistes laissera des traces chez le jeune orfèvre, qui, pour l'instant, dessine beaucoup et réalise d'importants travaux d'orfèvrerie ; le sculpteur ne s'est pas encore révélé en lui, mais il montre une grande sensibilité et fait preuve d'une capacité d'observation extraordinaire, comme dans ce passage de la *Vita* :

> Mi capitò alle mane, infra tante le altre (cose notabili), una testa di un dalfino grande quant'una fava da partito grossetta. Infra le altre, non istante che questa testa fusse bellissima, *la natura molto sopra faceva la arte* : perché questo smiraldo era di tanto buon colore, che quel tale che da me lo comperò a decine di scudi, lo fece acconciare ad uso di ordinaria pietra da portare in anello : così legato lo vendé centinaia. Ancora un altro genere di pietra : questo si fu una testa del più bel topazio, che mai fusse veduto al mondo : in questo *l'arte adeguava la natura* (I, 27, p. 141, nous soulignons).

> *Il me tomba entre les mains une tête de dauphin grosse comme les fèves dont on se sert pour voter. Je ne la cite pas en raison de sa remarquable beauté, mais parce qu'ici* la nature était plus forte que l'art. *C'était une émeraude d'une si belle couleur que la personne qui me l'acheta quelques dizaines d'écus la fit monter en simple bague et la revendit dix fois plus. Un autre exemple de pierre : une tête de topaze, la plus belle topaze jamais vue en ce monde.* Cette fois l'art égalait la nature (p. 49).

L'orfèvre est en train de commenter la beauté de l'*art* et de la *nature* des pierres précieuses antiques, retrouvées près de Rome, qu'il achetait et

2. A la chapelle Pauline, dans les fresques de la conversion de Saint Paul et de la crucifixion de Saint Pierre, le dessin du paysage se réduit à quelques lignes essentielles : sur un fond quasi vide, constitué de régions de couleurs différentes, indiquant la terre et le ciel, se détachent les personnages (cf. Giulio Carlo Argan, *Storia dell'arte italiana*, Firenze, Sansoni, 1976, *Il Cinquecento*, III, pp. 71-74).

revendait à sa clientèle. La *nature* de la pierre est évaluée aussi bien que l'*art* du joaillier : Cellini est tout à fait conscient de l'importance de la *matière de l'œuvre* qui doit être mise en valeur par la main habile de l'artiste.

Dans son *Traité*, l'orfèvre insiste sur l'importance de la matière, cette fois-ci il parle de l'expérience de Michel-Ange qui choisit lui-même la carrière de ses marbres :

> in Carrara e nella detta montagna di Carrara vi sono molte diverse cave, in fra le quali il nostro Michelagnolo, essendo in persona propia fra le dette cave, con grandissima difficultà e tempo ne scelse una, dalla quale ei ne cavò tutte le belle figure che si veggono di sua mano nella sagrestia di San Lorenzo, la quale gli fece far papa Clemente (*Della Scultura*, in *Opere*, p. 787).

> *A Carrare et dans la montagne de Carrare que nous avons déjà évoquée il y a différentes carrières, parmi lesquelles notre artiste Michel-Ange se rendit : il en choisit une après une recherche longue et difficile, d'où il tira le marbre pour toutes les belles figures que l'on voit parmi ses œuvres à la sacristie de San Lorenzo à Florence et qu'il réalisa pour le pape Clément VII.*

La connaissance de la matière à travailler s'allie à la capacité de bien dessiner, parfois pour le sculpteur il n'est pas nécessaire d'exécuter un dessin de son ouvrage, mais un modèle lui suffit pour réaliser son "idée". Cellini, tout comme Michel-Ange, reconnaît la richesse de la matière qui influence le créateur. C'est le sujet d'un célèbre sonnet de Michel-Ange :

> Non ha l'ottimo artista alcun concetto
> c'un marmo solo in sé non circoscriva
> col suo superchio, e solo a quello arriva
> la man che ubbidisce l'intelletto

> *N'a l'excellent artiste aucun concept*
> *Qu'un marbre seul en soi n'enclose*
> *Dans son excès ; et seule à lui parvient*
> *La main qui obéit à l'intellect*
> *(Poèmes, op. cit.,* pp. 58-59)

De ce quatrain émerge la conception esthétique de Michel-Ange, pour qui l'œuvre se configure comme dérivant du *rapport entre les possibilités de la matière et la main de l'artiste qui obéit à l'esprit*.[3]

C'est une main qui connaît les secrets de la matière et en même temps sait traduire en formes la pensée, la main qui élimine l'excès du marbre, car la sculpture pour Michel-Ange est *levare* ("ôter"). Ce n'est pas la même chose pour Cellini sculpteur, qui travaille la cire ou l'argile pour le modèle des bronzes, comme il le déclare dans la *Vita.* C'est plutôt l'art d'*ajouter*, non pas d'*enlever* : c'est pourquoi on a pu voir dans le *Persée* une sorte d'ouvrage en expansion dans l'espace, presque par *gemmation.*

Toutefois, l'artiste comprend l'importance de la pièce de marbre, on s'en rend compte en lisant la *Vita*, lorsqu'il se rend sur la route pour voir le bloc destiné à la fontaine de Neptune. Il s'agit d'un moment magique, c'est la rencontre de l'artiste avec la *matière* à travailler, *ce regard est déjà le début du processus créatif*, car il met en branle des mécanismes qui conduisent l'artiste à ébaucher plusieurs modèles pour la fontaine :

> In questo tempo il gran marmo del Nettunno si era stato portato per il fiume d'Arno e poi condotto per la Grieve in sulla strada del Poggio a Caiano, per poterlo poi meglio condurre a Firenze per quella strada piana, dove io lo andai a vedere. E se bene io sapevo certissimo che la Duchessa l'aveva per suo proprio favore fatto

---

3. Cf. sur ce sonnet le commentaire de B. Varchi, *Lezione su un sonetto di Michelagnolo Buonarroti*, in *Scritti d'arte del Cinquecento (op.cit.*, VI, p. 1322). Panofsky fonde son étude sur la poétique de Michel-Ange et l'*Idée* en grande partie sur ce sonnet : "Il ne fait aucun doute que, dans le poème dont il est ici question, nous pouvons, sans hésitation, traduire le "concept" par "Idée". Mais jusqu'à quel point la notion d'Idée, qui est ici, comme en d'autres passages, associée par Michel-Ange au terme de concept, correspond-elle à celle des Néoplatoniciens ? Nous avons la chance de posséder un commentaire pénétrant de ce sonnet : "Non ha l'ottimo artista alcun concetto" ; ce commentaire, expressément apprécié par Michel-Ange lui-même et dont l'auteur est l'académicien florentin Benedetto Varchi, [...]. Mais, chose remarquable, Varchi, ce grand platonicien, interprète de façon purement aristotélicienne la conception que se fait Michel-Ange, dans son poème, de l'essence même du "Concept" artistique idéal et de ses rapports avec l'œuvre d'art effectivement réalisée" (Panofski, *Idea. Contribution à l'histoire du concept de l'ancienne théorie de l'art*, trad. par H. Joly, Idées/Gallimard, 1983, pp. 143-144).

> avere al cavalieri Bandinello ; non per invidia che io portassi al Bandinello, ma sì bene mosso a pietà del povero mal fortunato marmo [...] veduto che io ebbi il bellissimo marmo, *subito presi la sua altezza e la sua grossezza per tutti i versi, e tornatomene a Firenze, feci parecchi modellini a proposito* (II, 99, pp. 619-620, nous soulignons).
>
> *Le gros bloc de marbre du Neptune avait été amené par l'Arno et la Greve, puis débarqué et acheminé par route jusqu'à Poggio à Caiano. Cette route plate rendait plus facile le transport à Florence. J'allai le voir. Je savais bien que la Duchesse usant de son influence l'avait fait attribuer au chevalier Bandinelli. Je ne fus pas poussé par la jalousie mais par la pitié pour ce pauvre malheureux marbre. [...] J'examinai ce marbre splendide, en mesurai la hauteur et la largeur en tous sens. Je retournai à Florence où j'exécutai plusieurs petits modèles [relatifs à son utilisation] (pp. 363-364).*

Le marbre devient, dans les pages de Cellini, presque une créature animée, il suscite la compassion du maître ; d'autre part, sa beauté évoque déjà l'idée de Neptune chez l'artiste, qui s'empresse de traduire sa pensée en modèles.

Parfois l'artiste doit tenir compte des défauts de la matière et opérer avec les moyens qui lui sont donnés. C'est le cas de *Narcisse*, la sculpture que Cellini réalise à partir d'un marbre troué :

> mi providdi d'altro marmo, e a quel pezzo di marmo greco feci un piccol modellino di cera, al quale posi nome Narciso. E perché questo marmo aveva dua buchi che andavano a fondo più di un quarto di braccio e larghi dua buone dita, per questo feci l'attitudine che si vede, per difendermi da quei buchi, di modo che io gli avevo cavati della mia figura (II, 72, pp. 559-560).
>
> *je me procurai [...] un autre bloc et pour le marbre grec, je fis le petit modèle de cire d'un Narcisse. J'y découvris deux failles de plus d'un quart de brasse de profondeur et larges de deux bons doigts et je dus donner à ma statue l'attitude que l'on voit, à seule fin d'éviter ces vides* (p. 327).

La matière, donc, guide en quelque sorte la démarche créatrice, la conditionne tellement que le projet de l'œuvre en est modifié. Il se peut que la matière, en ce cas précis, le marbre, exerce une telle fascination sur le sculpteur, qu'il est poussé à travailler par son enthousiasme, par une sorte de *fureur* qui ne tient pas compte des règles de l'art. Cellini admet son erreur, car il s'est mis à travailler le marbre pour la sculpture d'*Apollon et Hyacinthe* se jetant d'emblée sur cette matière noble qui n'était pas donnée à tous les artistes :

> Subito io me lo feci portare in bottega e cominciai a scarpellarlo ; e in mentre che io lavoravo, io facevo il modello ; e gli era tanta la voglia che io avevo di lavorare il marmo, che io non potevo aspettare di risolvermi a fare un modello con quel giudizio che si aspetta a tale arte. E perché io lo sentivo tutto crocchiare, io mi pentì' più volte di averlo mai cominciato a lavorare ; pure che ancora si vede imprefetto in bottega mia (*ibidem*, p. 559, nous soulignons).

> *Je le fis immédiatement porter dans mon atelier et commençai à le dégrossir. Tout en le travaillant, je faisais le modèle. J'avais une telle envie de travailler le marbre que je n'eus pas la patience d'établir le modèle avec ce discernement que dictent les règles de l'art. Je m'aperçus au son que le bloc était fêlé et me repentis plus d'une fois de l'avoir attaqué. [...] On peut [le] voir encore inachevé dans mon atelier (notre traduction).*

La matière de l'œuvre conditionne par conséquent le créateur même lorsqu'il doit simplement esquisser le dessin de l'ouvrage : c'est justement le cas du dessin de Cellini pour la "corne de licorne" qu'il aurait dû décorer en or pour le pape ; ce travail, en réalité, fut finalement réalisé par Tobia :

> Il Papa s'avvide e subito disse : "Mostra qua il tuo disegno" ; il quale era una sola testa di liocorno, a conrispondenza di quel ditto corno. Avevo fatto la più bella sorte di testa che veder si possa : il perché si era che io avevo preso parte della fazione della testa del cavallo e parte quella del cervio, arricchita con la più bella sorte di velli e altre galanterie, tale che, subito che la mia si vide, ogniuno gli dette il vanto (I, 60, p. 230).

> *Le Pape s'en aperçut et me dit aussitôt : "Montre-moi ton dessin". C'était une tête de licorne toute seule, sur laquelle on aurait fixé la corne. J'avais composé la plus belle sorte de tête qu'il fût possible de voir, m'inspirant de la tête du cheval et de celle du cerf, en l'enrichissant d'une crinière fantastique et d'autres ornements. Dès le premier coup d'œil, chacun lui décerna la palme* (pp. 106-107).

Est-ce le matériau, cette belle corne – qui appartenait en vérité à un narval ou licorne de mer – qui conduit l'artiste à imaginer un tel dessin, véritable fragment de grotesque ?

La magie de la matière pénètre l'œuvre d'art, et Cellini, artiste multiforme, demeure sous l'emprise de son charme. Mais il ne s'arrête pas au stade de la fascination, il va au-delà, car il a une connaissance profonde des matières qu'il utilise, et lorsqu'il divulgue ses secrets, notamment dans les *Traités*, on dirait que c'est un alchimiste qui parle sous le masque de l'artiste.

L'autobiographie cellinienne, malgré sa structure épisodique et sa narration qu'on a pu qualifier de "picaresque" (cf. Cervigni, *op. cit.*), invite en fait le lecteur à réfléchir sur les questions essentielles du débat artistique de l'époque, à savoir, le rôle du dessin, la question de l'*invenzione* et de la création, le rapport entre art et nature, la relation entre matière et forme.

Une question centrale que le dessinateur aborde en premier lieu est la conception de la *figure humaine*, qui acquiert un rôle très important dans l'art de la Renaissance et chez les maniéristes. *L'homme mesure du monde*, la figure humaine, image de la figure divine, peut tout exprimer par la perfection de ses traits, par sa gestualité complexe et ses postures. Léonard l'avait compris, mais il ne situait pas l'homme au centre de son univers pictural ; Michel-Ange, par contre, utilisait les corps dans une structure narrative, pour donner forme à son idée et à son désarroi face à la crise qui frappait la Chrétienté : le *Jugement Dernier* découle immédiatement de cette crise, qui commence avec Savonarole, s'accentue avec la réforme luthérienne et culmine, en 1527, avec le Sac de Rome.

Quant à Cellini, il utilise les corps dans l'art pour célébrer la grâce féminine ou la beauté de l'hermaphrodite, on l'a déjà observé, et dans son fragment de discours sur l'art du dessin, il donne des consignes précises sur la méthode à adopter par le dessinateur qui doit connaître à fond l'ossature du corps humain (*Sopra i principii e 'l modo d'imparare l'arte del disegno*, in *Opere*, p. 829).

L'autorité en ce domaine demeure encore Michel-Ange, qui, selon l'orfèvre, construisait ses figures grâce à une connaissance exacte de la structure des os. L'ignorance de ces principes porte à des aberrations, comme par exemple dans l'œuvre de Bandinelli, *Hercule et Cacus*. Cellini donne là une sorte de leçon d'anatomie au sculpteur publiquement blâmé pour son œuvre, et il regrette encore le fait que ce marbre était à l'origine destiné à Buonarroti. Voici le jugement impitoyable prononcé par l'orfèvre :

> "Questa virtuosa scuola dicie che se e' si tosassi i capegli a Ercole, che e' non vi resterebbe zucca che fussi tanta per riporvi il cervello ; e che quella sua faccia e' non si conoscie se l'è di omo o se l'è di lionbue ; e che la non bada a quel che la fa, e che l'è male appiccata in sul collo, *con tanta poca arte e con tanta mala grazia*, che e' non si vedde mai peggio ; e che quelle sue spallacce somigliano due arcioni d'un basto d'un asino ; e che le sue poppe e il resto di quei muscoli non son ritratti da un omo, ma sono ritratti da un saccaccio pieno di poponi, che diritto sia messo, appoggiato al muro. Così le stiene paiono ritratte da un sacco pieno di zucche lunghe ; le due gambe e' non si conoscie in che modo le sieno appiccate a quel torsaccio : perché e' non si conoscie in su qual gamba e' posa o in su quale e' fa qualche dimostrazione di forza ; né manco si vede che ei posi in su tutt'a dua, sì come e' s'è usato alcune volte di fare da quei maestri che sanno qualche cosa : ben si vede che la cade innanzi più d'un terzo di braccio : ché questo solo si è 'l maggiore e il più incomportabile errore che faccino quei maestracci di dozzina plebe" (II, 70, pp. 555-556).
>
> *"Voici ce que dit cette valeureuse Ecole : si l'on coupait les cheveux de ton Hercule, il ne lui resterait pas assez de caboche pour contenir sa cervelle. Sa figure, on ne sait pas si c'est celle d'un homme ou d'un monstre mi-lion mi-bœuf. Elle n'a aucune présence. Elle est mal attachée au cou, avec si peu d'art et de grâce qu'on ne peut rien voir de pire. Ses grosses épaules ressemblent aux arçons d'un bât d'âne. Sa poitrine et le reste de sa musculature n'ont rien d'humain ; ils évoquent plutôt un grossier sac de melons qu'on ferait tenir droit, appuyé sur un mur, et le dos ressemble à un sac de calebasses. On ne voit pas très bien comment les deux jambes sont attachées à ce torse raté. On ne sait pas sur quelle jambe il repose, sur quelle porte l'effort. On ne se rend même pas compte s'il repose*

> *sur les deux à la fois comme l'ont fait parfois les maîtres qui connaissent le métier. On peut voir qu'il est en total déséquilibre et penche vers l'avant de plus d'un tiers de brasse, ce qui est la plus grosse, la plus insupportable erreur de ces sculpteurs de dixième ordre qu'on rencontre par douzaines" (p. 325).*

Cellini parle ici en tant que dessinateur, en tant que connaisseur de l'anatomie humaine et des proportions du corps ; la critique majeure qu'il fait à son rival est l'absence de pratique du dessin d'après nature ("come se mai voi non avessi visto degl'igniudi vivi", *ibidem*, "comme si vous n'avez jamais vu de nus vivants"). Bandinelli n'a pas simplement fait une erreur d'anatomie, mais il n'a pas su respecter la plus haute image de la beauté, reflet de la divinité, le corps de l'homme.

Tous les plus grands artistes et théoriciens de l'époque se mesurent avec cette entité, *miroir du monde*, comme le définit Bovillus dans son *De sapientia* (1510). Cassirer expose sa conception dans l'essai consacré à la philosophie de la Renaissance : "L'homme de la 'nature', le simple 'homo', doit se transformer en homme de 'l'art', en 'homo-homo' ; mais cette différenciation est déjà dépassée du moment qu'elle est reconnue dans sa nécessité. Au-delà des deux premiers aspects il s'en déploie un suprême et ultime : la trinité du 'homo-homo-homo', dans laquelle l'antithèse entre puissance et acte, nature et liberté, être et conscience, se dévoile et prend corps. L'homme ne se présente plus alors comme une partie du tout, mais comme son œil et son miroir ; comme un miroir qui, cependant, n'accueille pas les images des choses venant du dehors, mais plutôt les forme et les façonne en soi-même"[4]. Au-delà de la pure représentation, l'être humain est miroir et œil, il forge en lui les images du monde. Cette conception se retrouve, à quelques différences près, chez Léonard, qui lui aussi avait fort bien compris le caractère central de la figure humaine. Le peintre ne doit pas seulement représenter l'homme, dans son aspect extérieur, mais il doit aussi savoir figurer son intériorité : comme le dit Léonard, "le bon peintre doit peindre principalement deux choses, l'homme et les idées de l'esprit humain. La première de ces deux choses est facile, la seconde, difficile, parce qu'on ne peut exprimer les idées que par les gestes et les mouvements des membres." La représentation picturale de l'être humain constitue l'une

4. Cf. Bovillus, *De Sapientia*, chap. XXII, cit. in Cassirer, *Individuo e cosmo nel Rinascimento*, trad. par F. Federici, Firenze, La Nuova Italia, 1935, p. 148.

des préoccupations principales chez l'artiste : il conseille donc aux peintres de traduire le *moto mentale*, l'émotion intérieure, car elle est plus significative que la beauté ou la perfection du détail. A ce sujet, Léonard n'hésite pas à comparer l'*art du peintre* à *celui du poète* :

> N'as-tu jamais regardé les poètes composer ? Ils ne sont pas fâchés de tracer une belle écriture et n'hésitent pas à effacer certains vers pour les refaire mieux. O peintre, trace donc sommairement les éléments de tes figures et applique-toi davantage aux mouvements appropriés à la vie intérieure des êtres que tu mets en scène, qu'à la beauté ou la perfection du détail (*Trattato*, éd. Ludwig §66, éd. MacMahon §76, cit. in Chastel, *Art et humanisme*..., *op. cit.*, p. 325).

Son intérêt va même au-delà de la pure représentation, car il explore le corps comme une merveilleuse machine, au prix de longues études sur les cadavres et par le biais de précises annotations dans ses dessins.

L'attitude de Michel-Ange, en revanche, diverge de celle de Léonard, mais se développe au contact du même terrain philosophique qui – plus ou moins directement – a influencé Léonard, à savoir le néoplatonisme. La question de la représentation du corps chez l'auteur de la voûte de la chapelle Sixtine reflète sa relation au monde ; influencé par le néo-platonisme, l'auteur croit à la beauté de l'univers visible, à la beauté de l'homme. Les figures du plafond de la chapelle Sixtine reflètent cet adoration de la beauté du corps humain qui se traduit dans une tension féconde entre imitation et idéalisation des formes naturelles. La recherche de Michel-Ange devient d'emblée paradigmatique pour toute une génération de peintres et de sculpteurs : de Sebastiano del Piombo à Pontormo, de Cellini à l'Ammannati. De manières différentes, les artistes, un peu aveuglés par le mythe de leur maître, célèbrent la figure humaine. Cellini, dans ses œuvres, recherchera donc la *grâce* (de dérivation raphaëlesque), et la *terribilità* (qui lui vient de Michel-Ange) : l'artiste de la Renaissance peut désormais se mesurer avec les artistes de l'Antiquité.

De l'imitation

La question de l'*imitation* est fondamentale pour comprendre la démarche d'un artiste de la Renaissance. Est-ce qu'on trouve une formulation théorique chez Cellini sur un tel sujet ? Il est certain qu'on ne peut pas chercher le théoricien dans la *Vita* ni dans les *Traités*. Ces derniers répondent encore à la question "*Comment cela se fait* ?" "*Quel procédé utiliser* ?", et non pas à la question "*Quelle est la position de l'artiste face à la nature* ?". En d'autres termes, il ne s'agit ni pour les *Traités*, ni pour la *Vita*, d'ouvrages d'esthétique : les *Traités* illustrent plusieurs pratiques artistiques et la *Vita* appartient au genre de la biographie d'artiste, avec une tendance prononcée à la transfiguration du vécu qui préfigure le roman.

Quant aux *Discours* de Cellini (*Sopra l'arte del disegno, Sopra la differenza nata tra gli scultori e pittori circa il luogo destro stato dato alla pittura nelle essequie del gran Michelagnolo Buonarroti, Sopra i principi e 'l modo d'imparare l'arte del disegno*), on ne retrouve pas non plus une véritable théorie, les arguments utilisés par l'artiste n'ayant nullement un fondement philosophique. D'ailleurs, l'auteur reconnaît lui-même que sa philosophie, ainsi que sa poésie, sont "buissonnières", étant donné le manque de fréquentation de ces disciplines. Alors, si Cellini n'est pas un philosophe de l'art – l'esthétique devait naître seulement à la fin du siècle avec Lomazzo et Zuccari – on peut toutefois déceler dans la *Vita* ses positions implicites dans son écriture et dans sa pratique de l'art. Tout d'abord, l'artiste se situe lui-même dans un contexte précis de l'histoire de l'art, et en particulier de l'art florentin. Il évoque Giotto, Masaccio, Ghiberti, Donatello, Léonard de Vinci, Raphaël, et surtout son maître, Michel-Ange. En ce qui concerne l'*imitation de la nature*, sa démarche apparaît comme la fusion de l'héritage théorique de Léonard et de Michel-Ange.

L'intérêt esthétique de Léonard concernait – on le sait – *toutes les formes vivantes*, même si une place privilégiée était consacrée à la figure humaine. Les formes végétales, animales, minérales pouvaient susciter dans l'esprit de l'artiste le goût pour la couleur et l'équilibre des proportions. A cet égard, Cellini manifeste son intérêt pour la vie des formes dans la conception et la description de la salière (II, 2, p. 412) et de la lunette de Fontainebleau (II, 21, p. 457). D'ailleurs, l'orfèvre puise dans l'infini réservoir de la nature les figures pour ses décorations.

Malgré les suggestions de deux hommes de lettres, Luigi Alamanni et Gabriello Cesano, l'artiste tient à réaliser le modèle d'une salière qui serait "son œuvre et son invention" ("*mia opera e mia invenzione*", II, 2, p. 411). Il décrit son modèle dans la *Vita* :

> La Terra avevo fatta una femmina tanto di *bella* forma quanto io avevo potuto e saputo, *bella* e graziata ; e in mano alla ditta avevo posto un tempio *ricco* e *adorno*, posato in terra ; e lei in sun esso s'appoggiava con la ditta mano : questo avevo fatto per tenere il pepe. Nell'altra mano posto un corno di dovizia, *addorno* con tutte le *bellezze* che io sapevo al mondo. Sotto questa iddea, e in quella parte che si mostrava esser terra, avevo accomodato tutti quei più *bei* animali che produce la terra. Sotto la parte del Mare avevo figurato tutta la *bella* sorte di pesci e chiocciolette, che comportar poteva quel poco ispazio : quel resto de l'ovato, nella grossezza sua, feci molti *ricchissimi ornamenti* (*ibidem*, pp. 412-413, nous soulignons).
>
> *La Terre symbolisée par une femme aussi belle et aussi gracieuse que j'avais pu le concevoir et l'exécuter, avait une main appuyée sur un temple richement décoré, posé sur le sol et destiné à recevoir le poivre. De l'autre main elle tenait une corne d'abondance, remplie de tout ce que je savais de meilleur au monde. Au-dessous de la déesse et dans la partie de la salière qui formait comme son domaine, j'avais rassemblé tous les plus beaux animaux que produit la terre, tandis qu'au-dessous de l'Océan se voyaient autant de jolis poissons et de coquillages qu'un espace aussi restreint permettait d'y placer. Enfin, je décorai l'épaisseur de l'ovale d'une foule de magnifiques ornements* (trad. Beaufreton, II, p. 11).

Il s'agit encore du *modèle*, Cellini est encore loin de sa réalisation, qui sera possible seulement en France et pour le plus généreux de ses mécènes, le roi François Ier. La richesse des formes naturelles évoquées dans la salière effectivement réalisée est impressionnante, plus que dans le modèle décrit par l'auteur : les formes poursuivent un idéal de beauté et de grâce de type *universel*, qui n'est pas sans rappeler certaines théorisations de Leon Battista Alberti. Ici Cellini cherche à représenter non pas le *naturel*, mais le beau idéal, au plus haut degré : le personnage féminin doit être aussi beau qu'il aurait pu le réaliser et plein de grâce ("una femmina tanto di bella forma quanto io avevo potuto e saputo, bella e graziata" "*une femme aussi belle et aussi gracieuse que j'avais pu le concevoir*") ; la beauté se révèle dans les formes naturelles ("tutte le bellezze che io sapevo al mondo", "*toutes les beautés que je connaissais au monde*") ; les beautés du règne animal terrien ("tutti quei più bei animali che produce la terra", "*tous les plus beaux animaux que produit la terre*") et aquatique ("tutta la bella sorte di pesci e chiocciolette, che comportar poteva quel poco ispazio", "*autant de jolis poissons et de coquillages qu'un espace aussi restreint permettait d'y placer*") ; mais l'orfèvre n'est pas encore satisfait pour autant, il doit enrichir d'autres formes l'idéal de beauté et d'harmonie incarné par la salière ("quel resto de l'ovato, nella grossezza sua, feci molti ricchissimi ornamenti", "*je décorai l'épaisseur de l'ovale d'une foule de magnifiques ornements*"). L'artiste ici exprime son idéal artistique et sa poétique personnelle : il veut représenter la beauté idéale, tout en s'inspirant de la nature. Sa beauté serait-elle le fruit d'une *imitatio* et *electio*, deux principes de l'antiquité classique, selon lesquels l'*imitation des formes naturelles est guidée par une sorte de sélection des formes* les plus aptes à figurer la beauté la plus parfaite ? L'épisode célèbre que maints théoriciens de l'art de l'époque évoquent à ce propos est celui du peintre Zeuxis et des vierges de Croton (cf. Cicéron, *De Inventione*, II, 1, 1, Pline, *Nat. Hist.*, XXXV, 64 ; Xénophon, *Mirabilia*, III, 10, 2). Le peintre choisit cinq jeunes filles pour tirer de leurs formes *une seule image de femme,* incarnant la beauté.

Quelle était à cet égard la position du maître de Cellini, à savoir Michel-Ange ? Lui aussi vénérait la beauté des formes naturelles, mais finit par concevoir presque comme un péché cette passion. Ce déchirement intérieur se révèle de manière évidente dans le *Jugement Dernier*, où les beaux corps de la voûte de la chapelle Sixtine laissent la place aux figures gauches qui sont là pour représenter uniquement des mouvements de l'esprit.

Michel-Ange adopta, pendant une certaine période, le principe de l'imitation et de la sélection des formes, dans la représentation de la beauté :

Colui, che 'l tutto fé, fece ogni parte
e poi di tutte la più bella scelse,
per mostrar quivi le sue cose eccelse
Com'ha fatto or colla sua divin'arte

Celui qui fit le tout, chaque partie
Fit, puis de toutes choisit la plus belle,
Pour en elle montrer son excellence
Comme il l'a fait ici selon son art divin

(Michelangelo, *Poèmes*, *op. cit*, pp. 14-15).

Sur le même ton, dans la *Vie de Michel-Ange*, Condivi compare l'activité des peintres à celle des abeilles : "il bello della natura scegliendo come l'api raccolgono il mel da' fiori, servendosene poi nelle loro opere" (*Vita di Michelagniolo Buonarroti, op. cit.* p. 82, "*Choisir le beau de la nature comme les abeilles qui recueillent le miel des fleurs, pour ensuite l'utiliser dans leurs œuvres").* La thèse de l'*imitation* et de la *sélection* avait été déjà formulée par Alberti, qui probablement fut le premier à citer l'anecdote de Zeuxis :

> giovera pilliare da tutti i belli corpi ciascuna lodata parte et sempre, ad inparare molta vaghezza, si contenda con istudio et con industria : qual cosa bene che sia difficile, perché *nonne in un corpo solo si truova conpiute bellezze ma sono disperse et rare in più corpi,* pure si debba ad investigarla et inpararla porvi ogni faticha" (*Della pittura*, ed. Mallé, Firenze, Sansoni, 1950, p. 107, nous soulignons).

> *Il sera utile de prendre de tous les beaux corps chaque partie méritant l'éloge et toujours, pour apprendre la beauté, il convient de s'appliquer avec zèle et industrie : puisque* les beautés parfaites ne se trouvent pas dans un seul corps mais sont dispersées et rares dans plusieurs, *bien que ce soit difficile, il faut employer toute son énergie à rechercher et à apprendre la beauté.*

Quant à Vasari, lui aussi il met en relief cette manière de procéder, définie comme *la plus belle des manières*, car elle peut atteindre à la perfection :

> La maniera venne poi la più bella dall'avere messo in uso il frequente ritrarre le cose più belle ; e da quel più bello o mani o teste o corpi o gambe aggiugnerle insieme ; e fare *una figura di tutte quelle bellezze che più si poteva* (*Vite*, IV, pp. 11-12, nous soulignons).

> *Ce fut ensuite la manière la plus belle pour avoir pris l'habitude de reproduire fréquemment les plus belles choses et de choisir et d'assembler les plus belles formes, mains, têtes, corps ou jambes, pour faire une figure à partir du plus grand nombre de beautés qu'on pouvait recueillir.*

Vasari cite lui aussi l'épisode de Zeuxis à propos de Raphaël car il voit dans ses peintures la véritable représentation de la beauté. Raphaël, de son côté, ne cache pas sa façon de procéder, et il dévoile dans une lettre à Castiglione publiée par Dolce en 1559, le secret de la recherche de la beauté en peinture :

> Le dico, che per dipingere una bella, mi bisognerìa veder più belle, con questa conditione che V.S. si trovasse meco a far la scelta del meglio. Ma essendo carestia e di buoni giudici, et di belle donne, io mi servo di certa Idea, che mi viene alla mente. Se questa ha in sé alcuna eccellenza d'arte, io non so, ben m'affatico di haverla (L. Dolce, *Lettere di diversi eccellentissimi huomini*, Venezia, 1559, pp. 227-228)[5].

> *Je vous dis que pour peindre une belle dame, il me faut en voir plusieurs, à condition que Votre Seigneurie m'aide à choisir le mieux. Toutefois, comme il y a pénurie et de bons juges, et de belles dames, j'ai recours à une certaine Idée qui me vient à l'esprit. Je ne sais si ce dernier possède en lui une certaine excellence dans l'art, bien que je m'efforce de l'avoir.*

La position théorique de Raphaël a été mise en relief par Panofsky qui voit dans ces déclarations un pas marqué en direction de l'*esthétique du maniérisme, plus liée à la représentation de l'Idée que de la Nature.* Il faudrait par ailleurs souligner que la position théorique de Raphaël ne se rapproche pas d'une théorie platonicienne de l'art car l'Idée dont il parle "viene alla mente", elle *vient à l'esprit* de l'artiste, après la phase de l'observation ; elle n'est donc pas *innée*, comme le voulait la philosophie de Platon et des néoplatoniciens.

Ainsi Vasari, lorsqu'il formule sa conception du dessin, parle d'une *idée qui se construit dans l'esprit* ("esso disegno non sia che una apparente espressione e dichiarazione del concetto che si ha nell'animo, e di quello che altri si è nella mente immaginato e fabbricato nell'idea", "*Le dessin ne*

---

5. Sur le même concept d'idée intérieure de la beauté, cf. Castiglione, *Il Cortegiano, op. cit.*, IV, 66, pp. 344 : l'homme noble doit figurer en soi l'idéal de beauté : "dentro nella immaginazione formar astratta da ogni materia" ; [...] "chiuso nel core si porterà sempre seco il suo precioso tesoro" ("et que dans son imagination il la rende séparée de toute matière" [...] "car il portera toujours avec lui son précieux trésor enfermé dans son cœur", *Le Livre du Courtisan*, trad. par A. Pons, *op. cit.*, pp. 396-397).

serait qu'une expression et déclaration apparente du concept qui est dans l'esprit, et de ce que d'autres ont imaginé et fabriqué dans l'idée", *Della pittura*, *Opere*, I, p. 169).

Pour revenir à Cellini et à son culte de la beauté de la figure humaine, masculine et féminine, ainsi que de toutes les formes naturelles, on connaît, grâce à la *Vita*, sa manière de procéder. Lui aussi se sert de *différents modèles* pour atteindre la beauté des traits, et dans la *Nymphe* de Fontainebleau et dans le *Persée*. Il existe un sonnet adressé à Guido Guidi, où Cellini avoue être en proie à la passion pour la beauté de son modèle :

> Eccellente mio Guido, io mi son dolto
> assai di voi, che mi facesti fare
> la scritta, dove io m'ebbi a pubbricare
> d'amar più che me stesso un sì bel volto.
>
> Questo 'bel volto' infatti
> D'Apollo e 'l suo Diacinto e 'l bel Narciso
> mi fu modello, e di Perseo ancora
> (LXXVIII, in *Opere*, p. 913)
>
> *Mon excellent Guido, je me suis fort plaint*
> *de vous, qui m'avez fait faire*
> *cet écrit, où j'eus à publier*
> *que j'aimais plus que moi-même un si beau visage*
>
> *Ce beau visage, en effet,*
> *D'Apollon, de son Hyacinthe et du beau Narcisse*
> *me fut modèle, et aussi de Persée.*

Un autre sonnet évoque à son tour l'exemple de Zeuxis, que Cellini déclare avoir suivi pour son *Persée* :

> Feci Perseo,o Dio, com'ogni uom vede,
> e piacque a chi lo feci e a tutto 'l mondo :
> e' libri a tal virtù han questo pondo.
> Usar qual Zeuse ancora a noi richiede :
>
> fanciullo e donna il me' che l'occhio vede.
> Se in quell'avvien d'amor lo spirto immondo

l'arco ivi stenda, o qual d'un si' gran fondo
scampa ? Merta ei però sì vil mercede ?
(CV, in *Opere*, p. 948).

Je fis Persée, mon Dieu, comme tout homme voit,
et il plut à qui le fit et à tout le monde
les livres de telle valeur ont ce pouvoir.
Faire ce que Zeuxis à nous autres encor demande :

femme et enfant le mieux que l'œil voit.
Si à ce moment-là advient que d'amour l'esprit immonde
tende son arc, ô qui d'un si grand fond
réchappe ? Mérite-t-il cependant si vile récompense ?

Le sculpteur exprime ici sa conception de la beauté artistique : *le beau est à rechercher parmi les formes naturelles*, il est le résultat de la sélection de l'œil de l'artiste. En même temps, l'artiste se sent victime d'un tel charme, et il réclame la compassion du lecteur. La référence implicite est le procès pour sodomie, pour lequel Cellini fut condamné à quatre ans de prison, à cause de la relation qui l'avait lié à Fernando di Giovanni di Montepulciano (cf. Dario Trento, *Sui documenti celliniani*, in Benvenuto Cellini, *Opere non esposte e documenti notarili*, Museo Nazionale del Bargello, 1984, p. 49)[6].

Dans la *Vita*, l'artiste ne manque jamais d'affirmer sa conception de la beauté qui correspond à ce qu'il exprime dans les sonnets ; les seuls *livres* pour l'artiste qui veut atteindre à la perfection sont *les formes naturelles*, les modèles :

---

6. Une version antérieure du même sonnet éclaire davantage les sentiments de l'auteur :

Se bene io son di carne, sangue e ossa
Et que' sono i mie libri ; o che ragion poss'io...
Bien que je sois de chair, de sang et d'os
Et ce sont là mes livres ; ô quelle raison puis-je...

C'est Mabellini qui signale cette variante d'après le manuscrit Riccardiano (2728, c.6) *(cf. Le rime del Cellini*, Torino, Paravia, 1892, p. 248). L'auteur avouerait ainsi être tombé amoureux de ses "livres", c'est-à-dire des *modèles* : c'est la matière vivante de la création, l'instrument par excellence qui guide la main du maître et qui représente pour celui-ci le reflet même du divin.

> Ero solo con certi fattoruzzi, infra i quali ce ne era uno molto bello : questo si era figliuolo d'una meretrice, chiamata la Gambetta. Servivomi di questo fanciullo per ritrarlo, perché *noi non abbiamo altri libri che c'insegnin l'arte, altro che il naturale* (II, 57, p. 529).
>
> *Je n'avais pour m'aider que quelques apprentis dont l'un fort beau, fils d'une prostituée appelée Gambetta. Je le pris comme modèle car nous autres, nous n'avons pour livre que la nature pour nous enseigner l'art (p. 307).*

Dans ce morceau l'auteur fait référence à un autre modèle, Cencio, pour lequel il risque la prison et endure le chantage de sa mère, la "Gambetta". Malgré le fait que l'artiste met l'accent sur le dessin d'après nature, l'étude des modèles anciens joue un rôle capital dans la maturation du Cellini sculpteur ; dans la *Vita*, on le voit à Pise, Rome, Naples, Florence étudier l'art étrusque, romain, grec, etc. Il sera chargé par le Duc de Florence, Cosme, de restaurer de petites statues étrusques : l'artiste puise dans les formes antiques des canons esthétiques, des thèmes mythologiques ; cependant, sa position est claire, car il considère l'art florentin supérieur à celui des anciens[7].

7. Au Musée archéologique de Florence se trouve la célèbre Chimère étrusque évoquée dans la *Vita* ; Cellini n'a jamais précisé s'il l'a effectivement restaurée, pourtant, la légende du Musée cite l'orfèvre en tant que restaurateur de la statue. Voici le passage concerné : "Essendosi in questi giorni trovato certe anticaglie nel contado d'Arezzo, in fra le quali si era la Chimera, ch'è quel lione di bronzo, il quale si vede nelle camere convicino alla gran sala del Palazzo ; e insieme con la detta Chimera si era trovato una quantità di piccole statuette, pur di bronzo, le quali erano coperte di terra e di ruggine, e a ciascuna di esse mancava o la testa o le mani o i piedi ; il Duca pigliava piacere di rinettarsele da per se medesimo con certi cesellini di orefici. Gli avvenna che e' mi occorse di parlare a sua Eccellenzia illustrissima ; e in mentre che io ragionavo seco, ei mi porse un piccol martellino con el quale io percotevo quei cesellini che 'l Duca teneva in mano, e in quel modo le ditte figurine si scoprivano dalla terra e dalla rugine. Così [...] il Duca mi misse in opera" (II, 87, pp. 591-592) ("*Aux environs d'Arezzo, on découvrit des antiques, dont la Chimère, ce lion de bronze qu'on peut voir dans une pièce voisine de la grande salle du palais et, en même temps, une quantité de statuettes, également en bronze, couvertes de terre et de rouille et amputées de la tête, des mains, ou des pieds. Le Duc*

Dans la *Vita* il exprime à plusieurs reprises cette position : lorsqu'un commanditaire loue ses capacités artistiques, le plus grand compliment pour lui est celui d'être comparé aux artistes de l'antiquité. Ainsi, le secrétaire du Pape Giambattista Sanga, montre qu'il apprécie les monnaies que l'artiste réalise pour Clément VII : "Vostra Santità si può gloriare d'avere una sorta di monete, la quale non si vede negli *antichi* con tutte le lor pompe" (I, 46, p. 202, nous soulignons, "*Votre Sainteté peut se glorifier d'avoir un type de monnaie que l'Antiquité, dans tout son faste, n'a pas connu*", p. 88).

Mais l'artiste subit la véritable "épreuve du feu" dans la Galerie de François Ier à Fontainebleau, lorsqu'il doit montrer son *Jupiter* au milieu des copies de statues antiques que le Primatice avait ramenées d'Italie :

> Il sopraditto Bolognia aveva condotto in questa ditta galleria tutte le sopra ditte opere *antiche*, fatte di bronzo e benissimo condotte, e l'aveva poste con bellissimo ordine, elevate in su le sue base ; e sì come di sopra ho ditto, queste erano le più belle cose tratte da quelle antiche di Roma. In questa ditta istanza io condussi il mio Giove ; e quando viddi quel grande apparecchio, tutto fatto a arte, io da per me dissi : "Questo si è come passare in fra le picche. Ora Idio mi aiuti" (II, 41, p. 497).
>
> *Bologna y avait installé ses statues* antiques *jetées en bronze et très bien réussies ; il les avait disposées dans un ordre parfait et dressées sur leurs piédestaux. C'était, je l'ai déjà dit, ce qu'on pouvait reproduire de plus beau parmi les antiques de Rome. J'y fis porter mon Jupiter. Quand je vis cette installation si habile, je me dis : "C'est comme si je devais passer entre deux rangées de piques ! Que Dieu me vienne en aide" (p. 286).*

La position de Cellini au sujet de l'imitation des Anciens rejoint tout à fait celle de Léonard de Vinci ; en outre, la question de l'imitation abordée, de manière opposée, par Bembo et Pico, nous éclaire à ce propos. On pourrait mettre en relation la pratique artistique de Cellini avec les théories de Gian Francesco Pico "pour qui la création artistique est en effet composée de

---

prenait plaisir à les nettoyer lui-même avec de petits ciseaux d'orfèvre. Un jour j'eus besoin de lui parler. Au cours de la discussion il me présenta un petit marteau avec lequel je frappai les ciseaux qu'il tenait en main de manière à débarrasser les figurines de la terre et de la rouille. [Ainsi le Duc me mit à l'œuvre]", pp. 346-347).

deux éléments : d'un côté 'l'instinct particulier de l'âme et la propension innée et intime' ; de l'autre 'l'imitation'. L'idée coïncide avec l'instinct, elle guide l'imitation"[8]. Cette conception de l'imitation fortement orientée par une personnalité individuelle, qui choisit ses modèles mais en même temps les dépasse dans une autre unité stylistique, semble correspondre non seulement à la démarche de Cellini mais aussi à celle de Raphaël, du moins jusqu'à la réalisation de la chambre d'Héliodore.

L'auteur de la *Vita* admet que plusieurs influences s'exercent sur son art, de l'antiquité classique à Michel-Ange (qui à son avis, a dépassé l'art grec et romain), en passant par l'art oriental (les "pugnaletti turcheschi", "*les petits poignards turcs*"). Le syncrétisme de Cellini se manifeste dans le groupe statuaire du *Persée*, où plusieurs éléments sont associés : on l'a vu, à propos du piédestal, qui restera un exemple isolé de décoration dans l'art florentin, mais aussi dans les motifs du heaume et dans celui de la garde de l'épée du *Persée*. La *poétique des grotesques*, comme l'a définie Chastel, pénètre plusieurs ouvrages de l'art cellinien, et se manifeste dans ces formes monstrueuses qui surgissent, presque inattendues, dans certains détails. Ainsi la démarche de l'artiste est différemment orientée, par rapport à Fontainebleau : l'imitation et la sélection des formes naturelles n'aboutit pas à la représentation de la beauté, mais ces formes sont *sélectionnées, imitées* et *juxtaposées* : il s'ensuit une production de formes monstrueuses, qui n'existent pas dans la nature, et qui relèvent du "capriccio" de l'auteur (on pourrait évoquer à cet égard les décorations de la cuirasse de Cosme dans le buste réalisé par Cellini ou encore celles du piédestal du *Persée*).

On a l'impression que l'artiste est constamment à la recherche de formes qui puissent susciter la *meraviglia*, l'étonnement : dans la multiplicité des formes, il privilégie le *bizarre*, l'*inusité*, le *jamais-vu*, l'*étrange*, l'*exotique*. Voici Benvenuto sous le charme des formes orientales :

> In questo tempo mi capitò certi piccoli pugnialetti turcheschi, ed era di ferro il manico sì come la lama del pugniale : ancora la guaina era di ferro similmente. Queste ditte cose erano intagliate, per virtù di ferri, molti bellissimi fogliami alla turchesca, e pulitissimamente commessi d'oro : la qual cosa mi incitò ad affaticarmi in quella

8. Battisti, *Rinascimento e Barocco*, *op. cit.*, pp. 183-184 ; et cf. *Le epistole* "De Imitatione" *di Giovanfrancesco Pico della Mirandola e di Pietro Bembo*, "Nuova Collezione di Testi Umanistici Inediti o Rari", XI, Firenze, 1954, p. 67.

professione tanto diversa dalle altre ; e veduto ch'ella benissimo mi riusciva, ne feci parecchi opere (I, 31, p. 153).

A ce moment-là, j'eus entre les mains de petits poignards turcs dont le manche et la lame ainsi que le fourreau étaient en fer. Ils étaient gravés en creux, à l'aide d'une pointe de fer, de superbes feuillages à la turque et très finement incrustés d'or. Ils m'incitèrent vivement à m'essayer encore à ce métier si différent des autres et à y consacrer ma peine. Ma réussite fut brillante ; je réalisais de nombreux travaux de ce genre (p. 57)[9].

Tout ce qui est nouveau et étrange fascine notre auteur ; rechercher à tout coup l'étonnement de son commanditaire, de son public, de son lecteur, tel est le but de Cellini. Il y arrive souvent dans la *Vita*, lorsque les nuances du merveilleux et du satanique informent le récit de ses aventures, lorsqu'il raconte l'histoire de sa vie et de son itinéraire artistique comme une suite d'événements miraculeux.

L'artiste imite l'idée, en se détachant de la pure imitation de la nature : c'est pourquoi les œuvres de Cellini semblent parfois issues d'une fouille archéologique, œuvres "miraculeuses et antiques". C'est justement le cas des petits vases dessinés et réalisés pour un médecin un peu équivoque :

Passando un giorno a caso dalla mia bottega, vidde a sorta certi disegni che io avevo innanzi, in fra' quali era parecchi *bizzarri vasetti*, che per mio piacere avevo disegnati. Questi tali vasi erano molto *diversi e varii da tutti quelli che mai s'erano veduti insino a quella età*. Volse il ditto maestro Iacomo che io gnene facessi d'argento ; i quali io feci oltra modo volentieri, per essere sicondo il mio *capriccio* (I, 28, p. 143, nous soulignons).

Passant par hasard un jour devant mon atelier, son regard tomba sur des dessins exposés parmi lesquels des croquis de jolis petits vases bizarres que je m'étais amusé à faire. Ces vases, d'une grande variété, étaient très différents de ce qu'on avait vu jusqu'alors. Maître Giacomo en voulut deux en argent ; je les fis d'autant plus volontiers qu'ils étaient le fruit de mon imagination (p. 50).

---

9. Sur l'orientalisme chez Cellini, cf. l'essai de Leonardo Olschki, *Asiatic exoticism in Italian art of the early renaissance*, "Art bulletin" 1944, 2, pp. 95-106.

Tout le monde croit que ces gobelets sont anciens et personne ne parvient à les imiter. Cellini s'amuse donc à écouter l'avis de ses amis sur une œuvre dont il révèle enfin le secret :

> Mi fu detto in Roma da molti signori di questa opera, che a *lor pareva miracolosa e antica ;* alcuni di questi, amici mia ; e io baldanzoso di tal faccenda, confessai d'averli fatti io. Non volendo crederlo, ond'io volendo restar veritiero a quei tali, n'ebbi a dare testimonianza e farne nuovi disegni (I, 28, p. 144).

> *A Rome de nombreux Seigneurs me parlèrent de ces ouvrages qui* leur apparaissaient comme de prodigieux vestiges de l'Antiquité. *Certains étaient de mes amis ; mis en confiance par toute cette affaire, je leur avouai en être l'auteur. Ils ne voulaient pas me croire et moi je ne voulais pas qu'ils me tiennent pour menteur. Je dus apporter des preuves en faisant de nouveaux dessins* (p. 50, nous soulignons)

Telle est par conséquent l'esthétique que l'auteur de la *Vita* nous transmet : une esthétique de la *meraviglia*, du *bizarre*, de l'étrange, de l'inusité. Il *capriccio*, l'*invention de l'artiste,* guide la création, mais son apprentissage se fait à travers un long travail d'imitation de modèles différents : on est déjà dans le domaine du maniérisme, qui préfère l'imitation de l'idée à l'imitation de la nature. Ses excès, ses formes dictées par l'irrationnel seront restreintes par la rigoureuse tradition classique italienne, la déformation ne cessera d'être élégante, et le caractère transgressif du maniérisme restera confiné dans certains détails où l'hybride et le jamais-vu explosent. Ce sera la face de l'ombre, cachée au grand public, comme le côté postérieur du heaume du *Persée*, qui porte un masque menaçant que certains critiques ont identifié comme une sorte d'autoportrait.

Les œuvres du maniérisme paraissent ainsi animées d'une grande *tension entre des éléments discordants* : l'artiste se donne des règles, il suit des canons esthétiques précis, car c'est le seul garde-fou contre les potentialités de l'irrationnel qui pénètrent subrepticement cet art.

Dans son essai sur l'Idée, Panofsky saisit un aspect central du maniérisme et cherche à définir le genre de tension qui constamment l'anime, une sorte de dualisme de liberté et d'obéissance aux règles, un refus de la stabilité et de l'ordre de l'art renaissant, mais aussi un retour passionné vers les thèmes de l'antiquité classique. Par ailleurs, le Manièrisme refuse le côté excessif de l'art baroque et, contre la liberté absolue de l'artiste, propose l'enseignement d'un savoir technique en forme de système. La tendance maniériste, dont on pourrait voir le développement extrême chez le Greco, contient en elle les possibilités du Baroque et du Néoclassicisme[10].

La fonction de l'imitation a donc été fondamentale pour le développement du Maniérisme : l'art des Anciens, d'abord, a fourni des éléments stylistiques et thématiques, pourtant "l'idéal classique, s'il n'était pas stimulé par l'alternance maniériste, ne serait que froid académisme ; et à son tour, le maniérisme, sans l'idéal classique, serait pure affectation" (Battisti, *L'antirinascimento, op. cit.,* p. 39). L'une des manifestations du caractère complémentaire d'idéal classique et de maniérisme se traduit, chez Cellini, dans le mythe du Persée qui s'enrichit d'une multiplicité de valeurs symboliques dans l'œuvre ainsi que dans la *Vita*.

Le sculpteur se pose en continuateur des anciens, mais l'imitation pure est dépourvue de sens à ses yeux : l'art, comme l'histoire, est conçue comme une tension perpétuelle, en constant devenir. Les artistes modernes, pour Cellini, *se doivent de dépasser l'art antique*, tout en le connaissant profondément. L'artiste de la Renaissance œuvre entre deux tendances opposées et complémentaires : l'*imitation du modèle ancien* (cf. Raphaël, *L'école d'Athènes*), et le *renouvellement des canons traditionnels* (cf.

---

10. Cf. Panofsky, *Le Maniérisme*, in *Idea, op. cit.*, ; cf. également l'intéressante étude de Pierre Barucco, *Le Maniérisme italien*, Paris, PUF (QSJ), 1981 et celle d'Emilio Cecchi, *Pontormo e il Manierismo fiorentino*, in Jacopo da Pontormo, *Diario (1554-56),* Firenze, Le Monnier, 1956. L'inteprétation du maniérisme élaborée par Hauser nous paraît très intéressante quant à sa relation au Baroque : "Les deux aspirations sont déjà intimement mêlées dans les œuvres tardives de Raphaël et de Michel-Ange. Dans ces réalisations, nous relevons déjà une rivalité entre les visées passionnément expressionnistes du baroque et la conception intellectuellement 'surréaliste' du maniérisme. Les deux styles post-classiques apparaissent presque simultanément et trouvent leurs sources dans la crise intellectuelle des premières décennies du siècle : le maniérisme en tant qu'expression de l'antagonisme entre les tendances spiritualistes et sensualistes de l'époque et le baroque comme la solution momentanée de ce conflit sur les bases de l'émotion spontanée" (Hauser, *Histoire sociale de l'art et de la littérature*, Paris, Le Sycomore, Paris, 1982, II, p. 95).

Léonard, Michel-Ange, Pontormo). L'imitation a apporté de nouvelles valeurs dans l'art, car elle a mis en évidence l'idéal de beauté classique, l'équilibre des proportions et le principe de vraisemblance. D'ailleurs, l'humanisme avait inauguré une approche différente des œuvres de l'Antiquité, qui s'étaient ainsi partiellement détachées de la signification allégorique que le Moyen Age leur attribuait.

Dans le *Traité de l'orfèvrerie,* le point de départ se situe dans l'Art des anciens, mais l'artisan-artiste doit *aller au-delà*, et contribuer au renouveau technique et stylistique de l'art moderne :

> Ora ti parlerò delle medaglie, le quali *i detti antichi feciono* in superlativo grado bene (*Dell'Oreficeria*, XIV, in *Opere*, p. 707).
> Di queste belle opere noi mostrerremo *il modo che usavano gli antichi*, e appresso a questo diremo il modo che abbiamo usato noi (*ibidem*, XV, p. 707).
>
> *Je te parlerai des médailles, que les anciens nommés plus haut réalisèrent de manière excellente.*
> *De ces belles œuvres nous montrerons la façon utilisée par les anciens et ensuite nous dirons la façon que nous avons utilisée nous-mêmes.*

L'attitude de l'auteur envers l'art ancien nous paraît claire ici, puisqu'il exprime la nécessité de connaître les artistes de l'antiquité ainsi que leur culture et les motivations réelles qui les ont conduit à créer de tels chefs-d'œuvre ; en plus, l'art moderne associe les *innovations techniques à un renouveau stylistique*. Le principe d'autorité ne constitue pas un dogme chez cet écrivain, ce créateur qui se fonde uniquement sur *l'expérience sensible* et sur la capacité de ses propres mains.

Cellini est un connaisseur de l'art antique, on le consulte à plusieurs reprises pour l'estimation de certaines pièces ; à la cour de François Ier, le trésorier Jean Lallemant, Seigneur de Marmagnes, lui demanda d'évaluer une petite statue ancienne en bronze qui représentait Mercure. L'orfèvre avait fortement apprécié la pièce et il l'aurait achetée pour cent écus d'or (ici, nous découvrons un autre Cellini, non l'artiste, ni l'écrivain ou le guerrier, mais le *collectionneur*). Cependant, le trésorier, qui avait des arrière-pensées, n'avait pas l'intention de la vendre, mais de l'offrir au roi juste au moment où Cellini allait lui montrer la salière terminée. Le souverain ne fut pas aveuglé par le charme de l'art antique, car il montra sa préférence pour l'art des modernes, lorsque celui-ci dépasse les chefs-d'œuvre de l'Antiquité (cf. *ibidem*, XII, p. 690).

Cosme de Médicis était un grand collectionneur d'art ancien. Une fois il montra une sculpture antique à Cellini pour connaître son avis et les raisons de la valeur de la pièce. L'artiste définit l'œuvre "meravigliosa" et lui offrit sa collaboration pour restaurer la sculpture et en faire un "*Ganymède*" :

> "Signor mio, questa è una figura di marmo greco ed è cosa meravigliosa : dico che per un fanciulletto io non mi ricordo di avere mai veduto fra le anticaglie una così bella opera, né di così bella maniera : di modo che io mi offerisco a vostra Eccellenza illustrissima di restaurarvela e la testa e le braccia, i piedi. E gli farò una aquila, acciò che e' sia battezzato per un Ganimede. E se bene e' non si conviene a me il rattoppare le statue, perché ell'è arte da certi ciabattini, i quali la fanno assai malamente : inperò l'*eccellenzia di questo gran maestro mi chiama a servirlo*" (II, 69, pp. 552-553, nous soulignons).

> *"Monseigneur, c'est une statue de marbre grec et c'est une merveille ! Je ne me souviens pas avoir jamais vu parmi les antiques une figure d'enfant si belle et d'un style si admirable. Je vous propose d'en restaurer la tête, les bras et les pieds. J'y ajouterai un aigle et on en fera un Ganymède. Cela ne me convient pas spécialement de faire de la restauration car c'est le métier de bousilleurs qui s'en tirent très mal. Mais la qualité de ce chef-d'œuvre m'incite a rendre service à son auteur" (p. 323).*

Voici *le principe d'imitation renversé* : car l'artiste interprète et continue l'œuvre de l'artiste de l'Antiquité, lui donne une nouvelle signification, il la transforme en un Ganymède, même si aucun signe apparent ne confirme son interprétation ; il s'agit simplement de l'image d'un jeune garçon d'une rare beauté. L'artiste le revêt de l'aura du mythe, lui donne un sens, et le restaure en faisant de l'œuvre ancienne une nouvelle œuvre, tout à fait moderne : la citation est transfigurée, l'ancien se métamorphose en moderne entre les mains habiles d'un grand connaisseur de l'art classique qui suit désormais son idée[11].

Certains aspects de la "*maniera antica*" ont certainement joué un rôle important chez Cellini, peut-être par l'intermédiaire de Michel-Ange. Par exemple la vogue du colosse, lancée à partir du célèbre David, est un héritage de l'art hellénistique : l'orfèvre-sculpteur, passera ainsi des dimensions très réduites des médailles et des pièces d'orfèvrerie – où pourtant les figures sont merveilleusement ciselées au point d'avoir une allure monumentale – aux ouvrages colossaux réalisés en France, notamment les statues de *Jupiter*, les modèles de *Junon* et de *Mars*, la lunette de Fontainebleau et les *Victoires*.

La culture antique apportait aux modernes non seulement des suggestions formelles, mais aussi une nouvelle conception des arts plastiques, qui anciennement étaient considérés comme des arts nobles. La nouvelle situation historique, déterminée par plusieurs facteurs d'ordre socio-économique et politique a préparé un terrain favorable pour accueillir la conception antique de l'artiste. Vasari rappelle son importance et la rend actuelle dans l'*Introduction* de ses *Vite* :

> Furono adunque grandemente in Grecia esercitate le sculture, nelle quali si trovarono molti artefici eccellenti [...]. La pittura similmente onorarono, e con premj, gli antichi Greci e Romani ; poiché a coloro che la fecero maravigliosa apparire, lo dimostrarono col donare loro città e dignità grandissime [...] Fu proibito per decreto pubblico, che le persone serve tal'arte non facessero per le città ; e tanto onore fecero le genti del continuo all'arte ed agli artefici, che l'opere rare, nelle spoglie de' trionfi, come cose miracolose, a Roma si mandavano ; e gli artefici egregi erano fatti di servi liberi, e riconosciuti con onorati premj dalle repubbliche (*Proemio delle Vite,* in *Opere*, I, pp. 218-219).

> *En Grèce donc, la sculpture s'épanouit merveilleusement ; les artistes de grande qualité s'y multiplièrent [...]. Quant à la peinture, les Grecs et les Romains de l'Antiquité ne lui firent pas moins d'honneur en allant jusqu'à décerner des récompenses ; ils accordè-*

11. Lorsque Cellini présente ses sculptures pour le piédestal du *Persée*, on compare son art à celui des anciens, en le définissant "meglio che gli antichi" ("meilleurs que celui des anciens", *Vita*, II, 88, p. 595).

> *rent le titre de citoyen et de grandes dignités à ceux qui surent en déployer la beauté. [...] Un décret refusa aux esclaves le droit d'exercer cet art dans la ville, et on fit tant d'honneur à l'art et à ses représentants que les plus belles œuvres prises comme butin étaient envoyées à Rome comme des objets prodigieux pour figurer dans les triomphes. Aux artistes émérites d'origine servile, on accordait la liberté et leur talent reconnu leur valait honneurs et récompenses de la part des gouvernements* (Vasari, *Vies..., op. cit.*, I, p. 218)[12].

Vasari situe le début de la *Rinascita* à l'époque où la manière "vieille" (*vecchia*) a été remplacée par la "manière moderne" (*moderna*), qui a su se tourner vers la manière "antique"[13].

---

12. Cf. à ce sujet les *Dialoghi romani* de Francisco de Holanda, qui évoque la toute-puissance d'Apelle auprès d'Alexandre le Grand (trad. par Laura Marchiori, notes d'Emma Spina Barelli, Milano, Biblioteca universale Rizzoli, 1964, pp. 105-107). L'auteur ne manque pas d'évoquer les prix élevés des peintures dans l'antiquité, preuve de la haute considération attribuée à cet art. De plus, les jeunes nobles étaient tenus de le pratiquer : "Nobiltà della pittura. Il macedone Panfilo fu il primo pittore erudito in tutte le dottrine, soprattutto nell'aritmetica e nella geometria, senza la quale diceva che nessuno poteva essere un maestro. Non insegnò a nessuno per meno di un talento, che equivale a seicento *cruzados*, e questo per dieci anni. A causa dell'autorità di questo pittore, venne stabilito per legge, prima a Sicione e poi in tutta la Grecia, che i giovani di nobile famiglia imparassero a disegnare, e che la pittura avesse il primato fra le arti liberali. E fu sempre onorata in modo tale che la praticavano tutti i giovani ottimati, e soltanto i cittadini di buona condizione, mentre venne proibito con un editto perpetuo di insegnarla agli schiavi. Quindi in quest'arte non si trova nessuna opera di un servo" (*"Noblesse de la peinture. Le macédonien Pamphile fut le premier peintre érudit en toutes les doctrines, surtout en arithmétique et en géométrie, sans quoi disait-il personne ne pouvait être un maître. Il n'enseigna à personne pour moins d'un talent, ce qui équivaut à six cents cruzados, et cela pendant dix ans. A cause de l'autorité de ce peintre, une loi fut établie, d'abord à Sicyone puis dans toute la Grèce, obligeant les jeunes gens de famille noble d'apprendre à dessiner, et donnant parmi les arts libéraux le primat à la peinture. Et elle fut toujours tant honorée que tous les jeunes gens d'un très haut niveau et seuls les citoyens de bonne condition pouvaient la pratiquer, alors qu'il fut interdit par un édit perpétuel de l'enseigner aux esclaves. C'est pourquoi on ne trouve aucune œuvre faite par un esclave", ibidem*, p. 105).

13. Vasari ajoute : "Gli ingegni che vennero poi, conoscendo assai bene il buono dal cattivo, ed abbandonando le maniere vecchie, ritornarono ad imitare le

Le XVIe siècle est décidément le siècle de l'imitation, dans le domaine littéraire aussi bien que dans le domaine artistique. S'agirait-il peut-être d'un siècle de conformisme qui a su endiguer les excès du premier maniérisme ?

Même le mythe du courtisan, proposé par Castiglione, représente une manifestation de cette tendance à la *mimésis*, car la conduite du parfait homme de cour doit se conformer au modèle universel célébré dans le *Cortigiano* (Venezia, 1528). Les hommes de lettres, en règle générale, se réclament de la tendance à l'imitation dans les arts plastiques et viceversa : Bembo évoque l'art contemporain qui essaie de comprendre et de reproduire la perfection de l'art antique ; Condivi, de son côté, soutient vivement l'autorité des modèles pour les écrivains. Dans le *Prose della volgar lingua* (1525), Bembo tire ses conclusions pour l'art d'écrire :

> Questa città [Roma] [...] vede tutto il giorno a sé venire molti artefici di vicine e di lontane parti, i quali le belle antiche figure di marmo e talor di rame, [...] e gli archi, e le terme, e i teatri, e gli altri

---

antiche con tutta l'industria ed ingegno loro" (*ibidem*, p. 242) ("Les suivants, traçant une nette distinction entre le bon et le mauvais et abandonnant les vieilles techniques, se remirent à imiter l'antique avec initiative et talent", *op. cit.*, I, p. 232).

L'historien arétin précise également le but de tout son œuvre écrit, à savoir la défense de l'art moderne qui a atteint le sommet de la perfection, mais qui, comme toute chose humaine, peut précipiter dans la ruine : "Sino a qui mi è parso discorrere dal principio della scultura e della pittura, e per avventura più largamente che in questo luogo non bisognava : il che ho io però fatto, non tanto trasportato dall'affezione dell'arte, quanto mosso dal benefizio ed utile comune degli artefici nostri ; i quali, avendo veduto in che modo ella da piccol principio si conducesse a somma latezza, e come da grado sì nobile precipitasse in ruina estrema (è per conseguente, la natura di quest'arte simile a quella dell'altre, che, come i corpi umani, hanno il nascere, il crescere, lo invecchiare ed il morire), potranno ora più facilmente conoscere il *progresso della sua rinascita* (*ibidem*, p. 243) (*"Jusqu'à présent j'ai parlé des débuts de la sculpture et de la peinture, peut-être plus longtemps que nécessaire. Moins d'ailleurs pour l'amour de ces arts que pour être utile à nos artistes. Ils ont pu voir comment l'art, dès son origine, a atteint les sommets les plus élevés, et comment, d'un degré si haut, il est tombé dans la plus sombre ruine. Ils ont ainsi perçu sa nature qui, comme le corps humain, comporte naissance, croissance, vieillissement et mort. Ils pourront maintenant mieux apprécier sa renaissance, sa remontée et sa perfection actuelle", op. cit. I, p. 233).*

> diversi edifici... con istudio cercando nel piccolo spazio delle loro carte o cere la forma di quelli rapportano e poscia, quando a fare essi alcuna nuova opera intendono, mirano in quegli esempi, e di rassomigliarli col loro artificio procacciando, tanto più sé dover essere della loro fatica lodati si credono, quanto essi più alle antiche cose fanno per somiglianza ravvicinare le loro nuove : perciocché sanno e veggono che quelle antiche più alla perfezion dell'arte si accostano che le fatte indi innanzi. La quale usanza e studio... maggiormente porre si debba nello scrivere[14].

> *Cette ville [Rome] [...] voit toute la journée venir nombre d'artistes d'endroits proches et lointains, qui transposent avec zèle, dans l'espace exigu de leurs feuilles de papier ou de leurs cires la forme des belles et anciennes figures de marbre ou parfois de cuivre [...] les arcs, les thermes, et les théâtres, et bien d'autres constructions... ensuite, lorsqu'ils ont l'intention d'entreprendre un ouvrage nouveau, ils regardent ces exemples, essayant de s'en rapprocher ; ils croient mériter d'autant plus de louanges, qu'ils font ressembler leurs nouvelles œuvres aux anciennes : ceci parce qu'ils savent et se rendent bien compte que les œuvres des anciens sont plus proches de la perfection de l'art que celles réalisées à partir de ce moment-là. Cet usage et cette étude... doivent être appliqués davantage à l'écriture.*

Derrière ces affirmations, on pourrait soupçonner une sorte de *peur de la décadence artistique*. L'écrivain ou l'artiste est comme écrasé par les modèles anciens, mais aussi par les modernes ; il a donc peur de créer, après les génies, quelque chose qui ne ressemble pas à leurs œuvres. Par conséquent, maints ouvrages attestent une foule d'imitateurs de Michel-Ange, de Raphaël, du Parmesan, etc.[15]. Il faut aussi convenir que l'influence d'un

---

14. Pietro Bembo, *Prose della volgar lingua,* a cura di Carlo Dionisotti, Torino, UTET, "TEA", 1966, 1989, p. 183. Pour une étude du débat entre Pico et Bembo, cf. Battisti, *Rinascimento e Barocco, op. cit.*, pp. 187-188.

15. Condivi affirme la nécessité de l'imitation dans des domaines différents, et non exclusivement "artistiques", comme par exemple, chez les philosophes, les artistes, les mathématiciens, les médecins et les poètes : "Dopo Platone e Aristotele quanti filosofi abbiamo visti, che non seguitando quelli siano stati di pregio ? Quanti oratori dopo Demostene e Cicerone ? Quanti matematici dopo Euclide ed Archimede ? Quanti medici dopo Ippocrate e Galeno, e poeti dopo Omero e Virgilio ? E

maître comme Michel-Ange n'est pas un héritage facile à porter pour un artiste. Ses imitateurs, comme l'a bien vu Battisti, "sont plutôt aveuglés qu'éclairés par lui, comme d'ailleurs bien des poètes de l'époque qui sacrifient leur propre personnalité pour s'identifier à Virgile et à Cicéron" (*La Renaissance à son apogée et le premier Maniérisme, op. cit.*, p. 27). La présence de génies tels que Léonard de Vinci et Michel-Ange a profondément influencé la conception artistique d'un Cellini, d'un Pontormo ou d'un Bronzino. Cellini, à plusieurs reprises, évoque dans la *Vita* la Scuola fiorentina, qui n'est pas, comme certains commentateurs l'ont soutenu, en commettant un anachronisme, l'"Académie du Dessin", mais il s'agit d'artistes excellents qui sont nés à Florence et qui souvent ont dû quitter leur ville pour trouver ailleurs une certaine reconnaissance de leur talent.

---

se pur qualcuno ce n'è stato, che in una di queste scienze affaticato si sia, e sia stato subietto attissimo di poter da sé arrivare al primo luogo, nondimeno costui, per averlo già trovato occupato, e per non essere altro il perfetto che quello, che i primi per avanti hanno mostrato, o ha lasciato la impresa, o avendo giudizio, s'è dato all'imitazione di que' primi, come idea del perfetto. Questo oggidì s'è visto nel Bembo, nel Sannazaro, nel Caro, nel Guidiccione, nella Marchesana di Pescara, ed in altri scrittori ed amatori delle toscane rime ; i quali, comecché sieno stati di sommo e singolare ingegno, nondimeno non potendo da sé partorir meglio di quel che nel Petrarca la natura ha mostrato, si son dati ad imitar lui, ma sì felicemente, che sono stati giudicati degni d'esser letti e contati fra i buoni" ("*Après Platon et Aristote, combien de philosophes avons-nous vus, qui soient estimables, sans les suivre ? Combien d'orateurs après Démosthène et Cicéron ? Combien de mathématiciens après Euclide et Archimède ? Combien de médecins après Hyppocrate et Galène, et de poètes après Homère et Virgile ? Et s'il y en a eu un, qui dans ces disciplines a travaillé, et s'il a été tellement capable qu'il est arrivé à la première place, toutefois celui-ci, ayant trouvé la première place déjà occupée, et n'ayant pas le même niveau de perfection que ceux qui l'ont précédé, a abandonné son dessein, ou encore s'est consacré à l'imitation de ces premiers modèles, suivant l'idée de la perfection. Aujourd'hui nous le notons chez Bembo, Sannazaro, Caro, Guidiccione, chez la Marchesana de Pescare [Vittoria Colonna], et chez d'autres écrivains et personnes passionnés des rimes toscanes ; ces derniers, hommes d'un esprit singulier et sublime, ne pouvant toutefois créer tout seuls quelque chose de meilleur que ce que la nature a montré chez Pétrarque, ont commencé à l'imiter, mais de manière si réussie, qu'ils ont été jugés dignes d'être lus et comptés parmi les bons auteurs*") (*Vita di Michelangelo*, 1553, a cura di Paolo d'Ancona, Milano, Rizzoli, 1928, pp. 165-167).

L'Ecole florentine est *l'Ecole du monde*[16], c'est l'expression adoptée par l'orfèvre lorsqu'il cite les fameux cartons de Michel-Ange et de Léonard qui travaillaient respectivement pour les fresques de la Bataille de Cascina et de la Bataille d'Anghiari. Aveuglé par le génie du maître, l'artiste est fier de sa tradition, mais peut-être se sent-il, en même temps, écrasé par celle-ci. En réalité, Cellini n'est pas allé au-delà des innovations techniques et formelles de Michel-Ange, il n'a pas osé le *non-finito*, qui était d'ailleurs à l'opposé de sa poétique. Michel-Ange est parti de l'imitation des modèles anciens et, selon certains critiques, il se serait même laissé tenter par la vogue du faux[17].

Un de ses élèves a fait une opération comparable à celle de Cellini pour le *Ganymède*, mais en réalité beaucoup plus limitée. Guglielmo della Porta avait reconstruit les mollets de l'*Hercule* "Farnèse", découvert à Rome dans les Thermes de Caracalla en 1546. Quant à Cellini, il se trouve en quelque sorte à mi-chemin entre l'influence de l'art antique et le renouveau maniériste, qui aboutira finalement à l'esthétique baroque. *Artiste d'un âge de transition*, et c'est pour cela que sa recherche nous intéresse particulièrement, l'auteur de la *Vita* possède un idéal de beauté qui dépasse infiniment la littéralité du "vrai", car pour l'artiste, *il est beaucoup plus important d'imiter l'idée que d'imiter la nature.* Cela se révèle de manière explicite dans l'épisode de la médaille pour Bembo – ironie du sort, le prince des imitateurs – dont Cellini ne pouvait pas exécuter le modèle car le

16. Nadine Blamoutier dans la note 3 au chapitre 53 de le *Vita* évoque l'"Académie du dessin" de "création récente" (p. 301). Mais en réalité, les faits rapportés dans ce chapitre datent du mois d'août 1545, alors que l'Académie du dessin ne sera officiellement fondée qu'en 1563, par Vasari. On retrouve la même erreur chez Davico Bonino, in Cellini, *Vita*, Torino, Einaudi, 1973, p. 384, note 6. Voici le passage concerné : "Io poverello isventurato, desideroso di mostrare in questa mirabile iscuola, che di poi che io ero fuor d'essa, m'ero affaticato in altra professione di quello che la ditta iscuola non istimava, risposi al mio Duca che volentieri, o di marmo o di bronzo, io gli farei una statua grande in su quella sua bella piazza" (II, 53, pp. 519-520) (*"Pauvre de moi ! Je brûlais de démontrer à notre grande Ecole que, après l'avoir quittée, je m'étais qualifié dans un tout autre art qu'elle ne supposait. Je répondis à mon Duc que j'entreprendrais volontiers une grande statue de marbre ou de bronze pour mettre sur sa belle place"*, p. 301).

17. Cf. L. Courajod, *L'imitation et la contrefaçon des objets d'art antiques au XVe et au XVIe siècle*, in "Gazette des Beaux Arts", XXXIV, sept.-oct. 1886, pp. 3 et suivantes.

célèbre écrivain ne portait pas de barbe ; son portrait ne répondait pas aux normes esthétiques de l'époque. La seule solution pour le médailleur est celle d'attendre que la barbe repousse, pour que le portrait réel se rapproche autant que possible de l'idéal esthétique.

Leopardi a pu saisir dans son *Zibaldone* toute l'importance de cet épisode qui se révèle essentiel pour une définition de l'esthétique de Cellini et de son époque :

> Che cosa è dunque questo tipo di bellezza ideale, universalmente riconosciuto, eterno, invariabile ? quando neppure intorno alla nostra propria forma visibile, se ne può immaginare uno che sia riconosciuto tale da tutti gli uomini, in tutti i tempi, o che non possa, o non abbia potuto non esserlo ? quando esso non si trova neppur nella natura ? [...]
> Di quello che dipende poi dalle usanze che dovrà dirsi ? pareva impossibile nel 16° secolo, secolo di squisito gusto, al Cellini, finissimo conoscitore del bello, di dar grazia e bell'aria al ritratto del Bembo (ch'egli aveva a fare in una medaglia), perché il Bembo non portava barba. E il Bembo si fece crescer la barba per farsi ritrarre dal Cellini, e che il ritratto facesse bella vista essendo barbato, e così fu fatto. Che ne sarebbe parso a un artista de' nostri tempi ? Molte cose si posson dire delle varie opinioni ec. di varie nazioni e tempi sopra l'uso della barba (ch'è pur cosa naturale), relativamente al bello [...] (5 Agosto 1823) (*Zibaldone di pensieri*, a cura di Giuseppe Pacella, Garzanti I-II, 1991, II, § 3092 et § 3094, pp. 1630-1631).

> *Qu'est-ce donc que ce type de beauté idéale, universellement reconnu, éternel, invariable ? alors qu'on ne saurait en imaginer un qui soit reconnu comme tel par tous les hommes, en tous les temps, ou qui ne puisse – ou n'ait pu – ne pas l'être ? alors qu'il ne se trouve même pas dans la nature ? [...]*
> *Que devrait-on dire pour ce qui est des usages ? Au XVIe siècle, siècle d'un goût exquis, il semblait impossible pour Cellini qui était un fin connaisseur du beau, de conférer la grâce et l'élégance au portrait de Bembo (qu'il devait réaliser sur une médaille), car Bembo ne portait pas la barbe. Et Bembo laissa pousser sa barbe pour se faire portraire par Cellini ; le portrait aurait gagné en beauté s'il avait porté la barbe, et ainsi fut fait. Qu'aurait-il dit un artiste de notre temps ? On peut dire beaucoup de choses sur les*

diverses opinions etc. de différentes nations et époques sur le port de la barbe relativement au beau [...] (le 5 août 1823).

L'idéal de beauté est supérieur à la réalité pour l'orfèvre ; c'est l'artiste qui impose sa codification de la beauté à la nature. Le beau ne dérive donc pas directement des formes naturelles, mais *il est le résultat des conceptions humaines de la beauté,* qui s'inspirent aussi bien des formes naturelles. La relativité de l'idéal de beauté, d'origine rationaliste chez Leopardi, projette l'écrivain dans un vide où toutes les codifications de la beauté sont possibles.

Cellini, par contre, homme du XVIe siècle et de "squisito gusto" ("d'un goût exquis"), est fortement convaincu des principes formels sur lesquels se base son idéal de beauté et le souligne même dans une lettre à Varchi, qui était l'intermédiaire entre Bembo et l'orfèvre pour la réalisation de la médaille dès 1535 :

> Voi mi dite che il nostro messer Pietro Bembo si lascia crescere la barba, che per certo assai mi piace, che faremo così cosa con molto più bella forma. Ora per dirvi la cosa come ella sta, avendo questa fantasia di lasciarsi crescere la barba, vi fo intendere che in due mesi non sarà tanto grande che stia bene, che non sarà più che due dita lunga e sarà imperfetta : a tale che facendo la sua testa in medaglia in questo modo, quando la barba venga poi al suo dovere, la mia medaglia non somiglierà ; e radendosi, manco somiglierà la detta medaglia con la barba corta. Ora a me parrebbe, che volendo fare cosa che stesse bene, dovessimo lasciar venire la barba al suo dovere"[18].
>
> *"Vous me dites que notre ami messire Pietro Bembo se laisse pousser la barbe, ce qui certainement me plaît beaucoup et qui nous permettra de réaliser une chose ayant une plus belle forme. Or, pour vous dire les choses comme elles sont, en dehors de cette fantaisie de se laisser pousser la barbe, je vous signale que dans deux mois elle ne sera pas encore suffisamment longue pour avoir un bel aspect, car elle ne sera pas plus longue que deux doigts et elle sera*

18. Bottari et Ticozzi, *Raccolta di lettere sulla pittura, scultura e architettura, op. cit.*, pp. 15-16 et cf. sur le rapport entre Bembo, Varchi et Cellini, cf. Vittorio Gatto, *La protesta di un irregolare : Benvenuto Cellini, op. cit.*, pp. 61-68.

> *inégale : à tel point que, si je fais son portrait sur la médaille de cette façon, lorsque la barbe aura la juste longueur, ma médaille ne sera pas ressemblante ; et même lorsqu'il se rasera, la dite médaille ne sera pas non plus ressemblante avec la barbe courte. Il me semblerait que, pour bien faire les choses, on devrait laisser pousser la barbe comme il faut".*

Il s'agit d'une lettre datée de septembre 1536, Cellini n'essaie nullement de gagner du temps ; il est sincère dans ses observations à propos de la barbe de l'illustre Bembo, qui a préféré son travail à celui de Leone Leoni. Dans la *Vita*, le ton est différent, car l'auteur insiste sur la non-connaissance de la part de Bembo des règles de l'art. Le cardinal croit que la réalisation de la médaille ne demande pas beaucoup de temps, car l'artiste a ébauché son portrait en l'espace de deux heures ; mais en fait il se trompe, puisqu'une médaille demande un long travail technique qu'il ignore évidemment. Etant donné que l'orfèvre ne parvient pas à finir le portrait, il décide de réaliser un Pégase au milieu d'une guirlande de myrte. Le récit de Cellini est intéressant sous plusieurs aspects :

> la prima giornata io lavorai dua ore continue, e bozzai quella virtuosa testa di tanta buona grazia, che sua Signoria ne restò istupefatta ; e come quello che era grandissimo innelle sue lettere e innella poesia in superlativo grado, *ma di questa mia professione sua Signoria non entendeva nulla al mondo* ; il perché si è che a lui parve che io l'avessi finita a quel tempo, e che io non l'avevo a pena cominciata : di modo che io non potevo dargli ad intendere che la voleva molto tempo a farsi bene. All'utimo io mi risolsi il meglio che io sapevo col tempo che la meritava ; e perché egli portava la barba corta alla veniziana, mi dette di gran fatiche a fare una testa che sadisfacessi. Pure la fini' e mi parve fare la più bella opera che io facessi mai, per quanto si apparteneva all'arte mia (I, 94, pp. 320-321, nous soulignons)[19].

---

19. Le Musée du Bargello de Florence possède une médaille qui correspond partiellement à la description de Cellini, elle est d'attribution incertaine : "La médaille [...] a suscité un long débat quant à son attribution à Cellini. On a souligné les différences remarquables entre l'exemplaire et la description de Cellini. Ici Bembo est représenté avec la barbe longue vêtu de l'habit de cardinal et l'inscription le définit explicitement 'cardinal', alors qu'on ne lui attribua cette charge qu'en 1539

> *Le premier jour, je travaillai deux heures de suite et ébauchai si heureusement sa tête vénérable que Sa Seigneurie en fut stupéfaite. C'était un très éminent lettré et un poète hors pair* mais il ne connaissait rien à mon métier *: il crut que j'avais fini alors que j'avais à peine commencé. Je ne pouvais arriver à lui faire comprendre qu'il fallait beaucoup de temps pour faire quelque chose de bien. Je me décidai finalement à faire de mon mieux, en y mettant le temps nécessaire. Il portait la barbe courte à la vénitienne et j'eus beaucoup de mal à faire une tête qui me plût. J'y arrivai tout de même et estimai avoir exécuté le chef-d'œuvre de ma vie, compte tenu de ce qu'on peut réaliser dans mon métier* (p. 168).

L'artiste a du mal à adapter la réalité à son idéal de beauté : bien que la barbe soit courte, il arrive à faire quelque chose de satisfaisant et, avec l'habituelle hyperbole, il s'agit de "la plus belle chose qu'il ait jamais réalisée". La vérité est que Cellini n'imite pas la nature, on l'a déjà souligné, mais il imite son idée de la nature, ce que l'on peut constater avec les autres portraits, celui de Cosme ou celui de Bindo Altoviti : *le style est soumis à une idée du personnage qui se traduit finalement en forme*. D'où probablement découle un certain rapport que les commanditaires entretiennent avec les portraits de Cellini (voir figure 20) : Cosme envoie son buste de guerrier loin de Florence, à l'Elbe, pour décorer l'entrée d'une forteresse, et Bindo garde son portrait chez lui, mais presque caché, au point que Michel-Ange, ayant vu le buste chez Altoviti, remarque l'absence d'un éclairage adéquat qui mette en valeur la beauté de l'ouvrage ; au fond, c'est comme si les deux commanditaires n'apprécient pas leur portrait. Peut-être l'artiste imposerait-il son idée, sa vision personnelle des personnages dans ces portraits, ce qui les toucherait profondément au point qu'ils n'accepteraient pas, en définitive, cette représentation d'eux-mêmes ?

Un autre artiste élaborait une théorie de l'imitation, comparant l'acte de *portraire* (pour l'utilisation de ce terme en français cf. Blaise de Vigenère) et celui d'*imiter* au travail, respectivement, de l'histoiren et du poète. Il s'agit de Vincenzo Danti qui écrit à ce propos :

[tandis que la médaille de Cellini date de 1537] On a pu remarquer que Pégase n'est pas entouré de la guirlande de myrthe et que la médaille n'est pas frappée mais fondue" (Dario Trento, in Cellini, *Opere non esposte e documenti notarili*, *op. cit.*, p. 27).

> Lo *imitare*, et il *ritrarre* intendo io che habbiano tra loro la differenza, che ha la poesia con la storia. L'historia scrive propriamente le cose, come esse sono successe, verbigrazia descrivendo la vita d'un particolare la racconta apunto come l'è stata, e questo è il proprio della Storia, dire le cose per apunto come l'ha sentite, ò vedute. E la poesia non solamente le dice come l'ha viste, ò sentite, ma le dice come harebbero à essere in tutta perfezzione. E discrivendo essa poesia la vita d'un particolare, la racconta come harebbe havuta à essere, con tutte le virtù, e perfezzioni, che se l'appartengono, parimenti l'imitare, et il ritrarre, che per queste arti si fanno, hanno i medesimi termini : ciò è, che *le cose le quali veggiamo essere perfette ritraremo : e quelle, che possono essere imperfette imiteremo, non le facendo imperfette come elle sono, ma in quella perfezzione che harebbero à essere* (Vincenzo Danti, *Il primo libro del Trattato delle perfette proporzioni,* 1567, chap. XVI, p. 59, nous soulignons).

> Imiter *et* portraire *: je crois qu'entre ces deux termes il y a la même différence qu'entre la poésie et l'histoire. L'histoire écrit les choses telles qu'elles se sont déroulées ; par exemple, pour décrire la vie d'un individu, elle la raconte justement telle qu'elle a été, c'est cela le propre de l'Histoire, dire les choses exactement comme on les a vues ou entendues. Et la poésie non seulement les dit comme elle les a vues ou entendues, mais elle les dit comme elles devraient être dans leur perfection. Si la poésie décrit la vie d'un individu, elle la raconte comme elle aurait dû être, avec toutes ces vertus, et perfections qui lui appartiennent. Il en est de même pour le fait d'imiter et de portraire, qui font partie de la pratique de ces arts :* à savoir, nous nous appliquerons à portraire des choses que nous considérons parfaites, et nous imiterons celles qui peuvent être imparfaites, non pas en les faisant imparfaites comme elles sont, mais avec la perfection qu'elles devraient avoir.

Les réflexions de Danti rendent bien compte de la complexité du débat autour du concept d'imitation dans l'art : l'artiste revendique le rôle du poète, qui, par rapport à l'historien, représente les choses comme elles devraient être ; l'artiste peut "ritrarre", faire le portrait d'une réalité parfaite ; mais lorsque celle-ci fait défaut, il peut puiser en lui-même l'idée de perfection. En d'autres termes, ici, "imitation" signifie surtout "*imitation de l'idée*", une faculté supérieure que seulement le peintre, le sculpteur et le poète possèdent et ont le droit d'exercer. Probablement, dans ces pages, Danti défend le droit de l'artiste et du poète contre les principes autoritaires de la Contre-réforme, selon lesquels une interprétation trop libre des récits bibliques dans les arts plastiques pourrait exercer une influence néfaste sur les fidèles[20]. Selon les rigoureux principes du Concile de Trente, les artistes devaient se consacrer à un art éminemment didactique, pour instruire, à travers les peintures et scultures exposées dans les églises, le peuple des fidèles ; ce faisant, ils fabriquaient le livre des humbles, de ceux qui ne savaient pas lire, et dont la religiosité se fondait sur l'art sacré. On peut donc comprendre la réaction face aux peintures de la Chapelle Sixtine, qui mettaient en danger la "decenza", avec la présence massive du corps nu. C'est pourquoi les parties obscènes furent successivement, et à plusieurs reprises, recouvertes de drapés : Paul IV menaça de détruire la fresque et chargea Daniele da Volterra de couvrir certaines figures (cet artiste fut par la suite surnommé, non sans ironie, "braghettone" c'est-à-dire ("culottier")[21].

Certainement, le climat du Concile de Trente devait influencer la création, même chez Cellini, qui était un défenseur du nu ; en effet, son Christ, complètement nu, fut relégué dans une chapelle de l'Escorial, à Madrid, puisque Francesco I de Médicis l'offrit en 1576 à Philippe II

20. Il est intéressant de citer la position de Gilio da Fabriano qui distinguait le peintre "historien", le "poétique", et celui qui tient des deux. Ainsi Blunt résume sa pensée à ce propos : "Même un critique aussi sévère que Gilio ne bannit pas complètement la peinture mythologique, car il divise les peintres en trois catégories : *historique*, *poétique* et *mixte* – et sous la rubrique *poétique*, il entend évidemment ranger ceux qui traitent de scènes mythologiques, puisqu'il se réfère à la décoration de la Farnesina par Raphaël" (*op. cit.*, p. 190 et cf. Gilio da Fabriano, *Due Dialoghi*, Camerino, A. Gioioso, 1564, in *Trattati d'arte del Cinquecento, op. cit.*, II, pp. 1-115).

21. On reprochait à Michel-Ange d'avoir trahi la lettre de l'écriture biblique car il avait introduit le personnage de Charon dans le *Jugement Dernier*, un élément qui appartient à l'antiquité classique et païenne. Gilio da Fabriano remarque que l'artiste de la Chapelle Sixtine s'était servi de la médiation de Dante pour représenter un sujet religieux (cf. le dialogue *Degli errori de' pittori* in *Trattati d'arte del Cinquecento, op. cit.*). Quant à Pontormo, ses peintures pour l'église de Saint Laurent seront durement attaquées par Raffaello Borghini (*Il Riposo,* Firenze, Marescotti, 1584).

d'Espagne qui le plaça dans un sombre couloir de la Chapelle de Saint Laurent à l'Escorial. Même aujourd'hui il n'est pas en évidence dans l'église, on l'a placé dans une chapelle latérale, mal éclairé, il est donc peu visible du public[22].

Le type de censure pratiquée était formulée avec précision dans les décrets du Concile :

> Omnis denique lascivia vitetur ita ut procaci venustate imagines non pingantur nec ornentur
> (*Canoni e decreti del Concilio di Trento,* Sessione XXV, tit. 2, cit. in Blunt, *Le teorie artistiche in Italia,* Torino, Einaudi, p. 128).
>
> *Tout ce qui est lascif doit être évité ; de telle façon que les figures humaines ne seront pas peintes ou ornées d'une beauté incitant aux appétits charnels* (Blunt, *Les théories artistiques en Italie. op. cit.*, p. 193).

Le Concile s'exprime également sur le danger de pervertir l'âme des fidèles. Ainsi tous les ouvrages d'art sacré étaient soumis à un examen avant leur exposition dans les églises :

> Nullae falsi dogmatis imagines et rudibus periculosi erroris occasionem praebentes statuantur [...] Haec ut fidelius observentur statuit

---

22. Calamandrei a reconstruit l'incroyable destin de cette sculpture. A propos de son emplacement il affirme : "On ne peut pas vraiment dire que ce Crucifix eût de la chance au cours de son séjour en Espagne. Philippe II avait d'abord fait espérer à l'ambassadeur de Toscane qu'il lui donnerait la place d'honneur dans l'autel de la Chapelle majeure de Saint Laurent ; mais ensuite il le relégua dans la Chapelle du chœur supérieur, dans un mauvais éclairage, là où il n'était pas facile de le voir aisément ni de le dessiner : cela, à ce qu'il semble, pour le punir de sa nudité, considérée irrévérente et qui ne fut pas pardonnée même avec le correctif du pagne en soie, ajouté par les moines.

Plus tard, pendant la guerre d'indépendance, les bras de la statue furent cassés, aujourd'hui ils sont maladroitement assemblés ; ainsi fut perdu le fruit de cette virtuosité d'exécution dont Benvenuto se vantait : selon ses dires, il aurait été le premier (en réalité il n'avait pas été le premier) à réaliser un Crucifix d'une seule pièce avec un seul bloc de marbre" (*Nascita e vicende del "mio bel Cristo*", in *Scritti e inediti celliniani, op. cit.*, pp. 95-96).

> sancta Synodus nemini licere ullo in loco, vel Ecclesia... ullam insolitam ponere vel ponendam curare imaginem, nisi ab Episcopo approbata fuerit (*Canoni e decreti del Concilio di Trento*, Sessione XXV, tit. 2, cit. in Blunt, *Le teorie artistiche in Italia dal Rinascimento al Manierismo, op. cit.* p. 120).
>
> *On ne présentera aucune image qui suggère une fausse doctrine ou qui pourrait être l'occasion de dangereuses erreurs chez ceux qui ne sont pas instruits [...] Afin que ces choses puissent être plus fidèlement observées, le Saint Synode décrète que nul n'est autorisé à placer ou à faire placer en quelque endroit ou église que ce soit une image inhabituelle... à moins que ceci n'ait reçu l'approbation de l'évêque"* (Blunt, *Les théories artistiques en Italie..., op. cit.*, pp. 182-183).

L'un des rivaux de Cellini, l'Ammannati, voulut renier toute sa production artistique, puisqu'il avait représenté des nus, et vers la fin de sa carrière fut torturé par le remords. Cellini ne produisit pas de sculptures destinées à l'église, mais il conçut un modèle pour le bas-relief d'Adam et Eve destiné au chœur de Santa Maria del Fiore. En réalité, l'ouvrage ne fut jamais réalisé. Le crucifix en marbre, œuvre chérie par l'artiste, qui l'appelait "il mio bel Cristo" car il s'était mis à le travailler *pour son propre compte*, sans la commande de personne, était initialement destiné à son propre tombeau dans l'église de Santa Maria Novella[23], mais il fut finalement donné à la famille Médicis.

A l'époque où Cellini écrivit son autobiographie, la censure sur les livres devint féroce : peut-on entrevoir ici une des raisons qui contribua à l'inachèvement de la *Vita*, et à son "enterrement" éditorial qui a duré presque deux siècles ? On ne peut pas écarter cette hypothèse, étant donné le sujet et le langage parfois "obscènes" de certaines pages. On sait que Cosme de Médicis exerçait une censure rigoureuse sur les livres publiés. Le 15 mars 1565, il fait afficher aux portes des églises de Florence la liste des

---

23. Les moines ne voulurent pas accueillir le tombeau de l'artiste à l'église de Santa Maria Novella, c'est pourquoi Cellini s'adressa ensuite à l'église de l'Annunziata.

livres interdits et trois jours après il fait brûler les publications confisquées sur la place Santa Croce et sur celle de San Giovanni[24].

Si l'on pense que Cellini commença la rédaction de la *Vita* en 1558 et l'interrompit au début de l'an 1567, on comprend que des raisons d'ordre policier auraient pu le conduire à renoncer à sa publication. Certes, le Concile de Trente, avec le Sac de Rome et la Réforme luthérienne, compte parmi ces *déchirures de l'histoire* qui traversent tout grand ouvrage, littéraire ou artistique, intimement pénétré de la sensibilité d'une époque.

L'allégorie

Plusieurs pages de la *Vita* témoignent du langage allégorique des œuvres de l'artiste. Celui-ci l'hérite d'une tradition d'artisans et d'artistes que son père incarne en quelque sorte. Ce dernier avait créé un miroir avec la roue de la fortune :

> (Mio padre) fecie uno specchio, di diamitro di un braccio in circa, di osso e avorio, con figure e fogliami, con gran pulizia e gran disegnio. Lo specchio si era figurato una ruota : in mezzo era lo specchio ; intorno era sette tondi, ine' quali era intagliato e commesso di avorio e osso nero le sette Virtù ; e tutto lo specchio, e così le ditte Virtù erano in un bilico, in modo che voltando la ditta ruota, tutte le Virtù si movevano ; e avevano un contrapeso ai piedi, che le teneva diritte. E perché lui aveva qualche cognizione della lingua

24. Le Mollé nous donne des renseignements signicatifs quant à la relation entre Cosme et les dispositions du Concile : "Ainsi Cosimo s'érigea-t-il publiquement grand défenseur du concile de Trente, de l'autorité papale et de la Contre-Réforme. Lorsqu'à la fin de l'année 1560, Pie IV envisagea de convoquer le concile après une interruption de huit ans, il invita Cosimo à se rendre à Rome pour en discuter avec lui. En novembre 1564, Cosimo approuva la législation élaborée par le concile : d'abord le maintien des articles qui remontaient au concile de Latran de 1517 et qui stipulaient que l'autorisation de l'évêque et de l'Inquisition était obligatoire pour toute nouvelle édition de livres ou d'articles ; mais il approuva plus particulièrement les règles qui servaient d'introduction à un nouvel Index promulgué par le pape le 24 mars 1564. Dans ce nouveau règlement étaient définies les obligations auxquelles étaient contraints les imprimeurs qui devaient soumettre les œuvres qu'ils désiraient publier à l'examen de l'évêque et de l'inquisiteur ; ensuite l'autorisation d'impression devait figurer sur le livre imprimé" (*op. cit.*, p. 281).

latina, intorno a ditto specchio vi fecie un verso latino, che dicieva : "Per tutti li versi che volta la ruota di Fortuna, la Virtù resta in piede" :

> Rota sum ; semper, quoquo me verto
> stat virtus (I, 5, pp. 89-90)

[Mon père] fit un miroir d'os et d'ivoire, d'une brasse environ de diamètre, avec des figures et des feuillages d'une grande précision et d'un dessin parfait ; il avait la forme d'une roue ; le miroir était au centre, entouré de sept médaillons dans lesquels étaient sculptées les sept Vertus en ivoire et os noirci. Le miroir et les sept Vertus étaient en équilibre, mais mobiles, si bien que, quand la roue tournait, toutes les Vertus bougeaient ; elles avaient à leur pied un contrepoids qui leur permettait de rester droites. Comme il savait un peu de latin, il avait écrit autour du miroir un vers latin qui disait : "Je suis une roue ; en quelque point que je me tourne, la Vertu reste droite" :

> *Rota sum ; semper, quoquo me verto*
> *stat virtus* (pp. 16-17).

Le père de Cellini connaît le langage de l'allégorie, il a inventé un miroir avec un mécanisme particulier et des médaillons où sont représentées les vertus : la technique est ici au service de l'allégorie car le mouvement de rotation du miroir fait – lui aussi – partie du langage allégorique. En effet, les médaillons, grâce au contrepoids, ne se renversent pas avec le mouvement de rotation. Giovanni Cellini donne ici une leçon d'ingéniosité et, ce n'est pas par hasard, il s'adresse aux Médicis qui lui avaient ôté la fonction de fifre et qui la lui rendent immédiatement après la réalisation de cet étrange ouvrage[25]. Par cette évocation, l'œuvre d'art se présente, dans la

25. Il n'est pas sans intérêt de citer, à cet égard, un passage de Chastel concernant la signification du miroir : "La référence au miroir était constante au Moyen Age pour désigner l'activité intellectuelle : tout livre était un miroir (*speculum*). Loin de s'affaiblir, la valeur du symbole s'est enrichie à la Renaissance : pour le néo-platonisme qui identifie la lumière et l'esprit, le miroir fournit une image inépuisable de la connaissance et de la conscience. Elle a d'autant

Vita, comme une cryptographie, participant d'un langage symbolique dont il faut découvrir le secret. On peut dire que Cellini continue sur la voie indiquée par son père puisque sa production artistique conservera toujours cette tendance marquée à l'allégorie.

De même, dans la médaille de la Paix, exécutée pour Clément VII, Cellini utilise un langage allégorique : la même figure de jeune femme incarnant la Paix revient dans une médaille conçue pour Hercule d'Este : le revers porte une autre inscription qui a été dictée à l'artiste : *Pretiosa in cospectu domini*, ce qui, en d'autres termes, voulait dire que la paix avait coûté cher au duc de Ferrare :

> In ispazio d'otto giorni io gli fini' questo ritratto della sua testa ; di poi mi comandò che io facessi il rovescio ; il quale si era figurata per la Pace una femmina con una facellina in mano, che ardeva un trufeo d'arme : la quale io feci, questa ditta femmina, in istatura lieta, con panni sottilissimi, di bellissima grazia ; e sotto i piedi di lei figurai afflitto e mesto, e legato con molte catene, il disperato Furore. Questa opera io la feci con molto istudio, e la detta mi fece grandissimo onore. Il Duca non si poteva saziare di chiamarsi sattisfatto, e mi dette le lettere per la testa di sua Eccellenzia e per il rovescio. Quelle del rovescio dicevano : "Pretiosa in cospectu Domini". Mostrava che quella pace s'era venduta per prezzo di danari (II, 6, pp. 423-424).

> *En huit jours j'avais terminé le portrait et il me commanda le revers ; j'y représentai la Paix sous les traits d'une femme mettant le feu avec une petite torche à un trophée d'armes. Vêtue d'une draperie diaphane, elle était d'une grâce exquise et respirait l'allégresse ; elle foulait aux pieds la Fureur, un homme désespéré, sombre et triste, chargé de nombreuses chaînes. J'apportai beaucoup de soin à cet ouvrage qui me fit grand honneur. Le duc ne se lassait pas de m'exprimer sa satisfaction et il me donna les inscriptions pour l'avers et le revers ; pour ce dernier :* "Pretiosa in cospectu Domini" *["Précieuse devant Dieu"], ce qui signifiait que la paix avec le pape avait été chèrement achetée (p. 238).*

---

plus de prix que les données de l'optique sont considérées avec la plus grande attention (*Art et humanisme..., op. cit.*, p. 20).

L'auteur veut souligner le fait que le Duc avait payé cent quatre-vingt mille écus pour recouvrer le Duché de Modène : voici comment l'orfèvre se retrouve à enregistrer l'histoire de son temps. Cellini, qui précise dans la *Vita* qu'écrire des *Cronache* n'est pas de son ressort, joue pourtant le rôle de *médailleur*, de *celui qui grave les épisodes significatifs de l'histoire*, par des caractères indélébiles, dans le bronze, dans l'argent ou dans l'or, à travers un langage emblématique.

Certains traits de ces figures féminines d'inspiration classique incarnant la Paix, réapparaissent dans les deux figures des *Victoires*, qui devaient décorer la partie supérieure de la Porte Dorée à Fontainebleau, au-dessus de la Lunette en bronze (*Vita*, II, 21, p. 457).

Les plis de la robe mettent en évidence la grâce des corps des deux jeunes filles tenant une torche ; cette fois-ci l'allégorie est puisée dans le patrimoine de l'art grec, comme nous le dit Cellini :

> Avevo di poi tutta quest'opera ristretta in un quadro oblungo, e innegli anguli del quadro di sopra, in ciascuno, avevo fatto una Vittoria in basso rilievo, con quelle facelline in mano, *come hanno usato gli antichi*. Di sopra al ditto quadro avevo fatto la salamandra, propia impresa del Re, con molti gratissimi altri ornamenti a proposito della ditta *opera, qual dimostrava di essere di ordine ionico* (*ibidem*, pp. 457-458, nous soulignons).
>
> *J'avais ensuite renfermé toute cette composition dans un carré oblong, dont chacun des angles supérieurs abritait une Victoire en bas-relief, tenant dans sa main ce flambeau que les anciens lui ont donné. Au-dessus du sujet principal, j'avais placé la salamandre, emblème particulier du roi, avec une foule d'autres ornements appropriés à l'architecture de l'ouvrage, dont le dessin était emprunté à l'ordre ionique* (trad. Beaufreton, II, p. 64).

Ici l'allégorie de la *Victoire* est associée à un autre emblème, celui de la royauté : la *salamandre*. Pour la Nymphe de Fontainebleau, le bestiaire qui décore le fond de la lunette rappelle, par la précision des traits, les animaux héraldiques ; en même temps, l'orfèvre n'oublie pas l'animal qui figure sur l'écusson du Roi, la salamandre, qui symbolise, dans la culture du Moyen Age, l'homme juste. D'ailleurs, une salamandre avait été aperçue par Benvenuto, lorsqu'il était enfant : il avait donc découvert qu'elle pouvait traverser le feu sans se brûler. L'auteur entend démontrer comment, dès sa naissance, *la réalité parle à l'artiste dans un langage allégorique.* L'écriture de la *Vita* a la fonction, entre autres, de *rétablir un ordre dans la suite des "révélations", et de lui donner une forme intelligible.* Dans certains passages, le récit autobiographique s'exprime à travers des images, des visions, des allégories d'un monde de plus en plus incompréhensible, d'*une réalité où le protagoniste se meut comme dans un labyrinthe.*

L'allégorie du langage sacré caractérise les pièces d'orfèvrerie pour le pape Clément VII, comme le calice, demeuré inachevé, et ensuite probablement repris par un autre artiste, comportant les images de la Foi, de l'Espérance et de la Charité. L'orfèvre ne fait qu'exécuter une allégorie dictée par le Pontife :

> era questo modello di legno e di ciera ; in luogo del bottone del calice avevo fatto tre figurette di buona grandezza, tonde, le quale erano la Fede, la Speranza e la Carità ; inel piede poi avevo fatto a conrispondenza tre storie in tre tondi di basso rilievo : ché inel'una era la natività di Cristo, inell'altra la ressurrezione di Cristo, inella terza si era san Pietro crocifisso a capo sotto : ché *così mi fu commesso che io facessi* (I, 56, p. 220, nous soulignons)[26].
>
> *[c'était] un modèle en bois et en cire, avec pour le nœud trois figurines de bonne taille, en ronde-bosse, la Foi, l'Espérance et la Charité. Sur le pied, j'avais placé trois médaillons en bas-relief correspondant : la Nativité du Christ, la Résurrection, la Crucifixion de saint Pierre la tête en bas. Le sujet m'avat été imposé (p. 100).*

Le cycle des monnaies pour le Pape reflète la difficile période historique que la Chrétienté a traversée. Selon Vasari, on ne vit jamais de monnaies plus belles dans la ville de Rome (*Opere*, *op. cit.*, VIII, p. 44). On a déjà eu l'occasion de souligner la relation entre la production de Cellini médailleur et le cours des événements historiques ; or, il est nommé *Maestro delle stampe* à Rome le 16 avril 1529, et si l'on considère que "battre

26. Cellini remboursa le prix de l'or au pape, cinq cents écus et garda le calice inachevé, car il croyait que le travail lui appartenait. Cosme l'acheta pour l'offrir à Pie V en 1569, il retourna ainsi à l'Eglise et il fut utilisé dans la décoration d'un autre ouvrage d'orfèvrerie.

monnaie est la première affirmation de l'autorité politique" (Chastel), à travers les monnaies conçues pour Clément VII s'esquissent les phases dramatiques de la récente histoire de l'Eglise. Dans le *doppione largo d'oro* l'inscription *Ecce homo* accompagne l'image d'un Christ nu ; le revers montre un pape et un empereur redressant une croix et comporte l'inscription "*Unus spiritus et una fides erat in eis*", tirée de l'épître de Saint Paul aux Ephésiens (4 : 5) : la scène exprime le souhait de réconciliation entre les deux pouvoirs. A travers l'allégorie implicite dans les citations bibliques, Cellini fait le récit des tribulations subies par l'Eglise romaine : la défaite de l'Eglise est évoquée par la Passion du Christ et sa survie est annoncée à travers l'invocation aux saints Pierre et Paul dans une autre monnaie réalisée par l'orfèvre. Bonannus fait remarquer qu'une autre monnaie où figure le pape à cheval accueillant un ou deux soldats suppliants, renvoie à l'épisode de sa fuite du Château Saint-Ange : l'inscription *Justitia ex Deo* indique qu'il s'agit d'un acte de clémence. La figure a deux versions : dans l'une, une grille apparaît à gauche et sur une plate-forme l'ange précédant Saint Pierre porte l'inscription : *Misit D(ominus) Ang(elum) suum et liberavit me,* ou sur l'autre version : *Misit Dominus angelum suum. Roma.* Ces inscriptions proviennent des *Actes des Apôtres* (VIII, 11), et notamment, elles constituent le commentaire de Pierre qui s'était enfui de la prison d'Hérodianum ; ce qui pour Clément voulait signifier sa propre évasion du château Saint-Ange.

Les ouvrages exécutés en tant que monnayeur du pape contiennent donc des allégories de l'histoire : les épisodes bibliques, la passion, l'évasion de Saint Pierre ou l'invocation aux Saints Pierre et Paul, constituent autant de renvois aux épisodes bouleversants de l'histoire que vécurent l'artiste et le commanditaire. L'histoire du Sac et de la paix humiliante avec l'empire marquèrent profondément la sensibilité d'une époque entière.

Cependant, l'orfèvre était aussi bien chargé de célébrer les événements heureux comme la découverte d'une source à Orvieto ; il commémore ainsi la construction du Puit de Saint Patrice – qui fut terminée sous Paul III. La monnaie pour Clément VII avec Aaron et Moïse frappant le rocher et l'inscription "*Ut bibat populus*" (*Exode*, 17, 6) évoque cet épisode du Pontificat de Clément :

> Allora sua Santità mi commesse che io facessi la storia di Moisé quando e' percuote la pietra, ch'e' n'escie l'acqua, con un motto sopra, il qual dicessi "Ut bibat populus" (I, 71, p. 259).
>
> *Alors sa Sainteté me commanda de représenter la scène de Moïse frappant le rocher et en faisant jallir l'eau, surmontée de l'inscription : "Ut bibat populus" (Afin que le peuple boive !) (p. 125).*

L'artiste qui déclare dans son autobiographie ne pas vouloir écrire sur l'histoire, s'engage dans une opération plus complexe qui est en rapport direct avec les événements historiques, car il célèbre alors le pouvoir, la lutte, la paix, les gestes remarquables d'un pontificat ou d'un royaume. Malgré l'attitude de l'auteur qui affiche une sorte d'indifférence à l'égard des événements historiques, son *art rencontre l'histoire et se situe parfois dans les plis les plus secrets du flux historique.* C'est le cas de la médaille pour Alexandre de Médicis, en quelque sorte, devancée par les événements. L'artiste avait réalisé le portrait du duc, il était parti à Rome et il attendait le "sujet" pour son revers de la part de Lorenzo, qui devait, peu de temps après, assassiner Alexandre. L'histoire de la fabrication de cette médaille est dense d'allusions et de pressentiments, comme si l'artiste possédait la faculté innée de *prévoir* le cours des événements, comme s'il opérait en porte-à-faux avec l'histoire :

> "Signore, state di buona voglia, ché io vi farò molto più bella medaglia che io non feci a papa Clemente : ché la ragion vuole che io faccia meglio, essendo quella la prima che io facessi mai ; e messer Lorenzo qui mi darà qualche bellissimo rovescio, come persona dotta e di grandissimo ingegnio". A queste parole il ditto Lorenzo subito rispose dicendo : "Io non pensavo a altro, se none a darti un rovescio che fussi degnio di sua Eccellenzia". El Duca sogghignò, e guardato Lorenzo, disse : "Lorenzo, voi gli darete il rovescio, e lui lo farà qui, e non si partirà". Presto rispose Lorenzo, dicendo : "Io lo farò il più presto ch'io posso, e spero far cosa da far maravigliare il mondo" (I, 81, p. 283).
>
> *"Monseigneur, ne soyez pas mécontent, car je vous ferai une médaille beaucoup plus belle que celle du pape Clément ; celle-ci étant la première que j'aie jamais faite, la raison veut en effet que je réussisse mieux maintenant. Et messer Lorenzo, en personne docte*

> *et d'un esprit ingénieux, me donnera quelque magnifique sujet pour le revers". Ce à quoi le dit Lorenzo repartit aussitôt : "Je ne pensais pas à autre chose qu'à te donner un revers qui fût digne de Son Excellence". Le Duc sourit, et dit en le regardant : "Lorenzo vous lui donnerez le revers, et il le fera ici et il ne partira pas". Lorenzo s'empressa de répondre : "Je le ferai le plus vite que je pourrai, et j'espère que ce sera chose pour émerveiller le monde*" (trad. Beaufreton, I, p. 273).[27]

Dans les pages qui suivent, l'auteur se sert encore de la métaphore du revers, en citant les commentaires de Francesco Soderini, un des florentins anti-médicéens résidant à Rome, qui fait allusion au meurtre du "tyran" : "Questo è il rovescio della medaglia di quello iscellerato tiranno, che t'aveva promesso il tuo Lorenzino de' Medici" (I, 89, pp. 304-305, "*Voilà le revers que t'avait promis ton Lorenzino pour la médaille de cet infâme tyran",* p. 157). L'orfèvre-médailleur veut ainsi montrer quel est son véritable rôle d'artiste au service des puissants, mais son regard sur l'histoire est sans illusions, car il sait pertinemment qu'il n'y a pas de justice sur terre et que tout pouvoir tend à devenir tyrannique : par son métier de médailleur et de monnayeur, il est dans une position très délicate car il célèbre les puissants, en gravant leur portrait sur les monnaies, il contribue ainsi à les rendre immortels par son art emblématique. Effectivement, *l'activité de monnayeur est en rapport direct avec l'affirmation de l'autorité politique* ; par conséquent, Cellini est conscient d'être ainsi un émissaire du pouvoir. Toutefois, il ne soutient aucun pouvoir en particulier, car à ses yeux tous se

27. En réalité Cellini décide de ne plus compter sur Lorenzo pour le revers de la médaille et se base sur un dessin qu'il a inventé : "Feci intendere a Firenze che dicessino a Lorenzino che mi mandassi il rovescio della medaglia. Niccolò da Monte Aguto, a chi io l'avevo scritto, mi scrisse così, dicendomi che n'aveva domandato quel pazzo malinconico filosafo di Lorenzino ; il quale gli aveva detto che giorno e notte non pensava ad altro, e che egli lo farebbe più presto che egli avessi possuto ; però mi disse che io non ponessi speranza al suo rovescio, e che io ne facessi uno da per me, di mia pura invenzione" (I, 88, pp. 301-302), *("J'écrivis à Florence qu'il fallait demander à Lorenzino de m'envoyer le revers de la médaille. Niccolò da Monte Aguto à qui je m'étais adressé me répondit qu'il avait transmis mon désir à ce fou de rêveur mélancolique. Celui-ci avait fait savoir que, jour et nuit, il ne pensait qu'à ce revers ; il le ferait aussi vite que possible. Niccolò ajouta de ne pas y compter, d'en faire un de mon invention*", p. 155)

valent : le choix de Benvenuto n'est dicté que par la volonté de créer ; il vivra à la cour du mécène qui lui offrira les meilleurs conditions de travail. C'est ainsi que l'artiste décide de tous ses déplacements, même si le dernier, son retour à Florence après Paris, semble plutôt dicté par des raisons affectives.

Lorenzino de' Medici, un personnage à peine ébauché dans la *Vita*, gardera de bons rapports avec l'orfèvre, il le revoit à Paris et à Venise. En vérité, l'orfèvre restera toujours lié à ce personnage ambigu qui lui ressemble par sa décision dans les gestes et par son rôle de meurtrier-justicier. Cellini parle même d'une vision prémonitoire qu'il eut lors d'une sortie à cheval avec son collaborateur Felice Guadagni : une étrange lumière dans le ciel émanant d'une poutre de feu. A l'instar d'un oracle, l'orfèvre interprète le signe : "Certo che noi sentiremo domane qualche gran cosa sarà stata a Firenze" (I, 89, p. 304) ("*Nous apprendrons certainement demain qu'il s'est passé quelque chose de grave à Florence*", trad. Beaufreton, I, p. 298).

L'orfèvre est capable d'interpréter le langage des signes, qui se présentent à lui sous la forme de visions ; seul un artiste visionnaire peut allier un puissant naturalisme des formes, toujours esquissées d'après nature, à la complexité des emblèmes, constituant une écriture cryptique à l'intérieur de l'œuvre. L'un des plus grands ouvrages de Cellini, le Christ en marbre, s'inspire d'une vision qu'il a eue en prison, au château Saint-Ange.

Le langage biblique, on a pu l'observer, est source d'allégorie : cependant, à côté de l'allégorie religieuse, l'antiquité classique offre à l'artiste un réservoir presque illimité de références mythologiques qui sont actualisées dans les œuvres.

L'artiste imagine de faire un portrait allégorique du roi dans la figure colossale de Mars, dieu de la guerre ; c'est ce qu'il explique au souverain dans un de ces dialogues avec son mécène, moment fondamental pour comprendre l'esthétique cellinienne :

> "Questa istatua di mezzo, grande, è figurata per vostra Maestà istessa, quale è un dio Marte, che voi siete sol bravo al mondo ; e questa bravuria voi l'adoperate iustamente e santamente in difensione della gloria vostra" (II, 22, p. 459).

> *"La grande statue du milieu, c'est Votre Majesté elle-même en dieu Mars, car vous êtes le seul grand héros de ce monde et votre vail-*

lance est justement et saintement mise au service de votre gloire" (p. 262).

Ce portrait fait partie d'un plus vaste ensemble allégorique qui devait décorer la Fontaine de Fontainebleau et qui représente les lettres, les arts plastiques, la Libéralité et la Musique en figures d'angles. On voit que l'artiste ne s'éloigne pas du langage allégorique, qui, grâce à l'influence de Michel-Ange, à travers Rosso, Primatice et Antonio Mini, triomphait à Fontainebleau. De plus, Cellini tient à éclairer pour le roi le concept (*idea*) qui inspire ses ouvrages et il s'insurge contre les artistes qui produisent des œuvres agréables mais dépourvues de signification :

> (il re) ben sapeva che io non avevo fatto come gli altri sciocchi, che se bene e' facevano cose con qualche poco di grazia, le facevano senza significato nissuno. A questo io mi messi in ordine : ché essendo piaciuto col *fare*, volevo bene che altretanto piacessi il mio *dire* [...] Quest'altre quattro figure son fatte per le Virtù, di che si diletta e favorisce tanto vostra Maestà : questa a man destra è figurata per la scienza di tutte le Lettere : vedete che l'ha i sua contra segni, qual dimostra la Filosofia con tutte le sue virtù compagnie. Quest'altra dimostra essere tutta l'Arte del disegnio, cioè Scultura, Pittura e Architettura. Quest'altra è figurata per la Musica, qual si conviene per compagnia a tutte queste iscenzie. Quest'altra, che si dimostra tanto grata e benignia, è figurata per la Liberalità : ché sanza lei non si può dimostrare nessuna di queste mirabil Virtù che Iddio ci mostra (II, 22, p. 459, nous soulignons).

> *[le roi] était pourtant certain que je n'avais pas agi comme tant d'autres imbéciles, qui se bornent à mettre un tant soit peu de grâce dans leurs ouvrages, et ne leur donnent aucune signification. Je fis en sorte de donner au roi une réponse qui lui plût autant que mes modèles, et je lui tins ce discours [...] Ces quatre autres figures symbolisent les Arts libéraux, qu'aime et protège si grandement Votre Majesté. Celle-ci, à droite, caractérise la science des Lettres ; voyez ses attributs, qui sont ceux de la Philosophie et de tout son cortège de connaissances. En cette autre s'unissent les arts du Dessin, c'est-à-dire la Sculpture, la Peinture et l'Architecture. Voici maintenant la Musique, compagne indiquée de toute ces sciences. La dernière figure, qui paraît si benoîte et si bienveillante, est la Libéralité, sans laquelle on ne peut faire preuve d'aucun de ces*

merveilleux talents dont Dieu nous gratifie" (trad. Beaufreton, II, p. 65).

Ce dialogue donne un aperçu de l'esthétique cellinienne, selon laquelle le sens n'est pas séparable de la forme de l'œuvre. Ce n'est pas une esthétique de l'Art pour l'Art, car l'œuvre doit "*dire*" (à côté du "*faire*" de l'artiste). Est-ce une manière d'interpréter l'allégorie dans un sens didactique ? *Jamais l'art de Cellini (ni d'ailleurs son écriture autobiographique) ne demeure limité à l'intention didactique*, qui subsiste dans son œuvre en tant qu'héritage de la poétique médiévale. Le sens de l'œuvre se manifeste au lecteur – au public – mais ne s'impose pas en écrasant la forme qui est considérée dans son autonomie et s'inscrit dans le cadre d'une *recherche de la beauté.* Jamais l'œuvre ou l'écriture de Cellini ne sent le livresque ; jamais une citation ou une référence n'apparaît gratuite, comme ostentation d'érudition : *le savoir a un but concret,* à savoir la création, et l'écriture se présente, avant tout but didactique, comme prise de parole d'un artiste.

Ainsi, dans la *Vita*, art et écriture sont intimement soudés : l'auteur explique le but d'une vie de création, il dit une existence orientée par les espoirs, les projets, les déceptions d'un artiste. Parallèlement, et de manière différente par rapport aux *Traités*, les œuvres de Cellini trouvent une explication et une "justification" théorique dans le récit autobiographique : celui-ci révèle le sens qui unit l'inscription et l'image qui l'accompagne, il rend évident le langage cryptique de l'allégorie. A ce propos, Chastel ne manque pas de faire observer que "d'une manière générale, la pensée de la Renaissance tend à un mode emblématique qui résulte d'une conjonction originale de l'idée (*concetto*) et de l'image. La dissociation du mot et de la forme est ce qui lui est le plus étranger"[28]. Dans cette même tendance s'inscrivent l'abus du visuel et de l'énumératif dans la littérature ainsi que l'intervention constante de notions littéraires dans les arts. Notre auteur pratique également une sorte de poésie allégorique qui demeure souvent obscure et pleine d'allusions secrètes et inexplicables.

Parallèlement, Cellini fait preuve d'un style allégorique et narratif dans les arts plastiques : au fond, monnaies et médailles servent à raconter

---

28. *La crise de la Renaissance*, Genève, Skira, 1968, p. 36. A propos de la relation mot-forme, écriture-image dans la peinture italienne à partir du Quattrocento, nous renvoyons à l'ouvrage de Claude Gandelman, *Le regard dans le texte*, *op. cit.*

ou à célébrer un événement historique. Benvenuto sait ciseler de façon admirable les détails réalistes dans un espace aussi exigu que celui de la médaille ou de la monnaie, ce qui lui vaut une célébrité extraordinaire pour l'époque et contribue au renouveau technique et stylistique du genre ; ses portraits en miniature deviennent un luxe, et même des poètes tel que Bembo, désirent en avoir un, ainsi que les grands personnages du monde financier, tel Altoviti, qui voulut un buste de Cellini.

La salière est le chef-d'œuvre allégorique de l'artiste : la citation classique (Neptune et la Terre) croise la citation michélangelesque (l'*Aurore* dans la forme de l'Abondance, et le *Crépuscule* qui figure dans la base de la salière). Les images des Vents enrichissent également cet ouvrage très "littéraire" en raison de la foule des références qu'il contient.

Même si Cellini avait refusé les sujets pour la salière proposés par Gabriello da Cesano et Alamanni, on dirait que la poésie de ce dernier a probablement influencé l'artiste :

> Sacrato mar che quella terra inondi
> Ch'intra 'l Gallico siede e 'l Tosco lido
> La 've stende Appennin la fronte a Giove
> E 'l pie sicuro al gran Neptumno porge
>
> *Mer sacrée, dont les flots recouvrent les terres entre les rives de la France et celles de la Toscane, là où l'Apennin étend son front vers Jupiter et s'avance d'un pied sûr dans le grand Neptune"* (cit. in Pope-Hennessy, *op. cit.*, p. 109)

Dans la description de la salière on découvre la quantité des emblèmes de la Terre et de la Mer :

> Dans la salière, Cellini a réussi à rassembler une surabondance de détails poétiques en un tout harmonieux. La solennité du regard qu'échangent les deux grandes divinités, le geste rituel de la Terre pressant son sein, la figure de l'Abondance sur l'arc de triomphe, l'expression méditative de la tête de poupe penchée sur la mer – tout concourt à composer une allégorie dont le naturel consommé autant que l'inégalable virtuosité de facture font de la Salière un chef-d'œuvre inoubliable (*ibidem*, p. 115).

Cellini révèle de plus en plus ses capacités d'*artiste narratif*, utilisant le registre *épique* – à travers un renouvellement de l'art de ciseler les médailles et les monnaies (en particulier celle qui présente l'inscription "*Ut bibat populus*") – ou bien le registre proprement *religieux* (dans la médaille de l'"*Ecce homo*"), ou encore *lyrique* (dans les marbres de *Ganymède*, d'*Apollon et Hyacinthe* et de *Narcisse*).

Les animaux qui accompagnent la *Nymphe* de Fontainebleau peuvent rappeler des figures héraldiques, pour le soin accordé aux détails et la précision des contours, ainsi que pour le montage surprenant de plans différents qui produit un effet antinaturaliste en dépit du réalisme des détails. Chaque élément représenté, puisé dans la nature des formes, semble renvoyer à autre chose, à *une signification latente* que le lecteur doit découvrir. D'ailleurs, dans la *Vita* aussi bien que dans les *Traités* et dans les *Rime*, Cellini commente lui-même ses ouvrages tant littéraires que plastiques, pour fournir une clé de lecture à son public[29].

---

29. Cellini donne un commentaire de ses poésies allégoriques dans deux fragments en prose sous la forme de récits de rêves. Il dévoile ainsi les références à la réalité artistique florentine :

"Il fren teneva il Capricorno in mano
poi un ne scelse di quella brigata,
vittorioso sol mandava innanzi

Questo Capricornio si è il nostro illustrissimo ed eccellentissimo glorioso Signor Duca di Firenze, perché il detto Capricornio è lo ascendente di Sua Eccellenzia illustrissima, e per questo la mia Boschereccia Poesia cantava che questo Capricornio tiene il freno in mano di Arno e di Flora, e dei suoi tanti virtuosi ingegni, quali lui ne aveva iscelto uno, e senza nessun contrasto gli aveva consacrato e liberamente data questa tanta mirabile opera. Per la qual cosa ogniuno di questi poveri virtuosi si erano avviliti, quale era causa di levare l'animo del ben fare a questa tanta eccellente Scuola" (*Opere*, p. 926).

Le Capricorne tenait la bride à la main
puis il en choisit un dans cette troupe,
victorieux, seul, il l'envoyait en avant

Ce Capricorne est notre très illustre, très excellent et glorieux Seigneur le Duc de Florence, car le dit Capricorne est son ascendant, c'est pourquoi ma Poésie Buissonnière chantait que ce Capricorne tient la bride à la main d'Arne et de Flore, et de ses hommes d'esprit tant vertueux, parmi lesquels il en avait choisi un, et sans concours il lui avait attribué la charge d'un ouvrage si admirable. En raison de

Toutefois l'allégorie avait une nécessité liée à une époque d'Inquisition ; parfois il fallait cacher ou faire allusion à la signification profonde des vers ou des œuvres, sous peine de voir ses livres brûlés ou ses ouvrages détruits, cachés ou oubliés. Ce n'est certes pas le cas pour Cellini, souvent appelé à donner une forme officielle à l'allégorie, car elle est commandée, établie, par le pouvoir. Le *Persée*, en réalité, devait répondre "allégoriquement" à la *Judith* de Donatello, qui était l'image de la vertu des citoyens et de la République, tandis que le héros cellinien devait confirmer le pouvoir absolu du Duc Cosme.

La *Judith* porte deux inscriptions dont l'une était : "*Pierre, fils de Cosme de Médicis, a dédié la statue de cette femme à la liberté et à la force d'âme que l'esprit invincible et immuable de ses citoyens ont conférées à la république*". L'autre inscription date de la révolte anti-médicéenne car la statue avait été enlevée en 1495 du Palais des Médicis et exposée sur la place selon la volonté du gouvernement populaire ; c'est pourquoi à la base de la sculpture on peut lire : "*Exemplum sal.(us) pub.(lica) cives pos.(uerunt) MCCCCXCV*".

Cellini devait se confronter à la force allégorique de la *Judith* et produire à son tour l'allégorie du pouvoir ducal, comme le fait observer Camesasca, puisque "l'ouvrage de Donatello, bien qu'exécutée pour les Médicis [...] avait acquis une signification explicitement anti-médicéenne ; Cosme I avait l'intention de la compenser par le *Persée* : celle-là devenue l'emblème de la révolte populaire, celui-ci, comme symbole de l'ordre ducal qui anéantit le monstre de la subversion, à travers les relatives admonitions" *(Narciso disperato*, in Cellini, *Vita*, Milano, Rizzoli, 1985, pp. 13-14). Toutefois, on ne peut s'empêcher de percevoir dans le *Persée* une autre allégorie, liée cette fois-ci non pas à la commande mais à l'histoire personnelle de son auteur : le héros qui l'emporte sur le Mal, Persée qui tue Méduse et libère Andromède, ne serait-ce pas l'image d'un *surhomme au visage d'éphèbe* ? En tout cas, Cellini déclare qu'il veut faire de cet ouvrage son arme invincible (cf. *Vita,* II, 67, p. 550).

---

cela, chacun de ces pauvres valeureux était avili, et ce fut la cause qui ôta l'envie de bien faire à cette Ecole si excellente.

La référence implicite est l'attribution arbitraire ("senza contrasto", c'est-à-dire "sans concours") de la réalisation de la fontaine de Neptune à l'Ammannati. Ces modalités d'attribution rompaient avec toute la tradition florentine des concours et mortifiaient la dignité des artistes.

Pour ce qui concerne la production en marbre de Cellini, son langage allégorique est en relation directe avec le culte de la beauté et de l'*Eros socraticus*. Les personnages représentés sont tous des victimes : Ganymède, Hyacinthe et Narcisse. Comme le met en évidence Jean Lacroix dans son article *Cellini entre théorie et pratique* :

> Œuvre (artistique) plutôt raréfiée tant sont en nombre limité les diverses productions parvenues jusqu'à nous, achevées ou non, l'œuvre écrite, littéraire de Cellini exalte (et relève de) la fascination : de celle qu'un Picasso tenait également pour si chère, de "l'œil dément de l'animal debout" qu'est l'homme, surtout s'il est artiste ou brûlant de l'être davantage encore une vie entière. Une fascination incarnée chez Cellini par des créatures qui en sont porteuses mais aussi victimes comme Méduse, Narcisse ou Ganymède (*Hommage à Jacqueline Brunet, op. cit.*, p. 553).

La beauté fascine la divinité (Apollon, Zeus) et comporte une métamorphose du personnage (Narcisse et Hyacinthe sont mués en fleurs)[30]. Faudrait-il voir dans le *Ganymède* de Cellini une allégorie de l'amour de la Beauté, qui soumet l'esprit de l'artiste à une constante tension ? Il est possible que la théorie néoplatonicienne de l'Eros ne soit pas si étrangère à Cellini, qui n'est certes pas philosophe, mais qui, au demeurant, côtoyait des hommes de lettres et des génies tel Michel-Ange. Celui-ci admet qu'il est dominé par la passion pour la beauté : "l'amor mi prende e la beltà mi lega" (*"L'Amour me prend et la beauté me lie", Poesie*, XXXI). Le conflit intérieur s'approfondit chez l'artiste de la Chapelle Sixtine, et devient motif d'une constante autocritique ; le sentiment de culpabilité arrivera à lui faire nier la valeur de la création artistique, soumise à la passion pour le Beau.

---

30. Cellini avait la liberté absolue de choisir le sujet de son ouvrage en marbre, car ce n'était pas une commande. A ce sujet Pope-Hennessy précise : "Et son choix fut assez singulier. Hyacinthe, fils d'Œbolos, grand-prêtre d'Apollon, attira par sa beauté les regards du dieu, qui se présenta à lui sous les traits d'un berger. Les deux jeunes gens rivalisèrent de force et d'adresse, et Hyacinthe lança le disque plus loin que le dieu. Voulant le surpasser, Apollon relança le disque, qui heurta et tua le jeune homme ; Hyacinthe fut alors métamorphosé en une fleur : la jacinthe. Cette dernière scène ne se prêtant pas à la sculpture, Cellini pouvait représenter soit Apollon pleurant son ami mort, soit Apollon et Hyacinthe avant la compétition. C'est à ce second sujet que l'artiste s'arrêta" (*op. cit.*, p. 230).

Chez Cellini, le langage allégorique du mythe n'atteint pas ce drame intérieur, et même lorsque l'auteur veut exprimer en vers la passion pour la beauté des modèles, on n'a jamais l'impression d'assister à une lutte intérieure ; le ton devient tour à tour auto-ironique, burlesque, ou élégiaque, sous l'influence plus ou moins explicite de poètes comme Berni et Burchiello. Ainsi s'exprime l'auteur, probablement à propos de Fernando Mannellini son modèle :

> Gli occhi e la grazia e 'l dilicato volto
> di quel libro a me tanto amato e caro,
> legge oscura a chi mal iudizio adopra
>
> *Les yeux et la grâce et le délicat visage*
> *de ce livre par moi tant aimé et si cher,*
> *loi obscure pour qui ne sait pas juger*
> (*Rime*, CV, in *Opere*, p. 948)[31]

Si Benvenuto choisit Ganymède, et fait d'un torse antique une nouvelle sculpture moderne, ce n'est pas un hasard. Ganymède représentait chez les néoplatoniciens le *Furor amatorius*, antérieur à la passion intellectuelle de la beauté ; Michel-Ange lui-même avait consacré un cycle de dessins à ce personnage mythologique qu'il avait ensuite offert à Tommaso Cavalieri, accompagné d'un cycle sur Phaéton et d'un autre sur le supplice de Tityos. On pourrait citer, à propos de *Ganymède*, l'interprétation de Goethe qui fait du célèbre personnage un "*captivant-captivé*", alors que Cassirer transpose cette interprétation, de manière plus générale, à l'homme de la Renaissance : "Comme le Ganymède de Goethe, l'homme de la renaissance est, vis-à-vis de la divinité et de l'univers infini '*umfangend-umfangen*' (captivant-captivé)" (*Individuo e cosmo nella filosofia del Rinascimento, op. cit.*, p. 298). La philosophie de la Renaissance pour Cassirer n'a pas réussi à résoudre cette dialectique, mais elle a ouvert le chemin des sciences exactes et de la méthode scientifique élaborée par

31. Il n'existe pas beaucoup d'études consacrées aux poèmes de Cellini. Nous voudrions pourtant en signaler quelques-unes : l'article de Enrico Carrara, *Per un sonetto di Benvenuto Cellini,* "Giornale storico", vol. 88, 1926, pp. 36-63 ; l'essai de Bruno Maier, *Le Rime di Cellini,* in "Annali triestini", vol. XXII, 1952, pp. 307-358 et l'*Introduction* au volume des *Rime*, par Mabellini, Torino, Paravia, 1890.

Galilée. On ne saurait point imaginer, à rebours, une telle interprétation du mythe de Ganymède chez Cellini, qui nous a pourtant transmis une œuvre aux sens multiples, en vertu du langage allégorique qui procède par allusions et contient toujours une signification secrète.

La sculpture figurant *Apollon et Hyacinthe* célèbre la Beauté et la séduction, toujours avec la référence au récit mythologique, non pas d'un meurtre, mais d'une métamorphose. Le beau marbre du *Narcisse* (voir figure 21), aujourd'hui au Musée du Bargello (Florence), s'inscrit dans le même cadre thématique.

A travers l'œuvre sculpté de Cellini on comprend que le classicisme des maniéristes n'est pas simple citation, mais devient *actualisation – parfois dangereuse – de mythes archaïques* : l'artiste est tourné désormais vers l'imitation de l'Idée.

Chapitre VII

Ethique et esthétique : une éthique fondée sur l'art

Un être dépourvu de sens moral

Dans sa préface à la première édition de la *Vita* de Cellini, Antonio Cocchi (sous le pseudonyme de Seb. Artopolita), essaie de convaincre son lecteur de l'utilité morale de cette autobiographie. En dehors de sa valeur de document pour l'histoire de l'époque, ce livre nous montre les vices de l'être humain qui sont à éviter, il exerce ainsi une fonction didactique. Voici le passage en question :

> Non vorrei nemmeno che altri mi condannasse, per aver reso pubblico uno scritto, ove delle narrate azioni o dell'Autore istesso o de' suoi contemporanei son di rio esempio, anzi che no : parmi che molto utile sia sempre per essere ad ognuno il diventare per tempo esperto de' vizi umani, non meno che del valore ; e che gran parte della prudenza sia il sapere evitare i danni, che troppo spesso il facilmente fidarsi alla mal supposta bontà del cuore umano (*Lo stampatore ai lettori*, in *Vita*, *op. cit.*, p. 1)

> *Je ne voudrais pas non plus que d'autres me condamnent, pour avoir rendu public un écrit, où les actions de l'Auteur ou bien de ses contemporains qui y sont narrées sont de mauvais exemple, c'est plutôt le contraire : il me semble que le fait de connaître à temps les vices humains est très utile, pas moins que la connaissance des valeurs ; il me semble également que la prudence consiste fondamentalement dans le fait de savoir éviter le pire, plutôt que de se fier à tort à la bonté supposée du cœur humain* (L'éditeur aux lecteurs).

Il s'agit de l'avertissement de l'éditeur, qui a, d'ailleurs, utilisé un pseudonyme et, de plus, a menti sur le lieu d'impression de l'ouvrage (qui n'est pas Cologne mais en réalité Naples, comme nous l'avons déjà souligné). Toutes ces précautions pour un livre susceptible d'être jugé immoral, en raison du langage parfois obscène, ou des actions du protagoniste qui ne recule devant aucun interdit et qui se vante de ses méfaits.

Cocchi essaie en quelque sorte de défendre – ou d'excuser – Cellini qui aurait décrit, d'après lui, ses gestes en toute bonne foi. Le caractère exceptionnel et, parfois, le ton surréaliste de certaines scènes sont ainsi attribués à son caractère visionnaire qui frôle la pathologie. L'auteur s'exprime en ces termes :

> Non voglio però dissimulare, che per entro a questi racconti molte cose sono sparse in biasimo altrui, alle quali non va forse prestata intera fede ; [...] l'incredibili cose altresì ch'ei racconta forse gli scemerebbero l'autorità ; se non si riflettesse che tutto ciò può aver egli detto di buona fede, credendo averle veramente vedute, quando realmente non furono altro che *sogni o illusioni d'un offesa fantasia.* Così vanno intesi i suoi incantesimi, ov'ei confessa che furono adoprati velenosi profumi ; e le sue visioni, ove l'infermità, il disagio, o qualche saldo e pungente pensiero, e più di tutto la solitudine e la continuazione perpetua nell'istessa situazione di corpo, non gli lasciava affatto distinguere il sonno dalla vigilia (*ibidem*, nous soulignons).

> *Cependant je ne veux pas cacher, que parmi ces récits beaucoup de choses ont été dites pour blâmer les autres, mais on ne devrait pas les croire entièrement ; les choses incroyables qu'il raconte également diminueraient peut-être son autorité ; si l'on ne considérait*

> *pas le fait qu'il a pu dire tout cela de bonne foi, croyant avoir réellement vu ces choses, alors qu'il ne s'agissait que de* rêves ou d'illusions d'une imagination malade. *Il en est ainsi pour ses enchantements, lorsqu'il avoue qu'on utilisa des parfums empoisonnés et pour ses visions, car l'infirmité, le malaise, ou quelque idée forte et poignante, et surtout la solitude et la permanence dans la même situation de son corps, ne lui laissaient pas distinguer le sommeil de la veille.*

Benvenuto en proie aux hallucinations ? Comment croire à la séance de nécromancie au Colisée, aux lumineuses visions divines dans les ténèbres de la prison, ou bien aux prouesses de Benvenuto arquebusier lors de la défense du Château Saint-Ange ? Cocchi essaie de trouver une explication d'ordre physiologique : son corps meurtri, dans la période de l'emprisonnement, n'arrivait plus à distinguer le jour de la nuit, les rêves et les visions se confondaient avec la réalité des choses. Mais cet argument ne peut pas justifier certaines pages ayant une allure presque surréaliste.

Les arguments de Cocchi seront repris, en d'autres termes et même dans un sens opposé, par la critique positiviste qui n'hésitera pas à faire de Cellini, un véritable "cas clinique". C'est Paul Courbon qui déclare l'amoralité de Cellini en citant Lavisse : "Il était totalement *dépourvu de sens moral*" (*Etude psychiatrique sur Benvenuto Cellini*, Paris, Maloine, 1906, p. 1). Ainsi le critique, à partir de données physiologiques, cherche une explication médicale à l'excentricité de son caractère : il considère les asymétries de son visage, d'après le portrait peint sur porphyre et publié dans le livre de Plon, comme des "stigmates de dégénérescence" (*ibidem*, p. 9). Non seulement il dénonce l'amoralité de l'artiste, mais celui-ci est présenté comme un malade mental : "Notre travail s'est borné à recueillir les divers signes de déséquilibration mentale présentés au cours de sa vie par l'auteur des *Mémoires* et à les classer dans les différents cas nosographiques connus" (*ibidem*, p. 4). Ce passage révèle l'erreur méthodologique de Courbon, et celle d'autres critiques qui ont adopté la même perspective : il identifie "vie" avec "*Mémoires*", tandis qu'il s'agit de deux choses différentes. On ne pourrait pas mettre sur le même plan la *vie* et le *récit de celle-ci* ; entre les deux niveaux de réalité s'interpose tout de même l'écran de la littérarité. Cellini "homme" ne coïncide pas forcément avec le protagoniste de son autobiographie et l'objet de l'analyse ne peut être que littéraire : nous sommes confrontés à un texte – et à son fonctionnement – né dans un cadre historique déterminé, qui résiste et survit à l'usure des interprétations au cours des siècles.

Toujours dans le cadre de la critique positiviste, Rodolfo Renier part de l'étude de Courbon, mais il en dénonce les limites. L'œuvre ne peut pas être confondue avec la vie de l'auteur, car celui-ci crée un "type", une image de lui-même, dont les attitudes sont souvent le fruit de son imagination :

> Il n'y a rien de plus difficile que d'être véridique en parlant de soi-même : même lorsque on a les meilleures intentions d'être sincère, trop souvent l'amour-propre nous pousse à taire certains faits et à en colorer d'autres de la manière qui nous paraît la plus convenable. Si l'auteur de l'autobiographie est un artiste, c'est même pire. L'artiste possède de grandes qualités d'imagination qui le tentent, pour ne pas dire l'obligent, à prendre certaines attitudes, et ces attitudes sont plus ou moins des falsifications du vrai. L'artiste crée un type à partir de lui-même, et en écrivant sa propre vie il élabore ce type[1].

Même si l'auteur déclare être d'accord avec Courbon sur la définition de Cellini qui incarnerait, donc, le "type mental du dégénéré", par ailleurs il reconnaît chez l'artiste un fond de générosité et de sens moral. Il faudrait également rappeler que le comportement du protagoniste de la *Vita* connaît des changements : dans la jeunesse, Benvenuto se montre beaucoup plus impulsif qu'à l'âge mûr. En effet, il renonce à tuer son rival Bandinelli, car il le voit désarmé et accompagné d'un petit garçon (II, 66), tandis que quelques années auparavant il n'avait pas hésité à éliminer Pompeo de' Capitaneis. Il lui arrive même de regretter sa vengeance (II, 33-35) contre Pagolo Miccieri, lorsqu'il l'oblige à épouser la fille qui lui servait de modèle pour la *Nymphe* et avec laquelle il continuait à avoir une relation suivie.

---

1. *La psicopatia di Benvenuto Cellini*, in *Svaghi critici*, Bari, Laterza, 1910, p. 83 ; cf. l'étude de Querenghi, *La psiche di Benvenuto Cellini* (Bergamo, Istituto d'Arti Grafiche, 1913), qui parle de la "psyché difforme" de Cellini comme d'un "mélange de qualités nobles et ignobles" ; une autre lecture de la *Vita*, toujours d'un point de vue médical a été développée par Arturo Castiglioni dans son essai *Le malattie e i medici di Benvenuto Cellini*, in *Il volto di Ippocrate, istorie di medici e medicine d'altri tempi*, Milano, Società Editrice "Unitas", 1925, pp. 218-251. Il le considère "*impulsivo violento*" (violent impulsif) et "*millantatore*" ("hâbleur").

Cependant, les masques multiples de ce personnage ne sont pas pour autant épuisés : il joue le rôle du bienfaiteur car il soutient économiquement sa sœur et ses filles, lorsqu'elle devient veuve.

Il abandonne, au cours de sa vie, ses enfants naturels, on l'a vu, après avoir doté la mère, mais à la fin de sa vie il ressent l'exigence d'avoir des enfants et une femme, il se marie avec Piera di Parigi et à partir de ce moment-là il sera un père affectueux. Dans les *Suppliche* adressées à Cosme de Médicis, parmi ses soucis majeurs, il rappelle la nécessité d'assurer l'avenir de ses enfants après sa mort. De toute manière, un contraste éclatant demeure entre les différents visages du protagoniste de la *Vita* : *bienfaiteur* ou *cruel assassin, artiste raffiné* ou *homme pervers* ?

La tension entre les pôles opposés de son caractère demeure insoluble. C'est dans l'œuvre d'art qu'on retrouve la mise en scène de ces contrastes : le calme qui domine le visage de *Persée* paraît ignorer le geste sanglant qu'il accomplit ; la pureté des traits du *Christ* cellinien, la sérénité émanant de ce corps en marbre blanc sur une croix en marbre noir, est en contraste avec l'acte même de la crucifixion. Il en est de même de l'œuvre littéraire, car l'auteur arrive à mettre en scène un être divers, aux multiples visages, décidé à démontrer l'*unicité du génie*.

Au-dessus de la loi humaine

Pendant toute sa vie Cellini eut affaire à la justice. Il avait à peine seize ans lorsqu'il dut partir de Florence à la suite d'une condamnation pour rixe. En 1523 il eut une amende toujours à cause d'une rixe, mais il voulut se faire justice lui-même (contre les Guasconti, *Vita*, I, 16-18). Il fut donc condamné à mort pour agression : la fuite représenta pour lui la seule issue possible.

En 1530 il tua l'assassin de son frère : son écriture reflète la fureur de la vengeance qui s'empara de lui ; le meurtre fut le seul moyen de se libérer de cette obsession. En 1534 il tua son rival Pompeo de' Capitaneis, car il avait peur d'une agression de sa part à cause de l'amnistie (le pape Clément était en effet sur le point de mourir). La justice le poursuivit, sous l'instigation de Pierluigi Farnese, fils de Paul III, et il fut emprisonné au Château Saint-Ange en 1538 : le chef d'accusation n'était pas le meurtre, mais le vol des bijoux du pape Clément lors du Sac de Rome. L'autodéfense de Benvenuto (I, 103) laisse entrevoir *un manque total de confiance dans la justice des hommes* (et des souverains qui la représentent).

Il fut encore accusé en France de sodomie et pour avoir chassé ceux qui occupaient, avant son arrivée, le Petit-Nesle à Paris. C'est ainsi que Cellini esquisse, dans le récit des procès, une satire de la justice, comparant le tribunal à un véritable enfer (II, 27 et 30).

En 1557 il fut condamné à quatre ans d'emprisonnement et à la perte de ses droits civils pour sodomie, mais il fut libéré un mois après. En 1559 il fut déclaré débiteur de la Seigneurie de 6583 livres, car il n'aurait pas utilisé pour la fusion du *Persée* tout le métal que le Duc lui avait déjà payé.

Un litige avec un paysan de Vicchio se poursuivit jusqu'à sa mort ; Cellini évoque l'affaire à la fin de son autobiographie, attribuant à ses ennemis une tentative d'empoisonnement (II, 104-105).

La justice occupe, par conséquent, une grande place dans la *Vita* : le protagoniste, tour à tour, se défend, se sent poursuivi, utilise ses armes contre l'"injustice" des hommes. Tantôt il se défend par la parole, comme dans l'affaire du calice inachevé pour Clément ; tantôt la parole ne suffit pas et c'est l'épée qui fait justice, comme pour le meurtre de l'assassin de son frère ; de même, en France, après le verdict du tribunal qui ne le satisfait point, il n'hésite pas à s'armer contre ses ennemis :

> quando io mi viddi dar certe sentenzie per mano di questi avvocati, non vedendo modo alcuno di potermi aiutare, ricorsi per mio aiuto a una gran daga che io avevo, perché sempre mi son dilettato di tener belle armi ; e il primo che io cominciai a intaccare si fu quel principale che m'aveva mosso la ingiusta lite (II, 28, pp. 468-469).
>
> *Quand je vis les sentences que me remirent les avocats, je ne trouvai aucun autre moyen pour m'en tirer que d'avoir recours à une grande dague que je possédais car j'ai toujours aimé les belles armes. Le premier auquel je m'en pris fut le principal coupable, celui qui m'avait intenté cet injuste procès* (pp. 268-269).

L'auteur de la *Vita* nous présente dans ses mémoires une sorte de "monde à l'envers" : le tribunal apparaît comme un enfer et l'artiste se proclame "justicier". Contre la justice des hommes, qui est inique, la seule loi est celle de la *vengeance*, qui se traduit souvent par l'agression de l'adversaire. Dans le portrait que l'écrivain donne de lui-même, l'individu s'affirme contre un monde qui veut le dévorer ; la réponse très violente correspond à une atmosphère trouble qui plane sur ce monde : "Era di già tutto il mondo in arme" ("*Déjà le monde entier était en armes*", I, 34), "Per essere il mondo intenebrato di peste e di guerra" ("*Le monde vivait dans les ténèbres de la guerre et de la peste*", I, 40).

En effet, l'univers où Cellini a vécu, et qui se reflète dans son autobiographie, est constellé de guerres (entre autres on peut citer le conflit de Charles-Quint contre Clément VII, celui de Florence contre Sienne), d'intrigues de haut niveau (à titre d'exemple on peut rappeler l'assassinat d'Alexandre de Médicis par Lorenzino en 1537), de calomnies. Au fond, l'acte de parole acquiert un grand pouvoir stratégique et la calomnie n'est que la transmission inexacte d'un message, elle se lie, donc, d'emblée au *discours rapporté*. La parole *transmise*, mal rapportée et trahie joue un grand rôle dans les événements narrés par l'artiste, et peut arriver à renverser des situations (parmi les "malfaisants" il y a Pompeo de' Capitaneis, I, 60 et Ascanio, II, 56)[2]. Ainsi, la calomnie engendre une soif de vengeance chez le protagoniste qui en est complètement dominé. On pourrait parler pour Cellini d'une sorte de *mécanique de la vengeance*, un instinct qui est difficile à *refréner* et qui instaure, chez Benvenuto, un automatisme dangereux, une sorte de *compulsion de répétition*. A tel point que, lorsque le "justicier" accomplit son énième vengeance, contre Paolo Miccieri, à cause de la jalousie, il se repent, et ne comprend pas comment il en est arrivé à un tel degré de violence (II, 34). L'image que Cellini donne de lui-même correspond à celle du génie dominé par la fureur (maître-mot chez l'auteur), qui se fait justice, et qui est au-dessus de la justice humaine. C'est Paul III qui l'affirme puisque à son avis "gli uomini come Benvenuto, unici nella loro professione, non hanno da essere ubrigati alla legge" (I,74, p. 265, "*les hommes uniques dans leur profession, comme Benvenuto, sont au-dessus des lois*", p. 129).

Au-dessus de la justice humaine, puisque les souverains ne remplissent pas leur rôle, il n'est que la justice divine, seul recours pour Cellini, qui

2. Voici ce que Cellini affirme à propos de son rival Pompeo : "Questo uomo riferì ugni cosa al Papa in molto più bestial modo che io non gli avevo porto. Così si stette la cosa un pezzo, e io m'attendevo alla mia bottega e mie faccende" (I, 62, p. 238) ("*Il répéta tout au pape, mais sur un ton beaucoup plus brutal que celui que j'avais adopté. L'affaire en resta là quelque temps. Je m'occupai de mon atelier et de mes travaux*", p. 112).

de temps en temps évoque ou remercie Dieu dans la *Vita*. Contre l'injustice des hommes, contre les attaques de la mauvaise fortune, contre l'influence néfaste des étoiles "perverses", pour Cellini il y a la *justice de Dieu*. Cependant, à côté de celle-ci se situe la loi sacrée de la création, car notre démiurge fait de son œuvre une arme invincible contre l'injustice des hommes. L'art est plusieurs fois évoqué comme *stratégie de défense* supérieure au pouvoir des armes :

> per essere venuto in Roma un certo maestro Giovanni di Castel Bolognese, molto valentuomo per far medaglie di quella sorte che io facevo, in acciaio, e che non desideravo altro al mondo che di fare a gara con questo valentomo, e uscire al mondo adosso con una tale impresa, per la quale io speravo con tal virtù, e non con la spada, ammazzare quelli parecchi mia nimici (I, 65, p. 246).
>
> *maître Giovanni da Castel Bolognese venait d'arriver à Rome. [...] c'était un excellent médailleur, spécialiste des pièces en acier comme les miennes et mon plus cher désir ici-bas était de faire un concours avec lui ; ainsi m'imposerais-je au monde et ferais-je mordre la poussière à la foule de mes ennemis, non par l'épée mais par ma réussite* (p. 117)[3].

Parmi ses œuvres, puissantes comme des armes, nous plaçons la *Vita*, saisissante auto-défense de cet ange diabolique de la création.

---

3. A Florence, de manière analogue, il pense pouvoir vaincre la jalousie de ses confrères, et en particulier celle de Bandinelli : "Se Iddio mi dà tanto di grazia che io finisca la mia opera, spero con quella di ammazzare tutti i mia ribaldi nemici : dove io farò molte maggiori e più gloriose vendette, che se io mi fussi sfogato con uno solo" (II, 66, p. 550) ("*Si Dieu m'accorde la grâce de le terminer, mon ouvrage mettra à bas tous mes sales ennemis. Ce sera une vengeance autrement triomphale et glorieuse que de me défouler sur un seul*", p. 321).

Dieu et la création dans la Vita

A propos de la question de la supériorité de la sculpture ou de la peinture, soulevée par Varchi, mais déjà abordée par Léonard de Vinci[4], Cellini est l'infatigable défenseur de la sculpture. Dans sa réponse à Varchi, il met en évidence le parallélisme entre *sculpture* et *création divine* en s'appuyant sur le texte biblique :

> Tutte le opere, che si veggono fatte dallo Iddio della natura in cielo e in terra, sono tutte di scultura : e, per poterne più presto venire alla dimostrazione di questa arte della scultura, lasseremo il ragionare dei cieli e solo ragioneremo di queste cose terrestri, fatte dal medesimo Dio che fece i cieli. La più mirabil cosa, che si vegga in questa bella macchina della terra, si è l'uomo ; il quale fu fatto, nel modo che si vede, di rilievo tutto tondo, che si chiama scultura.

> *Toutes les œuvres du Créateur de la nature, au Ciel et sur terre, sont œuvres de sculpture : pour arriver plus vite à traiter cet art de la sculpture, nous laisserons ce qui concerne les Cieux et nous ne parlerons que des choses terrestres, faites par le même Dieu qui créa les Cieux. La plus admirable création dans cette belle machine qu'est la terre, c'est l'homme. Il fut fait, comme on le voit, dans cette ronde-bosse que l'on nomme sculpture*[5].

A travers ces pages, l'artiste construit son discours autour du fondement divin de la création artistique. Il part d'une conception chère à Léonard : *la terre conçue comme machine*. Léonard parle également de la "deità ch'ha la scientia del pittore" ("*la déité qui réside dans la science du*

4. Cf. Leonardo da Vinci, *Trattato della pittura*, en particulier le chapitre intitulé : *Come la scultura è di minore ingegno che la pittura e mancano in lei molte parti naturali,* in *Scritti*, *op. cit.*, pp. 46-51.

5. *Discorso sopra la Differenza nata tra gli scultori e pittori circa il luogo destro stato dato alla pittura nelle essequie del gran Michelagnolo Buonarroti*, in *Opere*, *op. cit.*, p. 822, trad. fr. : *A propos de la controverse opposant sculpteurs et peintres au sujet de la place d'honneur donnée à la peinture lors des obsèques du grand Michel-Ange Buonarroti*, *op. cit.*, p.175. Ce discours avait paru à Florence auprès de l'éditeur Bartolomeo Sermantelli en 1564 lorsque Cellini était encore en vie.

peintre") ; malgré l'opposition sculpture/peinture, Cellini est sur la même ligne que Léonard, puisqu'il aboutit lui aussi à une "théorie du démiurge" : ainsi une opération de *sacralisation de l'art* est en place.

Dans les célèbres pages de la fusion du *Persée*, la divinité est évoquée au moment crucial de la création :

> E perché le bocche di detta opera si erano poste nel disopra della testa del Perseo e per le spalle, io trovai che alla fine della detta testa del Perseo si era appunto finito tutto 'l bronzo che era nella mia fornacie. E fu cosa maravigliosa, che e' non avanzò punto di bocca di getto, né manco non mancò nulla : ché questo mi dette tanta maraviglia, che e' parve propio che la fussi *cosa miracolosa, veramente guidata e maneggiata da Iddio* (II, 78, p. 574, nous soulignons).
>
> *Les canaux débouchaient sur la tête et les épaules de Persée et je constatai que tout le bronze du fourneau avait été exactement employé pour cette tête. Ce fut une chose stupéfiante car il n'en restait pas une goutte dans les canaux et il n'en avait pas manqué une once. Cela m'étonna tellement que je crus à une* œuvre miraculeuse, véritablement guidée et maniée par Dieu" (notre traduction).[6]

La création a donc quelque chose de miraculeux, et l'artiste crée grâce à cette part de divinité qui est en lui. La même problématique se pose différemment chez Michel-Ange qui, lui, au contraire, est hanté par l'idée d'un art qui ne soit pas *catharsis*, purification spirituelle. Le doute sur la "vanité" du culte de la beauté domine son œuvre dans les dernières années de sa vie, et c'est précisément le Michel-Ange "maniériste" qui l'exprime à travers ses fresques à la Chapelle Pauline[7].

---

6. Même lorsqu'il parle d'un échec, dans la création, l'artiste évoque une image biblique. Lors de la fusion de la statue de Jupiter par les artisans français, il les retrouve affligés "in quel modo che si figura quelli che guardavano il sepulcro di Cristo, afflitti e spaventati" (II, 18, p. 451) ("*tels qu'on imagine ceux qui gardaient le tombeau du Christ, entre l'affliction et l'effroi*", p. 257).

7. Cf. sur la problématique de la création chez Michel-Ange cf. Franc Ducros, *Vive figure*, in *Le Poétique, le réel*, Paris, Méridiens-Klincksieck, 1987, pp. 113-119. Au sujet de ses préoccupations d'ordre religieux et de sa critique contre l'église Catholique voir Jean Nicolas, *Un sonnet "prophétique" de Michel-*

Cellini n'est pas, contrairement à Michel-Ange, un artiste torturé au point de vue moral, il ne regrette pas d'avoir représenté le nu, comme le fera Ammannati[8], mais il croit au culte de la beauté, qu'il exprime fondamentalement dans la représentation du corps masculin.

Il y a une sensibilité, chez lui, d'inspiration presque "païenne" : son *Persée*, ce héros grec qui triomphe du mal (incarné par la Méduse, ou bien par le dragon qui menace Andromède), rappelle les statues hellénistiques ; il en est de même pour les autres ouvrages : *Apollon et Hyacinthe, Narcisse, Ganymède*. Même le crucifix en marbre de Cellini (voir figure 22), l'une des plus belles représentations du Christ de l'art maniériste, ne traduit pas la douleur ou la tension d'un sacrifice. La pureté de ses formes a fait penser à une fleur éclose ; son visage d'éphèbe est dépourvu des traces de la douleur ou de l'agonie, la tête disproportionnée par rapport au corps très mince et linéaire relève d'une transgression des canons esthétiques : comme l'annonce l'artiste dans la *Vita*, "il mio bel Christo" (mon beau Christ) est la traduction d'une vision. On pourrait observer à propos de cette sculpture qu'elle ne renvoie plus à son référent, la passion du Christ, mais elle s'en détache pour célébrer la beauté et le pur plaisir esthétique[9]. C'est dans ce

---

Ange, in "Bulletin du Centre de Romanistique et de Latinité tardive", Nice, n° 3, mars 1987, pp. 31-37. L'auteur commente dans son étude un célèbre sonnet de Michel-Ange exprimant son indignation face au spectacle de la cour pontificale de 1512 : "Qua si fa elmi di calici e spade / e 'l sangue di Cristo si vend'a giumelle / e croce e spine son lance e rotelle, / e pur da Cristo pazienza cade."("Ici, avec des calices, on fait des casques et des épées / et le sang du Christ se vend à pleines mains ; / la croix et les épines sont lances et rondaches / et, cependant, du Christ descend la patience", trad. J. Nicolas, *ibidem*, p. 31).

8. Cf. Bartolomeo Ammannati, *Lettera di Messer Bartolomeo Ammannati, architetto e scultore Fiorentino, agli onoratissimi Accademici del Disegno*, Firenze, B. Semartelli, 1582, in *Trattati d'arte del Cinquecento, fra manierismo e controriforma*, I-III, a cura di P. Barocchi, Bari, Laterza, 1960-1962.

9. Cesare Brandi dans son essai *Il Cellini scultore*, compare le corps du Christ à une tige, pour en traduire la dynamique de "gemmation" des formes chez le sculpteur : "La ductilité avec laquelle Cellini traça le corps d'éphèbe du Christ exalte la valeur de tige que ce même corps acquiert pour éclore dans la tête aux cheveux épais comme des pétales larges et denses [...]. Le Crucifix, comme pénétré d'une lumière laiteuse – et le contraste net avec le marbre noir de la croix souligne cette quasi-évanescence – ne révèle pas d'ailleurs une structure plastique différente du Persée, en ce sens que l'assimilation à une tige végétale, et à une corolle de fleurs

sens que l'on pourrait interpréter la nudité du Christ, qui répond à des critères purement plastiques, et non religieux.

A cette époque de crise religieuse, l'art maniériste inaugure le triomphe du plaisir esthétique, car l'œuvre d'art, se détachant progressivement de la pure représentation pieuse, est "sacralisée". Dans le Christ en marbre, par le raffinement extrême des formes plastiques, la représentation risque de se clore sur elle-même, car l'œuvre ne renvoie qu'à la beauté même de l'œuvre.

A travers les pages de la *Vita* on arrive à se faire une idée du Dieu de Cellini. Ce n'est certainement pas le Dieu de Dante, même si les visions de l'orfèvre, lors de son emprisonnement, s'inspirent largement de la *Divine Comédie*[10]. En réalité, il n'y a pas de dimension eschatologique dans la conception de la justice divine chez Cellini, par contre son Dieu est très "païen", car il ne l'appelle que pour résoudre des problèmes d'ordre pratique. Voici le remerciement qu'il lui adresse après avoir échappé aux dangers du voyage :

> Ringraziato i gentiluomini, e noi molto ben ristorati, di quivi ci partimmo e passammo innanzi, ringraziando Idio, che ci aveva salvati da quel gran pericolo (I, 96, p. 327).
>
> *Nous [...] remerciâmes les gentilshommes et, bien réconfortés, nous poursuivîmes notre route en remerciant Dieu de nous avoir sauvés de ces terribles dangers (p. 172).*

Selon la coutume, Cellini fabrique un œil d'or comme *ex-voto* dédié à Sainte Lucie, en signe de remerciement pour sa guérison (II, 72, p. 561)[11]. Le protagoniste de la *Vita* en arrive à s'identifier avec l'image du Christ, lorsqu'il est enfermé au château Saint-Ange :

---

pour la tête, suggère ce mouvement qui remonte vers le sommet d'une lymphe éternelle" (*Benvenuto Cellini artista e scrittore, op. cit.*, p. 15).

10. Cf. en particulier Dante, *Paradiso* VIII, v. 94-95 et XXIII, v. 8-9 et *Vita* respectivement I, 123, p. 391 et I, 122, p. 388.

11. Au sujet de l'expérience religieuse de Cellini, on pourrait signaler que le 2 juin 1558 il prend les ordres mineurs. La même année, Cosme avait cessé de lui payer son salaire et, toujours au cours de cette même année, Cellini commence à écrire son autobiographie.

> Io, sforzato e bistrattato da loro, inmaginandomi molto peggio di quello che poi m'intervenne, alzando gli occhi a Cristo dissi : "O giusto Idio, tu pagasti pure in su quello alto legno tutti e' debiti nostri : perché addunche ha a pagare la mia innocenzia i debiti di chi io non conosco ? Oh pure sia fatta la tua voluntà" (I, 120, p. 384).
>
> *"Bousculé, rudoyé par ces brutes, m'imaginant bien pis que ce qui allait m'arriver, je levai les yeux vers le Christ et priai :"O Dieu juste ! Tu paies toutes nos dettes du haut de ta croix ! Pourquoi donc moi, innocent, dois-je payer les dettes de gens que je ne connais pas ? Mais que ta volonté soit faite !"*(p. 210).

Dieu demeure l'allié de Benvenuto même au fond du gouffre de la prison car il se manifeste à lui :

> in questo punto quello Invisibile, che mi aveva divertito dal volermi ammazzare, venne a me pure invisibilmente ma con voci chiare ; e mi scosse e levommi da iacere e disse : "Oimé ! Benvenuto mio, presto presto ricorri a Dio con le tue solite orazione, e grida forte forte". Subito spaventato mi posi inginocchioni, e dissi molte mie orazioni ad alta voce (*ibidem*, p. 385).
>
> *"c'est là qu'intervint cet Esprit invisible qui m'avait empêché de me tuer. Il vint à moi toujours invisible, mais il avait une voix claire. Il me secoua, me fit mettre debout et me dit : "Allez ! mon petit Benvenuto ! Vite, vite adresse à Dieu tes prières accoutumées et crie fort, de toutes tes forces !". Affolé, je me jetai à genoux et je récitai toutes mes oraisons à haute voix"(p. 211).*

Ce passage peut dissiper toute hypothèse d'un Cellini "mystique", car même lorsqu'il est en prison et qu'il rapporte ses visions, il s'agit du seul espoir qu'il a de se rattacher à la vie terrestre. Dieu est là pour le secourir et l'aider, mais toujours dans la situation immédiate qu'il vit.

Si l'artiste invoque l'aide de Dieu, par ailleurs il faudrait rappeler qu'il n'a pas hésité à s'adresser aux forces du mal, lorsqu'il en a eu besoin. Le nécromancien qui l'a initié aux rites sataniques était un prêtre : ainsi l'auteur opère le *renversement du monde* dans la *Vita*.

Le démoniaque dans la Vita

L'artiste sent l'exigence de raconter sa propre expérience des forces du Mal, comme si la soif de connaissance et le désir de s'initier à quelque art que ce fût l'aient fatalment poussé à une véritable "descente aux enfers". Benvenuto nous parle de sa rencontre avec un nécromancien, à Rome, dans une période difficile de sa vie, lorsqu'il était au seuil de la folie, à cause d'une jolie courtisane sicilienne, Angelica ("feci pazzie inistimabile per ritrovarla [...] io stetti in procinto o d'inpazzare o di morire", I, 63, p. 239, "*je fis les folies les plus incroyables pour la retrouver [...] je faillis sombrer dans la folie ou la mort*", p. 113).

Le prêtre sicilien lui propose de l'initier à l'art de la nécromancie et Cellini manifeste son grand désir de faire l'expérience de cet art : "Grandissimo desiderio ho avuto tutto il tempo della vita mia di vedere o sentire qualche cosa di quest'arte" (I, 64, p. 40, *"Toute ma vie [...] j'ai eu le plus vif désir de voir ou d'entendre quelque chose sur cet art",* notre traduction).

L'artiste polymorphe finit par céder aux attraits de cet art, car il possède toutes les qualités requises à cette fin : il a l'"esprit solide et sûr" ("forte animo e sicuro", *ibidem*). L'expérience de la nécromancie, et, surtout, le récit de cette expérience, contribuent à construire, dans la *Vita*, l'image d'un moi solide, puissant, qui parvient à dominer les forces maléfiques, un moi qui fait preuve de curiosité et de courage, mais qui sait bien indiquer les limites du bien et du mal.

La double séance de nécromancie se déroule au Colisée, au cœur de Rome : dans ce cercle magique les forces sataniques se manifestent deux fois pour révéler à l'orfèvre la possibilité de la rencontre de son aimée, au nom si angélique ("Angelica"). La deuxième fois, Cellini fut accompagné, entre autres, par Agnolo ("Ange") Gaddi, dont le nom contraste bien évidemment avec les diables évoqués. Le ton du récit de Cellini est plutôt ambigu, car, dans un premier temps il parle de sa peur, mais ensuite il éclate d'un un rire "satanique" :

> ma certo *io m'ero fatto morto*, per la paura che io vedevo nel negromante (*ibidem*, p. 242)
>
> *mais certainement j'avais l'air d'un mort, à cause de la peur que je voyais chez le nécromancien* (notre traduction).

> Il fanciullo, a quel gran puzzo e quel romore alzato un poco il viso, *sentendomi ridere alquanto*, assicurato un poco la paura, disse che se ne cominciavano a 'ndare a gran furia (*ibidem*, p. 243, nous soulignons).
>
> *L'enfant, au bruit et à l'odeur, releva un peu la tête, et* m'entendant rire, *commença à se rassurer ; il dit que les démons se mettaient à fuir à toute vitesse* (p. 115).

De toute manière, l'orfèvre n'a plus envie de répéter l'expérience malgré l'insistance du nécromancien. Le fait de retrouver la belle sicilienne se révèle être un prétexte, car l'orfèvre déclare ensuite être tout à fait pris par son travail artistique (cf. I, 64-65). Et alors, pourquoi cette dangereuse *descente aux enfers* ?

Certains éléments intéressants dans ce récit pourraient permettre de répondre à la question : en premier lieu, l'histoire se déroule à Rome, et, de plus, au cœur de Rome, au Colisée, qui est le symbole même de la Ville éternelle. S'agit-il peut-être d'une référence à la dégradation des coutumes, au vide de pouvoir et à l'enfer que la ville a vécu, pendant et après le Sac ? La référence aux puissances sataniques n'est pas un hasard pour un orfèvre, qui manie la matière chérie par le diable, l'or, et qui, de plus, fabrique des monnaies.

A cette période-là, Cellini travaillait pour la Monnaie, il avait dû démontrer son honnêteté au Pape car on avait même fabriqué de fausses pièces à partir de ses coins. Un travail diabolique, sans doute, car dans l'iconographie traditionnelle l'arbre de la science du bien et du mal est souvent représenté avec des monnaies accrochées aux branches, symbolisant la force de la persuasion démoniaque.

Son commanditaire, le pape Clément, n'est pas à ses yeux le véritable Vicaire du Christ, car il n'hésite pas à commettre des injustices ; c'est Cellini qui l'affirme juste avant la description de la séance de nécromancie, lorsqu'il évoque le litige concernant le calice inachevé[12]. Rome n'apparaît

12. A cause de ce litige, Clément VII enlève à l'orfèvre son poste à la Monnaie et voudrait même le faire emprisonner. Le plaidoyer de Benvenuto est enregistré dans la *Vita* et dénonce le manque de justice : "io dissi che questo non lo prometteva la giustizia, né un papa lo poteva fare [...] un vicario di Cristo non può

plus comme la véritable capitale de la Chrétienté, mais elle représente le règne des intrigues et de l'avidité la plus effrénée. Déjà avant la Réforme, un vaste mouvement de critique de la conduite des papes avait soulevé la question d'un retour à une religiosité plus authentique et plus proche des enseignements bibliques. Rome avait été assimilée à Babylone, et plusieurs textes en parlaient sur un ton apocalyptique (cf. à ce propos Chastel, *Le Sac de Rome*, *op. cit.*).

Même le grand artiste au service des Papes, Michel-Ange, avait exprimé son malaise et son pessimisme dans son *Jugement dernier*, où l'abolition de la *"divina proporzione"* pourrait être interprétée comme le symbole de la perte d'une harmonie touchant aux fondements de la religion chrétienne. Le démoniaque chez lui est lié à l'idée de salut, ses lettres et ses poèmes en témoignent : si l'art n'est qu'artifice, il se trouve d'emblée lié aux forces sataniques.

Cependant, le protagoniste de la *Vita* en est bien conscient, c'est à Rome qu'on reçoit les commandes les plus importantes, surtout après le Sac, lorsque la plupart des bijoux du pape ont été fondus et qu'il faut fabriquer à nouveau les symboles de la majesté papale. Son art l'oblige à une sorte de compromis, un pacte avec le diable, oserait-on dire. Ce n'est pas un hasard si Gœthe a été si profondément intrigué par cette autobiographie, au point de la traduire, et d'une certaine façon, de la récrire, en allemand[13]. D'ailleurs, l'expérience de la nécromancie était liée à la pratique artistique, des bruits couraient sur les artistes qui travaillaient sur des cadavres, tels que Léonard. Paradoxalement, celui-ci est l'auteur d'un texte où il prend position contre ce genre de pratique (*Contro il negromante e l'alchimista*, in *Scritti*, *op. cit.*, pp. 413-417).

A travers la nécromancie, l'orfèvre fait l'expérience non pas de l'horrible, mais de l'*apparence de l'horrible*, car les légions de diables

---

fare nessuna di queste cose" (I, 61, p. 234) (*"je répondis que la justice ne le permettait pas et qu'un pape ne pouvait pas le faire ; [...] Un Vicaire du Christ ne peut rien faire de tout cela*", p.109) ; Cellini reprend ensuite : "io non avevo mai creduto insino a quell'ora che un santo Vicario di Cristo potessi fare un'ingiustizia, però io lo voglio vedere prima che io lo creda" (I, 62, p. 235) (*"je n'avais jamais cru jusqu'à la minute présente qu'un saint Vicaire du Christ pût commettre une injustice et je voulais le voir avant d'y croire*", p. 110).

13. Cf. la traduction de la *Vita* par Gœthe fut publiée dans "Horen" 1796-1797, successivement Tübingen, 1803.

n'étaient que des visions ; comme le précise l'auteur : "Queste creature son tutte sotto a di noi, e ciò che tu vedi si è fummo e ombra : sì che alza gli occhi" (I, 64, p. 243, *"Ces créatures sont toutes au-dessous de nous et ce que tu vois n'est que fumée et ombre : par conséquent, lève les yeux"*, notre traduction).

Il s'agit de la représentation d'une réalité impalpable, inconsistante, contre laquelle on est d'autant plus désarmé. On pourrait citer à ce sujet Enrico Castelli, qui, dans son essai consacré au démoniaque dans l'art, aborde le thème de la vision et de l'hallucination :

> Il faut considérer le phantasiis. Terrible est la manifestation d'une réalité qui pourrait être, mais qui n'est pas ; l'inconsistance est une menace pour la consistance de notre être. Horrible est l'apparence de l'horrible, encore plus que sa réalité. Contre la réalité horrible il est possible de lutter, contre l'apparence horrible ce n'est pas possible, justement à cause de son inconsistance[14].

Cellini a pu s'inspirer, pour le récit du nécromancien, de différents ouvrages dans le domaine de la littérature et des arts plastiques. Les géants qu'il évoque peuvent faire penser au *Morgante* de Pulci où il est question d'un géant luttant contre un diable[15] et les descriptions des damnés dans l'*Enfer* de Dante devaient tout de même solliciter son imagination. Les représentations picturales de diables se retrouvent dans les scènes de tentations : la fresque d'Andrea da Firenze, *Les tentations de San Ranieri* (1377), au Camposanto de Pise ne devait pas lui être inconnue car il avait séjourné dans cette ville et il y avait découvert des chefs-d'œuvre. Les enluminures du célèbre *Codice Antonita* avec les images des *Tentations de Saint Antoine*

14. Enrico Castelli, *Il demoniaco nell'arte. Il significato filosofico del demoniaco nell'arte*, Milano-Firenze, Electa, 1952, p. 119 ; ce livre existe aussi en traduction française (Paris, Vrin, 1958).

15. *Morgante, Cantare secondo*, strophes 32-33. On pourrait à ce propos citer l'intéressante étude de Jean Lacroix qui développe le thème du nécromancien chez Pulci : *Le monde enchanté et désenchanté de Luigi Pulci : le magicien et la sorcière dans 'Il Morgante' (1478-1483)*, in *Zauberer und hexen in der kultur des mittelalters*, III. Jahrestagung des reineke-gesellschaft E. V., San Malo, 5-9 juni 1992, Greifswald, Reineke-Verlag, 1994, p. 131.

(1435 environ) auraient pu susciter en lui certains passages du récit, mais rien ne prouve la connaissance de cet ouvrage par l'artiste florentin.

Il est intéressant de remarquer l'*intention didactique* de Cellini, qui, à la fin de son récit, met en garde son lecteur contre ce type d'expérience :

> E in mentre che in questo piacere io gioiva, mi sovvenne che quel giorno apunto spirava il mese che mi fu promisso inel circulo di negromanzia dalli demonii. Sì che consideri ogni uomo, che s'inpaccia con loro, e' pericoli inistimabili che io ho passati (I, 68, pp. 231-232).
>
> *Pendant que je jouissais de ces plaisirs, je me souvins que ce jour-là même expirait le délai d'un mois fixé par les démons dans le cercle du nécromancien. Que ceux qui se mêlent de ces histoires de démons tiennent compte des immenses dangers que j'ai courus* (notre traduction).

Le démoniaque se lie également à la figure féminine, qui avait presque conduit Benvenuto au bord de la folie. Le rejet de la nécromancie coïncide, donc, avec le rejet de cette femme et de son insatiable mère (I, 69, p. 254). La présence démoniaque marque d'autres passages de la *Vita* : cela est d'autant plus intéressant que la composante satanique fait partie de la réalité où le protagoniste vit et agit. Lorsque Cellini décrit son procès devant un tribunal français (II, 27-28) il cite un vers de l'*Enfer* de Dante – et il le commente ; de plus, le représentant de la justice est comparé à Pluton. Cellini s'improvise commentateur de Dante car il saisit l'occasion pour donner son interprétation de l'un des passages les plus discutés de l'*Enfer* (VII, 1). La citation n'est pas prise au hasard, car elle se relie étroitement au chapitre et à la description du juge. Cellini attribue à ce dernier la phrase qui, dans la *Divine Comédie,* est prononcée par Pluton, roi des enfers, au seuil du quatrième cercle infernal.

Le juge cellinien, "véritable image de Pluton", devient lui-même une citation de Dante : mais pourquoi l'auteur aurait-il choisi justement ce personnage ? Différentes explications sont possibles : en premier lieu, le tribunal est comparé explicitement à un enfer, ainsi le rôle de la justice humaine se trouve renversé. En second lieu, Pluton, qui est le dieu de la richesse, se situe au quatrième cercle, celui des avares et des prodigues ; ce qui permet à Dante, dans ce chant, de s'exprimer sur le rôle de la Fortune : "Le sue permutazion non hanno triegue / necessità la fa esser veloce ; / sì spesso vien chi vicenda consegue" (VII, 88-90) ("Ses permutations ne souffrent pas de trêve : / nécessité la fait être rapide ; / De là vient que le sort change si fréquemment", *La Divine Comédie*, trad. par H. Longnon, Paris, Garnier, 1966).

Par la citation de Dante, – aussi bien que par de nombreux passages de son autobiographie – Cellini se rattache à toute une tradition d'écrivains qui avaient placé au centre de leur réflexion la notion de Fortune : Boèce, Dante, Pétrarque, Boccace, Coluccio Salutati, Alberti, Machiavelli. En un sens, l'orfèvre florentin veut exprimer son opinion sur un sujet qui l'intéresse et qui le touche personnellement dans son vécu d'homme et d'artiste. En même temps, il marque la continuité avec une tradition illustre d'*écrivains toscans*.

L'interprétation que Cellini donne du vers de Dante "*Pape Satàn, pape Satàn aleppe* !" ne satisfait personne, même si certaines éditions de l'*Enfer* la citent en note. Il s'agit évidemment d'une erreur d'exégèse : selon Cellini à ce vers correspondrait en français la phrase "*Paix paix, Satan, alè paix*". En réalité, selon l'interprétation la plus probable, "Pape" dériverait de "Papae", interjection latine d'admiration et "aleppe" (*aleph*) constituerait la première lettre de l'alphabet hébraïque (l'hébreu était considéré comme une langue liée aux cultes sataniques, comme Cellini nous le fait entendre, cf. I, 64). Par conséquent, l'une des interprétations possibles du vers de Dante pourrait être : "Oh Satan, prince des dieux !".

L'adjectif "diabolico" apparaît souvent dans l'écriture cellinienne, notamment par rapport à certaines actions du protagoniste. Dans le récit du Sac de Rome, Benvenuto admet qu'il exerce, en tant que bombadier, une action diabolique ; aussi n'hésite-t-il pas à affirmer : "inmentre che io mi stavo su a quel mio diabolico esercizio..." (I, 36, p. 170) ("*Pendant que je me livrais à cet exercice démoniaque...*", p. 66). La fureur qui s'empare de Benvenuto, lorsqu'il rencontre ses adversaires est souvent "diabolico furore" ("*fureur diabolique*") : "così liberatomi da quel diabolico furore, mi accrebbe animo" (II, 66, p. 550 ; "*délivré de ma fureur démoniaque, je sentis mon sang-froid revenir*", p. 321). Suivant le récit de l'auteur, on dirait que lorsqu'il commet des crimes, le protagoniste est sous l'emprise d'un démon ; la violence en découle presque *automatiquement*. Et dans la prison, ses géôliers le comparent au diable : "Non fussi costui il diavolo, che tanti noi doviamo aver paura di lui ?" (I, 120, p. 384 ; "*Serait-il le diable pour que nous ayons peur de lui, nombreux comme nous sommes ?"*, p. 210).

Par ailleurs, les images de l'*Enfer* de Dante ont fortement marqué l'auteur de la *Vita* : cela apparaît dans l'évocation de certains personnages comme le gouverneur de la prison du Château Saint-Ange qui se compare à une chauve-souris, souvenir dantesque de Lucifer (Dante, *Inf.*, XXXIV, 49) : "Benvenuto è un pipistrello contraffatto, e io sono un pipistrello dadovero" (*Vita* II, 109, p. 357 ; *"Benvenuto est une fausse chauve-souris, tandis que moi, j'en suis une vraie"*, p. 192). Un autre personnage qui par son aspect rappelle l'*Enfer* (*Inf.* XXX, 82-87) est *Charon* ; Cellini l'évoque lorsqu'il est en proie au délire et se voit persécuté par un horrible vieillard :

> mi veniva a trovare a letto un vecchio terribile, il quale mi voleva istrascicare per forza drento in una sua barca grandissima, per la qual cosa io chiamavo quel mio Felice [...] Quell'altro Mattio Franzesi diceva :"Gli ha letto Dante, e in questa grande infermità gli è venuto quella vagillazione" (I, 84, p. 290).

> *voyant un terrifiant vieillard s'approcher de mon lit et essayer de me traîner de force dans son immense barque, j'appelai mon Felice [...] Mattio Franzesi répondait : "Il a lu Dante et ses divagations sont dues à la gravité du mal"* (p. 146).

Dante fournit ainsi le langage pour dire la mort et l'enfer : Cellini dans la *Vita*, tout comme Michel-Ange dans le *Jugement dernier*, témoigne de cet héritage fondamental, qui donne une forme, d'une certaine manière, à la partie la plus obscure et irrationnelle de la fin de la Renaissance.

Démoniaque et déformation : la grotesque

L'un des visages de l'"anti-renaissance" ce sont les grotesques, cet "ornement sans nom" (Chastel), cette écriture de l'irrationnel trop refoulé par la *Divina proporzione* de la tradition italienne. Après leur découverte, les "rinceaux habités" de l'art romain impérial exercèrent leur fascination sur des artistes tels que Filippino Lippi (dont Cellini fréquentait le fils), Sodoma (notamment dans les fresques à Monte Uliveto Maggiore, près de Sienne), Raphaël, Giovanni da Udine.

Vasari parle des spécialistes de la grotesque au début du XVIe siècle, à savoir Pietro Luzzo dit "Morto da Feltro" (au surnom éloquent) et Giovanni da Udine. Il attribue, par erreur, à "Morto" la décoration de la chambre du palais pour Pierre Soderini, qui comportait des "panneaux de grotesques". Malgré son erreur, il avait perçu dans ce type d'ornement un aspect macabre, sinistre, presque nécromantique. Cellini en parle dans la *Vita*, pour expliquer leur nom (apparemment dérivant de "grotte") qui est étroitement lié à leur découverte. Ce qui est intéressant chez l'orfèvre c'est le fait qu'il établit le rapport avec l'art oriental (il parle de "pugnaletti turcheschi", "petits poignards turcs") ; en même temps il rebaptise ce genre de décoration sous le nom de *monstres*, qui lui paraît s'y rapporter beaucoup mieux :

> Questi studiosi trovandole in questi luoghi cavernosi, per essere alzato dagli antichi in qua il terreno e restate quelle in basso, e perché il vocabulo chiama quei luoghi bassi in Roma, grotte ; da questo si acquistorno il nome di grottesche. Il qual non è il suo nome : perché sì bene, come gli antichi si dilettavano di comporre de' mostri usando con capre, con vacche e con cavalle, nascendo questi miscugli gli domandavono *mostri* ; così quelli artefici facevano con i loro fogliami questa sorte di mostri ; e *mostri* è 'l vero lor nome e non grottesche (I, 31, p. 155, nous soulignons).

> *"Comme ces savants les ont trouvées en ces endroits caverneux, à cause de l'exhaussement du sol, elles étaient restées en bas, puisqu'à Rome on appelle "grottes" ces endroits souterrains ; d'où leur nom de grotesques. Ceci n'est pas leur véritable nom : car on sait bien que les Anciens s'amusaient à composer des monstres de leur union avec des chèvres, des vaches et des juments ; ils appelaient* "monstres" *les mélanges qui en naissaient ; ainsi en mélangeant leurs feuillages, les artistes figuraient ces espèces de monstres ;* monstres *est le nom qui leur convient et non pas grotesques"* (notre traduction).

L'influence de ce type d'ornement désigne une sorte de *passion pour la forme inusitée*, pour l'*hybride* et pour toutes ces images qui évoquent l'*étrangeté* et produisent la *meraviglia* chez le spectateur par la "*conjugai-*

son d'éléments discernables et de liaisons impossibles" (Chastel)[16]. L'artiste adopte une esthétique qui privilégie le bizarre et l'étrange, essayant de traduire, sous des formes peintes ou sculptées le jamais-vu, se rapprochant ainsi du travail du poète.

L'artiste florentin possède, donc, les qualités requises pour inventer des grotesques, si l'on suit en cela l'opinion de Lomazzo : "Dans l'invention des grotesques plus qu'en tout autre cas il faut une flamme (*furor*) et *un sens inné de l'étrange*" (*Trattato*, 1585, I 1, II, XVI ; cit. in Chastel, *op. cit.*, p. 49). Le cardinal Paleotti publie en 1582 à Bologne son *Discorso intorno alle immagini sacre e profane*, où il reprend les arguments de Saint Bernard contre les monstres qui ornent les cathédrales romanes et condamne cette complaisance envers la *ridicula deformitas* : "Ces grotesques, nées dans les ténèbres, perdent leurs forces dans les lieux ouverts comme les oiseaux de nuit qui ne supportent pas la lumière du soleil" (*ibidem*, p. 64).

Pour une partie de la littérature artistique italienne au XVIe siècle, le concept de "caprice" exprimait, entre autres, le goût de ces ornements fantastiques qui revendiquaient l'autonomie du créateur par rapport au principe de l'imitation. Ainsi dans la définition de Crispolti :

> A partir de l'affirmation selon laquelle l'art est une représentation indépendante de la nature, on formule dans la littérature artistique italienne du Cinquecento, et surtout à l'époque du Maniérisme, le concept de capriccio, qui définit d'abord le goût de figures irréelles, abnormes, hétérogènes, essentiellement décoratives [...]. Foncièrement futile et désintéressé, il a recours à des figures et à des images déformées, indépendamment de toute signification – actuelle ou traditionnelle – d'ordre religieux, éthique, polémique (*Capriccio, Enciclopedia Universale dell'Arte,* Sansoni, Firenze, 1958, III, p. 103).

---

16. Chastel, *La grottesque. Essai sur l'"ornement sans nom"*, Paris, Le Promeneur, 1988, p. 39 ; chez d'autres auteurs le mot "grotesque" est plus fréquemment écrit avec un seul 't'. Dans son ouvrage qui essaie de reconstruire une "poétique" de la grotesque, Chastel cite le poète Horace au sujet de ces décorations bizarres : "peintres et poètes ont le même pouvoir d'inventer audacieusement" (*quidlibet audendi potestas*) (*ibidem, op. cit.*, p. 34). Il est intéressant de citer, au sujet des grotesques à la Renaissance, l'étude de Carlo Ossola, *Autunno del Rinascimento. "Idea del tempio" dell'arte nell'ultimo Cinquecento*, Firenze, Olschki, 1971.

Pline parle de ces produits de l'imagination dans son *Naturalis Historia* (XXXV, 112) à propos de l'artiste Peirakos et Vitruve, quant à lui, les condamne dans le *De Architectura* (VII, 5), lorqu'il définit le "quatrième style" pictural de Pompei : il s'agit là d'un texte ayant une influence remarquable sur la définition de *capriccio* au XVIe siècle.

Pour Cellini, *capriccio* traduit des concepts différents : il désigne la liberté de l'invention artistique pour l'orfèvre qui crée à partir de ses propres dessins. C'est effectivement le cas lorsqu'il réalise ses "petits vases bizarres" ("bizzarri vasetti") : " Volse il ditto maestro Iacomo che io gnene facessi d'argento ; i quali io feci oltra modo volentieri, per essere sicondo il mio *capriccio* (I, 28, p. 143, *"Maître Giacomo en voulut deux en argent ; je les fis d'autant plus volontiers qu'ils étaient le fruit de mon imagination"*, p. 50). De manière analogue, *capriccio* peut désigner une fantaisie extravagante de quelques gentilhommes qui aurait inspiré la création de médailles :

> Se usava in questo tempo alcune medagliette d'oro, che ogni signore e gentiluomo li piaceva fare sculpire in esse un suo capriccio o impresa ; e le portavano nella berretta (I, 31, p. 155).
>
> *La mode de l'époque était aux petites médailles d'or que seigneurs et gentilshommes portaient sur leur chapeau ; il leur plaisait d'y voir ciselée quelque invention originale ou un emblème* (p. 58).

Après avoir fait allusion à la "monstruosité" des grotesques, Cellini sent l'exigence de parler d'un ouvrage ayant le pouvoir de garantir la stabilité de l'esprit. L'artiste, lui-même, se rattachant à cette pratique de l'Antiquité, crée des bagues qui, anciennement, étaient censées protéger l'homme de la folie :

> Ricercando quei dotti, dissono che queste anella le portavono coloro che avevano caro di *star saldi col pensiero in qualche stravagante accidente* avvenuto loro così in bene come in male. A questo io mi mossi, a requisizione di certi signori molto amici miei, e feci alcune di queste anellette (*ibidem*).
>
> *Les spécialistes firent des recherches et déclarèrent que ces anneaux étaient portés pour garder son calme en toute circonstance, heureuse ou malheureuse, sortant de l'ordinaire. A la demande de quelques seigneurs de mes amis, je me mis à en fabriquer* (p. 58).

L'art pourrait-il donc constituer un garde-fou pour le génie ? C'est probablement ce que l'artiste veut mettre en relief ici, de manière implicite, se référant à l'art des anciens. C'est une manière aussi de rappeler le lien étroit entre *création* et *magie* : l'artiste transforme la matière dans le processus créatif au bout duquel le fruit de la création a le pouvoir d'intervenir dans le monde réel, la faculté de créer, qui lui appartient, n'est pas donnée à tout le monde, mais elle demeure la *prérogative du génie*.

La passion de l'*étrange* et du *bizarre* domine le protagoniste de la *Vita*, tout ce qui sort de l'ordinaire l'intéresse, c'est une façon d'affirmer l'*excentricité du génie*, sa *marginalité* en quelque sorte, qui peut dégénérer en folie. Les cas de Pontormo et de Parmigianino sont exemplaires : Parmigianino abandonne sa fresque de l'église de la Steccata à Parme au bout de dix ans de travail, après d'infinis remaniements, et Pontormo fera de même pour les travaux entrepris à l'église de Saint Laurent à Florence.

Tout au long de la *Vita*, la folie, dans les formes de l'hallucination et de la fureur, guette le protagoniste, qui veut, au contraire, faire preuve d'un esprit ferme et solide (comme dans l'épisode du nécromancien). On pourrait repérer au cours de la narration une série d'épreuves que le protagoniste doit affronter et surmonter : l'exil, le Sac, la maladie, la prison, le voyage, les luttes avec les adversaires, la fusion du Persée. L'échec pourrait entraîner des conséquences terribles pour l'équilibre de ce moi qui se dit solide, mais qui, en réalité, peut basculer dans la déraison. Souvent, l'artiste doit se mesurer avec un monde qui lui est hostile, dès son plus jeune âge.

Cela permet de considérer la *Vita* comme l'*autobiographie d'un homme "hors du commun"* et qui a besoin de ce genre littéraire spécifique pour affirmer sa personnalité "exceptionnelle". C'est pourquoi l'autobiographie, en tant que récit d'une vie considérée comme extraordinaire, est un genre littéraire qui met à nu une incompatibilité entre l'individu et l'histoire de son temps. C'est dans cette perspective de lecture qu'Antonio Gramsci – lecteur de Cellini – cherche des justifications à l'autobiographie :

> Souvent les autobiographies sont un acte d'orgueil : l'on croit que sa propre vie est digne d'être narrée car "originale", différente des autres, puisque sa propre personnalité est originale, différente des autres, etc. L'autobiographie peut être conçue "politiquement". On sait que sa propre vie est semblable à mille autres vies, mais par un "hasard" elle a eu une issue que les autres mille ne pouvaient pas

> avoir et que, de fait, elles n'eurent pas. En racontant, on crée cette possibilité, on suggère le processus, on indique l'issue. L'autobiographie remplace donc l'"essai politique" ou "philosophique" : l'on décrit en acte ce qui peut être autrement déduit logiquement. Il est certain que l'autobiographie a une grande valeur historique, car elle montre la vie en acte et pas seulement telle qu'elle devrait être selon les lois écrites ou les principes moraux dominants"(Antonio Gramsci, *Gli intellettuali e l'organizzazione della cultura*, Roma, Ed. Riuniti, 1977, nouvelle édition 1991, pp. 229-230).

Pourquoi raconter une vie ? Et précisément, une vie d'artiste ? Cellini était convaincu du caractère exceptionnel de son destin : il écrit, non seulement parce qu'il ne peut plus *faire*, ou *faire œuvre*, mais parce qu'il croit devoir raconter la vie d'un créateur. A travers cet ouvrage, il pose la question de *l'excentricité dangereuse du génie* : la religion de l'art fonde, en quelque sorte, son éthique et son esthétique. C'est la voix d'un artiste "contre" un monde, la voix d'un écrivain qui se sent *décalé* par rapport à son époque, car il témoigne d'une *transition difficile entre Renaissance et Baroque*. A travers les déchirures de l'histoire, un artiste sent l'exigence de se raconter, de proclamer son *droit à la création* dans un monde "qui vit dans les ténèbres de la guerre et de la peste" ("intenebrato di peste e di guerra"). Il s'agit de l'ouvrage d'un artiste génial et consciencieux, qui a fait de l'Art "son Dieu, sa moralité, sa loi, son droit" (De Sanctis) et qui, par le seul moyen de sa *virtus*, a voulu défier le hasard, la fortune et la perversité des étoiles.

Conclusion

Le regard d'un homme qui considère son existence exceptionnelle et donc digne d'être racontée, se tourne vers son passé pour réorganiser son vécu en écrivant une vie d'artiste : tel est le geste originaire de celui qui entreprend la rédaction de la *Vita.*

Les pages les plus significatives du manuscrit révèlent la gestation singulière de cet ouvrage : par moments autographe, souvent dicté, le texte présente des ratures, des ajouts, des corrections qui témoignent d'une conscience stylistique de l'artiste-écrivain, que la majorité de la critique a ignoré dans le passé.

Lorsque Cellini est de retour à Florence, après son séjour parisien, on l'appelle le "scultor nuovo", non sans ironie. Cependant, l'artiste, non seulement allait se révéler un excellent sculpteur, mais devait aussi faire "œuvre littéraire", probablement sans même soupçonner le succès de son autobiographie, publiée seulement presque deux siècles plus tard.

A l'origine de l'écriture se situe le regard d'un artiste qui dénonce la fin de la possibilité de créer, comme si "faire œuvre" équivalait à "exister". L'auteur décide d'écrire lorsqu'il se sent marginalisé à la cour du Duc de Florence. Sa "mort" artistique coïncide avec sa "naissance" sur le plan de l'écriture.

Remémorer, re-vivre sa vie pour exprimer le malaise de l'écart, ou peut-être d'une activité artistique insatisfaisante : l'artiste-écrivain prend la parole essentiellement pour dire la création, pour mettre en scène la lutte contre l'inertie de la matière, le combat de la forme contre l'informe. Le héros-narrateur – au delà de ses multiples visages – se révèle comme l'*homme à l'œuvre*, le créateur qui part de l'observation et qui sait reconnaître l'art de la nature, ses raisons éternelles, pour retourner au monde à travers l'œuvre. L'homme qui crée manifeste son intention de transformer le réel par son œuvre, il a un rôle actif dans le monde et il devient miroir et conscience de ce monde. Le réel surgit sur la scène de l'écriture cellinienne, la dimension palpable des choses et des personnages évoqués constitue l'un des aspects de ce style unique – bien que controversé – qui sera un modèle pour plusieurs générations d'écrivains. Par son pouvoir d'évocation, l'écriture arrive jusqu'à donner une forme à l'irrationnel, à l'hallucination, à la vision ; on trouve dans la *Vita* les traces de ce fond obscur que connaît l'homme de la fin de la Renaissance, l'être humain *captivant-captivé* par l'univers, qui n'aboutit pas à une vision unitaire du monde mais qui oscille entre des pôles opposés.

L'artiste vit et crée dans un univers qui se transforme, dont le sens lui échappe : pourtant il re-naît sur la scène de l'écriture, remémore et transfigure son vécu, réorganise et donne un sens à une suite d'événements. L'appropriation de la parole permet d'arrêter provisoirement ce mouvement oscillatoire entre raison et folie, ordre et chaos, forme et informe : c'est dans la statue du *Persée* qu'on peut observer la traduction plastique de cette tension lorsqu'on découvre, derrière le visage équilibré du héros, une figure monstrueuse posée sur son heaume. On a pu reconnaître dans ses traits "grotesques" l'autoportrait ironique du maître, clin d'œil secret du créateur.

Bibliographie

ECRITS DE CELLINI

Manuscrits

Vita : cod. Med. Pal. 234[2], Biblioteca Laurenziana Medicea, Florence.
Trattato dell'oreficeria e della scultura : cod. Marciano n° 5134, Manuscrits italiens, classe IV, n° 44, Biblioteca Marciana, Venise.
Libro di ricordi e conti : ms riccardiano 3082, Florence.

Editions de la Vita

a cura di A. Cocchi (sous le pseudonyme de Seb. Artopolita), Pietro Martello, Colonia (mais en réalité Naples), 1728.
a cura di Giovanni Palamede Carpani, Milano, Silvestri, 1805, 1824.
a cura di F. Tassi, Firenze, Piatti, 1829.
a cura di B. Bianchi, Firenze, Le Monnier, 1852,1886.
a cura di G. Campori, Milano, 1873.
a cura di G. Guasti, Firenze, Barbera, 1890.
a cura di O. Bacci, Firenze, Sansoni, 1901, 1961.
a cura di P. D'Ancona, Milano, Cogliati, 1925.
a cura di G. G. Ferrero e E. Carrara, 1927, 1959.
a cura di M. Lepore, Milano, ed. Viola, 1942.

a cura di C. Cordié, Milano, Martello, 1944.
a cura di E. Camesasca, Milano, Rizzoli, 1968, 1985.
a cura di G. Davico Bonino e Camesasca, Torino, Einaudi,1973.

***Editions des œuvres* :**

Opere, a cura di G. P. Carpani, Milano, Soc. Tip. dei Classici italiani, 1806-1811, 3 voll.

Tutta l'opera del Cellini, a cura di E. Camesasca, Milano, Rizzoli, 1955, 1962[2].

La Vita con l'aggiunta di *Trattati, Discorsi, Lettere e Suppliche, Poesie*, a cura di G. Cattaneo, Milano, Longanesi, 1958.

La Vita, Trattati e Discorsi, a cura di C. Cordié, in *Opere di B. Castiglione, G. Della Casa, B. Cellini*, Milano-Napoli, Ricciardi, 1960.

Opere. Vita. Trattati. Rime. Lettere, a cura di B. Maier, Milano, Rizzoli, 1968.

Opere, a cura di Giuseppe Guido Ferrero, con un *Profilo della Vita celliniana* di Enrico Carrara, Torino, UTET, 1971, 1980.

La Vita, i Trattati, i Discorsi, a cura di P. Scarpellini, Milano, Gherardo Casini Ed., 1987.

Racconti ora per la prima volta pubblicati, Venezia dalla tipografia Alvisopoli, in occasione delle nobilissime nozze del conte Giovanni Cittadella con la contessa Laura Maldura, a cura di B. Gamba, 1828.

Ricordi, prose e poesie, a cura di F. Tassi, Firenze, 1829.

Scritti e inediti celliniani, a cura di P. Calamandrei, in Calamandrei, *Opere*, a cura di C. Cordié, Firenze, La Nuova Italia, 1971.

Opere non esposte e documenti notarili, a cura di Dario Trento, Firenze, Museo Nazionale del Bargello, S.P. E.S., 1984.

Trattato dell'oreficeria e della scultura, Cod. Marciano n° 5134, publié en 1568, a cura di Gherardo Spini, réimprimé en 1731, Firenze, Tartini e Franchi ; première édition philologique par Carlo Milanesi, Firenze, Le Monnier, 1857.

I Trattati dell'Oreficeria e della Scultura secondo il "Codice Marciano", a cura di L. De Mauri, Milano, Hoepli, 1927.

Rime, a cura di Mabellini, Torino, Paravia, 1890.

Traductions de la Vita (allemandes, anglaises, françaises) :

Goethe Wolfgang, *Benvenuto Cellini*, traduction en allemand de la *Vita*, in "Horen" 1796-1797, successivement Tübingen, 1803, 2 vol. ; in *Sämtliche Werke,* München, Georg Müller Verlag, 1911, IX, pp. 310-504, X, pp. 1-152.

The life of Benvenuto Cellini, 2 vol., trad. par Thomas Nugent, London, T. Davies, 1771.

Autobiography, trad. par John Addington Symonds, Garden City, New York, Doubleday, s. d.

The Life of Benvenuto Cellini (Written by himself), trad. par Robert H. Hobart Cust, 2 vol., London, G. Bell & Sons, s. d.

Memoirs of Benvenuto Cellini, a Florentin Artist, written by himself, trad. par Thomas Roscoe à partir de l'édition de Carpani, London, H. Colburn, 1822.

Memoirs written by himself, trad. par T. Roscoe et révisée, London, Oxford University Press, 1928.

The life of Benvenuto Cellini, written by himself, trad. par Anne Macdonnell, London, J. M. Dent, New York, E. P. Dutton, 1903.

Mémoires de Benvenuto Cellini orfèvre et sculpteur florentin écrits par lui-même, où se trouvent beaucoup d'anecdotes touchant l'histoire et les arts, trad. par M.T. de Saint Marcel, Paris, Le Normant, 1822.

Œuvres complètes de Benvenuto Cellini, orfèvre et sculpteur florentin, trad. par Léopold Leclanché, Paris, Garnier, 1843.

Vie de Benvenuto Cellini écrite par lui-même, 2 vol., traduction et notes par Maurice Beaufreton, *Préface* de Roland Beyer, Paris, Julliard, 1965.

La vie de Benvenuto Cellini écrite par lui-même, nouvelle traduction et notes par Nadine Blamoutier sous la direction d'André Chastel, Paris, Editions Scala, 1986,1992.

Traduction des Traités :

Traités de l'Orfèvrerie et de la Sculpture, traduction par Léopold Leclanché (1847) augmentée des *Discours* ; préface, index, glossaire, bibliographie, chronologie d'Adrien Goetz, Paris, Ecole nationale supérieure des Beaux-Arts, 1992.

MONOGRAPHIES SUR L'ŒUVRE DE BENVENUTO CELLINI

Allodoli Ettore, *Cellini*, Firenze, "Novissima Enciclopedia Monografica Illustrata", Barbera, 1930.

Arnaldi Ivan, *La vita violenta di Benvenuto Cellini*, Bari, Laterza, 1986.

Aronica Gaetano, *Il teatro nella Vita di Benvenuto Cellini*, Firenze, L'autore libri, 1992.

Barbaglia Susanna (a cura di), *L'opera completa del Cellini*, presentazione di Charles Avery, Milano, Rizzoli, 1981.

Benvenuto Cellini, "Il Marzocco", 4-11-1900.

Benvenuto Cellini orafo fiorentino, Firenze, Associazione orafa toscana, 1963.

Benvenuto Cellini artista e scrittore, Atti del convegno, Roma, Accademia dei Lincei, 1972.

Calamandrei Piero, *Scritti e inediti celliniani*, in *Opere*, II, a cura di C. Cordié, Firenze, La Nuova Italia, 1971, pp. 1-175.

Carrara Enrico, *Cellini*, Torino, Paravia, 1938.

Cervigni Dino S., *The Vita of Benvenuto Cellini. Literary tradition and genre,* Ravenna, Longo, 1979.

Chialvo Livia, *Benvenuto Cellini : studio sulla sua autobiografia e cenni sulle opere minori*, Roma, Casa Editrice Italiana, 1907.

Cordié Carlo, *Benvenuto Cellini*, Firenze, L'arte della Stampa, 1963.

Courbon Paul, *Etude psychiatrique sur Benvenuto Cellini*, Paris-Lyon, A. Maloine, 1906.

Duranton-Mallet Françoise, *L'Autobiographie de Benvenuto Cellini. La Vita, mythe et réalité*, thèse de Doctorat 3e cycle, Université de Grenoble, 1979.

Dussarrat Jacqueline, *Benvenuto Cellini, héros de la Renaissance, étude de son autobiographie,* thèse de Doctorat 3e cycle, Grenoble, 1967.

Eggenschwyler, Renata, *Saggio sullo stile di Benvenuto Cellini*, Vercelli, Vallardi, 1940.

Focillon Henri, *Benvenuto Cellini*, Paris, Presses Pocket n° 90 (6), 1992.

Gatto Vittorio, *La protesta di un irregolare : Benvenuto Cellini*, Napoli, Edizioni Scientifiche italiane, 1988.

Guglielminetti Marziano, *La "Vita" di Benvenuto Cellini*, Torino, Giappichelli, 1974.

Heikamp S. Detlef, *Benvenuto Cellini. I maestri della scultura*, Milano, Fabbri, 1966.

Hoppeler C., *Appunti sulla lingua di Benvenuto Cellini,* Trento, Stabilimento Tipografico "Tridentum", 1931.

Leporati Emilia, *Benvenuto Cellini e la sua autobiografia*, Firenze, 1890.

Longueville, *Chisel, Pend and Poignard of Benvenuto Cellini, his time and his contemporaries,* London, Longmans, 1899.

Maier Bruno, *Umanità e stile di Benvenuto Cellini scrittore*, Milano, Trevisini, 1952.

Marletta Paolo, *Unità e limite nella Vita di B. Cellini*, Torino, Società Editrice Internazionale, 1941.

Molinier E., *B. Cellini*, Paris, 1894.

Piatier François, *Hector Berlioz, Benvenuto Cellini ou le Mythe de l'artiste*, Paris, Aubier Montaigne, 1979.

Plon Eugène, *Benvenuto Cellini, orfèvre, médailleur, sculpteur, Recherches sur sa vie, sur son œuvre et sur les pièces qui lui sont attribuées*, Paris, Plon, 1883.

Pope-Hennessy John, *Benvenuto Cellini*, Paris, Hazan, 1985.

Porcella Antonio, *Benvenuto Cellini orafo e disegnatore, nel 4° centenario della morte 1571-1971*, Roma, Accademia del Mediterraneo, 1971.

Scalvanti Oscar, *La modestia di Benvenuto Cellini*, Perugia, Tipografia perugina, 1908.

Somigli Guglielmo, *Notizie storiche sulla fusione del Perseo con alcuni documenti inediti di Benvenuto Cellini*, Milano, tipografia Spinelli, 1958.

Supino Igino B., *L'arte di Benvenuto Cellini,* Firenze Alinari, 1901.

Trento Dario (a cura di) *Benvenuto Cellini : opere non esposte e documenti notarili*, Firenze, Museo Nazionale del Bargello, S.P. E.S., 1984.

Tullio Giovanni, *Saggio critico sullo stile della "Vita" di Benvenuto Cellini*, Roma, Forzani, 1906.

Vannucci Marcello, *Benvenuto Cellini "maledetto fiorentino*", Roma, Newton Compton, 1990.

Vossler Karl, *Benvenuto Cellini's Stil in seiner Vita, Versuch einer psychologischen Stilbetrachtung, Sonderabzug aus Beiträge zur Romanischen Philologie,* Festgabe für Gustav Gröber, Halle, Niemeyer, 1899.

ARTICLES SUR CELLINI

Altieri Biagi, M. L., *La Vita del Cellini, Temi, termini, sintagmi*, in *Benvenuto Cellini artista e scrittore*, Roma, Accademia Nazionale dei Lincei, 1972.

Antoniade C., *Trois figures de la Renaissance : l'Arétin – Guichardin – Cellini*, Paris, 1937, pp. 220-328.

Ascenzi Salvatore, *Benvenuto Cellini : arte e avventura*, in "L'Alfiere", 3, Brescia, La scuola, 1978.

Bacci Orazio, *Il codice Mediceo-Palatino 234 bis della Biblioteca Laurenziana*, in "Rivista delle Biblioteche e degli Archivi", 1896, N. 1-4, pp. 1-11.

Bacci Orazio, *Cellini prosatore*, "Rassegna nazionale" 16.10.1896, pp. 857-890.

Bacci Orazio, *Due lettere inedite di Benvenuto Cellini a Michelangelo Buonarroti*, Firenze, S. Landi, 1898.

Bacci Orazio, *Per un documento inedito di Benvenuto Cellini in Francia*, in "Miscellanea d'arte", Firenze, febbraio 1903, pp. 22-24.

Bacci Orazio, *Introduzione al testo critico della Vita di Benvenuto Cellini*, Firenze, Sansoni, 1901.

Baretti Giuseppe, *Recensione a Due discorsi toscani di A. Cocchi*, "La Frusta letteraria" n. 8, 15.1.1764, in *La Frusta letteraria* a cura di L. Piccioni, Bari, Laterza, 1932, vol. I, pp. 85-86, 150-156, 203-204.

Bearzi Bruno, *Benvenuto Cellini ed il Perseo*, in *Benvenuto Cellini artista e scrittore*, Roma, Accademia dei Lincei, 1971, pp. 45-60.

Belloncì Goffredo, *La sintassi di Benvenuto,* in *Pagine e idee*, Roma, Edizioni Sapientia, 1929, pp. 141-143.

Biagi Guido, *La vita vissuta da Benvenuto Cellini*, "Il Marzocco", 4/XI/1900, p. 1.

Borgese Leonardo, *Introduzione*, in Cellini, *Vita*, a cura di C. Cordié, Milano, Martello, 1944.

Berchtold Jacques, *Le séjour en prison dans l'autobiographie d'artiste : mythification de l'expérience vécue dans la Vita de Benvenuto Cellini*, in *Le Moyen Age dans la modernité*, *Mélanges offerts à Roger Dragonetti,* études recueillies et présentées par Jean R. Scheidegger, avec Sabine Girarder et Eric Hicks, Paris, Champion, 1996.

Borsellino Nino, *Cellini scrittore*, in *Benvenuto Cellini artista e scrittore*, Accademia dei Lincei, Roma, 1971, pp. 17-31.

Brandi Cesare, *Il Cellini scultore*, in *Benvenuto Cellini artista e scrittore*, Roma, Accademia dei Lincei, 1971, pp. 9-16.

Calamandrei Piero, *Un contratto di edizione di Benvenuto Cellini*, in "Studi di Diritto Commerciale in onore di Cesare Vivante", vol. I, Roma, Società Editrice del "Foro Italiano", 1931, pp. 225-241.

Calamandrei Piero, *Tra le pause del "Perseo" e della "Vita". Dalle carte inedite di Benvenuto, orafo mago, rinasce l'impronta preziosa di un suggello simbolico e un alfabeto ideografico dedicato agli iniziati delle Arti*, "Corriere della sera", 9-VIII-1938.

Calamandrei Piero, *Inediti celliniani : nascita e vicende del "mio bel Cristo"*, "Il Ponte", 1950, pp. 378-393.

Calamandrei Piero, *Inediti celliniani : B. Cellini, il pittore e il frate,* "Il Ponte", 1951, pp. 146-164.

Calamandrei Piero, *Sulle relazioni tra Giorgio Vasari e Benvenuto Cellini*, in *Studi vasariani*, Atti del Congresso Internazionale per il IV Centenario della prima edizione delle *Vite* del Vasari, Firenze, Palazzo Strozzi, 16-19-IX-1950, Firenze, Sansoni, 1952, pp. 195-214.

Calamandrei Piero, *Il Cellini uomo,* in *Il Cinquecento,* Firenze, Sansoni, 1952, pp. 59-90 ; in *La letteratura italiana per saggi storicamente disposti. Il Quattrocento e il Cinquecento*, Milano, Mursia, 1972, a cura di Lanfranco Caretti e Giorgio Luti, pp. 602-607.

Calamandrei Piero, *Il totocalcio demografico di Benvenuto Cellini,* "Il Ponte", IX, n. 8-9, agosto-settembre 1953, pp. 1207-1214.

Calamandrei Piero, *Il sigillo e i caratteri dell'Accademia*, "Il Ponte", XII, n. 8-9, agosto-settembre 1956, pp. 1345-1361.

Camesasca Ettore, *Narciso disperato*, in Cellini, *Vita*, Milano, Rizzoli, 1985, pp. 5-37.

Carli Plinio, *Benvenuto Cellini e la sua "Vita"*, in *Saggi danteschi. Ricordi e scritti vari*, Firenze, Le Monnier, 1954, pp. 184-195.

Carrara Enrico, *Benvenuto Cellini e la critica*, in Cellini, *La Vita,* a cura di P. D'ancona, Milano, Cogliati, 1925.

Carrara Enrico, *Per un sonetto di Benvenuto cellini,* "Giornale storico", vol. 88, 1926, pp. 36-63.

Carrara Enrico, *Manierismo letterario in B. Cellini*, "Studi romanzi" XIX, 1928, pp. 171-200.

Carrara Enrico, *Profilo della "Vita" celliniana*, in Cellini, *Opere*, Torino, UTET, 1971, a cura di Giuseppe Guido Ferrero, pp. 33-45.

Cases Cesare, *Goethe traduttore del Cellini*, in *Atti del secondo convegno sui problemi della traduzione letteraria*, Monselice, 1974.

Casini Tommaso, *Benvenuto Cellini*, in *Manuale della Letteratura Italiana*, Firenze, Sansoni, 1987, II, pp. 211-231.

Cattaneo Giulio, *Il comico involontario nella "Vita" del Cellini*, in *La letteratura italiana per saggi storicamente disposti. Il Quattrocento e il Cinquecento*, Milano, Mursia, 1972, a cura di Lanfranco Caretti e Giorgio Luti, pp. 608-614.

Chini Mario, *Cellini*, in *Enciclopedia Italiana*, 1931, IX, pp. 663-664.

Churchill Sidney J. A., *Bibliografia celliniana*, "La Bibliofilia", 1907, dispensa 4-5, pp. 173-177.

Cocchi Antonio, *Discorsi toscani*, Firenze, Barducci, 1762, II partie, chapitre 183.

Conti Angelo, *Benvenuto orafo e scultore*, "Il Marzocco", 4/XI/1900, pp. 2-3.

Conti O. G., *Benvenuto Cellini e i suoi tempi*, "Giornale Arcadico", Serie III, Roma, Scuola Tipografica Salesiana, 1901.

Cordié Carlo, *Introduzione*, in *Opere di Castiglione, Della Casa, Cellini*, Napoli, Ricciardi, 1960.

Cordié Carlo, *Benvenuto Cellini*, in "Cultura e scuola", II, 7, marzo-maggio 1963, pp. 26-34.

Croce Benedetto, *Sul Cellini scrittore*, in *Scritti di storia letteraria e politica XL, Poeti e scrittori del pieno e del tardo Rinascimento*, VIII, Bari, Laterza, 1952, pp. 168-170.

D'Ancona A. – Bacci O., *Benvenuto Cellini*, in *Manuale della Letteratura Italiana*, V ediz., Firenze, Barbera, 1899, II, pp. 477-479.

Davico Bonino Guido, *Introduzione* in Cellini, *La Vita*, Torino, Einaudi, 1973.

Davico Bonino Guido, *Cellini*, in *Lo scrittore, il potere, la maschera, tre studi sul Cinquecento*, Padova, Liviana, 1979.

De Amicis Edmondo, *Benvenuto Cellini*, in *Ultime pagine*, vol. III, *Cinematografo cerebrale*, Milano, Treves, 1909, pp. 103-207.

De Bouchaud Pierre, *Benvenuto Cellini*, Paris, 1894.

De Bouchaud Pierre, *Benvenuto Cellini écrivain*, in "Revue de la Renaissance" 1905, pp. 65-73.

Del Vita Alessandro, *Benvenuto Cellini e Leone Leoni*, in *Rapporti e contrasti fra artisti nel Rinascimento*, Arezzo, Ed. Rinascimento, 1958.

De Sanctis Francesco, *Cellini*, in *Storia della Letteratura italiana*, I-II, a cura di N. Gallo, *Introduzione* di N. Sapegno, *Nota introduttiva* di C. Muscetta, Torino, Einaudi, 1958 (1971), pp. 658-660.

De Sanctis Renzo E., *Cellini o il candido immoralista*, in *Il letto di Procuste,* Milano, Istituto di Propaganda libraria, 1943, pp. 165-173.

Duranton-Mallet Françoise, *Propositions pour une lecture analytique de "La Vita" de Benvenuto Cellini*, in "Revue des études italiennes", janvier-septembre 1983, Nouvelle série – tome XXIX, pp. 223-231.

Evola N. D., *Cellini*, in *Bibliografia degli studi sulla Letteratura Italiana, 1920-1934,* Milano, "Vita e Pensiero", 1938, Prima Puntata, A-D, pp. 224-225.

Flamini Francesco, *Cellini,* in *Il Cinquecento,* Milano, Vallardi, s. d., pp. 349-352.

Flora Francesco, *Cellini*, in *Storia della Letteratura Italiana*, Milano, Mondadori, 1941, vol. II, p. 1, pp. 391-407.

Gaeta Franco, *La Roma di Benvenuto Cellini*, in *Benvenuto Cellini artista e scrittore*, Roma, Accademia dei Lincei, 1971, pp. 33-42.

Gailly de Taurines Charles, *Avant-propos*, in *Benvenuto Cellini à Paris sous François Ier*, Paris, H. Daragon éd.,1908.

Gargano G. S., *Il Cellini critico e filosofo*, "Il Marzocco", 4/XI/1900, p. 2.

Garoglio Diego, *W. Goethe e il Cellini,* "Il Marzocco", 4/XI/1900, pp. 3-4.

Gengaro M. L., *Cellini*, in *Cinquecento, Scultura,* Milano, Hoepli, 1945, chap. VI, p. 214.

Gioberti Vincenzo, *Il Cellini*, in *Studi filologici*, a cura di D. Fissore, Torino, Tipografia Torinese, 1867, p. 186.

Goethe Wolfgang, *Anhang zur Lebensbeschreibung des Benvenuto Cellini, bezüglich auf Sitten, Kunst und Technik,* in *Sämtliche Werke, op. cit.*, X, pp. 153-206 ;

Goethe Wolfang, *Appendice alla traduzione in tedesco della "Vita" di Cellini*, 1803, Torino 1852, in Guglielminetti, *La "Vita" di Benvenuto Cellini*, Torino, Giappichelli, 1974, pp. 116-122.

Goldberg Jonathan, *Cellini's Vita and the Conventions of Early Authography,* in "Modern Language Notes", LXXXIX, n° 1, 1974, pp. 71-83.

Gorra Marcella, *Prefazione* in Cellini, *Vita*, Torino, Einaudi, 1954.

Guglielminetti Marziano, *La Vita di Cellini e le memorie degli artisti*, in *Memoria e scrittura. L'autobiografia da Dante a Cellini*, Torino, P. B.E. n° 299, Einaudi, 1977, pp. 292-386.

Heller Agnes, *Cardano e Cellini*, in *L'uomo del Rinascimento*, Firenze, La Nuova Italia, 1977 ; *Renaissance man*, trad. du hongrois par Richard E. Allen, London, Boston : Routledge and K. Paul, 1978.

Kriegbaum, *Cellini*, in "L'arte", t. XI, Roma, 1940.

Leclanché Léopold, *Préface* in *Œuvres complètes de Benvenuto Cellini, orfèvre et sculpteur florentin*, Paris, Garnier, 1847.

Lacroix Jean, *Cellini entre théorie et pratique ou les leçons celliniennes de l'expérience*, *Hommage à Jacqueline Brunet*, Université de Franche-Comté, 1997, Vol. I, pp. 541-553.

Lacroix Jean, *Cellini critique d'art*, "Langues néo-latines n° 286-287, 87e année, 3e et 4e trimestre 1993, pp. 149-174.

Lindelaub Th., *Le quatrième centenaire de Cellini*, in "Revue de la Renaissance", février 1902, pp. 18-22 et pp. 77-81.

Mabellini, A., *Introduzione,* in *Rime*, Torino, Paravia, 1890.

Maier Bruno, *Wolfango Goethe traduttore e critico della "Vita" del Cellini*, in "Il Tesaur", Udine, 1950, n. 1.

Maier Bruno, *Svolgimento storico della critica celliniana*, "Annali Triestini", 1950, *I. Dal Cinquecento a tutto l'Ottocento*, vol. XX, pp. 1-32 ; *II. Gli studi celliniani nel Novecento*, 1951, vol. XXI, pp. 1-44.

Maier Bruno, *Le Rime di Cellini,* in "Annali triestini", vol. XXII, 1952, pp. 307-358.

Maier Bruno, *Benvenuto Cellini e la critica contemporanea*, in "Ausonia. Rivista di lettere ed arti", VII, I, 1952, pp. 34-38.

Maier Bruno, *Introduzione*, in Cellini, *Opere*, Milano, Rizzoli, 1968.

Momigliano Attilio, *Cellini*, in *Storia della Letteratura Italiana*, Milano-Messina, Principato, 1938, pp. 203-206.

Orsini Napoleone, *Benvenuto Cellini,* in L. Russo, *I Classici Italiani*, Firenze, Sansoni, 1941, II, pp. 105-106.

Orvieto Angelo, *Le Rime*, "Il Marzocco", 4/XI/1900, p. 4.

Paesani Giovanni, *Benvenuto Cellini nel 4° centenario della nascita,* in "Natura e Arte", 1899-1900, pp. 921-928 et pp. 987-994.

Parodi Tommaso, *La 'Vita' del Cellini*, in *Poesia e letteratura*, Bari, Laterza, 1916.

Parronchi Alessandro, *Il modello "de cera alba" del Cristo celliniano all'Escuriale*, in "Studi Urbinati di storia, filosofia e letteratura", a. XLI, Nuova Serie B, N. 1-2, 1967, t. II, *Studi in onore di Arturo Massolo*, pp. 1123-1132.

Pittaluga G., *Per il quarto centenario di Benvenuto Cellini,* in "Rivista Abbruzzese", 1903.

Pomilio Mario, *Gusto episodico e coscienza letteraria nella 'Vita' di Benvenuto Cellini*, in "Convivium", 1951, pp. 667-725.

Pompeati Arturo, *Storia della Letteratura Italiana*, Torino, UTET, 1946, vol. II, pp. 480-491.

Praz Mario, *De Foe e Cellini*, in *Studi e svaghi inglesi*, Firenze, Sansoni, 1937, IV, pp. 27-53.

Prezzolini Giuseppe, *Cellini*, in *Repertorio bibliografico della storia e della critica della Letteratura Italiana dal 1902 al 1932*, Roma, Ediz. "Roma", 1937, vol. I, pp. 250-252 ; *idem dal 1932 al 1942*, New York, S. F. Vanni, vol. I, p. 149.

Puccini Mario, *Di messer Benvenuto Cellini*, in *Avventure di un lettore*, Prima serie, Caserta, Casa Editrice Moderna, 1930, pp. 212-218.

Puoti Basilio, *Osservazioni sul Cellini*, in *L'arte di scrivere in prosa per esempi e per teoriche ovvero Istituzioni di eloquenza,* a cura di P. Thouar, Firenze, Barbera, Bianchi e Compagni., 1857, 2 vol.

Renier Rodolfo, *La psicopatia di Benvenuto Cellini*, in *Svaghi critici*, Bari, Laterza, 1910, pp. 71-91.

Ricci Corrado, *I Cellini di Ravenna*, "Il Marzocco", 4/XI/1900, pp. 1-2.

Roncoroni, *Benvenuto Cellini : contributo allo studio delle parafrenie,* "Archivio di psichiatria", A. XXVI, 1905, pp. 271-297.

Sansone Mario, *Vita di Cellini*, in *Dizionario letterario*, Milano, Bompiani, 1951, VIII, pp. 789-791.

Supino Igino B., *Cellini*, in *Enciclopedia italiana*, Milano, Treccani, 1931, IX, pp. 663-666.

Teza Emilio, *La* Vita *di Benvenuto Cellini nelle mani del Goethe*, in *Atti dell'Istituto Veneto di Scienze Lettere e Arti*, 1894-1895, Tomo LIII S VII t. VII disp. 3a, p. 299.

Thieme – Becker, *Cellini*, in *Allgemeine Lexikon der Bildenden Künstler von der Antike bis zur Gegenwart*, Leipzig, Verlag von E. A. Seemann, 1912, VI, pp. 276-277.

Toffanin Giuseppe, *Cellini,* in *Il Cinquecento*, Milano, Vallardi, 1945, pp. 630-633.

Turri V. – Renda U., *Benvenuto Cellini*, in *Dizionario Storico-critico della Letteratura Italiana,* Torino, Paravia, 1941, pp. 247-249.

Urbini Giulio, *Introduzione*, in Cellini, *Scritti scelti,* Milano, Vallardi, 1923, pp. LXXXIII-XCI.

Venturi Adolfo, *Benvenuto Cellini nel quarto centenario della nascita*, "Nuova Antologia", 1900, pp. 107-120.

Venturi Adolfo, *Prefazione* in *Le più belle pagine di Benvenuto Cellini,* a cura di Venturi, Milano Garzanti, 1944, pp. I-IX.

Venturi Adolfo, *Benvenuto Cellini,* in *Storia dell'Arte Italiana*, vol. X, *La scultura del Cinquecento*, Milano, Hoepli, 1936, pp. 461-489.

Vossler Karl, *Goethe's Cellini-Ubersetzung* in "Beilage zur Allgemeinen Zeitung", 5.11.1900.

Zonta Giuseppe, *Cellini,* in *Storia della Letteratura Italiana*, Torino, UTET, 1930, vol. II, p. II, pp. 576-583.

Index des noms

Index des illustrations

Figure 13. Cellini: *La Nymphe de Fontainebleau,* bronze, 205 x 409 cm, Louvre, Paris, photo R. M. N.

Figure 14. Cellini: *La Salière de François Ier,* or et émail, 26 x 33,5 cm, Kunsthistorisches Museum, Vienne.

Figure 15. Cellini: *Dessin pour la statue d'argent de Junon,* pierre noire, 24,7 x 18, 6 cm, Louvre, Paris, photo R. M. N.

Figure 16. Cellini: *Persée*, bronze, hauteur 320 cm, Loggia dei Lanzi, Florence, photo L. Perugi.

Figure 17. Cellini: Visage de Méduse, détail du *Persée*, Loggia dei Lanzi, Florence, photo L. Perugi.

Figures 18-19. Cellini: Piédestal du *Persée*, marbre, hauteur 199 cm, Loggia dei Lanzi, Florence.

Figure 20. Cellini: *Cosme Ier de Médicis,* bronze, hauteur 110 cm, Museo Nazionale, Florence, photo P. Tosi.

Figure 21. Cellini: *Narcisse,* marbre, hauteur 149 cm, Museo Nazionale, Florence, photo P. Tosi.

Figure 22. Cellini: *Crucifix*, marbre, hauteur totale 185 cm; hauteur de la figure 145 cm, Monastère de San Lorenzo el Real, Escorial, Espagne.

Table des matières

Chapitre IV

Chapitre V

Chapitre VI

Chapitre VII

Collection ***Critiques Littéraires***
dirigée par Maguy Albet, Geneviève Clancy
Paule Plouvier et Emmanuelle Moysan

Dernières parutions

GALLIMORE R. B., *L'oeuvre romanesque de Calixthe Beyala. Le renouveau de l'écriture féminine en Afrique francophone sub-saharienne*, 1997.
BOUELET Rémy Sylvestre, *Narcisse et autobiographie dans le roman de Bernard Nanga*, 1997.
RASSON Luc, *Ecrire contre la guerre : littérature et pacifismes 1916-1938*, 1997.
OLLIER Marie, *L'Ecrit des dits perdus. L'invention des origines dans les Immemoriaux de Victor Segalen,* 1997.
MOUGIN Pascal, *L'effet d'image. Essai sur Claude Simon*, 1997.
PROUST Simone, *L'autobiographie dans Le Labyrinthe du Monde de Marguerite Yourcenar*, 1997.
CHIKHI B., *Littérature algérienne. Désir d'histoire et esthétique,* 1997.
NGANDU NKASHAMA Pius, *Ruptures écritures de violence,* 1997.
COUQUIAUD M., *L'étonnement poétique. Le regard foudroyé,* 1997.
GRATTON Johnnie, IMBERT J.P., *La nouvelle hier et aujourd'hui,* 1997.
ANDRES P., *Théodore de Banville. Parcours littéraire et biographique*, 1997.
GRENAUD Pierre, *Hommes du Maghreb &images ensoleillées*, 1997.
TAMINIAUX Pierre, *Poétique de la négation. Essais de littérature Comparée,* 1997.
HUNKELER Thomas, *Echos de l'ego dans l'oeuvre de Samuel Beckett,* 1997.
MASSONET Stéphane , *Les labyrinthes de l'imaginaire. Essai sur Roger Caillois,* 1997.
LAURICHESSE Jean-Yves, *La Bataille des odeurs*, 1997.
DANGER Pierre, *Emile Augier ou le théâtre de l'ambiguïté*, 1997.
TCHEUYAP Alexie, *Esthétique et folie l'oeuvre romanesque de Pius Ngandu Nkashama,* 1998.

Collection ***Critiques Littéraires***
dirigée par Maguy Albet, Geneviève Clancy Paule Plouvier et Emmanuelle Moysan

COLLECTIF, *Le récit et le monde. H. Quiroga, J. Rulfo, R. Bareiro Saguier.*
NGANDU NAKASHAMA P., *Le livre littéraire*, 1995.
GOUNONGBÉ A., *La toile de soi,* 1995.
BOURKIS R., *Tahar Ben Jelloun, la poussière d'or et la face masquée*, 1995.
BARGENDA A., *La poésie d'Anna de Noailles,* 1995.
LAURETTE P. et RUPRECHT H.-G. (eds), *Poétiques et imaginaires. Francopolyphonie littéraire des Amériques,* 1995.
KAZI-TANI N.-A., *Roman africain de langue française au carrefour de l'écrit et de l'oral (Afrique noire et Maghreb)*, 1995.
BELLO Mohaman, *L'aliénation dans Le pacte de sang de Pius Ngandu Nkashama*, 1995.
JUKPOR Ben K'Anene, *Etude sur la satire dans le théâtre ouest-africain francophone*, 1995.
BLACHERE J-C., *Les totems d'André Breton. Surréalisme et primitivisme littéraire*, 1996.
CHARD-HUTCHINSON M., *Regards sur la fiction brève de Cynthia Ozick,* 1996.
ELBAZ R., *Tahar Ben Jelloun ou l'inassouvissement du désir narratif*, 1996.
STEWART D., *Le roman africain anglophone depuis 1965, d'Achebe à Soyinka.*
NGANDU NKASHAMA P., *Ecritures et discours littéraires, Etudes sur le roman africain.*
SEVRY J., *Afrique du Sud, ségrégation et littérature. Anthologie critique.*
BELVAUDE C., *Amos Tutuola et l'univers du conte africain.*
BELVAUDE C., *Ouverture sur la littérature en Mauritanie. Tradition orale, écriture, témoignage.*
KALONJI M.T.Z., *Une écriture de la passion chez Pius Ngandu Nkashama.*
NGANDU NKASHAMA P., *Littératures et écritures en langues africaines.*
BOUYGUES C., *Texte africain et voies / voix critiques (Littératures africaines et antillaise)*

Collection ***Critiques Littéraires***
dirigée par Maguy Albet, Geneviève Clancy
Paule Plouvier et Emmanuelle Moysan

GONTARD M., *Violence du texte. La littérature marocaine de langue française.*
DABLA S., *Nouvelles écritures africaines. Romanciers de la seconde génération.*
LAÂBI A., *La brûlure des interrogations. Entretiens réalisés par J.Alessandra.*
BAFFET R., *Tradition théâtrale et modernité en Algérie.*
BONN Ch., *Le roman algérien de langue française. Vers un espace de communication littéraire décolonisé ?*
GODARD R., *Trois poètes congolais : M. N'Débéka, J.-B. Tati Loutard, T.U.Tam'si.*
HOURANTIER M.-J., *Du rituel au théâtre rituel. Contribution à une esthétique théâtrale néo-africaine.*
KOTCHY B., *La critique sociale dans l'oeuvre théâtrale de Bernard Dadié.*
LALLEMAND S., *L'apprentissage de la sexualité dans les contes d'Afrique de l'Ouest.*
CALMES A., *Le roman colonial en Algérie avant 1914.*
CHEMAIN R., *L'imaginaire dans le roman africain d'expression française.*
MOSTEGHANEMI A., *Algérie, femme et écritures.*
N'DA P., *Le conte africain et l'éducation.*
DA SILVA G., *Le texte et le lecteur comme interaction objective. Anthologie de la poésie tunisienne de langue française.* Introduction et notes par H. Khadhar.
OSSITO MIDIOHOUAN G., *L'idéologie dans la littérature négro-africaine d'expression française.*
GONTARD M., *Nedjma de Kateb Yacine. Essai sur la structure formelle du roman.*
DESJEUX J., *Le sentiment religieux dans la littérature maghrébine de langue française.*
BEKRI T., Haddad M., *L'oeuvre romanesque. Pour une poétique de la littérature maghrébine de langue française.*
NDACHI TAGNE D., *Roman et réalités camerounaises, 1960-1985.*
BOUELET R.S., *Espaces et dialectique du héros césairien.*

Collection ***Critiques Littéraires***
dirigée par Maguy Albet, Geneviève Clancy
Paule Plouvier et Emmanuelle Moysan

NAUMANN M., *Regards sur l'autre à travers les romans des cinq continents.*

JOUANNY R. (sous la direction de), *Lecture de l'oeuvre d'Hampaté Bâ.*

NNE ONYEOZIRI G., *La parole poétique d'Aimé Césaire. Essai de sémantique littéraire.*

HOUYOUX S., *Quand Césaire écrit, Lumumba parle.*

LARONDE M., *Autour du roman beur.*

NGANDU NKASHAMA P., *Théâtres et scènes de spectacle. (Etudes sur les dramaturgies et les arts gestuels.)*

HUANNOU A., *La critique et l'enseignement de la littérature africaine aux Etats-Unis d'Amérique.*

NGANDU NKASHAMA P., *Négritude et poétique. Une lecture de l'oeuvre critique de Léopold Sédar Senghor.*

HOUNTONDJI V.M., *Le Cahier d'Aimé Césaire. Evénement littéraire et facteur de révolution.* (Essai).

GONTARD M., *Le Moi étrange. Littérature marocaine de langue française.*

VENTRESQUE R., *Les Antilles de Saint-John Perse. Itinéraire intellectuel d'un poète.*

BLACHERE J.-C., *Négritures. Les écrivains d'Afrique noire et la langue française.*

GAFAITI Hafid, *Les femmes dans le roman algérien*, 1996.

CAZENAVE Odile, *Femmes rebelles Naissance d'un nouveau roman africain au féminin*, 1996

CURATOLO Bruno (textes réunis par), *Le chant de Minerve, Les écrivains et leurs lectures philosophiques*, 1996.

CHIKHI Beida, *Maghreb en textes. Écritures, histoire, savoirs et symboliques*,1996.

CORZANI Jack, *Saint-John Perse, les années de formation*, 1996.

LEONI Margherita, *Stendhal, la peinture à l'oeuvre*, 1996.

LARZUL S. , *Les traductions françaises des Mille et une nuits*, 1996.

DEVÉSA Jean-Michel, *Sony Labou Tansi Ecrivain de la honte et des rives magiques du Kongo*, 1996.

DURAND J.-F. & PEGUY-SENGHOR (sous la direction de), *La parole et la monde*, 1996.

MISE EN PAGES FOURNIE

Achevé d'imprimer par Corlet, Imprimeur, S.A. - 14110 Condé-sur-Noireau (France)
N° d'Imprimeur : 29493 - Dépôt légal : Février 1998 - *Imprimé en U.E.*